中 国 儿 童 文 学

博 士 文 库

东 北 师 范 大 学 ｜ 2 0 1 3

董国超 著

神话与儿童文学

作家出版社

图书在版编目（CIP）数据

神话与儿童文学 / 董国超著 . -- 北京：作家出版社，2023. 10
（中国儿童文学博士文库）
ISBN 978-7-5212-1328-7

Ⅰ. ①神… Ⅱ. ①董… Ⅲ. ①儿童文学 – 文学评论 – 中国 –
当代 – 文集 Ⅳ. ①I207.8-53

中国版本图书馆CIP数据核字（2021）第003188号

神话与儿童文学

作　　者：董国超
策　　划：左　昡
责任编辑：邢宝丹　桑　桑
特约编辑：苏倪君
装帧设计：康　健
出版发行：作家出版社有限公司
社　　址：北京农展馆南里10号　　邮　　编：100125
电话传真：86-10-65067186（发行中心及邮购部）
　　　　　86-10-65004079（总编室）
E-mail:zuojia@zuojia.net.cn
http://www.zuojiachubanshe.com
印　　刷：中煤（北京）印务有限公司
成品尺寸：148×210
字　　数：264千
印　　张：8.875
版　　次：2023年10月第1版
印　　次：2023年10月第1次印刷
ISBN　978-7-5212-1328-7
定　　价：39.00元

我国儿童文学博士学位论文的 产出方式与学科发展研究

王泉根

金秋十月，橙黄橘绿。作家出版社计划高规格出版我国首套《儿童文学博士文库》，希望我为文库写一篇总序。作为长期执教儿童文学学科的高校教师，能不欣然应命？《儿童文学博士文库》的出版，既是儿童文学理论研究的一件幸事，也是儿童文学学科建设与高素质专业人才培养的一件大事。我的这篇序言，试就这两方面谈点浅见，并以2001年至2020年国内高校136篇博士学位论文为中心，分析探讨我国儿童文学博士学位论文的产出方式、学科分布以及对儿童文学学科建设的影响与发展空间，期以对新时代儿童文学学科建设与博士生培养做一点扎扎实实的事情。

一、儿童文学学位论文的历史脉络

我国现行高等学历教育分为专科生、本科生、研究生三个层次，研究生根据学位，又分为硕士研究生与博士研究生。因而博士研究生是高等教育中的最高学历、最高端。只有把最高端的事做好了，相关学科的人才培养，才有可能做大做强。博士研究生学习阶段的主要任务与目标是撰写博士学位论文，只有当博士学位论文通过答辩，才能获得培养学校的博士研究生毕业证书和博士学位证书，由此足见博士学位论文的重要。

根据教育史料，我国高等学校的本科生儿童文学教学在上世纪三十年代就已开始布局实施，如国立北平大学俄文法政学院文学系在1930年度的本科生课程安排中，就规定第一学年开设"俄文俄国神话及传说"，每周二课时。第二学年增至三门课程："儿童文学概论"，每周三课时；"中国寓言及童话"，每周二课时；"俄文俄国寓言及童话"，每周二课时。①对儿童文学这样重视的课程安排，即便在今天也是十分难得的。上世纪五十年代，我国高校的本科生儿童文学教学主要集中在北京师范大学、东北师范大学、华东师范大学、华中师范学院（今华中师范大学）、西南师范学院（今西南大学）等教育部直属的师范大学，以及浙江师范学院（今浙江师范大学）、厦门大学等高校。演进至今，国内不少师范院校以及部分综合性大学都开设有本科生儿童文学教学课程，有不少本科生的学士学位论文以儿童文学为论题，通过答辩及相关程序后，由所在高校授予学士学位证书。

根据教育史料，我国高等学校的儿童文学学科研究生培养，最早是在上世纪五十年代。东北师范大学蒋锡金教授（1915—2003）曾在五十年代招收过儿童文学研究生，因当时我国高校还未实行学位制，因而东北师范大学只是研究生培养而不存在学位。

1982年元月，浙江师范学院蒋风教授招收中国现当代文学专业儿童文学研究方向的硕士研究生，首批录取的研究生是本科毕业于北京师范大学的汤锐与西南师范大学的王泉根。虽然蒋风曾在1979年招收了第一位研究生吴其南，但据吴其南介绍，他是"阴差阳错"。由于当时浙江师

---

① 李景文等主编：《民国教育史料丛刊》（第923册），大象出版社，2015年，第186页。

院还没有资质独立授予硕士学位与招收研究生，因而是与杭州大学中文系联合招收的，吴其南报考的是杭州大学中文系现代文学研究专业，在被录取以后，经两校协商，由杭州大学调剂至浙江师院蒋风名下。所以蒋风教授公开招收儿童文学方向硕士研究生是在1982年。1984年11月，杭州大学中文系在对吴其南、王泉根、汤锐经过规定的研究生课程考试后，举行了我国首次儿童文学硕士研究生论文答辩，答辩委员会由杭州大学吕漠野、郑择魁、陈坚等五位教授组成，一致通过吴其南、王泉根、汤锐三人的硕士学位论文，并由杭州大学授予文学硕士学位。这三位研究生是我国高等学历教育中第一批以儿童文学作为明确培养方向的硕士研究生，三人的论文也是第一次专业意义上的儿童文学硕士学位论文。

自从杭州大学颁发国内首批以儿童文学为论题的硕士学位以来，我国儿童文学硕士研究生培养以及以儿童文学为论题的硕士学位论文逐年增加，进入新时代更可谓超规模增加，搜索"中国知网"这方面的硕士学位论文层出不穷，限于篇幅，此不展开。

2001年，北京师范大学决定面向全国和海外，招收我国第一届中国现当代文学专业儿童文学研究方向的博士研究生，博士生导师为王泉根教授。2001年9月，录取入学的首届博士生为王林、金莉莉、张嘉骅（来自中国台湾）。2004年5月，北京师范大学举行我国首次儿童文学博士研究生论文答辩，答辩委员会由刘勇、张美妮、曹文轩、邹红、樊发稼五位教授组成，一致通过王林、金莉莉、张嘉骅三人的博士学位论文答辩，授予文学博士学位。这是我国高等学历教育中培养的第一批儿童文学博士，王林等三人的博士学位论文也是第一批专业意义上的儿童文学博士学位论文。

自北京师范大学王泉根教授以后，上海师范大学梅子涵教授（2002年）、东北师范大学朱自强教授（2005年）也开始招收儿童文学博士研究生。进入新世纪第二个十年，兰州大学李利芳教授、东北师范大学侯颖教授、浙江师范大学方卫平与吴翔宇教授、北京师范大学陈晖与张国龙教授等，相继招收儿童文学博士研究生。

二、儿童文学维度的博士学位论文

根据国家图书馆、北京师范大学图书馆以及网络资源中的博士学位论文资料，抽检2001年至2020年间的136篇与儿童文学相关的博士学位论文，发现有87篇博士论学位文属于中国现当代文学专业，出自20所高校与中国社会科学院研究生院。其中北京师范大学35篇，上海师范大学14篇，东北师范大学8篇，山东师范大学6篇，吉林大学4篇，中国社会科学院研究生院、华东师范大学、华中师范大学、浙江师范大学各2篇，北京大学、复旦大学、南京大学、山东大学、四川大学、中山大学、兰州大学、苏州大学、南京师范大学、湖南师范大学、扬州大学、上海大学各1篇。

再加辨析，我们发现：北京师范大学、上海师范大学均是明确以"中国现当代文学专业儿童文学研究方向"招收录取博士研究生，东北师范大学情况有点特殊，既有明确的儿童文学研究方向，也有现代文学方向；而山东师范大学、吉林大学、北京大学、中国社会科学院等则是以"中国现当代文学专业现代文学研究方向"或"当代文学研究方向"等招收录取博士研究生的。因而可以看出，北京师范大学、上海师范大学的中国现当代文学专业有明确的培养儿童文学博士研究生的愿景，东北师范大学也重视儿童文学。当然这三所高校的中国现当代文学专业还有其他研究方向与培养任务，但能从中特别分出招生名额留给儿童文学，这是十分难得与宝贵的。

正因如此，这三所高校的中国现当代文学专业儿童文学研究方向，从"招生简章要求—博士生新生考试、面试、录取—博士生课程教学—

博士学位论文选题设定—博士学位论文预答辩—博士学位论文答辩—博士学位授予、毕业"的全过程，均以儿童文学为目标，导师本人也均是当代儿童文学界活跃的理论批评家或作家。这些高校的博士研究生，从被录取进校起，就有明确的儿童文学博士研究生身份认同与攻博目标。难能可贵的是，他们毕业后从事的职业，绝大部分都与儿童文学有关，或在高校执教儿童文学，或在出版机构从事儿童文学图书编辑，或专注儿童文学创作等，他们之中已有部分成长为新时代儿童文学界的知名理论批评家、作家、出版人与阅读教学专家。因而从北京师范大学、上海师范大学、东北师范大学等高校毕业的儿童文学博士生，是我国儿童文学理论研究人才培养的最高端与重镇，这批博士研究生所撰写的博士学位论文，构建了我国儿童文学博士学位论文的主体。这是儿童文学博士学位论文产出的第一种方式，也是最重要的方式。为方便研究，我们把这部分儿童文学博士学位论文称为"第一方阵"。

统计2001年至2020年136篇儿童文学博士学位论文，"第一方阵"共有59篇，占了136篇论文的五分之二。在这59篇论文中，北京师范大学有35篇，占比二分之一以上；上海师范大学有14篇，东北师范大学为8篇。值得提出的是，最先招收儿童文学硕士研究生的浙江师范大学经过长期努力，终于在2020年有了2篇儿童文学博士学位论文。

这59篇博士学位论文按内容分析，涉及儿童文学基础理论研究与作家作品研究，儿童文学发展历史研究，儿童文学文体研究（含童话、儿童小说、儿童诗歌、儿童戏剧、儿童电影、图画书等），儿童文学中外关系与比较研究，儿童文学跨界研究等。以下是对此59篇博士学位论文内容的具体分类（以论文题目、学校、博士生姓名、答辩时间、导师姓名为序）。

1. 儿童文学基础理论研究与作家作品研究 18 篇

《儿童文学叙事研究》，北京师范大学金莉莉，2004，导师王泉根。《儿童文学的童年想象》，北京师范大学张嘉骅，2004，导师王泉根。《都市里的青春写作：论"70 后"作家群的小说创作》，北京师范大学李虹，2005，导师王泉根。《幻想世界与儿童主体的生成》，北京师范大学王玉，2005，导师王泉根。《植物与儿童文学研究》，上海师范大学谢芳群，2005，导师梅子涵。《轻逸之美——对儿童文学艺术品质的一种思考》，上海师范大学陈恩黎，2006，导师梅子涵。《童年之美》，上海师范大学唐灿辉，2006，导师梅子涵。《雅努势的面孔：魔幻与儿童文学》，上海师范大学钱淑英，2007，导师梅子涵。《老头子做事总不会错——论儿童文学中的老人角色》，上海师范大学孙亚敏，2007，导师梅子涵。《论现代中国儿童文学经典的生成——以〈百年百部中国儿童文学经典书系〉为例》，北京师范大学许军娥，2008，导师王泉根。《论儿童文学的教育性》，东北师范大学侯颖，2008，导师朱自强。《儿童文学理论的基本问题与方法》，东北师范大学赵大军，2008，导师逄增玉。《儿童文学的游戏精神》，上海师范大学李学斌，2010，导师梅子涵。《从文学经典到数码影像——跨媒介视域中的〈宝葫芦的秘密〉》，上海师范大学王晶，2010，导师梅子涵。《叶圣陶与中国现代儿童文学》，北京师范大学周博文，2016，导师陈晖。《张天翼与中国现代儿童文学》，北京师范大学黄贵珍，2017，导师陈晖。《神话与儿童文学》，东北师范大学董国超，2013，导师朱自强。《中国儿童文学的身体书写研究》，东北师范大学韩雄飞，2017，导师侯颖。

2. 儿童文学发展历史研究 9 篇

《论现代文学与晚清民国语文教育的互动关系》，北京师范大学王林，2004，导师王泉根。《从冰心到秦文君——中国儿童文学中的女性主体意识》，北京师范大学陈莉，2007，导师王泉根。《三维视野中的香港儿童文学》，北京师范大学苏洁玉，2007，导师王泉根。《生态批评视野下的中国当代儿童文学》，北京师范大学郝婧坤，2008，导师王泉根。《论中国儿童文学初创时期（1917年至1927年）的外来影响——以安徒生童话为例》，北京师范大学王蕾，2008，导师刘勇。《中国新疆维吾尔族儿童文学研究》，北京师范大学阿依吐拉·艾比不力，2011，导师王泉根。《天籁的变奏——中国童谣发展史论》，北京师范大学涂明求，2012，导师王泉根。《新疆多民族儿童文学主题研究》，北京师范大学王欢，2016，导师王泉根。《东北沦陷区儿童文学史论（1931—1945）》，东北师范大学丁明秀，2020，导师钱万成。

3. 儿童文学文体研究（含儿童小说、成长小说、动物小说、童话、儿童诗歌、儿童戏剧、儿童电影、图画书等）19篇

《成长与性——中国当代成长主题小说的文化阐释》，北京师范大学张国龙，2005，导师王泉根。《论以儿童文学为根基的儿童戏剧教育》，上海师范大学赵婧夏，2006，导师梅子涵。《论中国当代儿童电影的基本精神》，北京师范大学郑欢欢，2007，导师王泉根。《动物小说——人类的绿色凝思》，上海师范大学孙悦，2008，导师梅子涵。《多维视野中的动物小说研究》，北京师范大学李蓉梅，2009，导师王泉根。《类型视野中的儿童幻想电影研究》，北京师范大学左昡，2009，导师王泉根。《童话论》，上海师范大学李慧，2010，导师梅子涵。《现代中国儿童小说主题研究》，北京师范大学王家勇，2011，导师王泉根。《论图画书语言》，北京师范大学赵萍，2011，导师王泉根。《论中国动画电影》，上海师范大学林清，2012，导师梅子涵。《少年小说中的成长书写——以台湾"九歌现代儿童文学奖"获奖作品为研究对象》，北京师范大学谢纯静，2013，导师王泉根。《中国当代比较儿童戏剧研究》，北京师范大学马亚

琼，2016，导师王泉根。《童话空间研究》，北京师范大学严晓驰，2016，导师王泉根。《儿童幻想小说叙事研究》，东北师范大学聂爱萍，2017，导师侯颖。《后现代儿童图画书研究》，北京师范大学程诺，2018，导师陈晖。《中国当代儿童诗歌的审美流变》，东北师范大学钱万成，2019，导师王确。《论视觉文化视域中的中国幼儿文学》，浙江师范大学洪妍娜，2020，导师方卫平。《新世纪儿童小说中的童年书写研究》，东北师范大学山丹，2020，导师侯颖。《中国现代幻想儿童文学中"漫游奇境"类故事的研究》，浙江师范大学王洁，2020，导师张法。

4. 儿童文学中外关系与比较研究 8 篇

《中西童话的主体比较研究》，北京师范大学舒伟，2005，导师王泉根。《清空的器皿——成长仪式与欧美文学中的成长主题》，上海师范大学徐丹，2006，导师梅子涵。《中日现代儿童文学发生期平行比较研究》，北京师范大学浅野法子，2008，导师王泉根。《中韩现代儿童文学形成过程比较研究》，北京师范大学张美红，2008，导师王泉根。《格林童话的产生及其版本演变研究》，上海师范大学彭懿，2008，导师梅子涵。《安徒生对孩童世界的开启及其现代意义》，北京师范大学李红叶，2011，导师王泉根。《日本儿童文学中的传统妖怪》，上海师范大学周英，2011，导师梅子涵。《图画书中文翻译问题研究——以英日文中译为例》，北京师范大学岩崎文纪子，2017，导师陈晖。

5. 儿童文学的跨界研究 5 篇

《出版文化视野下的中国当代儿童文学》，北京师范大学陈苗苗，2007。《儿童文学与新马华文教育研究》，北京师范大学陈如意，2008。《改革开放以来中国儿童书籍出版史论》，北京师范大学崔昕平，2012。《儿童文学与香港小学语文教育的对策研究》，北京师范大学谢玮珞，

2012。《儿童文学阅读与儿童健全人格研究》，北京师范大学李丽，2016。以上5篇博士学位论文的导师均为王泉根。

三、中国现当代文学维度的博士学位论文

如上所述，2001年至2020年间的136篇与儿童文学相关的博士学位论文中，有87篇博士学位论文属于中国现当代文学专业，除了北京师范大学、上海师范大学、东北师范大学的59篇博士论文是以"中国现当代文学专业儿童文学研究方向"以外，还有28篇博士论文是以中国现当代文学专业"现代文学"或"当代文学"作为研究方向的，以下是按答辩通过的时间顺序整理的这28篇博士论学位文的论题、学校、博士生姓名、答辩时间、导师名单：

《蝶与蛹——关于中国当代小说成长主题考察与思考》，北京大学李学武，2001，导师曹文轩。

《"主体"之生存——当代成长主题小说研究》，南京大学樊国宾，2002，导师丁帆。

《从"训诫"到"交谈"——中国新时期童话创作发展论》，华中师范大学冯海，2003，导师张永健。

《儿童的发现与中国现代文学》，复旦大学王黎君，2004，导师吴立昌。

《近二十年来中国小说的儿童视野》，四川大学何卫青，2004，导师赵毅衡、曹顺庆。

《中国现代文学中的儿童叙事》，中国社会科学院研究生院朱勤，2005，导师杨义、李存光。

《精神探索、苦难展示与被动化存在——论1980年代以来小

说中的儿童叙事》，吉林大学王文玲，2006，导师张福贵。

《重塑民族想象的翅膀：20世纪中国科幻小说研究》，兰州大学王卫英，2006，导师常文昌。

《荆棘路上的光荣——中国现代儿童文学史论》，山东师范大学杜传坤，2006，导师姜振昌。

《新时期小说中的未成年人世界》，华东师范大学齐亚敏，2007，导师马以鑫。

《呼唤和谐的儿童本位观——儿童文学与小学语文教育》，吉林大学赵准胜，2007，导师张福贵。

《"人"与"自我"的诗性追寻——中国现代文学中的回忆性童年书写研究》，南京师范大学谈凤霞，2007，导师朱晓进。

《20世纪中国成长小说研究》，上海大学徐秀明，2007，导师葛红兵。

《行进中的"小说"中国——当代成长小说研究》，苏州大学钱春芸，2007，导师曹惠民。

《当代儿童文学的文化大革命十年：1966—1976文革儿童文学史研究》，吉林大学杜晓沫，2009，导师黄也平。

《中国现代成长小说研究》，山东师范大学顾广梅，2009，导师朱德发。

《中国现当代幻想文学研究》，中国社会科学院研究生院金南玖，2010，导师张中良。

《另一种现代性诉求——1875—1937儿童文学中的图像叙事》，山东师范大学张梅，2011，导师魏建。

《尘埃下的似锦繁花：中国现代儿童诗史论》，湖南师范大学，刘汝兰，2011，导师谭桂林。

《大众传媒语境下的儿童文学传播障碍归因研究》，山东师范大学王倩，2012，导师王万森。

《自娱与承担：中日儿童文学比较研究——以创始期为中心》，中山大学刘先飞，2012，导师林岗。

《新时期儿童文学中的生态伦理意识研究》，山东师范大学田媛，2013，导师吕周聚。

《中国新时期童话批评研究》，扬州大学王雅琴，2014，导师古风。

《儿童文学：讲述主体与对象主体——1980—2010年代儿童文学童年叙事研究》，吉林大学何家欢，2016，导师孟繁华。

《新时期儿童小说的创作新变研究》，华中师范大学王艳文，2016，导师李遇春。

《1990年代以来儿童小说中的顽童叙事研究》，山东大学赵淑华，2017，导师张学军。

《伪满洲国童话研究》，华东师范大学陈实，2017，导师刘晓丽。

《新媒体时代中国儿童文学多维特征研究》，山东师范大学潘颖，2020，导师吕周聚。

以上28篇博士学位论文的分布情况是：山东师范大学6篇，吉林大学4篇，中国社会科学院研究生院、华东师范大学、华中师范大学各2篇，北京大学、复旦大学、南京大学、南京师范大学等12所高校各1篇。

这28篇博士学位论文的选题内容有一显著特点，即均是立足于现代文学或当代文学，在中国现当代文学历史范围内探讨儿童文学，以及与儿童文学密切相关联的成长小说、幻想文学、科幻文学等，论题都集中于"中国""现当代时期""作家作品"这几个关键词，基本上不涉及儿童文学基础理论，更不涉及古代。这28篇博士论文有力地丰富并扩大了儿童文学的研究视角、研究内涵，是二十一世纪初叶儿童文学理论研究的重要收获之一。

例如，华东师范大学陈实的博士学位论文《伪满洲国童话研究》（导师刘晓丽）第一次发掘探讨中国现代文学范畴中的东北地区"伪满洲国童话"，论文认为："伪满洲国长达14年的殖民统治期间,殖民者将童话作为意识形态宣传和文化侵略的一种工具,指派或倡导作家创作一种将'五族协和''王道乐土'等殖民宣传植入其中的童话,意在教育和影响青少年。同时,一些爱好童话创作的作家和文学爱好者,以'附逆''迎合''解殖'等姿态,发表了数量不可忽视的童话作品,并在伪满洲国后期成为一种特殊的文学现象。对伪满洲国童话的研究,将再现这一时空的童话写作现象,弥补这一时期童话史料的缺失,衔接童话研究的断层,为中国文学史提供多样性的参考,与其他殖民地文学研究互为烛照、补充与参考,暴露日本殖民者培养'未来国民'的文化殖民计划,从儿童文学参与文化殖民的角度提出新思考,同时也将为这一时期的民族文学、外国文学、翻译文学等研究提供宝贵的资料。"

必须提及，从中国现代文学、当代文学维度切入或联通儿童文学的以上28篇博士学位论文的导师，多为国内现当代文学研究领域的知名专家，因而这批博士学位论文大多视野开阔，立论谨严，分量也较为厚重。为方便研究，我们把这28篇论文称为儿童文学博士学位论文产出方式的"第二方阵"。

四、跨学科维度的博士学位论文

根据博士学位论文来源，我国儿童文学博士学位论文的产出还有另一种方式，即不是出于中国现当代文学专业，而是分布在其他更多的学科专业之中，这有文艺学、外国文学、教育学、民俗学、传播学等。博士生导师既不专门研究儿童文学，也不从事现当代文学，而是文艺学、外国文学以及教育学、民俗学、传播学等相关学科的教授、专家。为方便研究，我们把这部分儿童文学博士学位论文的产出方式称为"第三方阵"。

经考察，2001年至2020年的136篇与儿童文学相关的博士学位论文，属于"第三方阵"的论文计有49篇，分述如下：

中国古代文学1篇：《汉魏晋南北朝寓言研究》，复旦大学权娥麟，2010，导师郑利华。

文艺学6篇：《西方寓言理论及其现代转型》，南京大学良清，2006，导师赵宪章。《中国发生期儿童文学理论本土化进程研究》，南开大学李利芳，2006，导师刘俐俐。《女性创作与童话模式——英国十九世纪女性小说创作研究》，华东师范大学戴岚，2007，导师陈勤建。《论安徒生童话里的"东方形象"》，暨南大学彭应翃，2011，导师饶芃子。《以两则童话的演变看地理环境对于文学的影响》，武汉大学周巍，2017，导师杜青钢。《1949年以来外国儿童文学理论在中国的译介与影响》，新疆大学陈莉，2020，导师高波。

文艺民俗学2篇：《林兰民间童话的结构形式与文化意义研究》，华东师范大学黎亮，2013，导师陈勤建。《越南灰姑娘型童话碎米细糠故事研究》，华东师范大学黄氏草绵，2017，导师陈勤建。

中国少数民族语言文学2篇：《伪满时期的蒙古族儿童文学研究——以伪满洲国蒙古文机关报为中心》，中央民族大学永花，2009，导师萨仁格日勒。《内蒙古当代儿童小说主题研究》，内蒙古大学乌云毕力格，2013，导师全福。

比较文学与世界文学13篇：《马克·吐温青少年题材小说的

多主题透视》，上海师范大学易乐湘，2007，导师郑克鲁。《晚清儿童文学翻译与中国儿童文学之诞生——译介学视野下的晚清儿童文学研究》，复旦大学张建青，2008，导师谢天振。《从歌德到索尔·贝娄的成长小说研究》，吉林大学买琳燕，2008，导师傅景川。《格林童话在中国》，四川大学付品晶，2008，导师杨武能。《儿童成长与伦理选择——安徒生童话研究》，华中师范大学柏灵，2013，导师聂珍钊。《帝国的男孩与女孩：帝国主义和"黄金时代"儿童小说中的性别模范》，上海外国语大学裴斐，2013，导师史志康。《权正生儿童文学中的苦难叙事研究》，中央民族大学韩天炜，2017，导师吴相顺。《以绘为本 抵心问道——日本现代儿童绘本叙事结构的研究》，中央美术学院杨忠，2017，导师周至禹。《生态中心主义型生态批评视阈下的〈格林童话〉研究》，上海外国语大学孟小果，2017，导师谢建文。《从憧憬到现实——小川未明初期童话研究》，上海外国语大学杨亚然，2019，导师高洁。《在"漂浮的世界"中成长——辛西娅·角畑儿童小说主题研究》，中央民族大学陈蓡，2020，导师郭英剑。《〈哈利·波特〉在中国的译介研究》，上海外国语大学王伟，2020，导师宋炳辉。《杰克·齐普斯的童话理论研究》，华中师范大学雷娜，2020，导师孙正国。

英语语言文学6篇：《无尽的求索和虚妄的梦——美国成长小说艺术和文化表达研究》，上海外国语大学孙胜忠，2004，导师虞建华。《幻想与现实：二十世纪科幻小说在中国的译介》，复旦大学姜倩，2006，导师何刚强。《童话的青春良药："白雪公主"与"睡美人"的青春改写》，上海外国语大学阙蕊鑫，2009，导师张定铨。《英国童话的伦理教诲功能研究》，华中师范大学李纲，2015，导师聂珍钊。《维多利亚时期英国儿童幻想文学研究》，山东师范大学任爱红，2015，导师王化学。《英国儿童小说的伦理价值研究》，华中师范大学王晓兰，2016，导师聂珍钊。

德语语言文学3篇：《德国浪漫主义时期童话研究》，北京外国语大学刘文杰，2006，导师韩瑞祥。《"童话"中的童话——论童话〈渔夫和他的妻子〉在君特·格拉斯小说〈比目鱼〉中的改写和作用》，上海外国语大学丰卫平，2006，导师卫茂平。《埃里希·凯斯特纳早期少年小说情结和原型透视》，上海外国语大学侯素琴，2009，导师卫茂平。

戏剧戏曲学2篇：《中国儿童剧导演艺术研究》，中央戏剧学院徐薇，2006，导师白栻本。《中国儿童戏剧发展史（1919—2010）》，上海大学宋敏，2018，导师朱恒夫。

广播电视艺术学3篇：《中国儿童电视剧的审美文化研究》，中国传媒大学朱群，2009，导师蒲震元。《中国儿童电视剧55年》，中国传媒大学王利剑，2013，导师刘晔原。《国产儿童电视剧的产业化研究》，海南师范大学王素芳，2018，导师周泉根、单正平。

学前教育学6篇：《幼儿喜爱之幽默图画书的特质》，北京师范大学周逸芬，2001，导师陈帼眉。《幼儿图画故事书阅读与发展研究》，北京师范大学康长运，2002，导师庞丽娟。《童话精神与儿童审美教育》，南京师范大学闫春梅，2007，导师滕守尧。《教师引导对大班幼儿故事听读理解影响研究——以"同伴交往"主题作品为例》，北京师范大学高丽芳，2008，导师刘焱。《小、中、大班幼儿对故事的阅读理解与听读理解的比较研究》，北京师范大学张玉梅，2009，导师刘焱。《学前儿童图画故事书阅读理解发展研究——多元模式意义建构的视野》，华东师范大学李林慧，2011，导师周兢。

　　教育学原理（课程与教学论）3篇：《儿童文学，一种重要的课程资源》，北京师范大学赵静，2002，导师裴娣娜。《清末民国小学儿童文学教育发展研究》，北京师范大学张心科，2010，导师郑国民。《清末民国时期儿童文学教育学术史研究——基于〈教育杂志〉的文献考据》，陕西师范大学赵燕，2016，导师栗洪武。

　　新闻学2篇：《中国近代儿童报刊的历史考察》，中国人民大学傅宁，2005，导师方汉奇。《中国童书出版编辑力研究》，武汉大学张炯，2017，导师吴平。

　　"第三方阵"儿童文学博士学位论文的产出的特点是：博士生导师属于相关学科的教授、专家，他们指导的博士研究生的博士学位论文选题，无疑是立足于自身学科专业范围，并不是为了儿童文学，但论文选题内容所提出与需要解决的问题则与儿童文学密切相关，因而明显地具有跨领域、跨学科的交叉研究性质。例如：《林兰民间童话的结构形式与文化意义研究》（华东师范大学黎亮，2013），是民俗学中的文艺民俗学与儿童文学的交叉研究。《童话精神与儿童审美教育》（南京师范大学闫春梅，2007），是学前教育学与儿童文学的交叉研究。《清末民国小学儿童文学教育发展研究》（北京师范大学张心科，2010），是教育学中的课程教学论与儿童文学的交叉研究。《"童话"中的童话——论童话〈渔夫和他的妻子〉在君特·格拉斯小说〈比目鱼〉中的改写和作用》（上海外国语大学丰卫平，2006），是德语语言文学与儿童文学的交叉研究。《中国儿童电视剧55年》（中国传媒大学王利剑，2013），是广播电视艺术学与儿童文学的交叉研究。

　　如上所示，"第三方阵"儿童文学博士学位论文的撰写主体是其相关学科专业，如文艺民俗学、学前教育学、教育学（课程教育论）、德语语言文学、广播电视艺术学等。这些学科都有自己的研究领域、理论体系、研究方法和专门的术语系统，这些与儿童文学相关联的博士学位论文，显然需要立足于自身学科的理论体系、研究方法和专门术语，在此基础上，运用跨学科的研究方法，拓宽新的理论话语。因而这类儿童文学博士学位论文，对于自身的学科专业而言，是一种新问题的提出，新资料的发现，新领域的开拓。但对于儿童文学而言，则是拓宽了儿童文学的研究领域与理论视野，提供并丰富了儿童文学新的研究成果与理论启示。这就是跨学科、跨领域研究带来的好处。

跨学科研究根据视角不同，可分为方法交叉、理论借鉴、问题拉动、文化交融四个层次。试以北京师范大学教育学专业博士学位论文《清末民国小学儿童文学教育发展研究》（张心科，2010）为例，该论文属于教育学中的课程教学论研究，"试图对清末民国小学儿童文学教育发展历程做深入的研究，来探索当下儿童文学和语文教育中的文学教学问题，并力图预示儿童文学教育的走向"[①]。论文"采用文学、教育、历史跨学科交叉研究的方法，以教育宗旨、儿童观及文学功能为视角，以课程（课程思想、文件及教材）和教学（教学内容、过程及方法）为切入点，对清末民国的小学儿童文学教育进行了较为系统、深入的分析，梳理出其发展的脉络"。儿童文学教育是语文教育的重要内容，儿童文学直接联系着语文教材、课程资源与未成年人的文学阅读能力培养，因而这篇博士学位论文提出和研究的问题，对于当前儿童文学与小学课程资源、语文教育研究、阅读传播、校园文化建设等，都有实质性的意义与启示。

---

① 郑国民：《〈清末民国儿童文学教育发展史论〉序》，见张心科：《清末民国儿童文学教育发展史论》，北京师范大学出版社，2011年。

五、我国儿童文学学科建设经历的机遇与挑战

综上所述，我国儿童文学博士学位论文的产出主要来自以上三种方式：一是明确以儿童文学作为博士研究生培养目标的儿童文学主体性研究产出方式，即上文所述的"第一方阵"；二是立足于中国现当代文学历史范围内探讨儿童文学的衍生性研究产出方式，即上文所述的"第二方阵"；三是以原学科研究为中心，涉及儿童文学的跨领域、跨学科交叉研究产出方式，即上文所述的"第三方阵"。以上三种出于不同研究目的的博士学位论文汇聚在一起，共同促进了二十一世纪初以来我国儿童文学理论研究的发展与高层次专业人才的培养。如果我们将这三种方式及各自的特色、优势加以比较与综合分析，我们或许能从中找到当代儿童文学学科建设与学术研究的一些基本规律，并从中探析制约儿童文学学科建设的瓶颈，拓宽儿童文学学术研究的发展空间。应当说，由此引发的启示与思考是多方面的。

1. 儿童文学是一门综合性学科

现行的学科分类与学科级别是由国务院学位委员会办公室、教育部学位管理与研究生教育司（一套班子两块牌子）制定的，名谓《授予博士、硕士学位和培养研究生的学科、专业目录》，于1997年公布实施。按此文件，现行所有学科分成学科门类、一级学科、二级学科（三级学科实际上是二级学科下属的研究方向）。其中，中国语言文学为一级学科，下设8个二级学科，即：文艺学，语言学与应用语言学，汉语言文字学，中国古典文献学，中国古代文学，中国现当代文学，中国少数民族语言文学，比较文学与世界文学。儿童文学被归整到中国现当代文学二级学科里面。

　　但在中国语言文学范畴之中，儿童文学与其他文学专业，如文艺学、中国古代文学、少数民族语言文学、比较文学与世界文学等相比较，儿童文学具有明显的交叉性与跨学科性。其根本原因在于，儿童文学是以读者对象（儿童）命名的文学类型，因而如何理解与把握儿童的特点以及儿童接受文学的特殊性，就成了这门学科的前义。这样儿童文学自然而然地与教育学、心理学、艺术学、传播学等相关联。更重要的是，从系统论的观点看待儿童文学学科，儿童文学研究实际上包含了文学内部研究与文学外部研究这样两个系统。具体而言，儿童文学的内部研究包括儿童文学的基础理论，儿童文学发展史论（古代、近现代、当代），儿童文学文体论，儿童文学作家作品论，儿童文学创作方法论，儿童文学中外交流互鉴论等；而儿童文学的外部研究，则涉及儿童文学与教育学（特别是学前教育、课程教育论中的语文教育），儿童文学与传播学（特别是其中的出版学），儿童文学与艺术学（如儿童文学与戏剧学，儿童文学与电影学、电视学，儿童文学与美术学），儿童文学与民俗学（特别是民间文艺、民间文学），儿童文学与语言学（特别是外国语言文学、中国少数民族语言文学）等。

　　2. 儿童文学不能被束缚在"中国现当代文学"二级学科里面

　　由上分析观之，按照《授予博士、硕士学位和培养研究生的学科、专业目录》所规定的现行学科、专业分类，将儿童文学仅仅放在中国现当代文学二级学科专业里面，作为其中的一个研究方向，显然既不合理，更不科学。借用唐代诗人韩愈《山石》诗中的一句，那真是"岂必局促为人靰"，严重制约了儿童文学的学科建设与学术研究。

　　因为，如果我们只是将儿童文学视为中国现当代文学专业下面的一个研究方向，那么，儿童文学只能在中国现当代文学范围里面兜圈子、找题目，有关儿童文学基础理论、儿童文学文体论、古代儿童文学、外国儿童文学、少数民族儿童文学，尤其是儿童文学与教育学、艺术学、传播学、民俗学等跨学科跨领域的研究课题，都将是师出无门，不属于现当代文学本专业研究范围。本文所论述的以上136篇儿童文学博士学位论文，出于中国现当代文学专业的论文，之所以有多篇突破现当代文学的束缚，而涉及儿童文学基础理论、文体类、外国儿童文学以及教育学、传播学、艺术学等，这主要是出自北京师范大学、上海师范大学、东北师范大学这三所高校的儿童文学博士研究生，是这三所高校的博士生导师有意识地突破学科专业束缚，开疆拓土，将博士学位论文的选题引向并渗透到更广阔的领域之中。

但据笔者所知，这些具有跨专业意图的博士学位论文，实际上在送外校专家评审以及预答辩等环节中，多少会遭到现当代文学"同行专家"的质疑，甚至提出不符合专业范围的评审意见。为了求得儿童文学的发展，相关导师自然必须与现当代文学"搞好关系"。笔者从2001年起在北京师范大学文学院担任"中国现当代文学专业儿童文学研究方向"的博士生导师，先后指导并顺利毕业29位博士生，其中6位来自日本、新加坡及我国台湾、香港地区。当时为使博士生的论文选题突破中国现当代文学范围的束缚并顺利通过评审、答辩，实在是煞费苦心。幸蒙北京师范大学现当代文学学科带头人王富仁、刘勇教授等对儿童文学的全力支持与呵护，方使儿童文学博士生培养在北京师范大学得到从容发展的平台，营造出一方天地。特别难得的是，在北京师范大学研究生院的支持并报经学校评审决定下，从2006年起，儿童文学作为与中国现当代文学并列的二级学科，单独招收儿童文学硕士研究生（博士研究生招生仍在现当代文学专业）。

儿童文学要突破现当代文学二级学科的束缚，实在亟须"自立门户"。实际上，我们从以上136篇博士学位论文的学科分布可知，那些跨学科跨领域的交叉研究，也即儿童文学外部研究的论文，更多地来自于教育学、艺术学、民俗学以及中国语言文学一级学科下面的文艺学、少数民族语言文学等，这也从另一个方面印证了儿童文学不能被束缚在"中国现当代文学"二级学科里面的必然性。

3. 儿童文学学科新的生长与契机

综上所述，无论是儿童文学研究自身的学科特点，还是本文所论述的这136篇儿童文学博士学位论文的现实产出状况，都在明确地揭示一个观念：儿童文学应当而且必须独立成类，自立门户，成为一门中国语言文学一级学科下面的，并列于文艺学、中国古典文献学、中国古代文学、中国现当代文学、中国少数民族语言文学、比较文学与世界文学的独立的二级学科。非如此，儿童文学学科无法得到应有的发展，那种"局促为人靴"的不合理不科学的状况，也无法得到根本的改变。正因如此，国内多所高校的教授尤其是儿童文学学科先辈专家、浙江师范大学蒋风教授，曾多次撰文吁请相关职能部门能给儿童文学二级学科的地位[①]，但情况却长期地"依然照旧"。

转机出现在2009年，教育部印发了《学位授予和人才培养学科目录设置与管理办法》，对二级学科设置办法进行了改革：学位授予单位可在获得授权的一级学科下，自主设置与调整二级学科和按二级学科管理的交叉学科。同时又规定，1997年颁布的《授予博士、硕士学位和培养研究生的学科、专业目录》中的二级学科，仍是学位授予单位招生、培养人才的重要依据。

根据这一文件精神，凡是国内高校已经获得授权的一级学科，可以：（1）自主设置与调整二级学科；（2）自主设置按二级学科管理的交叉学科。前提是这个学科必须已经获得教育部授权的一级学科资质。按此文

---

① 蒋风：《儿童文学在中国：作为一门学科处境尴尬》，《文艺报》2003年9月2日。

件，我们已经欣喜地看到，在新世纪进入第二个十年后，在教育部逐年公布的《学位授予单位（不含军队单位）自主设置二级学科和交叉学科名单》中，北京师范大学已经在授权的一级学科"中国语言文学"下，自主设置了"儿童文学"为二级学科；浙江师范大学则将"儿童文学"设置为交叉学科（儿童文学—教育学、中国语言文学、外国语言文学）。这是新时代儿童文学学科的新发展、新作为，相信儿童文学博士研究生的培养与儿童文学博士学位论文的产出自将步入一个新的台阶。

六、期待新时代儿童文学学科建设与博士生培养的突破与发展

但是，我们必须看到问题的另一面：虽然儿童文学学科建设出现了转机，然而这一转机对高校而言是有条件与门槛的，即必须是获得授权的一级学科。那么问题就来了，那些没有获得授权的一级学科的高校，即使儿童文学教学科研实力最强、社会对这方面的高层次人才最急需，也只能徒呼奈何，因为作为"学位授予单位招生、培养人才的重要依据"的教育部那份1997年颁布的《授予博士、硕士学位和培养研究生的学科、专业目录》中，是不存在儿童文学的，国内将近100多所师范类院校想要发展儿童文学学科，由于在这份教育部《专业目录》中找不到二级学科儿童文学，自然"师出无名"。然而儿童文学学科发展与高层次人才培养又是如此急需，在这里我想提出下面的数字与事实：

1949年新中国成立至今的儿童文学是中国儿童文学史上发展最快、成就最为显著的时期。尤其是"十八大"以来，儿童文学的新作为、新发展更为显著。今天中国已成为完全意义上的世界儿童文学大国，并正在向强国迈进。据统计，近年中国出版的少儿图书品种每年多达4万余种，年总印数7亿册以上，约占全国全部出书品种的10%。而其中，最具

影响力的正是儿童文学，如"国际安徒生奖"得主曹文轩的《草房子》销量已超过1000万册，现在全国出版的文学类图书，儿童文学占了一半。近年来，中国原创儿童文学走出国门的步伐越来越强劲，中国儿童文学已成为世界儿童文学之林中的东方劲旅。因而儿童文学学科建设与专业人才培养已成为新时代高校文科建设的一个具有重要现实意义的课题，而处于高等教育中的最高学历的博士研究生培养与儿童文学博士学位论文的产出就尤其显出价值与意义。更何况，在当前每年大规模招收博士研究生的背景下，为什么不能对儿童文学"高抬贵手"呢？例如2021年全国博士研究生招生人数达12.6万人，较2020年增加了0.98万人，同比增长8.40%[①]，而儿童文学博士研究生招生不到区区五六人而已。新时代的博士生培养自应有新作为新举措，我们期待儿童文学博士研究生培养与儿童文学博士学位论文的产出将有更新更大的发展与成就。

正是在新时代新作为的惠风吹拂下，作家出版社决定推出我国教育史、出版史上的第一套《儿童文学博士文库》，第一辑21种，其中包括5位导师的著作与16位博士的博士学位论文。这16部儿童文学博士学位论文，主要来自北京师范大学、上海师范大学、东北师范大学，很明显，这是明确以儿童文学作为博士研究生培养目标的儿童文学主体性研究方式（即上文所述的"第一方阵"）产出的博士学位论文。

《儿童文学博士文库》的出版，既是对儿童文学专业高层次人才培养与学科建设的有力支持，同时也是促进新时代儿童文学理论发展的有力举措。我们欣喜地看到，新世纪以来我国自主培养的这一大批儿童文学博士生，正在成长为新一代儿童文学理论工作者，他们中的拔尖人才，已成为当今知名的理论批评家、作家、出版家与阅读教学专家，是中国儿童文学新一代的理论批评、学术研究、学科建设的接力者、领跑者。

---

① 智研咨询《2021年中国研究生培养单位、招生人数、在学人数及毕业人数分析》，发布时间：2022-03-11，10:23，北京智研科信咨询有限公司官方账号。

长江后浪推前浪，相信中国儿童文学理论建设与学术研究在一棒接一棒的接力中，必将日日新，又日新，为建设具有中国特色、东方智慧的儿童文学理论体系做出更大的成绩。

2020年10月15日初稿于北京师范大学

2022年4月30日改定于海南三亚

目录
Contents

再建巴别塔：
课题研究的逻辑起点

第一节　原始文化：智慧的光辉依然灿烂

那时，天下人的口音言语都是一样。他们往东边迁移的时候，在示拿地遇见一片平原，就住在那里。他们彼此商量说："来吧，我们要做砖，把砖烧透了。"他们就拿砖当石头，又拿石漆当灰泥。他们说："来吧，我们要建造一座城和一座塔，塔顶通天，为要传扬我们的名，免得我们分散在全地上。"耶和华降临，要看看世人所建造的城和塔。

耶和华说："看哪，他们成为一样的人民，都用一样的语言，如今既做起这事来，以后他们所要做的事就没有不成就的了。我们下去，在那里变乱他们的口音，使他们的言语彼此不通。"于是，耶和华使他们从那里分散在全地上，他们就停工不造那城了。因为耶和华在那里变乱天下人的语言，使众人分散在全地上，所以那城名叫巴别（就是"变乱"的意思）。

在展开本论之初，我想到了《圣经》中的这则神话。
那是在人类的第一起谋杀案——该隐杀死弟弟亚伯之后。

四十天的大洪水，让性情败坏了的人类几乎消灭殆尽，只有挪亚一家和方舟上的生灵存活下来。上帝等于又把创造生命的工作重复了一次。世界由此重又澄明清澈，生命复归淳朴自然。挪亚的三个儿子闪、含和雅弗的后代们，要建造一座通天塔，来凝聚家族的力量、昭示生命的伟大，这是何等宏伟、浪漫的构想！上帝显然不愿意看到他自己创造的生命，与他共享伟大的名声。于是他变乱了人们的语言，"使他们言语彼此不通"，而建造一座通天塔的宏伟构想因此被废弃，同一家族的兄弟姐妹被分散到世界各地，形成不同的群落，不同种族的语言文字由此产生。

文字的产生是人类文明的一个转折点，"有文字记载"标志着人类文明的真正开始。而关于"巴别塔"的神话则不无沉重地告诉我们，为了开启人类文明，骨肉兄弟牺牲了彰显力量、永享团圆的宏伟理想。《圣经》中的这则神话是不是有这样一层寓意：为了我们所称道的以书写文字为主要载体的文明，人类曾经付出了惨重的代价！如果真可以这样解读，那这是不是人类第一次认真反思人类文明而产生的感叹呢？

我们的如是推测不是子虚乌有的主观臆断，因为在中国的神话传说中，我们也看到了文字产生时惊心动魄的悲壮场景。"昔者仓颉作书，而天雨粟，夜鬼哭"（《淮南子·本经训》）。"天雨粟，夜鬼哭"，是"因为恐怕人们以后会舍本逐末，抛弃农耕的大业去贪图用锥刀刻写文字的小利，弄得将来饿肚子，所以预先降点粟米来救济未来的灾荒，也是警告世人的意思；鬼则恐怕被这些可怕的文字弹劾，所以在夜晚啼哭。这说明文字的发明在人类文化史上，实在是一件'惊天地、动鬼神'的大事"[1]。如果把这则神话与《圣经》中关于"巴别塔"的故事加以比较就可以看出，与西方人一样，华夏民族的先民也在感叹文字的产生对原有生活的冲击。不过与西方人以为书写文明的开始，颠覆了他们想与上帝争荣的大胆、豪放理想不同，务实的中国人更为感叹的是，书写文明的产生打破了

---

[1] 袁珂：《中国神话传说》（上册），人民文学出版社，1998年，第224页。

天地之间原有的平衡。

《庄子》把这种具有东方色彩的感叹表现得淋漓尽致。我以为庄子思想的深刻性在于，他在人类文明刚刚迈出第一步时，就敏锐地发觉这一步可能出现了方向性的问题，人们不应该沿着这个方向继续走下去，而应该考虑文明逆向发展的可能。因此，庄子可以被称为中国思想史上第一个认真思考人类文明利弊的哲人。当然，人类文明史不可能重新演进一次，历史的发展也不承认某种学理假设的正确性，我们只能实用主义地认为，以往历史的发展是社会各种合力相互组合、共同运作的最佳结果。但是我们也不能因为"存在的就是合理的"，而忽视人类先哲否定性思维的洞悉力及其学理价值。

用下述语言来概括庄子的思想恐怕并不准确："从积极意义上说，它揭示了社会统治思想的本质，表现了摆脱精神束缚的热烈渴望，为封建时代具有反传统精神和异端思想的文人提供了哲学出发点；从消极意义上来说，他所追求的自由只是理念上而非实践的自由，提供给人们的只是逃避社会矛盾的方法，因而始终能够为统治者所容忍。"①在这段话中，最后"逃避社会矛盾"一句，足以抵消前面对庄子"积极意义"方面的肯定性评价。因此，从本质上讲，论者认为庄子思想是消极的。我以为，这是一种简单化的论断。

庄子的思想如同近代哲学家尼采一样，是通过反传统、颠覆"宏大叙述"，来彰显人性的意义和价值的。因而仅仅从揭示"社会统治思想的本质"的角度探讨庄子思想的意义，显然是有局限的。庄子关注的是社会文明的意义，这个理论视野，要远远大于"社会统治思想"的范畴。如果说"昔者仓颉作书，而天雨粟，夜鬼哭"，还只是以讽喻的笔法感叹文明的产生对原有生活的冲击，那庄子则旗帜鲜明地对这种文明的意义提出质疑和批评。他在《养生主》中说："吾生也有涯，而知也无涯。以有涯随无涯，

---

① 章培恒、骆玉明主编：《中国文学史》（上册），复旦大学出版社，1999年，第129页。

殆已。已而为知者，殆而已矣。"①显然，庄子并不否定"知"；如果把"知"的内涵扩大开来，指代某种文明，那我们就可以进一步得出结论，庄子并非在一般意义上否定文明。可见，庄子的思想并不消极。庄子否定的是当下人们"以有涯随无涯"的求知方式，认为这样"为知"是不可取的——"已而为知者，殆而已矣"。简言之，庄子质疑的对象，是逐渐在人们面前展开的社会书写文明的性质和方式。庄子的这样一种理论批评取向，用"提供给人们的只是逃避社会矛盾的方法"来概括，我以为也是很不准确的。

为什么否定人们的求知方式或书写文明呢？《庄子》通过对语言本身具有的表意不确定性的分析，十分精彩地展开了理论思辨。

言者有言，其所言者特未定也。果有言邪？其未尝有言邪？（《庄子·齐物论》）

世之所贵道者，书也。书不过语，语有贵也。语之所贵者，意也，意有所随。意之所随者，不可言传也，而世因贵言传书。（《庄子·天道》）

可以言论者，物之粗也；可以意致者，物之精也；言之所不能论，意之所不能察致者，不期精粗焉。（《庄子·秋水》）

庄子在以上几篇文章中，阐述了语言和意旨之间的不对等性，其学理推演逻辑，与西方后现代思潮的"语言学转向"的学术研究理路是完全一致的。美国学者约瑟夫·纳托利在1997年出版的一部著作中的论述，可以和庄子的话对照起来阅读。

尽管我们自身与世界之间不存在隔阂，但在那种实在与其任

---

① 引论部分所引庄子言论，皆出自傅佩荣《解读庄子》，上海三联书店，2007年。

何表征之间，在存在于实在之中的事物与我们对之的言说之间，简言之，在语言与世界之间，在一个人与另一个人所看到的之间，在一种文化背景中与另一种文化背景中实在与自我的相互交织之间，隔阂是存在的。没有哪一种对事物的描述可以任何绝对或普遍的方式，证明自身优先于任何其他对事物的描述。换言之，所有要掌握一种普适的判断准则的断言都是自我证实的断言，永远都会受到其他自我证实的断言的挑战。①

纳托利关于实在与表征、存在与言说、普适性论断的可质疑性的看法，与庄子的思想如出一辙，这不能不让我们重新审视庄子思维智慧的意义与价值。

因为语言本身具有不确定性，语言与意旨之间的关系并非完全清晰透明，所以庄子贬低物化为语言文字的知识，而强调意旨的不可言传性。不可言传的意旨，才是真正的知识，因此他说："大道不称，大辩不言。"（《庄子·齐物论》）庄子关于知识的这样一种认识，同样与西方学术大师的思想十分相似。意大利著名哲学家维柯论述道："在希腊文里寓言故事也叫作mythos，即神话故事，从这个词派生出拉丁文的mutus，mute（缄默或哑口无言），因为语言在初产生的时代，原是哑口无声的，它原是在心中默想的或用作符号的语言。"②美国著名媒体文化研究者和批评家尼尔·波兹曼在《娱乐至死》中论述道："字母带来了人与人之间对话的新形式，关于这一点如今学者们已达成共识。人们说出的话不仅听得见，而且看得见——这不是一件小事，虽然关于这一点我们的教育也未作太多评论。但是很明显，语音的书写形式创造了一种新的知识理念，一种关于智力、听众和后代的新认识，这些东西柏拉图在其理论形成的初期就已经认识到了。他在《第七封信》中写道：'没有一个有智力的人会冒险用语言

---

① ［美］约瑟夫·纳托利：《后现代性导论》，潘非等译，江苏人民出版社，2004年，第26页。
② ［意］维柯：《新科学》（上册），朱光潜译，商务印书馆，1989年，第197页。

去表达他的哲学观点，特别是那种会恒久不变的语言，例如用书面的文字记录下来。'"①二十世纪最伟大的作家之一博尔赫斯也曾论述道："毕达哥拉斯故意不留下书面的东西，那是因为他不愿意被任何书写的词语束缚住。毫无疑问，他肯定已经感受到'文字能致人死命，精神使人新生'这句而后在《圣经》中出现的话的含义。他感受到了这点，所以不愿意受制于书面语言。"②中国学者叶舒宪先生也有相似的论述："由于文字的发明，象征变成了明白的，失去了原有的丰富性，人类的语词也停止了对现实的无穷探索，成为可以用来反对自己的符号。萨特深知此中道理，这是他的自传《语词》的潜在主题。书写把意识一分为二，文字比口说更加具有权威性。这样就自然会贬低言说的意义，破坏口头传统。一些具有特权的人可以利用文字在政治上控制他人。书写超越了记忆，对事件的官方的、固定的和永久的记录成为可能。"③

维柯关于无声语言的观点，几乎就是"大道不称，大辩不言"的注解；柏拉图和博尔赫斯对书写语言的担心与庄子的看法也非常相近。叶舒宪先生则在后现代文化语境中，解构了书写语言的霸权。中外学者实际上都已发现，以声音为载体的语言与以文字为载体的语言会创造两种不同的"知识理念"；用后者取代前者，甚至可能从根本上改变知识的性质。与这些学者相比，庄子对书写语言的否定尤为彻底。

庄子认为，难以指称的"大道"，不凭借语言而展示的雄辩（"大辩"），存在于书写文明产生之前，也就是"仓颉作书"之前。那是人与天道亲密无间的时代："古之真人，不知说生，不知恶死；其出不䜣，其入不距；翛然而往，翛然而来而已矣。"（《庄子·大宗师》）但是，人类进入书写文明之后，人欲恶性膨胀，"落马首，穿牛鼻"（《庄子·秋水》），逆天性而动。其结果是人失去了以往的真率、自由："大知闲闲，

---

① ［美］尼尔·波兹曼：《娱乐至死》，章艳译，广西师范大学出版社，2004年，第14页。
② 叶舒宪：《现代性危机与文化寻根》，山东教育出版社，2009年，第214页。
③ 叶舒宪：《现代性危机与文化寻根》，山东教育出版社，2009年，第114页。

小知间间。大言炎炎，小言詹詹。其寐也魂交，其觉也形开，与接为构，日以心斗。缦者，窖者，密者。小恐惴惴，大恐缦缦。"（《庄子·齐物论》）从以上论述可以十分清楚地看出，庄子评判文明优劣的准则，不在于物质财富的丰富与否，而在于人所享受到的幸福与自由。如果一种文明导致的是天道倾覆，人性堕落，那么，我们为什么不可以对之提出批评，并提出逆向发展的构想呢？在庄子生存年代约两千年之后，法兰克福学派代表人物马尔库塞有感于现代社会人性的压抑，不无悲伤之处："要解放追求和平与安宁的本能需要，要解放'非社会性的'、自主的爱欲，首先就必须从压抑性的富裕中解脱出来，即必须扭转进步的方向。"①对照马尔库塞的论述，庄子的批判是极富警示作用并发人深思的。

之所以具有警示作用并发人深思，是因为我们在今天遇到太多太多的"文明病"：核武器的威胁、生态危机、恶性疾病的蔓延和流行、人类精神家园的失落与心灵的漂泊等等。当代一位中国学者在感叹自然的沉沦与人类面临的危机时，曾有如下论述："英国科学家的研究表明，'疯牛病'的病因就在于今天对牛的饲养方式。商业利润的追求使养牛场的场主违背牛的天性，使用种种方法对牛进行催生催长。结果，一头牛可以在更短的时间里长成出栏，拿到市场上换回金钱。……'疯牛病'的真正病因在于牛之不为牛。牛之不为牛是大地之不为大地，自然之不为自然，牧野之不为牧野的集中体现。牛之病从而也是大地之病、自然之病、牧野之病的集中体现。牛发疯了，大地发疯了，自然发疯了，牧野发疯了，牧人发疯了。牧人变为强盗，牧野变为车间，自然成为原料库，大地变得贫瘠，'黑腹'之牛仅仅在'利用'的意义上被照亮。"②

读到这些触目惊心的文字，我们的耳边不禁响起庄子在两千多年前的警示："牛马四足，是谓天；落马首，穿牛鼻，是谓人。故曰，无以人灭天，无以故灭命，无以得殉名。"（《庄子·秋水》）我们一方面为庄子思

---

① ［美］赫伯特·马尔库塞：《爱欲与文明》，黄勇等译，译文出版社，1987年，第3页。
② 李章印：《自然的沉沦与拯救》，中国社会科学出版社，1996年，第9页。

想的时空穿透力而折服，一方面也不禁产生如是的设问：假如我们的先人在文明之初能够听取庄子的意见，调整文明的发展方向，我们在当下还会有如此凄凉、悲愤而又略带无奈的感叹吗？现代人是不是应该重新评估原始文化的意义与价值呢？

在相当长的一段时间里，我们可能真的低估原始文化的意义与价值了。让我们看一则文化人类学的实例。

第一个例子来自西部非洲的一个部落。他们没有书面文字，但他们丰富的口述传统促成了民法的诞生。如果出现了纠纷，控诉人就会来到部落首领的面前陈述自己的不满。由于没有书面的法律可以遵循，首领的任务就是从他满脑子的谚语和俗语中找出一句适合当时情形的话，并使控诉人双方都满意。这一切结束之后，所有各方都会认为正义得到了伸张，真理重见天日了。当然你会意识到这也是耶稣和其他圣经人物的方法，因为他们生活在一个完全口口相传的文化中，凭借语言的各种资源来发现和揭示真理，如各种记忆的手法、公式化的表达方式和寓言。①

如果拿当下的法律制度与此例中原始先民的法律制度相比较，那我们不得不承认，从法律的社会功能和伸张正义的最终目的来看，二者并无本质区别。但是，原始先民的法律显然效率更高；与之相比，当下的法律制度则可能因为程序烦琐，而导致社会资源的浪费。

原始先民们和"耶稣及其他圣经人物"一样，充分挖掘各种语言资源的潜能，"来发现和揭示真理"，这是"完全口口相传的文化"的特点和长处。口口相传的语言交流，要求交流者必须在场，因而具有直接性和当下

---

① ［美］尼尔·波兹曼：《娱乐至死》，章艳译，广西师范大学出版社，2004年，第22—23页。

性。这就可以促进人际交往，沟通人类情感。即使像投诉控告这类社会纠纷，由于首领的"谚语和俗语"的调节，也会使当事双方感到某种温暖和实在。尤其重要的是，"谚语和俗语"会使人感受到自己熟悉的文化的悠久历史和独特魅力，因而产生较为强烈的认同感和归属感。这一点十分重要，因为语言与人的本质及人的归属感紧密相关。海德格尔对此曾有如下论述："思想完成存在与人之本质的关联。思想并不制造和产生这种关联。思想仅仅把这种关联当作存在必须交付给它自身的东西存在呈现出来。这种呈现就在于：存在在思想中达乎语言。语言是存在之家。人居住在语言的寓所中。思想者和作诗者乃是这个寓所的看护者。"①

在"口口相传的文化中"，"存在与人之本质的关联"，显然会更为确切、更为直接，因而人更能感受到身心二者间的完整和统一。部落首领作为集"思想者和作诗者"于一身的形象，"凭借语言的各种资源来发现和揭示真理"，成功地担当了看护"语言的寓所"的职责，这无疑会使部落成员感受到心灵居所的确切存在，从而避免了心灵的漂泊，社会也会因之更加稳定与和谐。

从"巴别塔"的神话故事，引出的对书写文化之前原始文化的思考，我以为是与本书的主旨密切相关的，因为神话就产生在书写文化之前的原始文化时期。充分认识和理解原始文化的意义与价值，才能真正了解和认识本书的重要主题之一——神话。我还想再强调一点：对我们自己所不熟悉的文化给予充分的尊重和理解，是现代人应该具有的胸怀与气度，承认多元文化存在的合理性是现代社会精神文明的重要特征之一。早在二十世纪六十年代中期，法国著名文化人类学家列维-斯特劳斯就曾经出于一个学者的严谨和公正，对现代人发出过忠告："一种健全的人道主义不是从自我出发，而是把世界放在生活之前，生活放在人类之前，尊重他人放在自爱之前。"②斯特劳斯的话

---

① ［德］海德格尔：《路标》，商务印书馆，2000年，第366页。
② ［法］克洛德·列维-斯特劳斯：《神话学：餐桌礼仪的起源》，周昌忠译，中国人民大学出版社，2007年，第502页。

现在读来不仅不过时，反而由于人类社会所面临的诸多问题而更加发人深省。当下，在西方思想界有重大影响的德国哲学家哈贝马斯也表述了相同的意思："不认识他者，就没有爱；不相互承认，就没有自由。"①为了爱与自由，我们必须尊重他者文化。

英国学者沃特森认为，多元文化对现代人的意义主要表现在以下四个方面："身份以及由此带来的自尊，毫无疑问是其一；归属感（对一个社会、一个宗教或是一个国家）是其二；乡土情结，或者说对某个地方的认同（从一些周围的人们所使用的语言上认为是故乡的地方）是其三；而其四是历史感，源自过去、可以追寻血缘和家族的传统。"②这四个方面几乎包括了构成稳定人格的所有要素。由此可见，多元文化不仅与人的现代化并行不悖，而且为现代人的性格构成提供心理与文化支持。

笔者于 2008 年 9 月中旬，在东北师范大学历史文化学院听过一次讲座，演讲者为巴黎第五大学人类语言学兼职教授、荷兰学者爱迪斯·丝苏（Edith Sizoo），演讲的题目是"文化多元性与 21 世纪的多元挑战（Culture diversity and the challenge of 21 century diversity）"。丝苏教授在讲演中指出，面对二十一世纪的多元挑战，人类社会必须联合起来采取共同行动，但联合行动的前提是对各自文明的尊重。这次演讲给笔者留下深刻印象的是，丝苏教授从语言学的角度对东西方文化，特别是西方现代文化和非洲原始文化差异进行了论述。她说：在喀麦隆语中"计划"的意思是"白人的梦想"，"发展"的意思是"制造混乱"；关于时间的观念，欧洲人认为是"线性的"，而喀麦隆人认为是"循环"的；关于我们的世界，欧洲人认为是"可见的、可感的"，而喀麦隆人认为是"不可见的、祖先的"。喀麦隆人关于"计划"与"发展"的理解，不是让我们感受到与"巴别塔"神话故事所隐含的讽喻之意相同的情绪吗？不是让我们似乎又听到"无以人灭天，无以故灭命，无以得殉名"类似的声音吗？喀麦隆人关于"时

---

① ［德］尤尔根·哈贝马斯：《后民族结构》，曹卫东译，上海人民出版社，2002年，第171页。
② ［英］C.W.沃特森：《多元文化主义》，叶兴艺译，吉林人民出版社，2005年，第118页。

间"具有的"可循环性"、"世界（空间）"具有的神秘（不可见）和可复制性（祖先的）的理解也非常地发人深省。

面对西方主流文化与非洲喀麦隆的非主流文化存在的差异，作为现代人不应厚此薄彼。厚此薄彼是一种单极化、绝对化的思维模式，认为自己所熟悉的文化天下第一，其他的文化都是愚昧落后的，正是以往人类社会文化发展存在的弊端之一。德国著名社会学家诺贝特·埃利亚斯曾针对这种现象指出："就希腊而言，我们的认识就出现了分裂，一方面我们习惯于认为他们对人的价值评价很高，这主要表现在哲学、科学、艺术和诗歌领域。另一方面，如果我们认为他们对身体暴力的反感限度较低，我们又觉得他们对人的价值认识比我们要低，是'不文明的''野蛮的'。正是这种对文明进程实际性质的误解，这种用'文明''不文明'作为种族中心主义价值判断方式、作为绝对和终极的道德判断的普遍倾向——我们'好'，他们'坏'，或者反过来——我们的推论就必然会陷入以上的矛盾境地。"[1]

埃利亚斯认为，对不同的文化不能做出简单的"好"或"坏"的道德判断，而应该考虑到某一文明的具体情况，通过对社会各种"力"的分析，做出恰当的评判。埃利亚斯所提出的，对文化现象不能做简单的道德判断的观点，也正是庄子在其著作中反复强调的理论要点，正如庄子在《齐物论》中指出的那样："物无非彼，物无非是。自彼则不见，自是则知之。"

文化只有是多元的，人类社会的精神世界才不会贫瘠，文化事业的发展才会充满生机，才会蒸蒸日上。尤其是对非主流文化，现代人更应该认真对待，比如面对喀麦隆文化，我们就应该认真地问一问自己："计划"与"发展"的真实内涵究竟是什么？人类应该如何"计划"和"发展"？向哪个方向"计划"和"发展"？"时间"与"空间"对我们究竟意味着什么？我们是应该把"时间"与"空间"看作是外在于我们的客体，还是应该像喀麦隆人那样，更多地感受到时空之中历史的意蕴和文化的内涵呢？

---

[1] ［德］诺贝特·埃利亚斯：《论文明、权力与知识》，刘佳林译，南京大学出版社，2005年，第157页。

　　沃特森在《多元文化主义》一书中，对多元文化主义旗帜下的一种消极倾向提出警告。他说："我们要警惕最近才出现的浪漫的保守主义（romantic conservatism），这种主义喜欢追忆过去，并认为过去的生活质量曾经比现在要优良得多。……这种人类社会从理想的过去日益蜕化的论调是英国文学中经常的一个比喻，在那儿，乡村社会的传统永远被描述为刚刚成为过去。事实上乡村也从未像它被想象的那样，而且当前的对乡村过去的诠释，必然是对当前社会的政治性质的解释性说明。"①

　　沃特森说得不错，对"过去的诠释"，"必然是对当前社会的政治性质的解释性说明"。因为任何人文科学的探索，都必然以现实关怀为核心，回顾历史，肯定是为了更好地认识现实。但如果把对往昔的回顾，仅仅定位为抒发所谓的"浪漫的保守主义"的情绪，从而达到抚慰自己及他人心灵的目的，那就会导致学术视野被遮蔽，理论力量被阉割。希望上面对原始文化的论述，不会使读者获得"浪漫的保守主义"的印象。因为我无意美化过去而否定现代文明。我只是强调，面对现代社会的重重危机，我们应该认真地反思历史，去掉任何形式的"种族中心主义"的偏见，承认多元文化——当然包括产生神话的原始文化——在现代社会的重要意义与价值。

第二节　神话：现代人精神超越的动力源泉

　　在论述了原始文化之于现代社会的意义之后，我们接下来需要探讨"神话"这一概念的内涵，以便为本书下面的论述，奠定比较坚实的逻辑基础。

　　俄国著名神话学家梅列金斯基在《神话的诗学》这部著作中，在第一编中即探讨了《现代种种神话理论以及仪典——神话论的文学观》。在这一编中，梅列金斯基分别论述了"哲学和文化学中的'再神话化'""仪典论和功能主义""法国社会学派""种种象征主义理论""分析心理学"

---

① ［英］C.W.沃特森：《多元文化主义》，叶兴艺译，吉林人民出版社，2005年，第72页。

"结构主义""文艺学中的仪典–神话论学派""俄国和苏联学术界论神话创作"①八大种类神话学理论观点。梅氏作为世界知名的神话学家，其论述挥洒自如，左右逢源，几乎涵盖了有史以来所有神话学家的理论观点，堪称神话学的经典之作。

本书在此不想重述大师的思想，而是希望从本书的逻辑框架出发，论述与之相关的几种神话学观点，并谈谈自己对神话的粗浅认识。

一、泰勒的神话观

按《圣经》中"巴别塔"故事的解说，人类在被上帝变乱口音之前，使用的语言是一样的，这种原始语言是怎样产生的呢？英国著名文化人类学家爱德华·泰勒在其经典著作《原始文化》中论述道：

> 语言最初形成于远古人类中的低级或野蛮文明条件之下，这种理论，一般地说，与我们已知语言学事实一致。产生语言的原因，正如迄今我们所知道的那样，显然是为了适合人类文明初期孩童般天真活动的需要。首先选择声音并且用它来表达观念，这种方法在婴幼儿语言水平上是实际的手段。一个5岁的儿童能够理解模仿声音、感叹词语的意义，通过对元音的比较，了解对性别或距离的象征意义。正像没有一个人能够深入了解神话学的真正本质一样，人们也不能最深刻地了解幼儿的语言，因此，我们需要以猜谜语和玩儿童游戏的精神去了解语言的最低阶段。诸如此类的一些事实与下面的意见完全相合，即那些初步的语言是在人类处于婴儿般智力情况下产生的，因而野蛮人语言中的自我表达方式的分支为原始语言问题提供了有价值的材料。②

---

① ［俄］叶·莫·梅列金斯基：《神话的诗学》，魏庆征译，商务印书馆，2009年，第6—162页。
② ［英］爱德华·泰勒：《原始文化》，连树生译，广西师范大学出版社，2005年，第194—195页。

在这段话中，泰勒表明了这样几层意思：其一，原始语言"是在人类处于婴儿般智力情况下产生的"，这是一种"野蛮人"的语言，是人类文明的"低级或野蛮"时期的产物；其二，原始语言对于现代人来说是神秘的，"没有一个人能深入了解"其真正内涵，正如我们不能"深刻地了解幼儿的语言"一样；其三，最初语言的形成与儿童学习语言的情况十分类似，是通过选择、模仿各种声音，来"表达观念"的，"因此，我们需要以猜谜语和玩儿童游戏的精神去了解语言的低级阶段"。也就是说，我们可以通过对儿童语言现象的研究，来了解原始语言的情况。

泰勒从上述理论出发，阐述了对神话的理解。他说：

> 神话的发生和最初的发展，想必是在人类智慧的早期儿童状态之中。……我们越是把各种不同民族的神话虚构加以比较，并努力探求作为它们相似的基础的共同思想，我们就越是确信，我们自己在童年时代就处在神话王国的门旁。儿童是未来人的父亲，这种说法在神话学中说，比我们平时说具有更深刻的意义。因此，在考察低等部落离奇的幻想和粗野的传说时，我们发现，世界各地神话，都有其最独特、最起码的形式，在此我们又可以声称，蒙昧人是全人类的童年时代的代表。①

泰勒虽然在此处没有明确界定"神话"的概念，但他所说的"低等部落离奇的幻想和粗野的传说"，是他赋予"神话"概念的主要内涵。为此，泰勒以儿童的游戏心理为例，对"神话"这一概念做了进一步的、形象化的阐释：

> 儿童容易理解的最初的实体就是人，而且主要是他们自己。

---

① ［英］爱德华·泰勒：《原始文化》，连树生译，广西师范大学出版社，2005年，第233页。

因此，从人的观点所做的解释，就是对周围所发生的一切的最初解释。像椅子、木棍和木马就是由于那样一种受乳母、儿童和小猫的动作所支配的人格意志的作用而产生动作的。这样一来，儿童就向神话学迈出了第一步，就像抱着洋娃娃的柯赛蒂一样，"想想某个东西就是某个人"。①

由以上论述，我们可以归纳出泰勒对神话的理解："蒙昧人"或曰"野蛮人"，"从人的观点"出发，以推己及物，或曰"想想某个东西就是某个人"的类比方式，"对周围所发生的一切的最初解释"就是神话。

泰勒进一步指出，从"万物有灵"的观念出发，原始人最初是通过类比的方式，"把世界的客观现实和变动列入听众能够具体感受到的那种个人生活范围"②，这就形成了"物质性神话"。后来又形成了"语言性神话"。因为语言能把"像冬和夏、冷和热、战争与和平、德行与恶习这样一些概念个性化"，这就"给神话的作者提供了把这些观念想象为单个生物的可能性"③。所以，"原始社会的神话多半根据现实而明显的类比，语言的隐喻扩大成神话则是属于文化较晚时期的事。总之，我认为物质性神话是第一期形成的，而语言性神话是第二期形成的"④。

泰勒对神话的文化意义非常重视。他在《原始文化》中，是把"文化遗留"和"神话"分开论述的：第四、第五章论述现代社会的儿童游戏、赌博、习俗和巫术等社会活动中，原始文化遗留的现象；第八、九、十章专门讨论神话问题。可见，他认为神话与一般的原始文化遗留现象是有区别的。泰勒作为文化人类学家，特别看重神话对了解原始文化的意义；而且泰勒认为，对原始文化的了解意义十分重大，因为，"当今各种思想

---

①　[英]爱德华·泰勒：《原始文化》，连树生译，广西师范大学出版社，2005年，第234页。
②　[英]爱德华·泰勒：《原始文化》，连树生译，广西师范大学出版社，2005年，第259页。
③　[英]爱德华·泰勒：《原始文化》，连树生译，广西师范大学出版社，2005年，第246页。
④　同上。

流派，无不继承了先辈们的知识遗产"①。

泰勒把神话分为以下几类："哲学神话，或解释性神话；以真实的解释为基础然而理解不正确的、夸张的或歪曲的神话；把设想的事件妄加到传奇人物或历史人物身上去的神话；以那种把幻想性的隐喻现实化为基础的神话；为推广道德的、社会的或政治的学说而创作或采用的神话。"②在以上五类神话中，泰勒最关注第三类和第四类神话。第三类影响到我们对历史的认识："现在，历史学家们的最显著的失误之一，就是由于不熟悉神话发展的原理，他们不能系统地利用古代传奇把年代纪从神话中分离出来。"③第四类则与艺术的本质特征密切相关："神话是真正的诗，而不是文雅的、辞藻华丽的模仿，富有诗意的神话语言正是供那些单纯的、没有受过学校教育训练的头脑理解的。"④

以上是对泰勒神话观的介绍。我以为，泰勒神话观有两点特别需要注意：其一，儿童与神话具有最为直接的血缘关系，儿童身上最能体现神话精神。泰勒的思想无疑对本书选择神话视角切入儿童问题，提供了巨大的理论支持，让我们有理由相信，从这一视角切入课题，是能够获得十分重要的理论成果的。其二，"神话是真正的诗"，体现出最为纯正的艺术精神。这就为我们研究"神话与儿童文学"提供了足够充分的理论依据，并有可能进一步探讨文学的本质性问题；这无疑极大地拓展了本课题研究的理论空间，为具有创造性的理论言说提供了更多可能。总之，我以为，泰勒的神话观，对本课题的研究具有重大的理论指导意义。但是，泰勒在论述神话问题时，主要使用"蒙昧人""野蛮人""低级文化"等词汇，虽说通观泰勒的论述，这些词汇并无十分强烈的贬义，基本是作为中性词使用的，但是，终归难以去掉其否定性情绪。窃以为，这是泰勒神话观的瑕疵。

---

① ［英］爱德华·泰勒：《原始文化》，连树生译，广西师范大学出版社，2005年，第223页。
② ［英］爱德华·泰勒：《原始文化》，连树生译，广西师范大学出版社，2005年，第301页。
③ ［英］爱德华·泰勒：《原始文化》，连树生译，广西师范大学出版社，2005年，第752页。
④ ［英］爱德华·泰勒：《原始文化》，连树生译，广西师范大学出版社，2005年，第258页。

二、斯特劳斯的神话观

法国著名结构人类学家列维-斯特劳斯把原始人的思维称为"野性思维"。不过，与泰勒不同，斯特劳斯使用"野性"无非是与"开化"相对而已，绝无褒贬之义。他曾在《野性的思维》中，针对原始人"野性思维"品质低劣的观点，提出批评：

> 但是直到最近还有人对人们错误地当成区分性特征的东西予以否定的评价，似乎原始人的世界与我们自己的世界之间的这种区别就包含了对原始人的精神与技术的低劣性的解释，而实际上我们宁肯说，他们与现代的文献理论家是可以相提并论的。物理科学应该发现，一种语义世界具有一种纯物质对象的全部特征，因为必须承认，原始种族把他们的世界加以概念化的方式不只是融贯一致的，而且也是对象的存在所必需的，这种对象的基本结构表现为一个非连续性的综合结构。[①]

斯特劳斯认为，"野性思维"与现代科学思维的不同在于，前者是"高度具体的"，后者是"高度抽象的"。这是人类认识真理的两条不同路径，在逻辑上是相通的，在价值上是对等的。对此，他总括性地论述道：

> 如果我们承认，最现代化的科学精神会通过野性的思维本来能够独自预见到的两种思维方式的交会，有助于野性思维的原则合法化并恢复其权力，那么，我们仍然是忠实于野性思维的启迪的。[②]

在我们看来，神话思维的逻辑与实证思维所依赖的逻辑同样

① ［法］列维-斯特劳斯：《野性的思维》，李幼蒸译，商务印书馆，1987年，第28页。
② ［法］列维-斯特劳斯：《野性的思维》，李幼蒸译，商务印书馆，1987年，第309页。

严谨，而且本质上没有区别。这是因为，与其说区别在于智力运作的品质，不如说在于运作所施加的事物本身性质。这一点其实也是工艺学家长期以来在他们的领域里所意识到的情形：铁斧并不因为比石斧"造得好"就更为优越。两把斧头都造得好，只是铁与石头不是一码事罢了。①

斯特劳斯对神话的理解，与其"野性思维"的论述密切相关，我们通过认真研读其著作，基本上可以说，神话就是"野性思维"的一种具象化展示。斯特劳斯认为，"野性思维"与"最现代化的科学精神"是存在"交会"点的。因为"野性思维"所使用的符号，孤立地看是凌乱的、随意的，但归纳、综合起来看则是科学的、理性的："人们赋予神话的内在价值植根于这一事实：被视为发生在某一时刻的事件同样形成了一种长期稳定的结构。后者跟现在、过去和将来同时都有联系。"②也就是说，通过对神话结构的分析，人们不仅能够认识历史，还能够认识现在和将来。神话在整体结构上的价值，具有长久的意义。

斯特劳斯还借助索绪尔的结构语言学的理论，进一步阐述了神话的结构特点：

如果打算搞清楚神话思维的特点，我们就必须能够证明它既存在于语言当中，又超越了语言。这个新的困难对于语言学家仍然不是陌生的东西。语言本身不就包含着不同的层面吗？通过把语言和言语区别开来，索绪尔说明了语言行为具有两个互相补充的侧面：一个是结构性的，另一个是统计性的；语言属于可逆性时间的领域，言语属于不可逆性时间的领域。如果我们已经做到了在语言行

①　[法]克洛德·列维-斯特劳斯：《结构人类学·1册》，张祖建译，中国人民大学出版社，2006年，第211—212页。
②　[法]克洛德·列维-斯特劳斯：《结构人类学·1册》，张祖建译，中国人民大学出版社，2006年，第192页。

为中区分这两个层面，那么没有理由不可再区分出第三个层面。①

斯特劳斯在此处所说的"第三个层面"，显然就是指"既存在于语言当中，又超越了语言"的神话。神话凭借形象，并通过想象和类比，构成一个叙事故事，表达原始人对外在世界的理解和认知。这样一种叙事表达，在"可逆性时间"与"不可逆性时间"的聚焦点上，形成了第三种时间模式：在瞬间之中凝聚永恒。斯特劳斯正是通过索绪尔的语言学理论，证明了神话可以具有长久的文化生命力。斯特劳斯认为，神话中的类比和想象的作用尤其重要，它们可以弥补叙事存在的罅隙，使故事的叙事更为合理、完整，斯特劳斯形象地称之为"理智形式的修补术"②。

斯特劳斯还认为，神话在产生之后，并非一成不变，而是一直处在变动之中，是一个不断建构的过程。"这些变动可以是同一神话从一种变体变为另一种变体，从一个神话变为另一个神话，也可以是同一个神话或不同神话从一个社会到另一个社会的变化，这些变动时而涉及神话的构架，时而涉及神话的代码，时而涉及神话的寓意，然而神话依然是神话。变动因而仍然遵守某种旨在保留神话素材的原则。根据这条原则，从任何一个神话里永远都可能衍生出另一个神话。"③

斯特劳斯强调神话的建构性特点，主要是要提醒研究者，不可孤立地看待神话现象，而应该注意相同主题的神话故事的比较研究，从中发现具有普遍意义的内在结构的价值。因为"神话的目的是提供一个逻辑模式，以便解决某种矛盾"④。研究、把握神话的"逻辑结构"，就可以把握神话的灵魂，揭示神话具有的巨大文化蕴含。这是斯特劳斯神话学理论强调的重点。强调

①　［法］克洛德·列维-斯特劳斯：《结构人类学·1册》，张祖建译，中国人民大学出版社，2006年，第192页。

②　［法］列维-斯特劳斯：《野性的思维》，李幼蒸译，商务印书馆，1987年，第306—307页。

③　［法］克洛德·列维-斯特劳斯：《结构人类学·2册》，张祖建译，中国人民大学出版社，2006年，第647页。

④　［法］克洛德·列维-斯特劳斯：《结构人类学·1册》，张祖建译，中国人民大学出版社，2006年，第211页。

神话的建构性特点，还极大地拓展了神话研究的空间，这就使原始部落的几乎所有口头传说、礼节、习俗、仪式，都进入了斯特劳斯的理论视野，成为他神话学研究的对象。他运用结构主义的研究方法，把上述分散的原始文化元素有机地组合在一起，构建出完整的、有层次的原始文化系统，从而为我们展示了原始文化的真实面目，并揭示出其对现在和未来的文化意义。

三、坎贝尔的神话观

在西方学者中，美国著名神话学家约瑟夫·坎贝尔（Joseph Campbell，1904—1987，中国台湾立绪文化有限公司1998年出版其著作《神话》，将其名字译为"坎伯"）的神话思想笔者最为认同。坎贝尔曾在美国哥伦比亚大学获得学士和博士学位，后来又到法国和德国研究欧洲、东方古代文化，学识极为渊博。他的名著《千面英雄》为他赢得了国际性的声誉。阅读这部皇皇巨著时，我们不禁为作者全面的资料搜集而感叹不已。坎贝尔在著作中，对来自世界各地的浩如烟海的原始文化资料做了认真、细致的阅读和梳理，从中归纳出"英雄出征探寻神秘世界"的故事原型，并揭示出其中深刻的生命意义和哲理内涵。

坎贝尔神话学思想的显著特色在于，神话研究不再仅仅局限于原始文化之中，不再是单单的知识考古和对原始生活的复原，而是把神话研究的聚焦点定位在当下，把神话与现代人的心灵世界、现代人的哲理思索联系起来，从中提炼出具有心理和哲理意义的神话精神，并阐释其在现代生活中的文化意义。这样的研究取向，就使神话与现代生活产生了直接而紧密的联系，成为当下文化建设的一个重要思想资源，成为每个生命个体认识自我、认识生命本质的重要渠道。他指出，我们每个人内心世界之中都有一个"永恒王国"，它既是人类生命的源泉，也是人类精神超越、升华所追求的目标。他是这样描述这个"永恒王国"的：

　　我们这个王国恰恰就是幼儿的无意识。这是我们在睡眠中进入的王国。我们永远把这个王国保留在内心之中。我们保育室中的吃人妖魔和救助者，我们儿童时代的魔法全都在这个王国之中。更重要的是我们在成人时期未能使之实现的生活中的潜在可能性，我们自己的另一部分全都在这个王国之中；因为这些宝贵的种子是不会死的。只要我们能把这失去的整体挖掘出一部分使之重见天日，我们就会感觉到我们的力量神奇地增强，我们的生命又重新生气勃勃。我们就会变得身躯高大。再者，如果我们不仅能挖掘出我们自己所遗忘的事物，而且能挖掘出我们整整一代人或我们整个文化所遗忘的事物，我们就会成为给当代带来恩惠的文化英雄——即不仅成为当地的，而且成为全世界的历史性人物。①

　　这个王国是蕴藏着巨大宝藏的神秘世界，我们哪怕只是挖掘出一部分宝藏，就足以让"我们就会感觉到我们的力量神奇地增强，我们的生命又重新生气勃勃"；如果能挖掘出"我们整整一代人或我们整个文化所遗忘的事物"，我们就可以成为真正的"文化英雄"。坎贝尔认为，神话中的英雄就是要去探寻、挖掘"我们整个文化所遗忘的事物"，因而神话英雄就是给人类带来福音的文化英雄，神话精神具有不朽的人生价值。

　　在上面这段论述中，尤其要引起我们关注的是，坎贝尔把神话英雄所探索的精神王国，与儿童世界联系在一起，他认为这个蕴藏着巨大生命宝藏的世界"就是幼儿的无意识"，是"儿童时代的魔法……王国"，这其中蕴含着"我们在成人时期未能使之实现的生活中的潜在可能性"。"幼儿的无意识""儿童时代的魔法"这些可能长期被成人世界所忽视，甚至可能被部分成人当作荒诞不经而鄙弃的东西，却得到了坎贝尔的高度重视。在坎贝尔看来，儿童世界是一片沃土，孕育着永远不死的"宝贵的种子"，这些种子是我们"另一部分"生命的潜能，有些生命潜能甚至在成人时期

――――――――――
① ［美］约瑟夫·坎贝尔：《千面英雄》，张承谟译，上海文艺出版社，2000年，第13—14页。

也"未能使之实现";这就是说,就其生命意蕴的丰富性来讲,儿童的生命要远远超过成人。

坎贝尔还非常重视童话,他说:

> 典型的是童话中的英雄所取得的是家庭范围的微观的胜利,而神话中的英雄所取得的则是世界范围的、历史性的宏观胜利。前者——原是最幼小的或让人看不起的孩子,变成了具有非凡力量的强者——战胜了他个人的压迫者,而后者则从他的冒险中带回使他的整个社会获得新生的良方。氏族的或地方的英雄,如黄帝、摩西或阿兹特克人的特兹卡特利波卡,把他们所得到的恩赐交给一个民族;而世界性的英雄——穆罕默德、耶稣、乔达摩佛陀——则为全世界带来好消息。①

坎贝尔的对比性论述,如透过浓云的一缕阳光,照射在童话这颗宝石上,使之放射出耀眼的光彩。"家庭范围的微观的胜利""最幼小的或让人看不起的孩子,变成了具有非凡力量的强者",这些童话中常见的元素,在与神话的比较中显现出深刻的文化内涵。在坎贝尔的理论视野中,神话世界与儿童世界、神话作品与童话作品具有同等的意义与价值;因为它们都揭示了人类内心深处隐藏的文化密码,如同精神分析学家弗洛伊德和荣格对人类潜意识和集体无意识的揭示一样,神话和童话也把读者带入这片神秘的疆域,体验奔腾不止的生命河流的宽阔与神奇。

坎贝尔的神话观,体现了他对精神分析学的认可和注重当代文化建构的理论取向,他说:

> 梦是个人化了的神话,神话是消除了个人因素的梦;在相同

---

① [美]约瑟夫·坎贝尔:《千面英雄》,张承谟译,文艺出版社,2000年,第29页。

的一般情况下，神话和梦都是心灵动力的象征。可是在梦中，形象让做梦者的特殊烦恼所扭曲，而在神话中，所显示的问题和解决问题的方法则是对整个人类都是直接有效的。①

　　神话告诉你在文学及艺术背后的东西，神话教导你认识自己的生活，神话是一个伟大、令人兴奋、丰富人类生命的主题。神话和一个人生命中的各个阶段有密切的关系，是你由儿童期进入成人期，由单身状态变成结婚状态的启蒙仪式。所有这些生活上的行为都是神话的仪式，和你对自己一生中所必须扮演的各种角色的认同，也有很大关系。也是你抛弃旧有的自己，以一个全新的个体出现，并扮演一个负责任新角色的历程。②

　　在坎贝尔的论述中，神话已不再是尘封的记忆，不再是我们回顾历史时需要检索的文献；而是与我们每一个现代人的生活产生了千丝万缕的联系。它伴随我们从"儿童期进入成人期"，伴随我们走出单身状态去组建家庭，伴随我们认同"自己一生中所必须扮演的各种角色"并以"全新的个体出现"。我们不可能摆脱神话的影响，因为我们不可能摆脱文化传统，不可能中断与前辈的血脉相连；我们必须从神话中感悟生命的博大，因为只有这样，我们才能正确应对现实的种种困难，并获得超越的勇气和力量。

　　坎贝尔在《千面英雄》结尾处不无忧虑地说："怎样去把几千年来由于人类愚蠢的深谋远虑，以至虽然成千次正确地传授却成千次错误地学到的东西再重新传授一遍呢？这就是英雄的最终艰巨任务。"③如果神话英雄这次能完成这项"艰巨任务"的话，我们每个人必须摆脱"人类愚蠢的深

---

① ［美］约瑟夫·坎贝尔：《千面英雄》，张承谟译，文艺出版社，2000年，第14页。
② Joseph Campbell and Bill Moyers：《神话》，李子宁译，中国台湾立绪文化有限公司，1998年，第21页。
③ ［美］约瑟夫·坎贝尔：《千面英雄》，张承谟译，文艺出版社，2000年，第224页。

谋远虑","正确地学到"我们应该从神话中学到的东西。

四、中国神话学家的神话观

在重点论述了西方几位著名神话学家的观点之后，让我们来简要了解一下中国神话学家对神话的认识。

1. 有学者考证，近代诗人蒋观云在1903年《新民丛报》上发表文章《神话、历史养成之人物》，首先使用"神话"这一术语。[①] 自此，中国学者开始探讨神话学问题。笔者认为，在中国早期神话学理论的建构过程中，周作人是最有理论建树的学者，因此本书将首先介绍他的神话学理论。

周作人在1913年发表的《童话研究》一文中谈及神话，言道：

> 生民之初，未有文史，而人知渐启，鉴于自然之神化，人事之繁变，辄复综所征受，作为神话世说，寄其印感，迫教化迭嬗，信守亦移，传说转昧，流为童话。……原人之教多为精灵信仰（animism），意谓人禽木石皆秉生气，形躯虽异，而精魂无间，能自出入，附形而止，由是推衍，生神话之变形式。[②]

周作人认为，神话的产生源自原始先民万物有灵的观念："精魂无间，能自出入"。先民有感于此，"附形而止，由是推衍"，于是，创作出"寄其印感"的神话。周作人早在1913年就曾经读过英国著名女学者简·艾伦·哈里森（Jane Ellen Harrison，周作人译为"哈里孙"）的《古代艺术与仪式》一书，哈里森的思想受泰勒和弗雷泽的影响明显，所以，周作人对英国文化人类学家的观点应该比较熟悉[③]，周氏解释神话时采用万物有

---

① 潜明兹：《中国神话学》，上海人民出版社，2008年，第157页。

② 王泉根评选：《中国现代儿童文学文论选》，广西人民出版社，1989年，第417—418页。

③ 以上情况可参见周作人《希腊神话一》一文。见于简·艾伦·哈里森：《古代艺术与仪式》，刘宗迪译，生活·读书·新知三联书店，2008年，第164页。

灵论，能明显看到泰勒和弗雷泽神话理论的痕迹。

周作人在1922年1月至4月，在《晨报副刊》上，曾就童话问题与赵景深通信讨论；在1月21日的回信中，周作人对神话、传说、童话内涵分别作了解释：

> 原始社会——上古，野蛮民族，文明国的乡民与儿童社会——的故事，普通分作神话（mythos）、传说（saga）及童话（märchen）三种。这三个希腊、伊思兰和德国来源的字义，都只是指故事，现在却拿来代表三种性质不同的东西。神话是创世以及神的故事，可以说是宗教的；传说是英雄的战争与冒险的故事，可以说是历史的：这两类故事在实质上没有什么差异，只是依所记的人物为区分。童话的实质也有许多与神话传说共通。但是有一个不同点便是童话没有时与地的明确的指示，又其重心不在人物而在事件，因此可以说是文学的。①

周作人此处的阐释与弗雷泽和哈里森的论述比较一下，就可以看出其中的相同之处：

> 如果这些定义被接受了，我们就可以说神话源于理性，传说来自记忆，而民间故事来自想象；与人类心灵这些幼稚的产物相关而又比它们更成熟的是科学、历史和长篇小说（romance）。（弗雷泽语。——笔者注）
> ……
> 她（指哈里森。——笔者注）认为传说和民间故事是与神话极为不同的。"是这个综合的条件和严肃的目的同样地区分了神

---

① 王泉根评选：《中国现代儿童文学文论选》，广西人民出版社，1989年，第229页。

话与历史叙事（即传说）和conte或童话（即民间故事）。"①

在上面所引弗雷泽和哈里森的言论中，哈里森的论述，恰好对弗雷泽"民间故事"的概念内涵作了注释：民间故事即为童话。由此可以看出，周作人关于神话、传说和童话的见解，与弗雷泽几乎完全一致。稍有不同的地方仅在于，弗氏强调神话的科学认识价值（"神话源于理性"），而周氏则更看重神话的原始宗教意味（"神话是创世以及神的故事，可以说是宗教的"），周氏的见解显然是他名士情怀的体现。

在五四运动前后，周作人和鲁迅关系密切，他们经常携手作战，了解鲁迅对神话的论述，可以更深刻地了解周作人的神话观。鲁迅说："昔者初民，见天地万物，变异不常，其诸现象，又出于人力所能以上，则自造众说以解释之：凡所解释，今谓之神话。神话大抵以一'神格'为中枢，又推演为叙说，而于所叙说之神，之事，又从而信仰敬畏之，于是歌颂其威灵，致美于坛庙，久而愈进，文物遂繁。故神话不特为宗教之萌芽，美术所由起，且实为文章之渊源。"②

从引文中可以看出，鲁迅关于神话的主要观点基本与周作人相同。但鲁迅所强调的从"叙说"到"敬畏"，到"歌颂"，最终"致美于坛庙"的神话演进过程，突出了神话的教化作用。如此理论表述，无疑展示了"弃医从文"的鲁迅难以释怀的文艺情结。

概而言之，周作人的神话观，师承英国文化人类学家的理论传统，代表了当时乃至后来相当长的一段时期中国神话学理论研究的最高成就，其理论观点值得后人认真研究。

2. 当代著名神话学家袁珂的"广义神话学"观点，曾产生较为广泛的影响。袁珂说：

---

① ［美］阿兰·邓迪斯编：《西方神话学读本》，朝戈金等译，广西师范大学出版社，2006年，第32—33页。
② 鲁迅：《中国小说史略》，人民文学出版社，2006年，第17页。

　　要认识中国神话的全貌，必须扩大视野，将"神话"一词作广义的理解。而要理解广义的神话，首先便得有这么个前提，就是承认神话并非古代或上古所独有，而是在各个不同的历史时期，随时都有新的神话产生。这是因为，客观事物的不断向前发展是无止境的，而人们认识事物的能力却是有局限的，这就给新的神话产生的可能性提供了有利的条件。当人们对某种现实怀着不满，冀图对它有所变革却没有实际力量的时候，通过幻想的三棱镜，新的神话就产生了。①

　　从袁珂上面的论述可以看出，他提出"广义神话学"概念是针对中国神话的特定情境的。中国的神话多散见于文化典籍之中，如果和古希腊罗马神话相比，明显缺乏系统性和完整性。袁珂应该有感于这种情况而提出广义神话学概念的。但是，这种提法本身却存在着重大的理论缺陷，因为按这种理论推理，今天乃至未来都会产生神话。这样一来，神话本身特有的品质必然被淡化，甚至可能被彻底稀释，原始神话所独有的精神可能就消失了。因而，我以为这样一种看法恐怕难以成为公认的神话界说。

　　3. 2009年伊始，钟敬文先生的高足、当代著名民俗学家、辽宁大学乌丙安教授撰写长篇论文《中国神话学百年反思》，发表在《民间文化论坛》2009年第一、二两期上。②文中，作者回顾了近百年来，中国神话学界围绕"中国神话材料零散、断片、贫乏原因的艰苦论争"，评点了这场论证中代表性的理论家的观点，这些理论家有鲁迅、梁启超、胡适、茅盾和卫聚贤（从所列的这份名单中，可以看出作者挑战权威的勇气和自信），并表达了作者对这场论争基本否定的看法。他说："这场论争所留给我们的反思是：面对中国古典神话的零散、断片而议论中国文献中神话的贫

---

① 袁珂：《中国神话传说》（上册），人民文学出版社，1998年，第44—45页。
② 乌丙安：《中国神话学百年反思》，《民间文化论坛》2009年第一、二期。

乏，只能在极有限的典籍字里行间原地打转，终究难以走出这个从文献入
再从文献出的怪圈和死胡同。"

怎样走出这个怪圈和死胡同呢？乌丙安教授引用钟敬文先生在1933年
《答爱伯哈特博士谈中国神话》一文中的话，来证明用民俗学方法研究神
话，才是正确途径："过去'浩如烟海'的文献中，固然保存着古神话和
传说，但现在还泼辣地存活在民间的农夫、樵子、渔妇们口碑中的神话和
传说等，真可说是相当充实的、闪光的宝库。"乌教授在谈到该文的写作
目的时说："本文所以要进行神话研究历史的反思，其目的在于从正反两
面剖析研究我国多民族'本格'神话在民族文化史上的重大意义。它不仅
使当代对古典神话的研究在上古史（史前史）的史学考证上继续产生其有
效作用，也不只是使当代对古典神话的美学鉴赏在文艺发展中能展现其永
久的艺术魅力；更重要的是力求以民族学、人类学的科学方法，对我国各
民族远古祖先浪漫、瑰丽的原始思维活动和丰富的神话遗产，做出尽可能
的客观评价，从而为中华民族上古原初文化史的形成，提供出更多的接近
准确的科学依据，使中华民族的优美神话毫无愧色地立于世界神话的宝
库，载入人类优秀遗产的史册。"

从《中国神话学百年反思》全文看，乌丙安教授明确反对袁珂的广义
神话学观点；从上面的引文看，乌教授强调"上古史（史前史）的史学考
证""力求以民族学、人类学的科学方法""中华民族上古原初文化史"等
概念和方法；合而观之，乌教授对神话概念的界定，应与泰勒和弗雷泽基
本一致，其不同之处在于：强调神话研究的田野操作，重视当下民间"口
传神话的吟唱和讲述"。

五、笔者对"神话"概念的理解

在回顾了中外神话学家的主要观点之后，需要明确本书所采纳的神话
观，以便为本书论述的展开寻找到一个坚实的逻辑基础。

被认为是中国第一部概论性神话学教科书的《神话学概论》，在谈

及神话概念时论述道："作为一个学科术语，人们对神话的概念一直众说纷纭，至今没有得到大家公认的标准定义。在欧美文化界，有关神话的定义达到百种之多。"①该论著在介绍不同神话观的同时，也给出了自己的定义：

> 现在得到人们比较认同的神话定义是：神话是反映原始先民对人类生殖、万物起源、自然现象与社会生活的认识和探索的语言作品。神话并不是对自然和生活的科学认识。由于当时生产力水平很低，人们不能科学地解释人类生殖、万物起源、自然现象和社会生活的复杂形式，于是便以原始思维为基础，借助想象和幻想，不自觉地把自然现象和自然力形象化、人格化。神话往往与原始信仰相融合，表现出原始先民对自然力的斗争和对理想的追求。②

这个定义所提到的主要内容有三点：其一，"反映原始先民对……的认识和探索的语言作品"；其二，"以原始思维为基础，借助……形象化、人格化"；其三，"往往与原始信仰相融合"。这三点基本上是对本书在前面介绍的泰勒、斯特劳斯观点的概括；通过比对上文论述可以看出，泰勒在《原始文化》中论述的思想，几乎包括了定义所提到的这三项内容。如果说这个定义对泰勒思想有所突破的话，那只表现在最后一句"表现出原始先民对自然力的斗争和对理想的追求"上，而这句话的出处，显然是马克思在《政治经济学批判·导言》那段对神话的经典性论述。因此，笔者以为，这个定义作为用于以求稳健、公允的教科书之论述，固然无可厚非，但内容表述实在过于求稳，且局限于泰勒的论述之中，缺乏学术创新性。

尽管我非常赞赏泰勒的思想，但并不认为本书完完全全采纳泰勒对神话概念的解释是最正确的选择，因为，"解释的使命就在于：从作者和接

① 王增永：《神话学概论》，中国社会科学出版社，2007年，第1页。
② 王增永：《神话学概论》，中国社会科学出版社，2007年，第2页。

受者的生活世界出发，对作为传统文本前提的语境加以阐释"①。我以为，把泰勒的思想作为对神话概念理解的一个基点（换句话说，把《神话学概论》对神话的界定看作是最基本内涵的释义），然后吸收坎贝尔等神话学家的思想，重点阐释神话所具有的生命意义和之于当下的文化价值，这样形成的对神话概念的阐释，更符合"解释的使命"，也更能表述我对神话的认识和理解。

在表述我对神话的认识理解之前，还要再强调一点：无论人们怎样评价神话，神话强大的生命力至今还在发生作用，这是不容否认的事实。霍克海默和阿道尔诺早就发现，作为西方现代文明的主导精神——启蒙思想，要彻底摆脱神话是非常困难的。因为"随着巫术的消失，再现便会以规律的名义更为残酷无情地把人们禁锢在一个怪圈中"，这样一来，体现"再现"的"规律"，便又成为支配人类命运的另一种神灵。所以"启蒙运动推翻神话想象依靠的是内在性原则，即把每一件事情都解释为再现，这种原则实际上就是神话自身的原则"②。尽管霍克海默和阿道尔诺对神话持否定态度，但他们的论述却指出了启蒙的悖论：启蒙运动是在用"神话自身的原则"来推翻神话的想象。这就证明了一个不争的事实：神话强大的生命力，极大地超出了启蒙主义者的最初想象，可能会在一个相当长的时间里，对人类生活产生多方面的、巨大的影响。

作为哲学家和宗教学家的刘小枫博士，也发现了神话精神的巨大生命力。不过与霍克海默、阿道尔诺不同的是，他不是从启蒙精神而是从世界观、生命意义的角度审视神话，从而获得了对神话生命力的认知。他说："神话就是古代人为自己的生活世界所寻得的一种意义。神话应该说是古代人揭示意义、创造意义的活动。既然生活世界没有意义，那么总得造出一个意义，否则，人继续在一个没有意义的世界中存活就完全没有道理

① [德]哈贝马斯：《哈贝马斯精粹》，曹卫东译，南京大学出版社，2004年，第200页。
② [德]马克斯·霍克海默、[德]西奥多·阿道尔诺：《启蒙辩证法》，梁敬东等译，人民出版社，2003年，第9页。

了。……随着自然科学的认识世界的方式的泛化，人通过神话感觉和把握世界的方式消失了。如果说，自然科学对世界的认识能为人们提供生活的意义，那么，问题也就解决了。但如果自然科学并没有提供值得依靠的生活意义，而古老的神话又消失了，问题岂不更严重？"①刘小枫博士的论述无疑比霍克海默更进了一步，从神话的消失可能导致人类社会意义的缺失的角度，深刻地揭示了神话之于人类生活与生命的重要价值。

以上几位学者对神话的论述，明确地证明了神话强大的生命力和之于现代人的重要性。这种重要性并不会因为神话是原始思维的表现而减轻。法国人类学家列维-布留尔对原始思维否定性的评价是值得商榷的。他在《原始思维》中认为"原始民族的思维具有本质上神秘的和原逻辑的性质；它在趋向上不同于我们的思维"②；并认为原始思维是"低等民族"的思维："对原逻辑的和神秘的思维的理解不只是有助于对低等民族的研究。这个思维类型是以后的各种思维类型的源头。"③布留尔把非欧洲的"亚洲、非洲、大洋洲、南北美洲的有色人种民族的思维"称为原始思维，并用"原始、野蛮、不发达、低等"等词汇修饰④，可见其浓重的欧洲中心主义的理论色彩；尽管他也认为原始思维"是以后的各种思维类型的源头"，但用如此之多的否定性词汇界定原始思维，显然是有些武断的。对于生活在现代社会的我们来说，原始思维应对自然、社会和生命现象所表现出的睿智和深刻，具有极强的震撼力；而且，当我们在现实中遇到的困惑越多，碰到的难题越复杂，反视原始思维的成果，这种震撼感就会越强烈——譬如，前文所述喀麦隆人对时空的认识。尽管至今原始思维仍是一个未被打开过的神秘的黑箱，不过从中透露出的某些信息却越来越让我们发现，原始思维本真、直觉、简朴、智慧的认知方式，恰好是解决人类所

① 刘小枫：《诗化哲学》，华东师范大学出版社，2007年，第102页。
② ［法］列维-布留尔：《原始思维》，丁由译，商务印书馆，1981年，第452页。
③ ［法］列维-布留尔：《原始思维》，丁由译，商务印书馆，1981年，第428页。
④ 对布留尔思想的评价，见［法］列维-布留尔：《原始思维》，丁由译，商务印书馆，1981年，第495页。

面对的问题——无论是过去还是现在——的最佳方式；原始思维所崇尚的理想境界，刚好是人类一切生命活动的归宿。如果现代人仅仅因为时间的跨度而产生对原始思维的傲慢态度，那恐怕什么也不能证明，除了一点——证明我们自己的无知。

在前文所引坎贝尔的论述中，坎贝尔曾指出："神话告诉你在文学及艺术背后的东西，神话教导你认识自己的生活，神话是一个伟大、令人兴奋、丰富人类生命的主题。"我以为这是关于神话非常重要的观点，从中可以推导出我对神话的认识和理解。

其一，神话是艺术的源头。无论从内容上还是从形式上看，神话都是真正的艺术，正如泰勒所说："神话是真正的诗，而不是文雅的、辞藻华丽的模仿。"神话以独创性和难以复制的想象，表现来自心灵最深处的感悟和认知，在其中我们能获取"文学及艺术背后的东西"。

其二，神话是生活智慧的结晶。神话中的主人公都是直面自然、直面生命本身的，没有任何障碍，也没有任何矫饰。两者撞击的结果，是产生了最朴素、最本真的道理，而这恰恰是最有效、最正确的道理——至少以我们现在的认识水平来看是如此。用简洁化解复杂，需要最高级的智慧，如同庄子所崇尚的大道一样。神话表达的就是这样的智慧，所以，它能"教导你认识自己的生活"。

其三，神话是生命密码的载体。德国符号学家卡西尔在《人论》这部著作的开篇就指出"认识自我乃是哲学探究的最高目标"，接下来又引用蒙田的话"世界上最重要的事情就是认识自我"[1]，来说明认识自我的重要性。从柏拉图开始，人们就迈上了探寻自我的征途，可直到现在自我的世界仍是一片神秘的疆域。弗洛伊德和荣格曾对之探寻，并初步揭开其神秘面纱，但是未知的领域仍然很多，人类认识自我的道路仍然十分漫长。神话是生命密码的载体，解读神话可以使我们更深刻地认识生命、认识自我，所以

---

[1] ［德］恩斯特·卡西尔：《人论》，甘阳译，译文出版社，2003年，第3页。

坎贝尔才说"神话是一个伟大、令人兴奋、丰富人类生命的主题"。

笔者没有足够的学养为神话做定义性的解释，以上三点认识无非是笔者从本书逻辑出发，为神话概念所做的概要式阐释，以便厘清纲目，厘定论述。

第三节　儿童文学：具有经典艺术魅力的现代艺术形式

在引论的最后一部分，我想对儿童文学的概念加以讨论。

"儿童文学"看起来似乎是一个非常清晰的概念，但是当真的有人问"什么是儿童文学"时，很多儿童文学研究者可能会一下失去学术自信，心虚得不敢开口；即使勉强回答，恐怕也是语焉不详。也有的儿童文学研究者为了维护自己的学术自信，索性采取了另一种解释策略，即否认从理论上严格界定儿童文学概念的可能性，把对儿童文学概念的模糊展示认可为学理上的正确表达。比如吴其南教授在2009年出版的著作中就有这样的论述：

> 　　总之，儿童文学作为一种文学类型，自然有其质的规定性，有其大致范围，但这个范围是极其大致的，与成人文学的界限是模糊的，有时是互相重叠的。每一具体的作品都有存在的合理性。疆界划分得过于清晰，范围过于确定，有时只能是作茧自缚，自己窒息自己。①

这样的回答固然是语气坚定，但是这个"极其大致的"理论表述，使儿童文学几乎被"成人文学"的大概念所吞没；而且使儿童文学至少在理论表述上成为了一种十分可疑的现象。这势必会导致儿童文学理论研究的

---

① 吴其南、吴翔之编著：《儿童文学新编》，浙江大学出版社，2009年，第251页。

随意性，而理论上的"跟着感觉走"，将有可能引发对儿童文学本身存在合理性的质疑。我以为这样一种理论研究的路数显然是不太可取的。

尽管面临上述理论难题，对儿童文学概念的讨论还应该继续；或者说，解释性挑战的存在，更能激发学者的阐释兴趣。那么从哪里作为切入点呢？从基本概念入手去接近学术对象，是被大师们所赞许的、最为常见也是最为有效的研究方法。孔子说："君子于其所不知，盖阙如也。名不正，则言不顺；言不顺，则事不成；……故君子名之必可言也，言之必可行也，君子于其言，无所苟而已矣。"（《论语·子路》）孔子在此描述的学术研究的过程是这样的："阙如"（存疑）是学术研究的前期准备，也是产生学术研究冲动的原始动因，对基本概念的探讨（"正名"）是理论研究的真正开始，最终的研究成果是形成严谨（"无所苟"）的理论表述。现象学大师胡塞尔把孔子所说的"阙如"称为"悬置"，由"悬置"而进入研究对象，是胡塞尔所赞赏的、把握事物本质的现象学方法："因此，我排除了一切与此自然世界相关的科学，不论它们如何坚定地对我存在着，不论我多么赞美它们，不管我多么不可能对它们哪怕提出最微小的反对，我断然不依靠它们的有效性。……只有当我为它加上了括号以后，我才有权接受这样一个命题。"①（着重号为原文所有）胡塞尔在此强调对研究对象现有结论持存疑（"不依靠它们的有效性"）态度，尽管这些结论可能完美得不能"对它们哪怕提出最微小的反对"，但是研究者还是应该和这些定论拉开距离，这样才能把对象"悬置"起来，最终形成有研究者学术个性的、有建树的理论阐释。

孔子和胡塞尔的论述对我们有两点启示：其一，严谨的学术探讨应该从对研究对象的质疑开始。这种质疑应该是充分和彻底的，无论前人已经取得了怎样的学术成就，都不能取代我们自己的学术思考。其二，我们的质疑并不影响对前人成果的尊重，因为我们还可以"赞美它们"，

---

① ［德］胡塞尔：《纯粹现象学通论》，李幼蒸译，中国人民大学出版社，2004年，第43页。

这种赞美甚至可以达到"不可能对它们哪怕提出最微小的反对"的程度。这也就是说，严肃的、有学术建树的理论探讨，可以得出与前人研究成果并不相同的结论，但并不必然是对已有理论的否定或颠覆。第二点启示尤其重要。

　　具体到本书来说，我们接下来对儿童文学概念的探讨，就并不是想要证明以往对儿童文学概念的表述全都错了，只有本书的阐释才是不刊之论；而是要论述笔者自己对儿童文学的认识和思考，这种认识和思考理所当然地是建立在以往的学术基础之上。也可以这样说，本书对儿童文学的思考，只是提供了当下知识背景中的某一种可能性的学理阐释；如果这种阐释能够标识出研究者的学术个性、能够些许加深对儿童文学本质的认识，那将是笔者最大的奢望。其实，学术研究就是这样一个不断深化、不断打上不同研究者学术印记的建构过程。在这个学术旅程中，真理总是在前方呼唤，但通向真理的道路却没有尽头；每个研究者都在匆匆赶路奔向真理，但每个人却不敢断言，与他人相比只有自己没走弯路。法国现象学家梅罗-庞蒂曾十分准确地描述了学术研究的这种情况："……哲学也许只不过是'观点'或'理论'的汇集。一系列精神的形象将给读者留下枉费心机的印象，每一个人都为真理提出其个性和生活实践在他身上唤起的离奇想法，都从头开始探讨问题，又把所有的问题留给其后继者。然而，从一个精神世界到另一个精神世界，进行比较是不可能的。"[①]每一个精神世界彼此之间之所以不可能进行比较，是因为每一个思考着的学术主体，在建构各自的精神世界时，其逻辑起点和推演理路互不相同，所以建构出的精神世界自然也就各具特色，彼此之间不可相互替代。梅罗-庞蒂的话无疑给笔者增添了许多学术自信。接下来我将十分简要地回顾中国儿童文学的理论建构过程，并从中推导出我自己对儿童文学概念的理解和认知。

_____

① ［法］莫里斯·梅罗-庞蒂：《符号》，姜志辉译，商务印书馆，2003年，第155页。

一、以社会政治革命为背景，从教育学、人类学提出儿童文学的概念

在中国文学的发展史上，"儿童文学"概念的提出是在1918年。据茅盾回忆，在五四时期，儿童问题和妇女问题引起社会广泛关注；儿童文学这一提法就是由儿童问题引发而出的。[①]由此可见，中国的儿童文学从产生伊始，就带有浓重的政治色彩，就与社会革命紧密相连。五四时期思想界的先驱们有感于积贫积弱的社会现实和愚昧麻木的国民精神状况，一方面在寂寞彷徨中呐喊，希望昏睡的国民觉醒起来，打破窒息民众生命的铁屋子；一方面则把更多的希望寄托在孩子身上，正如鲁迅谈论尼采之《查拉图斯特拉如是说》所言："吾见放于父母之邦矣！聊可望者，独苗裔耳。此其深思遐瞩，见近世文明之伪与偏，又无望于今之人，不得已而念来叶者也。"[②]"无望于今之人"，所以把希望寄托于"苗裔"、把眼光投向"来叶"，希望孩子能承担拯救社会未来的重任，"救救孩子"的呼喊，因而也被赋予了过多的政治内涵。早期的共产党人恽代英在《中华教育界》上发表《儿童公育在教育上的价值》一文，"他（指恽代英。——引者注）把儿童教育作为改造世界的有力工具，要求全社会引起重视"[③]。郭沫若在1922年所作《儿童文学之管见》一文，则从艺术的角度把儿童文学与社会革命联系起来："是故儿童文学的提倡对于我国社会和国民，最是起死回春的特效药，不独职司儿童教育者所当注意，举凡一切文化运动家都应当别具只眼以相看待。"[④]郭沫若的论述，让我们看到了儿童文学创始时期，从政治性的诉求到儿童教育的关注，从儿童教育的关注再到儿童文学概念提出，这样一个思想演进过程。

对儿童教育的关注，首先就要了解教育对象的特点，人们于是发现了

---

① 方卫平：《中国儿童文学理论发展史》，少年儿童出版社，2007年，第120页。

② 鲁迅：《新版鲁迅杂文集·坟·热风·两地书》，浙江人民出版社，2002年，第41页。

③ 张香还：《中国儿童文学史（现代部分）》，浙江少年儿童出版社，1988年，第49页。

④ 王泉根评选：《中国现代儿童文学文论选》，广西人民出版社，1989年，第203—204页。

"儿童"这一特殊的人类群体。鲁迅在《我们现在怎样做父亲》中指出："往昔的欧人对于孩子的误解，是以为成人的预备；中国人的误解，是以为缩小的成人。直到近来，经过许多学者的研究，才知道孩子的世界，与成人截然不同；倘不先行理解，一味蛮做，便大碍于孩子的发达。"①在旧中国封建伦理道德桎梏下，"一味蛮做、大碍于孩子的发达"基本成为常态化的社会现象。鲁迅曾在《二十四孝图》中对封建伦理道德阻碍儿童身心健康发展的情状，作了十分深刻的揭露和批判。发现儿童，确立新的儿童观，是中国儿童发展史上的重大事件，方卫平指出："传统儿童观随着封建纲常礼教一起崩溃，而新的儿童观的确立同时也就为现代儿童文学及其理论批评的自觉举行了一次真正的文化奠基仪式。"②

新的儿童观中影响最大的是"儿童本位论"。据朱自强先生考证，早在1914年，周作人就已使用过"儿童本位"这样的文字，到了五四时期，周作人更是"率先推出了'儿童本位'的现代儿童观，为中国儿童文学理论建立了坚实的思想基础。"③。从1919年到1923年，包括鲁迅、郭沫若、郑振铎、严既澄等著名作家、学者，都倡导过"儿童本位"思想；1923年魏寿镛、周侯予在中国第一部《儿童文学概论》中对儿童文学的界定，也使用了"儿童文学，就是用儿童本位组成的文学"④这样的提法。周作人提出的"儿童本位论"与他在《人的文学》中提出的"个人主义的人间本位主义"⑤一样，"是建立在人生哲学的思想根基之上"，是"对封建思想文化、封建儿童观进行反思和批判之后所进行的创立自身价值系统的理论操作"⑥。

新的儿童观的形成，表明在文化意义上对儿童的确认；而文化意义上

---

① 鲁迅：《新版鲁迅杂文集·坟·热风·两地书》，浙江人民出版社，2002年，第113页。
② 方卫平：《中国儿童文学理论发展史》，少年儿童出版社，2007年，第122页。
③ 朱自强：《中国儿童文学与现代化进程》，浙江少年儿童出版社，2000年，第209—210页。
④ 方卫平：《中国儿童文学理论发展史》，少年儿童出版社，2007年，第179页。
⑤ 北京大学中文系等主编：《文学运动史料选》（第一册），教育出版社，1979年，第104页。
⑥ 朱自强：《中国儿童文学与现代化进程》，浙江少年儿童出版社，2000年，第167页。

的确认，又为儿童文学引出了人类学的新视角。最先运用人类学理论研究儿童文学的同样是周作人，他在《儿童的文学》中论述道："照进化说讲来，人类的个体发生原来和系统发生的程序相同：胚胎时代经过生物进化的历程，儿童时代又经过文明发达的历程；所以儿童学（paidologie）上的许多事项，可以借了人类学（anthropologie）上的事项来作说明。文学的起源，本由于原人的对自然的畏惧与好奇，凭了想象，构成一种感情思想，借了言语行动表现出来，总称是歌舞，分起来是歌、赋与戏剧小说。儿童的精神生活本与原人相似，他的文学是儿歌童话，内容形式不但多与原人的文学相同，而且有许多还是原始社会的遗物，常含有野蛮或荒唐的思想。"①在这段论述中，周作人明确地把人类学与儿童学、原人与儿童、原始文学与儿童文学放在一起考察，并努力探寻其中相似的、文化因素的相互作用机制，从而为儿童文学研究开辟了一条理论新路。之后，郑振铎、赵景深、张梓生、严既澄等，都采用过人类学方法研究儿童文学问题，由此可以看出"近代西方人类学派理论以其强大的渗透力融进'五四'儿童文学研究的理论肌体，成为中国现代儿童文学研究的最基本的学术渊源和理论来源之一"②。

总起来看，在中国儿童文学的创始期，社会革命的政治诉求是儿童文学产生的最初动力，教育学、人类学成为儿童文学产生的两大主要理论资源；以上三方面的合力与新文学碰撞，理论形态的中国儿童文学于是乎产生。

二、在战火硝烟中，儿童文学被融入民族存亡的现实斗争之中

中国儿童文学在理论上被"正名"之后，马上被极度动荡的时代大潮卷入其中，抗日战争、解放战争，烽火硝烟连年不断。出生在动荡年代中的中国儿童文学又开始在动荡中成长，使儿童文学理论家没有闲暇去深入

---

① 王泉根评选：《中国现代儿童文学文论选》，广西人民出版社，1989年，第39页。
② 方卫平：《中国儿童文学理论发展史》，少年儿童出版社，2007年，第162页。

思考理论问题，探寻儿童文学的特质。即使是创始期的教育学、人类学理论资源，也没有得到进一步的开发和利用，"从1937年到1949年间，中国儿童文学理论批评只留下了一部儿童文学研究著作，这就是1948年9月中华书局出版的由吕伯攸、仇重、金近、贺宜、柳风、包蕾、鲍维湘、邢舜田、何公超九位作者合编的《儿童读物研究》一书"①。这样一种文化生态环境，对儿童文学的理论建设产生不利影响，恐怕是毋庸讳言的事实。

陈伯吹在《儿童读物的检讨与展望》一文中，对中国儿童文学从"五四"到1948年的发展状况作了总体性的回顾。在此文中，陈伯吹把该时期儿童文学发展分为四个时期：一、"文学风味的时期"（1918—1924）；二、"教育价值的时期"（1925—1930）；三、"科学常识的时期"（1931—1936）；四、"社会意义的时期"（1937—1948）。②陈伯吹在此处的发展分期，如果前两个合并为"五四"创始期，后两个合并为战时发展期③，那就与本书的论述脉络吻合。因此，我们重点看一看陈伯吹对后两个时期的评述，可以加深对战争年代中国儿童文学发展情况的了解："自民国二十年沈阳事变，接着二十一年淞沪抗日血战以后，全国朝野都有一致的呼声：'科学救国！''迎头赶上！'文学是时代的反映；而儿童读物的转变到注重科学常识，一半也由时代的浪潮冲激的罢。""今日的世界，已不再容许儿童做梦，狂风暴雨，阵阵地吹打，而且一阵加紧一阵，将来的幸福快乐的光明世界，要在今日面对现实，奋发有为，创造出来；社会不让人们在观念世界里躲避，怎能让儿童在幻想世界中求满足呢？要叫儿童的小眼睛观察着，小头脑思考着这世界上的一切真相！"④陈伯吹的评述让我们清晰地看到，战时的烽火硝烟如何彻底吞没了对儿童文学本质的学术探讨。

---

① 方卫平：《中国儿童文学理论发展史》，少年儿童出版社，2007年，第260页。
② 王泉根评选：《中国现代儿童文学文论选》，广西人民出版社，1989年，第402—407页。
③ 朱自强和方卫平在他们的著作《中国儿童文学与现代化进程》《中国儿童文学理论发展史》中，对中国现代儿童文学发展分期，基本持"五四"创始期和战时发展期的两分法。具体论述可参阅这两部著作。
④ 王泉根评选：《中国现代儿童文学文论选》，广西人民出版社，1989年，第405—406页。

"九一八事变"之后是"科学救国"冲击儿童文学创作,"七七事变"之后更是"不再容许儿童做梦",不能让儿童在"幻想世界中求满足"(失去了梦想和幻想还可以称得上是儿童文学吗?);儿童文学被彻底地卷入时代大潮中。面对这样的情景,我们除了默认历史的必然性之外,已经不可能再做其他的学术思考了。

三、战时思维的延续,儿童文学的教育性被放在首位

新中国成立后,百废俱兴,儿童文学也得到了千载难逢的发展机遇。特别是在1954年全国第一次少年儿童文艺评奖、1955年《人民日报》社论《大量创作、出版、发行少年儿童读物》发表以后,中国儿童文学迎来了短暂的"黄金时代",大批优秀作家活跃于文坛,各种体裁的儿童文学作品均有佳作出现,其中不乏在儿童文学发展史上占有一席之地的经典作家和可以传世的佳作。但是这个辉煌时期是非常短暂的,1957年反"右"斗争中儿童文学评论家陈子君被打成右派,儿童文学由此受到猛烈冲击。1960年展开对陈伯吹"童心论"的批判,儿童文学的发展转入低谷。朱自强先生对此评论道:"五十年代与六十年代之交的中国儿童文学从教育工具主义转向政治工具主义,是走向了违背现代化方向的倒退之路。"[1]

回顾儿童文学在新中国成立后的发展,我们发现战争年代由政治主宰文学命运的思维定式仍在延续,即使在短暂的辉煌时期,儿童文学的教育性也被放在了一个十分不恰当的地位,对儿童文学艺术本质的思考处在一个非常肤浅的层次上。这就形成了优秀作家、作品的大量出现,而优秀的理论家和理论成果却十分稀少的不协调局面。究其原因,我们只能说儿童文学在与政治的理论博弈中耗费了大量的能量,对自身艺术本质的研究必然会力不从心,这其中的教训是十分深刻的。

---

[1] 朱自强:《中国儿童文学与现代化进程》,浙江少年儿童出版社,2000年,第309页。

四、文学的回归与儿童文化研究的介入，儿童文学走向广阔的空间

"文革"结束，特别是中国共产党十一届三中全会拨乱反正以后，中国快速进入建设有中国特色社会主义现代化强国的新时期。进入新时期，中国社会的方方面面几乎都发生了翻天覆地的变化，儿童文学当然也不例外。对这个时期的儿童文学发展状况，朱自强的《中国儿童文学与现代化进程》和方卫平的《中国儿童文学理论发展史》分别有专章进行讨论，并有深入细致的理论描述。限于篇幅和本文讨论的中心问题，在此不再赘述。我想强调的是，文学的回归和文化批评的介入，对新时期拓展儿童文学发展空间，具有特别重大的意义。

新时期儿童文学向文学的回归，可以看作是对五四时期周作人具有前瞻性的儿童文学理论[①]的呼应，"儿童本位论"的再次提出并逐渐确立主导地位，就是这种呼应的最有力的说明。从儿童本位出发，儿童文学研究的领域得到极大的拓展，譬如儿童的心理和生理特点、童心和童趣之于儿童文学的意义、各种儿童文学体裁（儿歌、童话、成长小说、科学文艺、幻想文学、图画书等）的研究等，都受到理论界的重视，并取得了一批可喜的理论成果。

但是我们也要注意到，在儿童文学向文学回归的过程中，也遇到了一些理论上的难题，最为明显的表现是对儿童文学概念的界定上。研究者在界定儿童文学概念时一般采取如下策略：先把儿童文学看作一般的文学现象（所谓"儿童文学是文学"），再从接受者的角度阐释其特征，由此形成与成人文学相对立的观念。这样就形成了一个"文学——儿童（特殊接受群体）——儿童文学"的推演构架，这样推导的结果，是把儿童文学解释为读者群体比较特殊的一种文学品类。

这样一个类似于接受美学式的推演构架，存在着两方面的问题。其一，从接受者的角度看，儿童群体审美能力的个性差异是很大的，八九岁

[①] 关于周作人儿童文学理论的前瞻性，读者可参阅朱自强《中国儿童文学与现代化进程》第三章第五节"两个'现代'：理论与创作的错位"中，关于周作人儿童文学理论的论述。

的孩子喜欢读成人文学作品的，大有人在；十几岁的孩子阅读趣味与成人趋同的，更是相当普遍的现象。因此，从接受者的角度考察，"儿童文学"概念与"成人文学"概念有相当程度的交叉，这可能就是吴其南认为儿童文学的"范围是极其大致的"原因所在。其二，从作品的"期待读者"来看，有些作品的期待对象并不是儿童，但却得到了儿童的喜爱；反之，有些以儿童为期待对象的，却没有得到儿童的回应。于是，像蒲松龄的《促织》、吴承恩的《西游记》、鲁迅的《社戏》、柯南·道尔的《福尔摩斯探案集》、斯威夫特的《格列佛游记》等作品，究竟是成人文学作品还是儿童文学作品，就成了很难讲清的问题。看来，从接受美学的角度推演儿童文学概念可能存在某种必然性的局限；而这种局限会遮蔽研究者的视线，使之不可能全面地揭示出儿童文学的本质特征。

二十世纪八十年代末期，朱自强、方卫平、王泉根等学者开始重视对儿童观的研究①，其中，朱自强先生的研究最具开拓性，并具有理论的延续性。他在1988年发表论文《论中国当代儿童文学的儿童观》，指出："鲁迅所崇尚的童心，天然地具有憎恶的本能，能对人和事提供一个合理的价值标准……马斯洛认为自我实现的人的许多优秀之处是与儿童的天性一致或相似的。"作者在此分析和引用鲁迅和马斯洛的观点是想证明，儿童不仅是一个在生理和心理上与成人不同的特殊群体，在文化上也是与成人文化不同的特殊文化拥有者；所以，从儿童文学的角度看，儿童不仅不应该成为教育的对象，反而应该成为成人获取真理性认识和创造性能力的重要思想来源。随后他在《儿童文学的本质》（1997年）、《中国儿童文学与现代化进程》（2000年）、《儿童文学概论》（2009年）等几部专著中，始终坚持"儿童研究先于儿童文学研究，这一儿童文学理论最重要的方法论"②原则，

---

① 参见朱自强《儿童观——儿童文学的原点》（1988年11月12日《文艺报》）、《论中国当代儿童文学的儿童观》（《东北师大学报》1988年第4期），方卫平《童年：儿童文学理论的逻辑起点》（《浙江师大学报》1990年第2期），王泉根《儿童文学的审美指令》（湖北少年儿童出版社，1991年版）。

② 朱自强：《儿童文学论·代自序》，中国海洋大学出版社，2005年，第9页。

努力开掘儿童文化的宝贵资源，从而为儿童文学研究开辟了一片新的学术天地。

五、儿童文化理论的提出，使重新界定儿童文学的概念成为可能

我以为，以儿童文化为逻辑起点，有可能对儿童文学进行新的界定。理由有三：

其一，现代社会精神文明的重要标志之一，是承认多元文化的合理性，正如美国学者欧文·拉兹洛主持的《联合国教科文组织国际专家研究报告：多元文化的星球》（1993年由英国牛津大学出版社出版）中指出的那样："如果我们要进化成一个全球性物种，我们就必须发展一种全球性文化——一种不是千篇一律而是丰富多彩，在容忍、合作和共同目标方面一致的全球性文化。"[①]为什么要"丰富多彩"呢？因为丰富多彩才有活力，人类未来的前途才是光明的。那又为什么"容忍"呢？因为现代人类的智慧还不足以让我们做出单一性的选择。我们还不能保证，被我们现在所轻视的东西就一定在未来没有十分重大的意义。所以多元性的文化，就给人类未来留下多种选择的可能性。对原始文化、儿童文化以及其他非主流文化给以尊重，就是这种多元文化的必然要求。

其二，文学与文化交融不仅是可能的，而且具有某种必然性。在当今社会，艺术与哲学、心理学、伦理学等文化门类的交融是一种非常明显的趋势，尤其是理论形态的文学，越来越突破文学自身的限制，具有文化理论的性质。美国学者阿瑟·丹托在《艺术的终结》中说："艺术的历史重要性就建立在它使艺术哲学成为可能和变得重要的这个事实上。现在，如果我们凭这些条件看待我们不久前的艺术，它们尽管壮观，我们所看到的却是某种越来越依赖理论才能作为艺术存在的事物，因此理论不是外在于它寻求理解的世界的事物，因此要理解其对象，理论就得理解其自身。不

① ［美］欧文·拉兹洛编著：《联合国教科文组织国际专家研究报告：多元文化的星球》，戴侃等译，社会科学文献出版社，2004年，第209—210页。

过这些前不久的作品显示了另一种特色，那就是对象接近于零，而其理论却接近于无限，因此一切实际上最终只是理论，艺术终于在对自身纯粹思考的耀眼光芒中蒸发掉了，留存下来的，仿佛只是作为它自身理论意识对象的东西。"丹托在此处分析的是后现代超现实主义艺术现象，这些艺术悖反了传统造型艺术的规律，成为某种观念的符号。丹托认为，这种艺术"对象接近于零，而其理论却接近于无限"，也就是说，在这种艺术中形象与之反映对象之间的相似性已经不再重要，重要的在于形象所蕴含的理论意义，是某种理论意义决定着这种艺术存在的合理性。所以说"艺术终于在对自身纯粹思考的耀眼光芒中蒸发掉了"[1]。丹托从对后现代艺术的考察中，得出艺术哲学成为艺术作品主体的结论。我以为丹托的论述虽不无偏颇，但却是富有启示意义的，它说明某种哲学理念，已经成为与之相应的文学的标志。因此，从儿童文化出发去界定儿童文学，至少与现代艺术理论的发展趋势并不相悖。

其三，儿童文化与前文所论述的原始文化一样，最贴近生命本真状态，最具备自由平等理念，最充满理想和憧憬。这样一种充满活力的文化形态，非常值得重视，并可以成为当今社会思想文化建设的资源。

还需要补充说明的是，自然形态的儿童和文化意义上的儿童是不同的概念，正如朱自强先生所指出的那样："应该意识到有两个儿童存在，一个是现实生活中的儿童，一个是成人意识形态中的儿童，前者是客观存在，后者是主观意识，前者是个性化的实存，后者是普遍的假设……儿童研究中的'儿童'永远是可能的儿童，儿童研究永远是一个动态的过程。"[2]

因此，出于定义要简洁明确的考虑，我认为，儿童文学可以简洁地定义为：以儿童形象为描写主人公或叙事主人公，或以儿童喜欢的动物、幻想人物为描写主人公或叙事主人公，弘扬儿童文化精神的文学。所谓儿童文化精神具体来说就是：贴近生命本真状态、具备自由平等理念、充满理

---

① ［美］阿瑟·丹托：《艺术的终结》，欧阳英译，江苏人民出版社，2005年，第125—126页。
② 朱自强：《儿童文学概论》，高等教育出版社，2009年，第3—4页。

想和憧憬。儿童文学具备如丹托所说的"依赖理论才能作为艺术存在"的现代艺术的特征；但它又不是枯燥的艺术符号，而是深得经典艺术的真谛。我们或者可以换一种说法：儿童文学是一种具有经典艺术美感的现代艺术形式。它虽然在西方有300多年的历史，在中国也有近100年的历史，但相比较它自身的成长来说，这几百年的时光只是它的蓄势待发。它真正大显身手的时刻，至少在中国可能刚刚到来或即将来临。我相信，儿童文学一定会在不久的将来登上文学的大舞台，并以独特的魅力大放光彩。

儿童文学"是以儿童形象为描写主人公或叙事主人公，或以儿童喜欢的动物、幻想人物为描写主人公或叙事主人公，弘扬儿童文化精神的文学"这样一种界定，是否具有学术价值呢？下面我就可能性的质疑，回答如下。

其一，这样的界定具有区别价值吗？我以为是具备的。不过这种区别主要是文学主题的区别，文学精神的区别。正如最近几年出现的生态文学研究一样，也是在一种现代理念指导下对新的文学现象的审视、研究，或者是对文学史上留存作品的再审视、再研究。

其二，这样的界定能解释儿童从古至今的阅读现象吗？要回答这个问题，首先需要指出的是，儿童阅读可能有千年以上的历史，但学理意义上的儿童文学并非"古已有之"，儿童文学是现代形态的艺术形式。[1]因为只有当人类文明进化到深刻地认识到生命的本质特点，认识到童年生活之于人的一生的重要性的时候，儿童文学才会产生。英国学者鲁道夫·谢弗在《儿童心理学》中，引述他人著作论述道："在中世纪，儿童这个概念并不存在，并非儿童们被忽视、抛弃或是鄙视，这里我们不能把儿童的概念和对儿童的感情混为一谈，前者对应的是特定的关于儿童的本质的认识，即区分儿童与成人甚至年轻人的那种本质。在中世纪，这种认识并不存在。"[2]儿童都不存在，儿童文学当然也就不可能存在了。其次，对儿童文学产生以后

---

[1]　可参阅朱自强《中国儿童文学与现代化进程》绪论和第一章内容。
[2]　[英]鲁道夫·谢弗：《儿童心理学》，王莉译，电子工业出版社，2005年，第29页。

的作家作品,本界定具有重新审视评判的价值。也就是说,以往被认为是经典的儿童文学作品,可能由于缺少某种特质,从而退出经典的行列,比如新中国成立前后的某些作品;而某些成人文学作品却可能因为具有儿童文化精神,被视为儿童文学的经典,比如马克·吐温的作品、斯威夫特的《格列佛游记》。

其三,这样的界定与儿童文学形式判断是否冲突?必须承认,某种文学形式具有界定儿童文学性质的功能,比如儿歌、童话、儿童诗、图画书等。但这些形式所决定的儿童文学性质,恰好是与本界定所讲的儿童文化精神相吻合的。作家当使用以上文学形式进行创作时,就必须使自己进入儿童的精神状态,否则,写作就不能进行下去。

其四,这样的界定是否不够严谨?我以为本界定质的规定性是明确的,但是儿童文化的具体内涵却可能是一个不断变化的范畴,从这个角度说,本界定是向未来开放的,是处在不断建构的过程中。随着我们对生命本身认识的加深,儿童文学还会不断被赋予新的内涵。我认为,这刚好体现出学术研究本身规律性的要求。

巴别塔坍塌了,但人类渴望团圆、幸福的理想并没有破灭。人类在进入二十一世纪以后面临着诸多挑战,如何应对挑战,需要人类再次团结起来,相互尊重、相互理解、相互关爱、相互支持。不同肤色、不同文化背景的人,需要重新走到一起,需要再次找到相同的语言,以使彼此顺畅沟通,毫无障碍。到那时,人类或许可以重建"巴别塔",但不仅仅是为人类扬名,而是为自然界所有生命扬名,同时也是为了我们共同拥有的这颗美丽星球的和谐与安宁。

人类怎样才能重新走到一起,共建"巴别塔"呢?

——像孩子一样地手拉手、心连心。

或许这才是成人应该做的事情。

我们可以这样做。我们必须这样做。

<table>
<tr><td>第
一
章</td><td>建构与描述：
神话与儿童文学的艺术精神</td></tr>
</table>

　　人的精神世界作为现实物质世界的反映，自然会回应形而下的物质诉求；但是，人的精神世界又不仅仅回应形而下的物质诉求，它还指向情感与意义世界，从而染上浓厚的形而上的色彩。较之于有限的现实世界，人的精神世界则更广阔、博大并具有无限性的特征。艺术精神是人的精神世界的重要构成，最能体现形而上的、无限的精神世界的特色，中华民族传统文化中的"仁"和"道"就是一种"最高的艺术精神"[①]。研究比较神话与儿童文学的艺术精神，可以使我们对原始文化和儿童文化有更深刻的认识，并有可能会获得对文学本质特征的新认识。

第一节　文化想象的建构对象

　　我以为，神话与儿童文学作为艺术的研究对象，是有其独特性的。这种独特性主要体现在，作为研究者所首先要关注的对象——原始先民和儿童，既是一种社会客观存在，又是研究者文化想象的建构对象。研究者往往首先通过基于某种知识背景之上的文化想象赋予原始先民和儿童某种人性的、人文的、审美的特点，然后把这些特点作为阐释作品中艺术象征符

[①]　徐复观：《中国艺术精神》，广西师范大学出版社，2007年，第25、36页。

号的基础，接下来通过比较分析时代政治、文化因素，最终揭示神话与儿童文学作品的思想、艺术内涵。

在人文科学特别是文学研究中，研究者通过文化想象建构研究对象，来获得理论阐释的逻辑起点，是普遍应用的研究策略。朱自强先生在谈到儿童文学研究中"儿童"这一重要概念时指出："应该意识到有两个儿童存在，一个是现实生活中的儿童，一个是成人意识形态中的儿童，前者是客观存在，后者是主观意识，前者是个性化的实存，后者是普遍的假设……儿童研究中的'儿童'永远是可能的儿童，儿童研究永远是一个动态的过程。"①这里所说的"普遍的假设"就是论者基于自己知识背景之上的文化想象，而"可能的儿童"则是想象建构的结果。

对这样一种研究策略作理论的说明并不困难，因为人文科学研究总是建立在一定的知识基础上，总是有某种逻辑前提作为立论的依据，总是把特定的研究对象主观化以后，研究者才会产生阐释的动力和整体性的认知。简要地说就是，只有在研究者主观情感投入于研究对象之中，研究对象成为研究者的研究对象之时，人文科学的研究才能展开。马克思在《1844年经济学—哲学手稿》中，从人的社会性本质生成的角度，论述了主体的人与客体对象之间的这种辩证关系。马克思说："因此，一方面，随着对象性的现实在社会中对人说来到处成为人的本质力量的现实，成为属人的现实，因而成为人自己的本质力量的现实，一切对象也对他说来成为他自身的对象化，成为确证和实现他的个性的对象，成为他的对象，而这就等于说，对象成了他本身。"②（着重号为原文所有）马克思在此处谈及的人，还只是一般意义上的社会存在，而并非人文科学的研究者。对于后者来说，主体与客体之间的关系不仅仅是他生存展开的具体情境，也是他研究关注的对象；因此，人与客体的这种对象化的渗透关系，只是一个最基本的逻辑起点，他显然还需要进一步地把客体对象主观化，使研究对

---

① 朱自强：《儿童文学论·代自序》，中国海洋大学出版社，2005年，第9页。
② 马克思：《1844年经济学—哲学手稿》，刘丕坤译，人民出版社，1979年，第78—79页。

象真正"成为他的对象"，甚至是"他本身"。如是，研究者才可能产生理论阐释的激情，才可能真正揭示对象的本质特点。

　　人文科学研究中，研究者带有文化想象地建构研究对象的情形，是否会随研究对象的客观性程度不同而有所改变呢？答案是否定的。因为即使像历史科学这种客观性程度很高的研究对象，也很难避免研究者主观意识的介入，从而染上研究者自身的色彩。美国著名历史学家海登·怀特说："一种历史阐释，与一首诗的虚构一样，可以说是作为对世界的合理再现而对读者产生吸引力的，对那些'分类前的情节类型或原型的故事形式'具有隐含的吸引力，而这些类型或形式限定了特定文化的文学禀赋的形态。可以说，历史学家绝不亚于诗人，他们通过就特定历史事件所提供的形式解释，无论是什么，而把意义类型嵌入他们的叙事之中，因此获得了'一种解释情感'。"怀特从而得出结论说："历史永远不仅仅是谁的历史，而总是为谁的历史。"①历史的"为谁"性，就使它不再是单纯的记事，而成为历史学家"编撰"的对象，历史研究因此也就在历史学家的不同文学"虚构"中，呈现出不同面貌。怀特曾把历史学家编撰历史情节的范式，归纳为四种类型：罗曼司、喜剧、悲剧和讽刺。②历史学家正是通过以上四种类型，建构了历史对象和历史文本。

　　有人不同意儿童文学研究者对儿童概念的"想象性"建构，他们认为那会使儿童研究失去真实性。他们说："长久以来，我们习惯把儿童文学所要表现的童年生活视作一种想象的共同体，它拥有诸如天真、纯洁、善良等普世恒定的道德优势与人性的闪光点。但是，随着近年来西方童年研究成果不断被译介过来，上述单一与透明的童年观开始逐渐显露出它的片面性。童年作为一种历史建构物，有必要重新被放回到历史现场去加以透视与理解。"③这段关于童年想象性建构的论述，让我们自然想起某位学者对

---

①　[美]海登·怀特：《后现代历史叙事学》，陈永国等译，中国社会科学出版社，2003年，第74—75页、第105页。

②　[美]海登·怀特：《后现代历史叙事学》，陈永国等译，中国社会科学出版社，2003年，第93页。

③　陈恩黎：《都市文化的早期图像记忆：1935年的三毛漫画》，《中国现代文学研究丛刊》2010年第1期。

中国当代文学中关于西部的"文化想象"所表述的非常相似的观点："在对西部的想象中，西部是遥远的'异域'，是封闭、神秘、愚昧、不开化的蛮荒世界，'自古以来就代表着罗曼司、异国情调、美丽的风景、难忘的回忆、非凡的经历'。对西部的这种想象，显然是一种异域性文化想象，是站在优越于西部的文化地缘位置上的描述与假设。这种异域性文化想象的结果，使包括文学在内的有关西部的'话语'已脱离了它自身的真实存在，西部就这样不知不觉地被'他者'化了，成为介于真实与虚幻之间的'空白'。"①

　　以上两段论述，都把研究者对研究对象的文化想象看作是"片面的""脱离了真实实存的"，因而主张把研究对象"重新放回到历史现场去加以透视与理解"，以克服"优越……的文化地缘位置上的描述与假设"所造成的"他者化"和"介于真实与虚幻之间的'空白'"。但我对以上论述深表怀疑，因为，我们怎样才能相信他们所声称的"历史现场"是客观实在的，怎样才能相信他们采取的去"他者化"是真实有效的呢？如果这两点不能得到有说服力的证明，那么，谁又有能力让我们相信，以上两位论者的论述，不是在用另一种改头换面的"文化想象"来取代他们所鄙弃的、会导致研究对象失真的"文化想象"呢？

　　我们不仅不应该否定儿童文学研究中的对象性文化想象，而且应该明明确确地声明，只有赋予童年生活真、善、美的文化想象，儿童文学的研究才有意义。试想，如果儿童文学研究者不相信儿童"拥有诸如天真、纯洁、善良等普世恒定的道德优势与人性的闪光点"，我们的儿童文学研究将会是个什么样子？儿童文学研究与一般意义上的文学研究还会有什么区别？优秀儿童文学作家的创作实践也证明，确信儿童天性的美好，是儿童文学创作取得成功最重要的前提条件。我在阅读由丹麦亲王亲自作序、丹麦本土学者詹斯·安徒生撰写的《安徒生传》时，读到了一段非常动人的文字，这段文字是《小伊达的花》的女主人公的生活原型伊达·蒂勒的丈

---

① 李兴阳：《从文化想象到重新发现》，《文学评论》2006年第5期。

夫亚历山大·王尔德上尉，在回忆安徒生讲述《小伊达的花》时的描述。
"当他的手遮住了那双富于表情的眼睛时，他似乎是在休息，抑或是在积
攒力量。当他再次放下手的时候，这个怪癖男人的脸便突然变得面目全
非！仿佛是把一条蒙在脸上的面纱完全掀掉。当他坐下时向我们问候的表
情，现在已经无影无踪，整个人立刻沉浸在周围的环境当中。于是，一部
文学巨著，便在听众面前无声无息、轻松自然地拉开了帷幕。即使是一个
精心照料出生婴儿的母亲，也做不到像安徒生那样，以无穷的爱和温柔去
打理他心中生出的作品。"①安徒生在讲述《小伊达的花》时的情绪变化，
显然是进入对儿童的美好的文化想象之后的结果。正是由于安徒生在童年
的文化想象中发现了"普世恒定的道德优势与人性的闪光点"，才会用
"无穷的爱和温柔去打理他心中生出的作品"。于是，才会有儿童文学经典
的产生。当代著名儿童文学作家秦文君也认为："儿童文学和少儿图书出
版的价值还在于守护人类最本质的美丽天性。捍卫童年，也意味着捍卫和
发掘人类的创造力与良知。"②"美丽的天性""人类的创造力与良知"，秦
文君这些对童年的赞美之词，无疑是其对童年特性的文化想象的结果。

对神话的研究，更离不开研究者对研究对象的文化想象。因为神话产
生在人类文明的初期，从时间上看，与当下有相当的距离；从空间上看，
人类的物质生活形式也已发生了翻天覆地的变化，所以我们很难从时空上
接近神话所反映的生活。此外由于时空的距离，留给我们复原原始生活的
历史素材也十分有限。因此，神话学的研究必须要有研究者的文化想象介
入，才能构建出原始先民的生活理想和情感，以及从事神话创作活动时的
具体情境和主要心理诉求。再有，神话本身就是通过想象来展示原始先民
的物质生活和精神生活的，神话所采用的想象方式，与现代人又有许多不
同之处。意大利思想家维柯说："我们也同样没有能力去体会出那些原始

---

① ［丹麦］詹斯·安徒生：《安徒生传（丹麦官方认可版本及译本）》，陈雪松等译，九州出版
社，2005年，第188页。
② 秦文君：《感动今天的孩子》，中国作协儿童文学委员会选编：《光荣与使命》，明天出版社，
2005年，第48—49页。

人的巨大想象力了，原始人心里还丝毫没有抽象、洗练或精神化的痕迹，因为他们的心智还完全沉浸在感觉里，爱情欲折磨着，埋葬在躯体里。"①假如没有研究者对"原始人的巨大想象力"的想象性复原，对于通过这种独特的想象方式所展示的神话世界的解读将难以实现。

　　神话故事从表现层面上看，似乎十分简单，读者要想把握故事的结构和人物的性格等文本的基本特征，也并不很难。但是，如果认真研究就会发现，在看似简单的人物刻画和故事设置中，却包含着非常丰富的文化内涵。美国著名文学理论家韦勒克和沃伦指出："从文学理论看，神话中的重要母题可能是社会的和超自然的（或非自然的，或非理性的）意向或画面，原型的或关于宇宙的叙述或故事，对我们永恒的理想中某一时期的事件的一种再现，这种再现是纲领性的，或者是带着末世情调的，或是神秘的、象征性的。"②韦勒克和沃伦用带有文化想象色彩的学术语言，对神话做了理论上的描述，并尝试性地列出神话可能具有的多重文化内涵，为神话文本的阐释提供了相当大的理论想象空间。中国比较文学家叶舒宪博士在《神话意象》一书中对古希腊经典神话《俄狄浦斯》的分析，则是对这则神话"意向或画面"的某种"可能"的"象征性"文化意蕴，做了大胆的全新诠释，可看作是韦勒克和沃伦神话理论的实际演练。叶舒宪说：

　　　　文明人的自大狂所导致的理智的盲区就在于，人忘记、蔑视和压抑了文明之前的"原始"智慧，即以盲人之导师荷马为特殊形象的那种口传文化的深远传统之智慧。

　　　　……

　　　　忒瑞西阿斯的智慧，代表的是文明的对立面，即文明之前身——原始文化的智慧、口传文化的智慧。它和俄狄浦斯

---

① ［意］维柯：《新科学》（上册），朱光潜译，商务印书馆，1989年，第184页。
② ［美］韦勒克、沃伦：《文学理论》，刘象愚等译，生活·读书·新知三联书店，1984年，第207页。

代表的文明的智慧较量一场，结果还是原始文化的智慧获得全面胜利。俄狄浦斯的自刺双眼与自我流放，意味着文明的第一次自我否定与自我批判！

索福克勒斯的作品思想之深沉足以让万代以后的人咀嚼无穷余味。它告诉我们：当时普遍认为人可以利用他们的智慧避免一些不好的命运，事实证明他们的这些智慧是有限的，在某些方面是无能为力的。人的这种自大是最可怕的。人不自大的话可能是"眼盲心亮"，也可能是"心盲眼亮"。如果你自大的话就会像俄狄浦斯一样落个"心眼兼盲"的下场。这实质上是对所谓文明人自大心态的一种警示。[①]

叶舒宪此处的评论，显然对原始文化、口传文化做了肯定性的文化评价，赋予其智慧、深刻的理论色彩，颠覆了原始、现代二极对立中对前者贬抑对后者抬高的习惯性的文化价值判断。他认为，原始智慧恰恰是现代人应重新发掘、认识的重要思想财富，是引领我们走出时代误区的精神指南。以上这些价值判断，不仅仅基于论者在思想史的高度上对原始文化、口传文化的再认识、再发现，同时也基于论者对之肯定性的文化想象。因为，对于原始文化来说，蛮荒、愚昧或智慧、本真，都只能是研究者某种文化想象的结论，并不能改变原始文化本身的自然属性，原始文化的本质总是在被遮蔽中，或者说，它的本质就存在于人们对其不断的阐释过程之中。任何一种阐释结论，实质地讲，都是某种文化想象的结果。

我们在此之所以强调神话与儿童文学研究中对象性文化想象建构的重要性，是因为这是把握神话与儿童文学艺术精神的逻辑起点。比如，在叶舒宪博士对《俄狄浦斯》神话的解读中，对"文明之前的'原始'智慧"具有"深远传统"，和它比"有限的""在某些方面是无能为力的""文明

---

① 　叶舒宪：《神话意象》，北京大学出版社，2007年，第143、150页。

的智慧"更为聪慧的赞颂，实际上已经颇为深入地涉及了神话的艺术精神问题，由此进入神话的研究，会更为清晰地认识神话的本质特性。再比如中外优秀儿童文学作家对童年肯定性的文化想象，也会烛照我们的探索之路，使我们更深入地进入儿童文学的世界，领略儿童文学艺术精神的魅力。

第二节　神圣的象征

儿童文学理论家方卫平在著作《儿童文学接受之维》中指出，儿童文学的文本可分为语音层、语象层和意味层三个层面。其中"意味层是儿童文学文本结构中最为内在的层次"，它"有可能使儿童文学文本超越语音层、语象层的限制而争取到比较博大的美学空间，获得比较持久的艺术生命力"[①]。方卫平所说的"语象层"与"意味层"之间的转换关系，实际上就涉及象征的问题。象征是文学创作中最常用的手法，在神话与儿童文学中更是被经常地运用。这种在神话与儿童文学中常用的手法是否孕育着某种品质，可以为我们探究神话与儿童文学的艺术精神做出某种提示呢？

当把神话与儿童文学放在一起加以考察，我们发现上面所说的可能性是存在的。下面我们就从两个方面加以论述。

一、神圣象征与神话

德国艺术史学家格罗塞说："只要艺术科学能够显示出文化的某种形式和艺术的某种形式间所存在的规律而且固定的关系，艺术科学就算已经尽了它的使命。"[②]格罗塞在此提示我们，在进行艺术研究时，理论的关注点应该集中在文化和艺术的关系上，也就是说，要把艺术放在一个更为广阔的理论背景中去考察。而这种考察应特别重视的是，"文化的某种形式"和"艺术的某种形式"之间存在的"规律"性的"固定关系"。格罗塞显

---

① 方卫平：《方卫平儿童文学理论文集·卷二》，明天出版社，2006年，第316—317页。
② ［德］格罗塞：《艺术的起源》，蔡慕辉译，商务印书馆，2005年，第6页。

然是在强调，要从文化形式出发来研究艺术形式的生成，或者反之，从艺术形式中发现投射出的文化形式的某些因素，以此，来完成"艺术科学研究的使命"。格罗塞用"只要……就算尽了……"的句式想要说明的意思是，对于艺术研究者来说，艺术科学的研究使命就是如此明确而单纯，除此之外，不可能再有其他的奢望。

按照格罗塞的理论，我们在研究神话的艺术精神时，必须特别关注的问题应该是原始文化的特点，尤其是原始文化的某些形式特点，并从中找出其关联神话的因素。

神话产生在旧石器狩猎时代，这已经是学术界的共识。在如此久远的历史年代，我们已经很难准确地再现神话的产生过程。但是，合乎逻辑的理论假设应该导向这样的结论：完整系统的神话故事绝不会是一下就能产生出来的。神话产生之前一定还有某些重要的文化现象作为铺垫，使原始先民能够寄托、表达他们的思想和情感，并为完整的神话故事的创造，提供必需的文化、艺术支持。

法国著名现象学家里克尔认为，神话产生于象征。他说："有所表示的象征系列可回溯到神祇的各种表现形式上，回溯到祭事。在那里，神祇被显示在宇宙的某一部分上，那一部分的具体界限于是消失，获得了富蕴无数的意义，并与最多数的人类浩瀚的体验成分相结合又相一致。于是，最初太阳、月亮、水——也就是宇宙中的实际事物——才是象征。……这些作为象征的实际事物把大量真实意义聚集在一起，在产生思想之前，就产生了言语。"①里克尔在此十分详细地描述了神话产生之前，原始先民对自然物象征性的理解与表达的具体发生过程。里克尔认为，象征产生在人类的祭祀活动中，祭祀活动有可能使某一种自然物与神灵发生关联，譬如在任何祭祀场所都可能出现的自然物：太阳、月亮、水等等。这些自然物由于与神灵的关联而获得了"富蕴无数的意义"，由此形成具体可感的外

---

① ［法］保罗·里克尔：《恶的象征》，公车译，世纪出版集团，2003年，第11页。

在形式与丰蕴复杂的内在意义的巨大意象张力。在这个形成意象张力的过程中，"最多数的人类浩瀚的体验成分"又被结合进去，于是，这些自然物也就成为最初的象征物。因为所谓象征是指："用具体可感的事物来暗示、意指不可见而只可意会的事物，通过联想类比，在象征主体和客体之间突现出直接的相似性，使陌生的、难以言喻的事物向已知的具体的意象同化，从而更强化人的感受能力和表达能力，使所要表现的内容更加直观，更具感性，同时也更加深刻和具有更多意蕴。"①里克尔认为，人们在赋予自然物象征意义的过程中，产生了最初的语言。语言的产生要远远早于理性的思考，语言是人感知外在世界因而产生情感冲动的产物，本质地讲，语言是服务于情感抒发的。所以他说："语言是情感之光。"②理性的思考能力产生于文明进化的较晚时期，甚至晚于神话思维。关于象征、神话和理性思考能力三者之间的关系，里克尔做了如此表述："罪的原始象征为第一等级，亚当神话为第二等级，最后一个等级是原罪的思辨密码；并且，我们将把第二等级理解为第一级释义学，把第三等级理解为第二级释义学。"③象征—神话—理性思维，里克尔如是勾勒出人类思维进化的历程。

当代中国神话学家潜明兹表述了和里克尔相似的观点。她认为，在旧石器时期早期"人类有过'前万物有灵'的阶段。这个时期显然没有图腾神话，但有极简单粗陋的动植物故事，有的在现在的人看来，简直不知所云"④。潜明兹在此明确指出，"图腾神话"产生之前的"前万物有灵的阶段"，已经存有"极简单粗陋的动植物故事"。潜明兹所说的"动植物"，应该就是里克尔所说的"作为象征的实际事物"。所谓"故事"，也就是象征意义的获得；正因为是象征意义上的故事，所以故事的意旨会较为模糊，令人会产生"不知所云"之感。潜明兹的看法，也符合格罗塞的理论

① 程金城：《中国文学原型论》，甘肃人民美术出版社，2008年，第149页。
② ［法］保罗·里克尔：《恶的象征》，公车译，世纪出版集团，2003年，第8页。
③ ［法］保罗·里克尔：《恶的象征》，公车译，世纪出版集团，2003年，第244页。
④ 潜明兹：《中国神话学》，人民出版社，2008年，第228—229页。

假设，动植物也是人类早期祭祀活动中最可能出现的陪伴物。这些动植物或为祭祀的对象，或为祭祀的凭借物，或为祭祀场所的一部分，从而与祭祀活动发生直接的关联。长期的、频繁的、稳定的内容或形式的意义关联，使这些自然物转化为人类最初的象征意义产生的对象，如同里克尔所说的太阳、月亮、水一样。

　　神话产生之前的象征意义形成，对神话无疑具有重大的发生学影响。象征是神话艺术的重要构成因素，是一个最为明显的、公认的事实。神话中的象征显然是这种原始象征意义的延续。我们可以把这种产生于神话之前、延续于神话之中的象征称为"神圣象征"，神话的艺术精神集中体现在神圣象征之中。

　　我以为神圣象征具有以下几个特点：

　　其一，超然。神圣象征产生在文明之火刚刚点燃之际，那时，人与自然、人与周围的一切事物浑然一体，物我不分。人们对生命的理解也与今人完全不同，生与死的界限是模糊的，甚至由于二者经常处于相互转换之中，严格意义上的死的概念是不存在的。法国学者埃里克·达代尔说："本真的神话，其核心的精髓在与我们的世界迥异的世界中才能保持，那里没有类似于'死'的概念；那里无法理解我们过于抽象的关于生命的概念；但是那里重要的或正面的一切，都是存在，都是有生命的；那里没有我们所说的'事物'，只有加入到同一生命流中的存在物——人类、动物、植物或石头。种在埋着胎盘坑内的生命树，会和人活得一样长久，在人死之后，它也会枯萎。反过来说，人也不过是植物生命的短暂形式。正是通过另一种形式，通过与树的共存，通过人的生命意象的薯蓣，即通过生动有力的神话，人才了解自己的存在，并认识了自己。人是在世界对其存在的反射映像中认识了自己。人的生命本身并不能证明自己的存在，只有在神话中才能找到其存在的证据。神话把人与宇宙联系在一起，与一切生命联系在一起。'生命'是一个神秘的词，镌刻于性之中，由祖先和诸神告之于人，拉丁人称之为'fatum'（命运），它是祖先和神祇关于人的生存的言语，是关于人的存在的天意和宿命。但它可以是从未被说出的言语，是从未被呼喊的名字，只能从雕刻者默默无言的作品中读出。"①达代尔特别强调神话世界与我们所理解的世界的不同，强调人与外在事物的交融，强调生命的普遍存在。其中，"人的生命意象的薯蓣"这一核心的象征意象，"把人与宇宙联系在一起"，生命的秘密和生存的依据都获得了象征性的展示，必然与超然在此融为一体。

自由地翱翔于天空的鸟，常被原始先民赋予神圣的象征意义，它们被看作是沟通人间与神境的精灵。在埃及神话中，鸟是"死后以活的形式生存的死者"，"埃及人与希腊人、巴比伦人以及很多其他民族一样，认为死者以似鸟的幽灵的形式显灵，振翅飞翔，穿过空气来到他以前经常去的地方"②。鸟与人、生者与死者在古埃及人的精神世界里相互交融，相互转换。鸟的"振翅飞翔"，携带着逝者的信息，传播的是神意的启示，人在注视鸟的飞翔中，精神已经进入超然的境界。

中国神话中，关于鸟的象征意义也有与古埃及十分相似的记载：

> 《诗经》："天命玄鸟，降而生商。""玄鸟"解释为黑色的燕子，但按玄、旋同义释之，玄鸟即旋鸟，《说文》："玄，幽远也，黑而有赤色者为玄，象幽而入覆也。"覆为翻转之义，俗称"天翻地覆"，鸟之能翻转，即旋飞上下于天，故能作为天帝的使者，"降而生商"。③

考古专家对《诗经》语句的解读，使我们得知其中隐含的具有史诗性质的神话故事。这则神话故事讲述了商的创始经过，一只黑色的燕子携带着天帝的旨意，飞临人间，变成商人的先祖。这只燕子为何能"降而生

---

① [美] 阿兰·邓迪斯编：《西方神话学读本》，朝戈金等译，广西师范大学出版社，2006年，第285页。
② [美] 亨利·富兰克弗特：《古代埃及宗教》，郭子林等译，上海三联书店，2005年，第74页。
③ 路思贤：《神话考古》，文物出版社，1995年，第241页。

商"呢？因为它既具有"玄鸟""幽远"的品性，又具有"旋鸟"翻覆的品性；作为"玄鸟"，故能深入混沌，探幽生命的玄秘，承载生命的信息；作为"旋鸟"，故能在天地之间上下翻飞，沟通人与神的联系，超然于人际之上。"玄鸟／旋鸟"是"把人与宇宙联系在一起，与一切生命联系在一起"的超然的象征。

对于我们来说，神圣象征是一种超然物外的象征，它灵动、幽远、神采飞扬。它"予物以内在的生命及人格的形态，使天地有情化"，于是"天地万物……都有人格的形态，都被赋予了关照者的内在的生命"。①物我合一，峭拔超然，神圣象征体现出神话特有的美学特征。

其二，超验。神圣象征是一种超验的体验。英国著名神话学家凯伦·阿姆斯特朗在其畅销欧美的著作《神话简史》中论道："'超验'也是人类经验的一部分。我们渴求着刹那的心醉神迷，我们感到内心深处被触摸，并在瞬间获得了灵魂飞升的欢欣。此时此刻，我们的生命强度超越了平庸，从每一个层面燃烧出激情，并占据我们的全部人性。宗教体验是获得这种迷狂的一种方式，但如果人们已经不再能从宇宙、犹太会堂、教堂或者清真寺获得这一体验，那么，他们将转向别处寻求——转向艺术、音乐、诗歌、摇滚、舞蹈、麻醉品、性爱或者运动。如同诗歌和音乐，神话也会为我们注入喜悦之情——哪怕在面对死亡或者因寂灭感到陷入绝望之际。如果神话失去了这一功能，那么，这个神话就已死去，变成一个毫无意义的空壳。"②阿姆斯特朗所说的超验与马斯洛心理学理论中的"高峰体验"非常类似，它使个体生命意识在厚实博大的文化背景中与群体生命意识交融，从而在心理能量得到最大化的释放中，产生极度喜悦的心理感受。这种超验的心理感受会使人在更高等级的文化意义上，顿悟生命的意义与价值，获得较高层次的审美享受。

神话所具有的超验特征应该表现在两个方面。其一是在神话的创造者

---

① 徐复观：《中国艺术精神》，广西师范大学出版社，2007年，第70—71页。
② ［英］凯伦·阿姆斯特朗：《神话简史》，胡亚豳译，重庆出版社，2005年，第8页。

方面，神话是原始先民获得超验心理感受时创作的作品；其二是在神话的欣赏者方面，神话能使欣赏者获得超验的审美欣赏，就如同阿姆斯特朗所说的"刹那的心醉神迷，我们感到内心深处被触摸，并在瞬间获得了灵魂飞升的欢欣"。关于前者，我们只能做理论的假设；关于后者，我们却可以在神话文本的阅读中获得真切体验。

我们在阅读中国古典神话《夸父逐日》时，就能获得这种"灵魂飞升的欢欣"。据《山海经》记载，夸父是一个族群的名称，他们住在北方荒原中的大山上，其山名为"成都载天"。夸父族群的人据说是幽冥世界的统治者后土的子孙（《山海经·大荒北经》："后土生信，信生夸父。"），个个身材高大，勇力超人。两只耳朵上各挂一条黄蛇，双手各持黄蛇。某天，一个夸父人忽发奇想，要去追赶太阳。于是，他大步如飞，向着西斜的太阳追去，一直追到"禺谷"。"禺谷"也就是"崦嵫"，是太阳落地之处，大诗人屈原在《离骚》中有"吾令羲和弭节兮，望崦嵫而勿迫"的诗句，意思就是想让羲和慢些挥鞭驱赶太阳车，不要太快地把太阳拉到落地之处。夸父在太阳即将落地之时，终于追上了太阳。他伸开双臂，想把太阳揽入怀中。但此时他由于赶路实在是太渴了，他需要喝水，于是，他趴在黄河和渭河边上饮水，两条河转瞬之间被他喝干了。他还是口渴，又向"大泽"走去。"大泽"在雁门之北（《山海经·大荒北经》："有大泽方千里，群鸟所解。"《山海经·海内西经》："群鸟所生及所解，在雁门北雁门山。"），还没有赶到"大泽"，夸父就因口渴身亡。他巨大的身躯倒在路上，手杖抛在路边，竟然化为一片郁郁葱葱的桃林。有了这片桃林，后继的逐日者就可以取桃子解渴，而不会像夸父一样，因口渴而身亡。

"夸父逐日"这则神话本身无疑就是一个具有重大生命意义的象征，或如本书所说的是一个伟大的神圣象征。我们且不说在其象征意义中，可以解读出人对时空本质的追问、对人类征服自然能力的自我确证，以及对生生不息的自然及自身生命能量的赞颂等等令人振奋、令人激动的思想内涵；单是夸父逐日这一象征的形式本身，就具有巨大的视觉冲击力与震撼力。当看到夸父展开双臂要去拥抱太阳，看到口渴的夸父一口气喝尽黄河、渭河两条河水，看到倒下的夸父身体化为一片郁郁葱葱的桃林，我们真真切切地感受到"内心深处被触摸，并在瞬间获得了灵魂飞升的欢欣。此时此刻，我们的生命强度超越了平庸，从每一个层面燃烧出激情，并占据我们的全部人性"。这是一种超验的审美体验，是现代人久违了的生命激情的释放，是现代人从平庸中自我救赎的精神力量源泉之一。

其三，神圣。神圣象征当然会具备神圣的属性。什么是神圣呢？简单地说，神圣是与世俗相对应的概念，对于基督徒来说，有关上帝耶和华的一切即神圣，正如美籍罗马尼亚著名神学家米尔恰·伊利亚德所说："耶和华的神显获得了最后的胜利；因为它代表着一种神圣的普遍的模态，它所具有的本性就是要向其他文化开放；它通过基督教而变成全世界的宗教价值。"[1]

我们是无神论者，并不相信耶和华的存在，但是，我们同样会有神圣的生命体验。触发我们产生神圣感的事物和情景可能是多种多样的，但概而言之，生命的价值与尊严以及这种价值与尊严所展示的完美的存在形式，是非宗教意义上的神圣感产生的缘由。康德在《判断力批判》中指出："对于我们的能力不适合于达到某个对我们来说是规律的理念所感到的情感，就是敬重。"敬重是产生崇高感的基础，康德接着说，"所以对自然中的崇高的情感就是对于我们自己的使命的敬重，这种敬重我们通过某种偷换而向一个自然客体表示出来（用对于客体的敬重替换了对我们主体中人性理念的敬重），这就仿佛把我们认识能力的理性使命对于感性的最大能力的优越性向我们直观呈现出来了。"[2]人的理性认识能力是无限的，而人的感觉能力是有限的；无限的理性认识能力的巨大和有限的感觉能力的渺小形成的鲜明对比，就是崇高。崇高与神圣在审美层次上是等值的。我们敬重生命，生命因而对于我们来说就是崇高而神圣的。

---

① ［美］米尔恰·伊利亚德：《神圣的存在》，宴可佳等译，广西师范大学出版社，2008年，第4页。
② ［德］康德：《判断力批判》，邓晓芒译，人民出版社，2002年，第96页。

希腊神话中有一则故事名为《象牙女郎》①，讲的是库普洛斯的国王匹克美梁（也译为皮克马利翁，现代心理学有所谓的"皮克马利翁效应"，是指某人在自己及周围较高的心理期待激励下，会激发潜能，实现自己和旁人对自己较高的期待）的传奇爱情。匹克美梁对爱神维纳斯无比虔诚，在他的王国神庙中奉祀着女神，贡礼源源不断。匹克美梁还是一个技艺高超的雕塑家，在他的宫中陈列着他的许多雕塑作品，每一件都栩栩如生。这位国王兼雕塑家持独身主义人生态度，因为他觉得周围的许多女人都是不贞洁的。有一次他用象牙雕刻出一尊女像，娇媚绝伦。他于是发狂地爱上了这个象牙女郎。他对象牙女郎的热烈爱情打动了维纳斯，维纳斯使象牙女郎获得了生命，匹克美梁和象牙女郎结成美满婚姻。

这则神话显然是在歌颂生命与爱情的神圣与崇高。象牙女郎完美的外在形象是人间国王匹克美梁创造的，她高贵的内在精神是女神维纳斯赋予的；也就是说，她的身体是世俗的，她的精神是神圣的。现实生活中女性的不贞洁与象牙女郎的白璧无瑕形成鲜明对比，这种对比也是世俗与神圣、现实与神话的对比。由此可以看出神话创造者的一种理念：世俗完美的最高境界，就进入了神圣的领域。对于肉体与精神的这种关系，法国著名社会学家爱弥尔·涂尔干论述道："人们认为身体本质上是凡俗的，身体随处都能唤起为神圣而保留的情感。灵魂与神圣存在具有同样的实质，只有程度上的差别。"②凡俗的肉体之所以能唤起神圣的情感，是因为神圣的情感寄托于人的灵魂之中。神话显然是通过对凡俗形象的刻画，展示灵魂的高贵，以达到对神圣情感的歌颂。

其四，仪式性。阿姆斯特朗在《神话简史》中除了强调神话的"超验"特性之外，她还指出神话的另一重要因素——仪式。她说："神话离开了仪式活动将黯然失色，也正是仪式为神话带来了新的生命力。"③

① 郑振铎编著：《希腊罗马的神话与传说》，中国书店出版社，2003年，第73—76页。
② ［法］爱弥尔·涂尔干：《乱伦禁忌及其起源》，汲喆等译，人民出版社，2003年，第232页。
③ ［英］凯伦·阿姆斯特朗：《神话简史》，胡亚豳译，重庆出版社，2005年，第4页。

何为仪式呢？美国人类学家坎瑞德·菲利普·考特克（Conrad Phillip Kottak）从人类学的角度指出："某些特性把仪式与人类其他行为区别开来。仪式是规范性的，也就是说，是风格化的、可重复的、程式化的。人们在特殊的（神圣的）地点和预设的时间举行仪式。"[①]考特克给仪式下了一个描述性的定义，其中"特殊的（神圣的）地点和预设的时间"是从时空点上，确定仪式与人类社会重大事件的关系，这些时空点构成了重大事件发生的社会背景。在特定时间和空间发生的重大事件应该包括战争，年节，重要的社会事件（狩猎、耕种、收获），人生的关键时刻（出生、死亡、成长、婚嫁），等等。而"风格化的、可重复的、程式化的"这些特点，则是对仪式内容和过程所具备的特点的描述。由这些特点而形成的仪式内容所聚焦的形象，一定是对人类生活某种特定情境的概括，是可反复出现于文学作品之中的某种经典形象，并体现出人类深层心理的某种文化积淀，正如爱尔兰学者理查德·卡尼所说："神话性叙事作品往往成为一种典范，可以不断重复，它成为解释并使当今人类活动合法化的范例。"[②]而这样的范例就是原型。程金城在《中国文学原型论》中对原型作了如下表述："原型所显现出的'原'的原始性和'型'的模式性，不仅仅体现了作为人类共同心理体验的那个原型的古老和原始的性质，同时也体现着人类心理需求和情感体验本身的恒定性、相通性和它的古老原始性。"[③]

从考特克对仪式的定义中，我们可以发现神圣象征的仪式性所对应的两个特点：其一，神圣象征与人类重大事件相关；其二，神圣象征往往就是文学中的原型。

在关于战争、人类起源等神话中，我们可以非常容易地看到仪式性的特点，在此将略而不谈。本书将通过庄子文中的一则神话，来做举例说明

---

① Conrad Phillip kottak. *Anthropology*. New York：McGraw-Hill Companies，2002, p.491.

② ［爱尔兰］理查德·卡尼：《故事离真实有多远》，王广州译，广西师范大学出版社，2007年，第153页。

③ 程金城：《中国文学原型论》，甘肃人民美术出版社，2008年，第13—14页。

（《庄子·逍遥游》）。

> 北冥有鱼，其名为鲲。鲲之大，不知其几千里也；化而为
> 鸟，其名为鹏。鹏之背，不知其几千里也；怒而飞，其翼若垂天
> 之云。是鸟也，海运则将徙于南冥。南冥者，天池也。

在这则神话中，"北冥""南冥"是相距遥远、阔大无垠的两个空间。"鲲"为鱼，是水生动物；"鹏"为鸟，是飞翔动物。因此，"北冥"与"南冥／天池"、"鲲"与"鹏"形成的对比，实质上展示了生命的无穷可能。"鲲"和"鹏"这两种奇异的动物形象化身，北冥、南冥两个浩瀚的神秘地域，以及由"鲲"化"鹏"的神话情节，是生命推演、运行过程的展示。

我们可以设想，远古先民在演绎《庄子》中这则神话时，可能会在一个神圣的场所、一个特定的时间，通过扮演两种动物及其相互转变的过程，形象化地演示他们的世界观中生命的发展过程。通过一个神圣的仪式，原始先民表述了自己对自然界及自身生命的理解与认识，并进而为生活寻找到意义与价值。

在这个仪式过程中，我们还能看到某种文学原型。叶舒宪博士在《中国神话哲学》中对这则神话的象征意义，作了更为具体的解释，他认为由"北冥"到"天池"、由"鲲"化"鹏"，是太阳运行的形象化展示，并指出这个形象化的展示，是一个重要的文学原型："从庄子神话中不难看出，将太阳的朝出夕落构想为一幽一明、一水一天两类动物之间的关系，这是一个具有跨文化普遍性的神话原型。只因两类动物之间的关系性质不同，同一原型在中外文化中产生出了不同的神话变式。强调两类不同动物之间的对立斗争关系，便有了太阳或飞行动物（乌鸦、鹰、鹏等鸟类）被水族动物（鲸鱼、大鱼、海中怪兽、蛇或龙等）所击败、所吞食的神话；强调两类动物相统一、相化生的关系，便有了水族动物（鲲、鱼、龙等）与飞

行动物（鹏、乌鸦、凤）周期性化生循环的神话。"①的确如叶博士所说，水族动物与飞行动物相互争斗、相互转化的故事，在古埃及、古印度、古波斯神话中十分常见。由此让我们对神圣象征所具有的仪式性的特征有了更为深刻的认识。

二、神圣象征与儿童文学

通过上面的论述可以看出，神圣象征对神话艺术精神的影响是明显的。那么，儿童文学作为与神话具有某种渊源关系的艺术形式，其艺术精神是否也可以在某种特殊的艺术象征方式中探究呢？或者换一种说法：影响神话艺术精神的神圣象征的各种特性，是否也可以在儿童文学中找到对应的表现呢？答案是肯定的，我们同样发现儿童文学中所采用的象征手法也具有神圣的品性。

引发我对儿童文学象征所具有的神圣品性思考的触因，是儿童文学的发生与另一个文化事件的特殊耦合关联。

本书在引论中已指出："儿童阅读可能有千年以上的历史，但学理意义上的儿童文学并非'古已有之'，儿童文学是现代形态的艺术形式。"现代儿童文学的产生最早发生在欧洲，这是儿童文学理论界的一个共识。那么，欧洲的儿童文学的发生期在什么时候呢？应该在十七、十八世纪。英国学者鲁道夫·谢弗在著作《儿童心理学》中，引用菲利普·埃里斯《童年的世纪》中的观点指出，现代欧洲儿童社会身份的确认是在十七、十八世纪："根据埃里斯的描述，直到十七、十八世纪关于儿童的普遍看法才出现改变。关于儿童的描述中儿童的穿着和相貌开始与成人区分开来，但这还只限于男孩。"②只有在儿童的社会身份被确认之后，儿童文学才可能产生，这是一个再明显不过的道理，正所谓"皮之不存，毛将焉附"。

欧洲儿童文学发展的历史进程也表明，正是在儿童社会身份确认之

---

① 叶舒宪：《中国神话哲学》，中国社会科学出版社，1992年，第57页。
② ［英］鲁道夫·谢弗：《儿童心理学》，王莉译，电子工业出版社，2005年，第31页。

后，学理意义上的儿童文学作品才真正出现。在十七世纪末、十八世纪初，欧洲产生了真正意义上的儿童文学作家，法国的沙尔·贝洛（1628—1703）是欧洲第一个把民间童话加工成文学童话的作家。[①]美国学者凯瑟琳·奥兰斯汀在回顾欧洲儿童文学发展史时论道："到了佩罗才疯狂地使童话故事转为文学形式。他所著《附道德训诫的古代故事》，一般通称《鹅妈妈故事集》，立刻成为当时的畅销书。同一年（指1690年。——引者注）在法国发行第二版，在荷兰发行第三版，且激起许多文人效仿，使童话故事如雨后春笋般涌现。身为当时沙龙常客的佩罗，就是用天真无邪的笔调写童话故事。"[②]贝洛（佩罗）的《鹅妈妈的故事》成为世界儿童文学史上的经典，其中《林中睡美人》《小红帽》《灰姑娘》等作品更是流传后世、魅力永存的艺术佳作。以后，又有英国作家斯威夫特（1667—1745）的《格列佛游记》和德国的卡尔·弗利德里希·敏豪生男爵（1720—1797）的《敏豪生奇游记》（在中国被译为《吹牛大王历险记》）等作品问世。尽管后两位作者的作品并非专为儿童创作，但是，这并不影响其成为儿童文学作品，因为作家所创作的作品的性质，往往并不为作家自己所理解，博尔赫斯曾引用吉卜林的言论对此进行说明："吉卜林一生为特定的政治理想而写作，想使自己的作品成为宣传的工具，但是他晚年不得不承认，作家作品的真正实质往往是作家自己不知道的；他还援引了斯威夫特的例子，斯威夫特写作《格列佛游记》时的意图是抨击人类社会的不公，却留下了一本儿童读物。"[③]斯威夫特和敏豪生之所以能在无意之中为儿童文学留下精品，是因为其作品的文化精神、艺术构思和艺术表现手法与儿童文学精神是相通的，因此才能获得儿童读者、作家和文学理论家的多方认可。到十九世纪初，格林兄弟开始整理民间童话，稍后，安徒生创作出大量的经典童话作品，儿童文学出现了第一个黄金时代。

---

① 韦苇编著：《世界儿童文学史概述》，浙江少年儿童出版社，1986年，第54页。
② ［英］凯瑟琳·奥兰斯汀：《百变小红帽》，杨淑智译，生活·读书·新知三联书店，2006年，第12页。
③ ［阿根廷］博尔赫斯：《博尔赫斯谈艺录》，王永年等译，浙江文艺出版社，2005年，第69页。

　　但正是在十七、十八世纪也就是学理意义上的儿童文学产生之前，欧洲曾出现过大规模的"猎巫运动"。英国学者罗宾·布里吉斯在《与巫为邻——欧洲巫术的社会和文化语境》一书中论道："在女权主义兴起和人们以巫术为潮流的背景下，一种颇有蛊惑力的传说流行开来，认为在欧洲曾经有900万妇女被作为巫女烧死——不是种族屠杀，而是'性别屠杀'。这是将实际人数翻了200倍的过高估计，因为现在最令人信服的估计表明，在1450年到1750年之间，可能发生过10万次审判，大概执行过4万到5万次死刑，其中20%到25%的被处死者是男性。"①布里吉斯在论述中尽管指出了女权主义者和原始巫术复活论者对历史上处死女巫的行为有所夸大，但是在300年间，有近"10万次审判""4万到5万次死刑"、大约有5万巫师被处死，其中70%以上处死的是女巫，这些数字也是触目惊心的。

　　"猎巫运动"与儿童文学的产生是简单的偶然巧合还是有必然的联系呢？

　　我认为，二者之间是有必然联系的。十五到十八世纪正是资本主义崛起的时期，新兴的资产阶级要想登上社会政治舞台，必须要清算以往的思想学说，以确立自己的言说方式。朱光潜先生指出，西方现代科学思想的奠基者笛卡儿"企图用思维来证实存在（'我思故我在'），而这思维乃是人类理性的活动。一切要凭理性去判断，理性所不能解决的不能凭信仰就可了事"②。理性乃人类思维的本质，思维又决定人的社会存在，笛卡儿的学说标示出欧洲现代科学思维的理论走向。二十世纪中期、法兰克福学派的代表人物霍克海默和阿道尔诺，在反思资本主义兴起时期的思想潮流的名著《启蒙辩证法》中开篇就论述道："启蒙的纲领是要唤醒世界，祛除神话，并用知识替代幻想。"③霍、阿二氏用更为清晰的理论语言回顾、概括了笛卡儿的思想。资产阶级的思想家在开始宣扬自己的哲学主张之初，显然轻视了原始文化的力量，低估了信仰之于人类精神世界的价值

---

① ［英］罗宾·布里吉斯：《与巫为邻》，雷鹏等译，北京大学出版社，2005年，第7页。
② 朱光潜：《西方美学史》（上册），人民文学出版社，1980年，第183页。
③ ［德］马克斯·霍克海默、西奥多·阿道尔诺：《启蒙辩证法》，渠敬东等译，人民出版社，2003年，第1页。

和意义。他们认为只要凭借理性，人类就可以解决一切问题，并用二元化的思维模式把理性与神话对立起来，神话即非理性，原始巫术即妖术，因而才会在欧洲社会出现大规模、长时间的"猎巫运动"。

我以为，儿童文学恰恰在此时产生，绝非偶然现象。一方面是社会主流文化形态对神话和巫术的祛魅，一方面是在儿童文学中保存了大量的神话及原始文化元素，两者形成的巨大思想张力，清晰地显示出，被主流文化排挤的原始文化，在非主流文化中一直在薪火相传，作为非主流文化之一的儿童文学中大量的神话与原始文化存在，就证明了这一点。神话与原始文化的生生不息说明，人的精神世界永远需要有超越性的目标，超越即对凡俗世界的否定，否定凡俗世界也就意味着神圣境界存在的合理性。因而，我以为，从大的文化背景来看，儿童文学所包孕的神圣性，是人们的精神世界中，对"猎巫运动"中被猎杀的神圣情感的一定程度上的补偿。由此看来，儿童文学的象征具有神圣性，也就理所当然了。

神圣象征所具有的属性，儿童文学的象征同样具备。

儿童文学的象征也具有超然性。法国著名儿童文学作家安东·德·圣艾修伯里的《小王子》中的象征运用，就具有超然的特性。小王子是一个象征性的人物，他与一朵花的爱情纠葛，他与狐狸、蛇的交往都具有象征意义。象征什么呢？我们难以在现实世界找到准确的对应物，这是超然的象征。我们读这部作品，似乎在读一部神话传说，真实的生活隐退了，某种亦真亦幻的境界浮现出来，令人赞叹，令人感伤。《小王子》象征的超然性，甚至体现在作者圣艾修伯里身上，作者驾机飞行，并神秘地失踪，使人觉得，圣艾修伯里也如小王子一样，已驾机飞往另一颗行星，去寻找属于自己的那株独一无二的"玫瑰花"。这样就使他的生命本身也成为一种超然的象征。圣艾修伯里的传奇经历，或者应被视为一个个案，但是，这个个案恰好发生在儿童文学领域，却是耐人寻味的。

儿童文学的象征同样是超验的。从作者的角度看，"当作家点燃手里的儿童文学火炬的时候，绝不只是照亮了儿童，自身却仍处黑暗之中。事实上，儿童将要得到的一切，儿童文学作家也都需要而且将首先得到。有的儿童文学作家，比如伟大的安徒生，甚至使我们感到，那把火炬燃烧的是他的生命之火，儿童文学便是他生命存在的方式，他只有在儿童文学创作中才能自足地完成自我创作，而一旦抛开了儿童文学创作他将一无所有"[1]。安徒生在向伊达·蒂勒的丈夫亚历山大·王尔德上尉讲述童话故事《小伊达的花》时，一定首先点燃了自己的"生命之火"，并感受到了神话学家凯伦·阿姆斯特朗所说的"刹那的心醉神迷"和"内心深处被触摸，并在瞬间获得了灵魂飞升的欢欣"。从读者的角度看，当我们阅读安徒生这部作品时，同样会被作家创作的撼人心魄的艺术境界所感动，于是"我们的生命强度超越了平庸，从每一个层面燃烧出激情，并占据我们的全部人性（阿姆斯特朗语）"。这种超验的审美享受，正是安徒生的童话适合所有人阅读并能感动每一位阅读者的主要原因。

儿童文学的象征是神圣的。相比较于成人社会，儿童的心灵世界是干净和纯粹的，这种干净和纯粹本身就具有审美的价值并且是儿童文学作家产生创作灵感的主要源泉。米尔恰·伊利亚德说："完美并不属于这个世界。它是某种与众不同的东西，某种来自某个别的什么地方的东西。"[2]对于成人来说，儿童世界的干净与纯粹就是一种"完美"，似乎就"来自某个别的什么地方"，因而显示出神圣的品性。

安徒生在著名童话《海的女儿》中，描写小人鱼为了爱情献出了生命，她的灵魂飞上天空，与天空女儿有下面一段对话：

> "我将向哪儿走去呢？"……"到天空的女儿那儿去呀！"别的声音回答说。"人鱼是没有不灭的灵魂的，而且永远也不会有这样的灵魂，除非她获得了一个凡人的爱情。她的永恒的存在要依靠外来的力量。天空的女儿也没有永恒的灵魂，不过它们可以

---

① 朱自强：《儿童文学的本质》，少年儿童出版社，1997年，第319页。
② ［美］米尔恰·伊利亚德：《神圣的存在》，宴可佳等译，广西师范大学出版社，2008年，第11页。

通过善良的行为而创造出一个灵魂。……你，可怜的小人鱼，像我们一样，曾经全心全意地为那个目标而奋斗；你忍受过痛苦；你坚持下去了；你已经超生到精灵的世界里来了。通过你的善良的工作，在三百年以后，你就可以为你自已创造出一个不灭的灵魂。"

小人鱼在爱的生离死别中，生命形态也在发生变化。伊利亚德说："要想成为一个真正意义上的人，他必须终止他的第一个（自然）的生命，然后再次出生为一个更为高级的生命。这种生命既是宗教的同时也是文化的。"[①]小人鱼的生命完成了这种具有宗教、文化意义的升华，从而展示了生命的干净与纯粹——生命的神圣。

儿童文学的象征也具有仪式性。儿童文学中的一个重要主题是"成长"，以青少年成长过程为描写对象的文学被称为"成长文学"。成长文学所具有的特性之一，就是象征的仪式性，很多儿童文学研究者都已注意到成长文学的这个特性。芮渝萍在《美国成长小说研究》中论道："成长小说中，常常通过某种象征性的仪式来表现阶段性的成长。罗伯特·潘·沃伦的《春寒》中，小男孩坚持要打赤脚，并且偷偷地背着母亲溜出去，这就是一个成长的象征。用沃伦在《〈春寒〉：一段回忆》中的话来说，这里赤脚'是一篇独立宣言，表明你已经从冬天和学校，甚至你的家庭的权威束缚下得到了解放。就像人类学家所说，这是每个人必须经历的过程'。"[②]芮渝萍以美国文学作品为例，说明了儿童文学中象征所具有的仪式性特点。在中国儿童文学作家的创作中，这样的例子也并不鲜见。曹文轩的《根鸟》描写少年主人公根鸟到大峡谷去寻找女孩紫烟，就是成长仪式的象征性描写。美国人类学家考特克指出："所有的成长仪式过程，都可以分为三步：分离、阈限和结合。"[③]其中"阈限"（liminality）是最重要

---

① ［美］米尔恰·伊利亚德：《神圣与世俗》，王建光译，华夏出版社，2003年，第108页。
② 芮渝萍：《美国成长小说研究》，中国社会科学出版社，2004年，第190—191页。
③ Conrad Phillip kottak. *Anthropology*. New York：McGraw-Hill Companies, 2002, p.492.

的部分，这是成长仪式的参与者经受各种磨难的过程。根鸟的成长仪式也始自"分离"，他在十四岁那年独自一人离开故乡菊坡，经过青塔、鬼谷、米溪、莺店，最终找到了神秘的大峡谷。根鸟的一路磨难正是"阈限"过程的形象展示。可以想见，经过这样的成人礼的洗礼，再次回归社会、与他人"结合"的根鸟，必定会成为一个真正意义上的男人。

以上论述说明，儿童文学的象征也具有神圣象征的诸特点，这些特点也是构成儿童文学艺术精神的重要因素。

在谈到儿童文学象征的神圣性特点时，还需要补充说明一点，那就是心理学研究证明，儿童早期表现出的魔幻思维方式，与从身边实存事物出发解释世界的现实主义的认识方式是并行不悖的，并对成年以后的心理发展有积极意义。美籍奥地利学者布鲁诺·伯特尔海姆（Bruno Bettelheim）在《儿童对魔幻的需要》一文中说："我知道很多例子，在严酷现实的逼迫下，魔幻信念会在时光流逝中被唤醒，尤其是在青春期晚期，以作为对于幼儿期被剥夺魔幻信念的补偿。处于青春期晚期的这些年轻人会忽然意识到，这是建构他们严重缺失的生活经验的最后机会，因为如果没有魔幻信念期的培训，他们将难以应对严酷的成年生活。当下很多年轻人会沉溺于毒品的虚幻之中，或是成为某些教主的随从，或是相信星占术，或是沉迷于'黑巫术'，或是用其他方式逃避现实，躲进巫术构成的梦幻之中，以此来使自己的生活变得更好，这些年轻人在成年之前表现出的成人式的举动，实乃出于无奈。这些年轻人试图以这些方式逃避现实的深层原因是，在幼儿期他们从身边的实物出发、用魔幻的解释方式形成生活经验的努力，曾经受到阻止。"[1]布鲁诺的论述可以从发展心理学的角度，为儿童文学象征的神圣性提供理论支持。中国学者刘晓东教授表述了与布鲁诺相似的观点："神话对于儿童的成长更是意义重大，它的重要意义在于，它暗合了儿童成长的需要，它可以让儿童生活于生命进化过程所赋予人类的

---

[1]　Caroline Shrodes, "Harry Finestone and Michael Shugrue". *The Conscious Reader*. New York：Macmilan Publishing Company, 1985, p.83.

浩瀚广袤的无意识世界里，保障儿童的本能与无意识的表达和成长，而这些本能与无意识的表达和成长正是意识成长的基础，离开了本能和无意识，意识之塔是无法建造的。"①魔幻、本能、无意识，这些非理性的思维品质，是儿童心理成熟不可或缺的因素，在儿童的成长过程中发挥着重要作用。因此，审视儿童文学象征与这些因素之间的关系，应该可以使我们加深对儿童文学艺术精神的理解与认识。

当今随着多极化社会的形成，随着人类对大自然和人类社会自身认识的加深，原始文化所具有的思维智慧，越来越受到现代人的重视。以中国文化为例，古代神话、民间传说等文化资源始终保持着旺盛生命力，并且不断滋养着当代的文学与文化。近几年来，我们可以从取材于古代神话的文学、电影、电子游戏等文化产品及它们所拥有的巨大市场，感受到原始文化的巨大生命力。在这样的文化背景中研究神话和儿童文学中艺术精神表现出的神圣特征，无疑会给我们提供多方面的、更为深刻的文化启示。

第三节　身体的感悟与直觉的智慧

一、诗性的智慧

近代意大利著名哲学家维柯在论述人类发展史时曾指出，人类历史划分为三个互相连接的时代：神的时代、英雄的时代和人的时代。前两个时代中人类就像儿童一样，具有"诗性的智慧，这种异教世界的最初的智慧，一开始就要用的玄学就不是现在学者们所用的那种理性的抽象的玄学，而是一种感觉到的想象出的玄学，像这些原始人所用的。这些原始人没有推理的能力，却浑身是强旺的感觉力和生动的想象力。这些玄学就是他们的诗，诗就是他们生而就有的一种功能"②。维柯认为"强旺的感觉

① 刘晓东：《解放儿童》，江苏教育出版社，2008年，第38页。
② ［意］维柯：《新科学》（上册），朱光潜译，商务印书馆，1989年，第181—182页。

力和生动的想象力"是诗人最本质的特点，原始初民和儿童都具备这种"生而就有的"感觉力和想象力，所以说"在世界的童年时期，人们按本性就是些崇高的诗人"①。维柯所说的"玄学"就是指哲学。维柯认为，原始社会的哲学就是诗，原始社会的哲学家就是那些具有"强旺的感觉力和生动的想象力"的原始初民。维科的论述使我们意识到，人的身体本能的感悟能力，可以具有哲学意义的深度，直觉的智慧可能是更为深邃的智慧。

阅读神话作品，能强烈地感受到原始先民"强旺的感觉力和生动的想象力"。譬如在北欧神话中，对创世的经过是这样描绘的：

> 巨人伊密尔的躯体，躺在地上，生出许多蛆虫来，这些蛆虫就成了一些矮人，伊密尔的巨型身体刚好将金恩加的鸿沟塞得严严实实。他肥胖的身体成了大地，汹涌的血液也流成了湖泊与海洋。那些山脉和丘陵是他的骨架，而岩石卵石则是他的颧骨和牙齿。他的头发依然在风中飘动，成了芳草和丛林。天空是伊密尔的脑壳变成的，他的脑髓也自然成了鲜丽的云霞。为了不让天空塌下来，奥丁命令四个矮人，站在四个方位，尽力扛它。东南西北就是这四个矮人的名字。伊密尔的眼睛里流出一股清澈的泉水，是神话中的智慧和生命之泉，由密密尔守卫着。从此天地造就，大功告成。奥丁到了南方的火焰之地，取来诸多的火星，抛撒在天穹之上，那就是夜空中闪光的星辰。②

在这段文字中，人的身体的重要性被特别地关注，因为大自然就是身体演化的结果。人体器官与大自然万物的对应性，则是原始先民探索自然万物属性的最初尝试，譬如骨骼与丘陵山脉的对应、头颅与天空的对应、眼睛与智慧的对应，等等，都包含着原始先民对自然界不同事物性质的认

---

① ［英］凯伦·阿姆斯特朗：《神话简史》，胡亚豳译，重庆出版社，2005年，第115页。
② 黄文主编，胡明刚编著：《北欧神话》，中国林业出版社，2007年，第107页。

识与理解，这也就是维柯所说的"感觉到的想象出的玄学"，"这些玄学就是他们的诗"——原始先民的诗。

上面这则神话之所以被称为"诗"，是因为它具有诗的构思和意象，譬如，大地之于人的身体，汹涌的血液之于湖泊与海洋，飘动的头发之于芳草和丛林，等等。这些具有思想冲击力的原始意象，完全可以和现代诗歌相媲美。

> 传说他渴得喝干了渭水黄河
> 其实他把自己斟满了递给太阳
> 其实他和太阳彼此早有醉意
> 他把自己在阳光中洗过又晒干
> 他把自己坎坎坷坷地铺在地上
> 有道路有皱纹有干枯的湖
>
> 太阳安顿在他心里的时候
> 他发觉太阳很软，软得发疼
> 可以摸一下了，他老了
> 手指抖得和阳光一样
> 可以离开了，随意把手杖扔向天边
> 有人在春天的草地上拾到一根柴禾
> 抬起头来 漫山遍野滚动着桃子
>
> ——江河《追日》①

当代诗人江河的作品同样非常重视对身体的描写，重视身体和物体之间的能量交换。本诗中，夸父把手杖扔向天边，于是有了一片桃林，正如

---

① 江河：《太阳和他的反光》，人民文学出版社，1987年，第9—10页。

奥丁把南方的火星抛撒在天上，于是有了满天星斗一样，是身体能量和自然能量的互换。"他把自己斟满了递给太阳""他把自己坎坎坷坷地铺在地上"，表现的也是这种能量转换。"手指抖得和阳光一样"与头发演化而成的芳草和丛林，在构思上也是一致的。江河准确地把握住原始神话的意象，于是才有了这篇使原始神话精神复活的艺术佳作。

感觉力和想象力与人的身体直接相关。人的身体是人生存的基本条件，失去这个条件，人的所有一切都无从谈起。所以说，身体本身的呼唤是人类最应关注的问题。但是，在人类社会的进化过程中，人们往往过分强调理性的意义与价值，贬低身体的需要，这样的结果是导致"理性的眩惑"。福柯在《疯癫与文明》中论述道："眩惑是光天化日之下的夜晚，是笼罩着任何光照过于强烈的地方的核心部分的黑暗。眩惑的理性睁眼看太阳，看到的是虚无，也就等于什么也没看。在眩惑时，对象退缩到黑夜之中，同时也伴随着对视觉本身的压抑。当视觉看到对象消失在光亮的神秘黑夜时，也在自身消失的时刻失于自身之中。"[1]福柯从知识考古学的角度，探究了身体感觉能力被剥夺而导致的人性缺损的原因。福柯此处所说的"对视觉本身的压抑"，其实就是对身体的压抑；而对身体压抑的结果则是"睁眼看……等于什么也没看"，是"自身消失……于自身之中"。福柯此言的意思与当今社会人们经常说的"自我的迷失"非常接近。自我的迷失首先是身体被压抑，身体被扭曲。当人的感觉器官不再能正常工作的时候，继之而来的必然是精神上的迷茫。因此，强调对人身体的关注，在当今有特别重要的意义。

神话的想象总是和身体有着密切的联系。我国著名文化人类学家叶舒宪博士在《神话意象》一书中，设"身体的神话与神话的身体"一章，专门讨论身体与神话的关系。作者在该书中论述道：

---

① ［法］米歇尔·福柯：《疯癫与文明》，刘北成等译，生活·读书·新知三联书店，2003年，第98页。

当今流行的"身体写作"可以看成古老的身体神话在现代的复活。神话想象一开始就离不开身体想象。如排尿的生理要求通过梦幻转化为洪水神话。又如创世神话中，有一种天父地母或者原始夫妇神生育万物的类型，其基础观念就是把宇宙及万物的产生认同为两性的性器之功能。其幻想的发生原理在于，人类用自己的身体行为为坐标，把整个宇宙都身体化了。这种天父地母型神话可以说是一切身体写作和身体创作的总根源。

生活在现代性确立的时代，我们的身体得益于现代性又受害于现代性，这是我们的宿命。和文明以前的部落社会相比，今人的寿命肯定是增加了，但是今人的身体所承受的种种压迫、所面临的频繁的威胁和折磨也无数倍地增多了。从人体炸弹到艾滋病病毒和SARS，都是我们必须面对的现代性身体神话。[①]

叶博士在此文中关于身体写作与现代人的身体问题的哲学思考非常发人深省。"文明是终极的人类部落，文明的冲突则是世界范围内的部落冲突"[②]，美国学者塞缪尔·亨廷顿对现实国际政治的描述，带有浓厚的身体文化的色彩。的确，现代社会所面临的许多问题，其实都与我们的身体密切相关，譬如物理空间对现代人身体的挤压，化学的、生物的有害物质对现代人身体的伤害，异化的社会生活对现代人身体权利的剥夺，等等。现代人的身体成为社会问题的聚焦点之一，要解决现代社会所面临的问题，要实现马克思所渴望的人的全面发展的美好理想，要彻底解决文明冲突带来的仇视和暴力，都应该从关心人的身体开始，人的解放本质地讲是身体的解放。

如果以这样的眼光重新审视神话对人身体感悟的描写，我们会获得更

---

① 叶舒宪：《神话意象》，北京大学出版社，2007年，第67页。
② ［美］塞缪尔·亨廷顿：《文明的冲突与世界秩序的重建》，周琪等译，新华出版社，2002年，第228页。

为深刻的启示。比如前文叶舒宪博士关于"天父地母或者原始夫妇神生育万物"的宇宙创世神话，就是从身体感悟出发告诉人们要敬畏大自然、爱护大自然，因为他们是人类的生身父母。当"人类用自己的身体行为为坐标，把整个宇宙都身体化"之后，宇宙就成为一个有机的整体，每一部分之间都如手足兄弟，相互关联，密不可分。这样的宇宙观是非常符合现代科学理念的，在这样的宇宙观指导下，人类可能就不会无所顾忌地对大自然索取，就不会为了人类的暂时利益而破坏大自然本身具有的和谐。

二、感性的文学

儿童文学中感觉力和想象力也是十分重要的构成因素。著名童话作品《白雪公主》开头一段是这样描写的：

> 冬天，雪花像羽毛一样从天上落下来，一个王后坐在乌木框子窗边缝衣服。她一面缝衣，一面抬头看看雪，缝针とき把指头戳破了，流出血来，有三滴血滴到雪上。鲜红的血衬着白雪，非常美丽，于是她想到："我希望有一个孩子，皮肤白里透红，头发像这乌木框子一样黑。"不久她生了一个女孩儿，像雪那么白净，像血那么鲜红，头发像乌木那么黑，她给她取了一个名字叫"白雪公主"。[①]

在这段文字中，王后感觉到的"羽毛一样"的"雪花""乌木框子"和"鲜红的血"，全部与白雪公主产生了内在联系，化为她外在与内在的人格特征；同时，这种凄美、哀伤的感觉，恰好又暗示了白雪公主后来悲剧性的遭遇。可以说，此处的感觉描写对表达作品主题具有重要的意义。天上落下的雪与王后身上流出的血融在一起，相互映衬，"非常美丽"。这

---

① 《格林童话全集》，魏以新译，人民文学出版社，1988年，第189页。

美丽的画面显然不仅仅是对客观物象的展示，而是对白雪公主纯洁品质、美丽容貌的隐喻，是联通不同事物的出色想象。

《白雪公主》开头感性化的描写，在儿童文学是常态化的艺术表现方式，本质地讲，儿童文学是感性的文学，因为儿童的心理特点决定了他们所表现出的人格特征就是感性化的，我们甚至可以说，儿童是与成人不同的"感性化的人"①。

但是，千万不要以为儿童文学的感性化是肤浅的，儿童文学的感性化所能达到的人性深度，成人文学也可能望尘莫及。

> 人人都听到了蟋蟀的歌。阿拉布尔家的艾弗里和弗恩走在泥路上时听到它，知道快要开学了；那些小鹅听到它，知道它们再也不是鹅宝宝；夏洛听到它，知道自己时间不多了；在厨房干活的阿拉布尔太太听到它，心中也不由得一阵伤感。"又是一个夏天过去了。"她叹气说；在给威尔伯做板条箱的勒维听到它，知道该挖土豆了。
>
> "夏天完了，结束了，"蟋蟀反复唱，"到冷天还有多少夜啊？"蟋蟀唱道，"再见了，夏天，再见了，再见了！"
>
> 羊听到蟋蟀的歌声，觉得浑身不自在，在牧场板墙上撞出洞来，走到大路那边的田野上去。公鹅发现了这个洞，带领它一家大小钻出去，到果园吃落在地上的苹果；沼泽地上一个小槭树听到蟋蟀的歌声，急得叶子红了。②

这是对听觉形象十分精彩的描写，也是对人性美的深入开掘。我们在这段文字中感受到的人性的温暖，是在其他种类的文学作品中很难获得的。

---

① 朱自强：《儿童文学的本质》，少年儿童出版社，1997年，第158页。
② ［美］E.B.怀特：《夏洛的网》，任溶溶译，译文出版社，2004年，第110页。

儿童文学的感性化还可以为我们提供别样的人生智慧。有一则非洲童话，名为《大眼睛公主》，讲的是相邻的两个国家，一位国王名为昂德利亚莫拉西亚佐尼马埃利，简称"好脾气老爷"，另一位国王名为亚尼沙卡。两国因为边界放牧的牲畜常常混到一块，难以区分，经常引发争执，最终导致战争。战争打了很长时间，国王"好脾气老爷"为了给他唯一的女儿穆庞雅卡·玛舒贝，也就是大眼睛公主招婿而宣布两国休战。大眼睛公主特别喜欢跳舞和音乐，所以她要通过跳舞选亲。十个小伙子应征比赛跳舞，最后取胜的却是敌国亚尼沙卡的王子唐德利莫。有人要求国王把唐德利莫抓起来，但国王"好脾气老爷"却坚持按自己事先承诺的那样，招唐德利莫为婿。

> "啊！我的臣民们，当着大家的面，我现在宣布：唐德利莫王子，亚尼沙卡国王的儿子和我的女儿玛舒贝公主，是天生的一对，我同意他们俩结婚。"
>
> 从此，"好脾气老爷"和亚尼沙卡国王一直友好相处。即使两个国家的羊群在边界上放牧又混到一起，人们也不再会听到战鼓声和海螺声了。①

这则童话以跳舞化解了战争，这真是非常聪明的解决人类争端的策略。我们在面对现代国家与民族的流血冲突时，可能会产生这样的想法：如果把流血的战争变成身体的游戏，那将会给人类社会带来多大的福祉！《大眼睛公主》表达的就是这样一种美好理想。战争与舞蹈都是人的感性化的身体行为，但是，舞蹈可以让人感觉到和平与幸福，而战争却只能给人类带来灾难。童话的感性化的身体行为选择方式显然是明智而正确的。

当然有人可能会说，这没有现实可能性，这只是童话的美好想象。是的，以现在的人类解决社会问题的智慧而言，童话式的解决战争的方案的

---

① 《非洲童话·大眼睛公主》，董天琦编译，上海文艺出版社，2003年，第60页。

确不具有可操作性。但是，我们怎敢断言，在未来社会童话式的解决战争的方案也是行不通的呢？相比较于生物的进化过程而言，人类进入文明社会的时间毕竟十分短暂，人类还有足够的时间学会用更为聪明的方式解决各种各样的社会问题，对此，我们应有足够的耐心，并对人类的未来充满希望。即使我们不做这种浪漫的推测，而是从现实社会的实际情况来考虑，人类也必须找到更好的解决社会争端的方法，因为战争永远都是人类最不明智、最糟糕的选择，这是被历史——尤其是被二十世纪两次毁灭性的世界大战——证明了的真理。

儿童对身体行为的感悟也可以具有哲理的意蕴，这是一种质朴而深刻的哲理。儿童哲学的奠基者、美国哥伦比亚大学哲学教授李普曼（Matthew Lipman）在《儿童哲学》中曾记录了几个女孩关于心灵的对话：

> 对于思想，佛兰·乌德（以下简称佛兰）很惊奇地大声说道："什么是心灵？你如何让人知道你有心灵？"
>
> 劳拉·奥玛拉（以下简称劳拉）打了个哈欠，把被子底下的脚伸直，摇动摇动，几乎同时说道："我知道，我有一个心灵。"她回答，"就如同我知道，我有个身体一样。"
>
> 吉尔·波尔多（以下简称吉尔）的父亲敲门，告诉女孩子们，已经过了半夜，是睡觉的时间了。女孩子们答应停止谈话（至少吉尔已做到，其他的人则傻笑），但是过不久，她们又回到同样的主题。
>
> 佛兰还在坚持，人可以看到和摸到自己的身体，但是人无法看到或摸到自己的心灵。如何能够使任何人知道心灵是真实的，假如他不能看到和摸到？"当你说到心灵，"佛兰下结论说，"你所说的是有关于你的头脑。"
>
> "有很多东西是真实的，甚至我们看不见或摸不到，但我们还是要肯定它们的存在。"劳拉反对说道，"例如，假如我去游

泳，真的有个东西叫游泳吗？如果我去散步或骑车，真的有个东西叫散步或骑车吗？”

“你说怎么样？”劳拉问。

“我认为劳拉所说的那些，”吉尔说，“就是指那些我们所谓的所想的与所做的，如游泳或散步或骑车之类。”

“那就对了，”劳拉同意，“那正合我意，我说过我有一个心灵，我的意思是我留意一些东西，例如我留意电话、我留意保姆、我留意我自己的事，有一个心灵，只不过是留心而已！”①

在这段对话中，儿童全用具体的身体感悟来解释复杂抽象的问题。游泳、散步、骑车这些具体的身体行为，就是我们所谓的“思想”的实际内容；我可能很难界定什么是思想，但我却可以非常明确地知道游泳、散步、骑车等具体行动，这是儿童的思维。对于成年人来说，游泳、散步、骑车这些具体行为可能并不十分重要，从这些行为中抽象出的休闲、运动等概念、判断，似乎更有意义。因为所谓思想正是由这些概念、判断构成的。殊不知，理论的抽象同时会牺牲很多实事的鲜活，身体感悟的东西却可能更为真实、可靠。这也是现象学主张“本质还原”的原因之一，从现象学的角度看，当前人类社会的许多问题，正是由于语言的堆积、概念的泛滥造成的以讹传讹所致。胡塞尔说：“理论的任务和成就……只有在以下情况下才能是真正的在原初意义上有意义的，或更确切地说，是继续有意义的，即只当科学家在自身中发展了一种能力，能追溯他的全部意义构成的和方法的原初意义，即追溯历史上原初创立的意义，特别是追溯所有在原初创立时未经细查而接受的意义遗产的，以及所有后来接受的意义遗产的意义时。”②（着重号为原文作者加，下面引文与此同。——引者注）

---

① 詹栋梁：《儿童哲学》，广东教育出版社，2005年，第46—47页。
② ［德］胡塞尔：《欧洲科学的危机与超越论的现象学》，王炳文译，商务印书馆，2001年，第72—73页。

胡塞尔所强调的回到"原初创立的意义"、重新审视"未经细查而接受的意义遗产"和"所有后来接受的意义遗产的意义",就是为了克服概念泛滥造成的以讹传讹。因此,重新回到身体、重新回到事实就显得特别重要。如此说来,儿童的身体感悟所形成的思想不是很具有哲学的深度、非常值得成人认真对待吗?

第四节　生命的狂欢

法国著名文学理论家托多罗夫认为:"米哈伊尔·巴赫金无疑是二十世纪人文科学领域里最重要的苏联思想家,文学界最伟大的理论家。"[1]狂欢理论就是巴赫金提出的。狂欢理论的关注点是民间文化和民间文学,在这片被已演化为官方和精英化的传统诗学所不屑一顾的思想领域,巴赫金发现了孕育着生命原始冲动和无限活力的、丰富多彩的生命存在形式。托多罗夫指出:"他对于混合文体和'民众'文化教育的同情是显而易见的。他坚持认为,异端的民众传统广泛地受到歧视——其深刻原因是不难理解的:因为历史与科学都是和'正式的''严肃的''经典的'观念一脉相承;所以,二者都强调一切符合其理想的因素,因此,巴赫金的研究正好填补了一项空白。正是由于这个原因,他的重点也在于描述'大众的文化'。"[2]托多罗夫的论述点明了巴赫金狂欢理论的实质性特征。

巴赫金认为,中世纪民间诙谐文化的形象体系的一个显著特点就是怪诞,可以称之为怪诞现实主义。巴赫金考察了"怪诞"(意大利语原文为 la grottesca)一词的起源,他认为这个术语最早出现在文艺复兴时期。在十五世纪末,人们从罗马狄图浴室的地下部分,发现了一种前所未见的罗马时期的绘画图案纹样,"在这些地下室纹样中,这种界限(指自然界中植物、

---

① ［法］托多罗夫:《巴赫金、对话理论及其他》,蒋子华等译,百花文艺出版社,2001年,第171页。
② ［法］托多罗夫:《巴赫金、对话理论及其他》,蒋子华等译,百花文艺出版社,2001年,第283—284页。

动物、人体的区别和差异。——引者注）都被大胆地打破了。这里也没有
习见于描绘现实的图画的那种静止感：运动不再是现成世界上的各种现成
的——植物和动物的——形式的运动，而变成了一种形式向另一种形式转
化、存在本身向存在的永远非现成性转化的内在运动。在这种纹样的组合
变化中，可以感觉到艺术想象力的异常自由和轻灵，而且这种自由使人感
到是一种快活的几近嬉笑的随心所欲。"①巴赫金指出，这些纹样只是"怪
诞形象世界的小小一角"，"在中世纪和文艺复兴时代，民间诙谐文化的范
围和意义都是巨大的。那时有过一个诙谐形式和诙谐表现的广大世界同教
会和封建中世纪的官方和严肃（在音调和气氛上）文化相抗衡。"②巴赫金
所说的这个"诙谐形式和诙谐表现的广大世界"就是以广场狂欢活动为代
表的中世纪通俗文化。在狂欢节上，日常等级森严的社会结构被抛在一边，
社会礼仪受到嘲弄，尊卑位置相互颠倒，小丑被加冕为国王，然后又在人们
的嘲笑中脱冕。英国学者约翰·斯道雷认为："狂欢为人们提供了一次暂时拒
绝官方世界的机会。但是，正如他（指巴赫金。——引者注）坚持认为的那
样，狂欢节不是对中世纪风俗的逃避，它提出了一种让人们过上好日子，过
上平等、富足和自由生活的乌托邦式的承诺。它暂时取消了传承下来的等级
差异并改变了既定的等级制度。"③斯道雷把巴赫金所提出的狂欢精神看作是
"乌托邦式的承诺"，这就从生存哲学的高度肯定了狂欢精神的价值。

神话与儿童文学的艺术精神，也体现出狂欢精神，具体表现为以下几
个方面。

一、物质和肉体的统一性

巴赫金在论述狂欢节时说："人民的节日组织首先是十分具体的和可
以感性地把握的。甚至拥挤本身，人身的身体接触本身也获得了某种意

---

① ［俄］M.巴赫金：《巴赫金文论选》，佟景韩译，中国社会科学出版社，1996年，第132页。
② ［俄］M.巴赫金：《巴赫金文论选》，佟景韩译，中国社会科学出版社，1996年，第98页。
③ ［英］约翰·斯道雷：《文化理论与通俗文化导论》，杨竹山等译，南京大学出版社，2001年，第177页。

义。个体感觉到自己是集体不可分割的一部分，是人民大众身体上的一个肢体。在这个整体中，个体的身体在一定意义上不再是个体的身体：仿佛可以互相交换身体、更新身体（化装、戴假面）。与此同时，人民感觉到自己的具体感性的物质和肉体的统一性和共同性。"[1]巴赫金对狂欢节拥挤场面的分析，表现出一个哲学家的敏感与睿智以及深邃的思辨能力。拥挤的民间狂欢情景，象征性地展示了狂欢节"物质和肉体的统一性"的特点。所谓"统一性"，是指个体融入群体之中，个体之间"可以互相交换身体、更新身体"。

身体的"交换、更新"，表明身体的存在形态是可变化的，这种变化也包括生与死两种身体存在方式。巴赫金说："贬低化还意味着靠拢人体下身的生活，靠拢肚子和生殖器官的生活，也就是靠拢诸如交配、受胎、怀孕、分娩、消化和排泄这一类行为……这不单纯是打落在地，抛下无底深渊，绝对消灭，不，这是打入生产下层，进入孕育和诞生新生命的最底层，万物都是从那里繁茂生长的；怪诞现实主义别无其他下层，下层就是生育万物的大地，就是人体的腹腔，下层始终是生命的起点。"[2]巴赫金的分析，非常精彩地揭示了狂欢节粗俗、放荡外形所蕴含的生命哲学的意义。

阅读神话作品，会经常看到对死亡的描写。在原始社会，人类刚刚从自然界脱离出来，还没有学会用理性的方式解决社会问题，通过肢体接触和身体的力量去解决社会活动中不可避免的矛盾、冲突，是一种常态化的社会行为，甚至在解决家庭矛盾时，也不例外。所以，在神话中会经常看到手足相残的场面：

> 长大以后，两个年轻人身强力壮，勇敢无比，跟他们的父亲一样任性。他们决定要建立一座城市，因此认真研究鸟儿的飞行，请教当地的占卜师，得到了合适的占卜结果。占卜师的魔杖

① ［俄］M.巴赫金：《巴赫金文论选》，佟景韩译，中国社会科学出版社，1996年，第227页。
② ［俄］M.巴赫金：《巴赫金文论选》，佟景韩译，中国社会科学出版社，1996年，第120页。

把一片天空分配给罗穆卢斯，结果天上就飞来了十二只秃鹫。可是，在瑞摩斯的那一片天空，只有六只秃鹫出现。占卜师就宣布罗穆卢斯为新城的合法开创者。罗穆卢斯开始筑城，他把一张犁绑在一头白母牛和一头白公牛的后面，犁出了一条深沟，作为新城墙的边界。瑞摩斯发出嘲笑，纵身跃过深沟，因为他心里有嫉妒，想打消兄弟的信心。接着就发生了一场激烈的争吵，瑞摩斯想杀掉罗穆卢斯，罗穆卢斯原来只想自卫，但跟他父亲战神一样的狂暴性格使他失去控制，结果把兄弟杀了。①

这是著名的罗马建城的神话故事。罗穆卢斯和瑞摩斯本是战神玛尔斯和人间女子雷亚·西尔维娅生的一对双胞胎。出生后被抛弃，母狼曾经用奶水哺育他们，后被牧人养育成人。两兄弟在创建新城时发生冲突，结果瑞摩斯被杀。罗马城建成后，战神玛尔斯召唤自己的儿子回家。不久，罗穆卢斯在一阵暴风雨中神秘消失。后来，罗马人为纪念罗穆卢斯创建罗马城的功劳，将他尊为城市的保护神。

在这个故事中，神、人、大自然相互融合为一个有机整体，共同构成了这个世界。三者之间有融合也有冲突：神与人结合生产后代、狼哺育婴儿是融合，婴儿被抛弃、兄弟残杀、暴风雨带走杀人者是冲突。这个融合和冲突的过程构成了生命的循环，本质地讲，每个生命既是短暂的，又是永恒的。罗穆卢斯的命运具有象征意义，他的神秘消失，可以看作是回归"生育万物的大地"，回归"生命的起点"。他被尊为城市的神灵，则说明生命的永恒。

卡西尔说："对神话和宗教的感情来说自然成了一个巨大的社会——生命的社会。人在这个社会中并没有被赋予突出的地位。他是这个社会的一部分，但他在任何方面都不比人和其他成员更高。生命在其最低级的形

---

① ［英］莉茨·格林·朱莉叶·沙曼：《神话之旅》，李斯译，东方出版社，2005年，第34页。

式和最高级的形式中都具有同样的宗教尊严。……对生命的不可毁灭的统一性的感情是如此强烈如此不可动摇，以致到了否定和蔑视死亡这个事实的地步。在原始思维中，死亡绝没有被看成是服从一般法则的一种自然现象。它的发生并不是必然的而是偶然的，是取决于个别的和偶然的原因，是巫术、魔法或其他人的不利影响所导致的。"①罗穆卢斯和瑞摩斯的死亡就是如此。神话中的生死转化与巴赫金所说的"物质和肉体的统一性"，在内在精神上是完全一致的。二者所共同强调的是生命的再生力和勃勃生机，歌颂的是生命的伟大和不朽。这就是狂欢精神，生命在狂欢中获得了永生。

儿童文学也表现出鲜明的狂欢特色。有一则也门童话，讲述一个叫卡莎的女孩，被一个妖魔抓去作为妻子。这个妖魔平时是一个风度翩翩的少年，对卡莎也是宠爱有加，卡莎起初对这样的生活非常满意。后来她发现妖魔每天出去吃人，开始惧怕并厌恶妖魔，想找机会逃出魔掌。卡莎被妖魔掳走后，家人非常着急，多次外出寻找。一次，卡莎的弟弟找到了她，但被妖魔发现后，也被吃掉了。卡莎把妖魔吃剩下的弟弟的肉埋在花园里，每天细心地浇水、松土，于是奇迹出现了：

> 没过几天，一棵苗壮的树苗破土而出，卡莎更加勤快地浇水施肥。不久，幼苗长大成树，并开了一朵鲜艳的红花，然后结出一颗丰硕的果子。卡莎把它摘下来，放在屋里。
>
> 一天，果实突然开裂，从里面蹦出一个小男孩，姑娘定睛一看，这个男孩长得和她弟弟一模一样，她立刻明白了，这是弟弟死而复生了。②

死而复生的弟弟很快长成一个身强力壮的小伙子，最后，在卡莎的指点下杀死了妖魔，卡莎带着妖魔住处的金银财宝，与家人团聚了。

---

① ［德］恩斯特·卡西尔：《人论》，甘阳译，译文出版社，2003年，第130—131页。
② 殷康、禾静编写：《亚洲童话·妖怪》，上海文艺出版社，2003年，第41页。

　　卡莎的弟弟从被吃掉，到长成树，到开花、结果，到复归人形，形象地演化出人、神、自然三者的生命相互转化的过程，最为典型地表现了"物质和肉体的统一性"。儿童文学以这种生命的狂欢精神，化解了生与死的矛盾，肯定了正义力量的不可战胜性。

　　由神话和儿童文学所表现出的狂欢化的艺术精神，我们可以得出一个十分重要的结论，悲观与绝望不属于神话与儿童文学。这样一个结论，对于认识这两种艺术形式的本质特点无疑是有意义的，但意义价值的大小却并不尽相同。对于已经固化为文学遗产的神话来说，其本质特征处于相对稳定的状态，因此这样一个结论的价值，可能主要体现在一般研究的层面上；而对于仍处在动态发展中的儿童文学来说，其本质特征具有不确定性，因此这个结论的价值就不仅仅局限在一般研究的层面上，还会扩展到创作和接受的层面上，所以价值会更大一些。

　　比如说，在二十一世纪初，著名儿童文学作家、理论家梅子涵曾发表如是观点："在少年小说中，常常很容易走向我们所谓的那种深刻甚至是忧郁、沉重。事实上这些年来我们所见到的不少的少年小说就是这样一种面貌。甚至出现这样一种误识，认为活跃的能够带来欢声笑语的作品，是一种肤浅的东西，反过来给人以沉重感的深沉的倒是真正有艺术的。这个错搞，差不多有点根深蒂固。"①此处所说的"忧郁、沉重"，就是背离狂欢艺术精神的东西，梅子涵认为这样的东西是"错搞"，说明其与儿童文学的本质特征不符，并指出这种错搞"有点根深蒂固"，这说明背离狂欢艺术精神的偏见在儿童文学创作界影响很大且持续时间长久。梅子涵在论述中明确表示对这种观点的否定，而对"活跃的能够带来欢声笑语"的东西，却表示了赞许，显然，梅子涵认为后者是符合儿童文学本质特征的。具有狂欢的艺术精神的作品恰恰能带给人"欢声笑语"。因此可以说，梅子涵此处针对当下儿童文学创作存在的问题所发表的一正一反两方面的议

---

① 梅子涵等：《中国儿童文学5人谈》，新蕾出版社，2001年，第117页。

论，是对儿童文学狂欢化的艺术精神的肯定。

二、民间立场

巴赫金是在研究英国作家拉伯雷的创作时，提出自己的狂欢理论的。他说："拉伯雷是世界文学所有古典作家之中最难研究的一个，因为要理解他，就必须从本质上重建整个艺术和意识形态的把握方式，必须善于抛弃许多根深蒂固的文学趣味要求，重新审查许多概念，更主要的是，必须深入了解过去研究得很少而且肤浅的各种民间诙谐创作。"① "诙谐"创作具有什么特点呢？巴赫金说："诙谐的原则作为狂欢节仪式的组织原则，使这些仪式完全摆脱了一切宗教和教会的教理教条，摆脱了神秘主义和虔诚，它们从而也完全失去了巫术和祈祷的性质（这些仪式既不强求什么，也不乞求什么）。不仅如此，某些狂欢节形式简直是对宗教祭祀活动的戏仿。一切狂欢节形式都是彻底超越教会和宗教的。它们属于另外一个存在的领域。"②巴赫金在此点明狂欢节所具有的"摆脱了一切宗教和教会的教理教条，摆脱了神秘主义和虔诚"的特征，显然是把狂欢节与宗教教条、神秘主义对立起来，从而强调狂欢节摆脱束缚、对抗权威的民间立场。

神话与儿童文学也具有鲜明的民间立场。

在神话产生的原始社会，社会组织形式还处于较低水平，还没有产生严格意义上的官方与民间的对立，所以，神话反映的是原始先民集体的智慧。正如王增永在《神话学概论》中所论："神话是远古时代集体创作的产物，它主要是以口耳相传的形式，在人类群体中无形无影地进行传承，潜移默化地发挥着它的巨大影响。神话是以集体表象为基础的思维活动，反映的是原始群体的集体无意识，它是氏族群体全体成员共同的认识和希望，是原始氏族群体自然观和社会观的象征。"③王增永此处所说的"原始

---

① ［法］M.巴赫金：《巴赫金文论选》，佟景韩译，中国社会科学出版社，1996年，第97页。
② ［法］M.巴赫金：《巴赫金文论选》，佟景韩译，中国社会科学出版社，1996年，101—102页。
③ 王增永：《神话学概论》，中国社会科学出版社，2007年，第49页。

群体的集体无意识"和"氏族群体全体成员共同的认识和希望"，是真正意义上的民间立场。这种立场反映的是人性的深层意蕴和人类最基本的利益诉求。

波斯神话中的人类始祖是凯尤莫尔兹，他的儿子被黑暗之神安格拉·纽曼所害。丧子的噩耗让凯尤莫尔兹痛不欲生。于是他耐心抚育孙子胡山长大成人。后来：

> 当安格拉·纽曼的儿子率领着黑暗大军袭击人类时，凯尤莫尔兹做好了充分的准备。他积蓄了强大的力量，以他的孙子胡山为先锋，率领着人类大军向黑暗大军进攻，胡山的使命不仅仅是报仇，更重要的是能够让世界上的人类重新获得安宁。
>
> 这场战争十分激烈，尘土和黑烟弥漫天空，冲杀声响彻云霄，安格拉·纽曼的儿子似乎比安格拉·纽曼还要凶狠残暴，许许多多的恶魔猛兽在他的指挥下一次次向胡山的人类大军猛攻，人类大军奋力抵抗，在经过许多天的恶战之后，人类大军最终取得了胜利。[①]

这则神话中人类之王凯尤莫尔兹以及孙子胡山，代表的是人类全体的利益，他们作为领袖人物无疑是冲锋陷阵的英雄，是勇于承担社会责任与义务的优秀人物。人类作为一个整体与黑暗之神相抗争，"人类大军最终取得了胜利"为的是"能够让世界上的人类重新获得安宁"。由此可见，这则神话是站在民间立场，反映人类最基本的利益诉求。

儿童文学的民间立场主要体现在两个方面：其一，超越现实社会意识形态影响的人性深度；其二，挑战成人价值观的价值取向。

第一点在所有的优秀的儿童文学作品中都有所体现，比如《小伊达的花》《白雪公主》《彼得·潘》《随风而来的玛丽阿姨》等等。这些作品干

---

① 黄文主编，鲍志平编著：《波斯神话·人类之王》，中国林业出版社，2007年，第93页。

净、纯粹，表现出童真的高尚与美好。尽管成人文学作品也可能超越意识形态的影响，展示人性的纯真与美好，但是无论怎样，也难以展示出儿童文学的自然、纯真。在这一点上，儿童文学比成人文学具有先天的优势，这就是我们对成人文学作品赞美之时，常常会说"像童话一样"的原因。在审美领域中，童年、童话所具有的价值，是其他任何事物所难以替代的。

第二点在儿童文学中也非常容易找到例证，比如《汤姆·索亚历险记》中的汤姆，《男孩彭罗德的烦恼》中的彭罗德，《长袜子皮皮的冒险故事》中的皮皮，《皮皮鲁和鲁西西》中的皮皮鲁、鲁西西兄妹，等等。在这些作品中，儿童主人公往往大胆地挑战成人的权威，在行为方式上表现出叛逆色彩。而事实证明，这些孩子言行举止所追求的价值观念，恰恰是人生中最重要、最有意义的，成人把这些价值观念丢弃是人生的悲哀，即使视之为成长的必然，那也是为成长付出的沉重代价，是成长的悖论。

三、正反同体

巴赫金在谈到狂欢节诙谐的特性时说："这种诙谐是正反同体的：它是欢快狂喜的，同时也是冷嘲热讽的，它既肯定又否定，既埋葬又再生。这就是狂欢节的诙谐。"[①]

诙谐是狂欢节的基本特性，但这种诙谐却包含着相互对立的因素；凝重是神话的主要特色，但神话的凝重也包含着相互对立的因素。希腊神话中柯林斯王西绪福斯，由于泄露了万神之王宙斯霸占河神阿索波斯之女埃癸娜的秘密，死后受到惩罚："西西发士（西绪福斯）在世间虽然不受祸患，却在地狱中永远受苦。在痛楚的犯人们受罪的地方，他永远地竭力推着一个巨大的圆石上一个峻坡；当他走近了山顶时，这块大石又从他的手

---

① ［俄］M.巴赫金：《巴赫金文论选》，佟景韩译，中国社会科学出版社，1996年，第108页。

中滑下，滚落回阴郁郁的平地上了。"[1]

西绪福斯推石上山，常被作为人生悲剧性命运的典型所提及，其中人的努力被命运残酷嘲弄的境况，令人感伤。但这种悲剧性的事件发生在不为人知的阴间。在人世间，西绪福斯由于泄密给阿索波斯，因而得到了后者赠送的清泉；作为柯林斯国王，他得到了子民的尊敬；死后他的儿子格劳科斯继承了王位，一切似乎都是美满如意的。西绪福斯死后的"悲"与生前的"喜"，恰恰是"正反同体"的。

《潜水鸟》讲的是特洛亚国王普利阿摩斯（赫克托的哥哥）的儿子爱萨考斯的爱情故事。爱萨考斯是普利阿摩斯与河神的女儿爱里克西绿生的孩子，从小性格孤傲，淡泊名利，远离宫廷的奢华，独自住在深山之中。后来他偶遇仙女赫斯帕里亚，并疯狂地爱上了她。爱萨考斯的疯狂令赫斯帕里亚恐惧，在躲避他时，不幸被毒蛇咬死。爱萨考斯悲恸欲绝，从高崖上跳下，投身大海。水神特西斯可怜他的痴情，当他下坠时接住了他：

> 当他伏在水面时，羽毛已披在他身上了。然而他不得死。他因为违反他的本心而生存着，心里觉得很愤怒，他渴欲毁灭了他自己的身体。他现在肩上长着一对新翼，他反飞得高高的，在向海中投身而下，然而他的羽毛却使他轻轻地落在水面，一点也不受伤，而且也不沉溺。爱萨考斯益加愤急，便将身体钻到水中去，定要找一条死路，然而还是不得死。他的热情使他身体消瘦了，他的双腿伸长了，他的长颈更长了，他的头距离身躯很远；如今他仍在海中逗留着，仍然时时地钻入水中求死，然而他仍然活着。[2]

这则神话非常清楚地表明，爱萨考斯的悲剧在于他的内在动机与外在

---

[1]　郑振铎编著：《希腊罗马的神话与传说》，中国书店出版社，2003年，第201页。

[2]　郑振铎编著：《希腊罗马的神话与传说》，中国书店出版社，2003年，第141页。

行为相互矛盾：他本来要向赫斯帕里亚示爱，但他粗鲁的行为却导致所爱者死亡；他本想跳崖自尽，却因为身披羽毛反而飞得更高；他把头钻入水中为的是求得一死，然而结果是拉长了脖颈，变成了潜水鸟。正是动机与行为方式的"正反同体"，构成了这则神话的艺术魅力。

神话的"正反同体"表现了原始先民最初的辩证思想，他们在生与死、人与神、爱与恨、善与恶、动机与效果等等一系列涉及人生基本关怀的思想范畴中，看到了对立双方的相互转化、相互依存。因而他们在展示对这些范畴的思考时，显得冷静深刻、睿智通达。这样就使神话在凝重的整体风格统摄下，呈现出不同的艺术色彩，使其思想内涵昭示出不同的人生启示。

儿童文学也具有"正反同体"的特性，而且这种特性，更接近巴赫金所说的狂欢节的诙谐所具有的"正反同体"。

儿童文学从其基本的美学特征来看，也具有诙谐、欢乐的特征。汤姆·索亚的历险经历就是这种诙谐、欢乐特征的最好说明。"《汤姆·索亚历险记》讲的是一个精力充沛、充满想象的少年汤姆，过不惯枯燥乏味的小镇生活，追求自由冒险经历的故事。故事背景是南北战争前的一个小镇，这在当时的美国社会是具有典型意义的时空背景，一方面，工业化、城镇化风起云涌；另一方面，美国绝大部分人口还正生活在乡村和小城镇。那里的生活方式呆板、枯燥，生活节奏缓慢。做作、虚伪的宗教仪式，催眠一样的牧师布道，重复的道德说教和乏味的读书识字，让汤姆感到窒息和厌恶。于是，他鼓动小伙伴和他一起离家出逃，踏上了探索生活的成长之路。"[1]汤姆所在的小镇呆板、乏味、枯燥的生活节奏，做作、虚伪的宗教活动，都与汤姆"精力充沛、充满幻想"的天性相悖，汤姆外出探险就是要追求别样的生活，他的探险生活也充满了诙谐的情趣和欢乐的气氛，从某种意义上讲，汤姆的历险经过就是一场童年的狂欢。

---

[1]　芮渝萍：《美国成长小说研究》，中国社会科学出版社，2004年，第57页。

　　与汤姆童年的狂欢相对立的，是枯燥乏味的生活和做作虚伪的宗教说教，因而，与历险的诙谐欢快"正反同体"的，是对这种生活和说教的批判与讽刺。这正是《汤姆·索亚历险记》的思想意义之所在。

　　像汤姆这样即将跨入青春期的孩子，面临人生角色的重要转换，因而内心经常会充满困惑、迷惘和冲动。所以处在这个年龄阶段的孩子，性格特征上往往会是"正反同体"的。美国儿童心理学家劳伦斯·斯滕伯格在著作《青春期》中，记录了一个十五岁女孩对自我的描述，很能反映这个年龄阶段的孩子们的心理特征："我不知道我到底是谁！我只是表现得外向吗？是否我真的是个内向的人，而只不过是想要打动别人才变得外向的呢？但是我真的不在乎他们到底怎么想。我的意思是，我不想在乎，就是这样。我想知道我的好朋友是怎么想的。和好朋友在一起时我可以表现出真正的自我。和我的父母在一起时我不能表现出真正的自我。他们不理解我。关于青少年是个什么样子，他们知道些什么呢？他们还是把我当成个小孩来看待。至少在学校里，人们更多地把我当成成人来看待。但这让人困惑。我的意思是，我是谁，一个孩子还是个成人？"①这段自我描述充满着矛盾和困惑，内向和外向、不在乎别人怎么想和想知道别人怎么想、自己究竟是孩子还是成人等等这些，纠结于内心，不得化解。处于青春期的孩子矛盾、困惑的心理特点，也是儿童文学"正反同体"的特性的形成原因之一。

　　从"正反同体"的角度看儿童文学的艺术精神，会加深我们对儿童文学看似矛盾现象的理解，譬如：儿童文学的单纯与复杂、浅显与深刻、欢乐与忧伤、歌颂与批判等等，在"正反同体"的儿童文学中，我们更能感受到儿童文学特有的艺术魅力。

---

① ［美］劳伦斯·斯滕伯格：《青春期》，戴俊毅译，上海社会科学院出版社，2007年，第324页。

第二章 | 漂移与呈现：叙事原型从神话向儿童文学的演变

　　神话与儿童文学在发生学上的相同相似以及所蕴含的丰富思想价值，都值得我们认真地研究、探讨。其中一些看似不言自明的现象，深入开掘下去，也会有令人惊喜的发现。卡西尔说："人类的文化并非单纯地为被给予和单纯地为不言而自明的，相反，人类文化乃是一种有待诠释的奇迹。"①作为人类文化精髓的神话与儿童文学，就是有待我们认真"诠释"的文化"奇迹"，这种"诠释"在多元文化的当代社会，意义尤为重大。在引论和第一章中，本书的"诠释"着眼点放在两者的相同之处上，在研究方法上，我们试图把研讨对象放在论述"天平"的两端，做等量齐观的比较研究。接下来的几章中，我将适当转移研究中心，重点揭示神话对儿童文学的影响，以及这种影响具有怎样的表现形式。在论述的"天平"上，将向儿童文学倾斜。本章所要讨论的问题是：叙事原型如何从神话向儿童文学演进。

　　原型批评是在二十世纪八十年代后期出现于中国文学批评领域的一种新的批评思想，它借助于多重人文学科的研究成果，从文学形象入手，揭示文本的深刻文化内涵。这种批评方法和神话学研究，有密切的渊源关联。叶舒宪博士说："原型批评又称神话批评，是当代世界最有影响的批评流派之一。原型批评的产生是二十一世纪以来获得迅速发展的文化人类学、心

---

① ［德］恩斯特·卡西尔：《人文科学的逻辑》，关之尹译，上海译文出版社，2004年，第5页。

理学、语言学等人文学科向文艺领域渗透的结果，或者毋宁说是文学批评理论同上述学科交叉融合的结果。原型（archetype）一词由心理分析学家荣格首先引入创作领域，用来指构成人类原始的种族记忆即所谓'集体无意识'的远古意象。这些重要的原始意象世代遗传，并以各种形式反复出现在神话、传说、童话等民间创作中，历久而不衰，因称之为原型。"[①]原型作为集体无意识的"原始意象"，会"以各种形式反复出现"于"神话、传说、童话"之中，并且"历久而不衰"，这是原型最为显著的特点。这个看似清晰、显豁的特点，其表现形态却是相当复杂的，譬如原型在荣格所提到的神话、传说、童话等不同的艺术形态中的表现形式，就存在明显差异。

在研究这种差异之前，我们还是先对原型的内涵作进一步的阐释，以使我们的研究对象更为清晰明确地呈现出来。最先提出原型理论的瑞士心理学家荣格认为："人生中有多少典型情境就有多少原型，这些经验由于不断重复而被深深地镂刻在我们的心理结构之中。这种镂刻，不是以充满内容的意象形式，而是最初作为没有内容的形式，它所代表的不过是某种类型的知觉和行为的可能性而已（着重号为原文具有，下同）。"[②]之所以说"最初是没有内容的形式"，是因为原型是普遍的，也就是说，每个人都继承着相同的基本原型意象。儿童心理学研究表明："儿童不需要教就会发怒、害怕、高兴。这些情绪是自然表露的，是我们遗传的一部分。当然，这并不是说婴儿是带着所有的情绪来到这个世界的。……害怕陌生人直到第一年的后期才出现。而像骄傲、耻辱这样的复杂情绪就出现得更晚。但是，还没有证据表明，儿童需要特别的经历才能产生这些情绪。似乎有一种由遗传控制的程序确保不同的情绪在不同的年龄出现，这对所有人都一样，与社会和文化无关。"[③]儿童心理学所说的"遗传程序控制"与荣格所说的被原型深深镂刻的"心理结构"，实际上是同一回事情。人的情绪反应就

① 叶舒宪：《英雄与太阳》，陕西人民出版社，2005年，第53页。
② ［美］霍尔、［美］诺德贝：《荣格心理学入门》，冯川译，生活·读书·新知三联书店，1987年，第44—45页。
③ ［英］鲁道夫·谢弗：《儿童心理学》，王莉译，电子工业出版社，2005年，第187—188页。

是对典型情境——原型的心理、生理表征的反应。全世界所有的婴儿都天生具有母亲原型，因而也会自然形成对母亲的依恋与亲近的情绪反应。这些都无须后天的教化，是一种先天的心理本领。"母亲这种预先形成了的心象，后来通过现实中的母亲的外貌和举止，通过婴儿与母亲的接触和相处，而逐渐显现为确定的形象。但是，因为婴儿与母亲的关系在不同的家庭中，甚至在同一家庭的不同子女间都是不同的。所以母亲原型在外显过程中也就立刻出现了个性差异。"[①]母亲的原型最初是"没有内容"的"心象"，是婴儿"某种类型的知觉和行为的可能性"，后来在与现实生活中的母亲不断的接触中，具有鲜明个性特征的母亲原型才逐渐丰满起来，成为能够为儿童所认知的、有内容的"确定的形象"。母亲原型由隐到显的过程，也是其内容从无到有、其主体从不确定到相对确定、其性格由一般到特殊的过程。

尽管人生中的原型很多，但是荣格认为最主要的原型有四种：人格面具、阿尼玛和阿尼姆斯、阴影、自性。所谓"人格面具"，"是一个人公开展示的一面，其目的在于给人一个很好的印象以便得到社会的承认。它也可以被称为顺从原型（conformity archetype）"[②]。"阿尼玛和阿尼姆斯"分别是男人心理中女性的一面，和女人心理中男性的一面，因为"每个人都天生具有异性的某些性质……从心理学角度考察，人的情感和心态总是同时兼有两性倾向"[③]。"阴影""在人类进化史中具有极其深远的根基，它可能是一切原型中最强大最危险的一个。它是人身上所有那些最好和最坏的东西的发源地"[④]。"自性"是荣格心理学的核心概念："人的精神或人格，尽管还有待于成熟和发展，但它一开始就是一个统一体。这种人格的

① ［美］霍尔、［美］诺德贝：《荣格心理学入门》，冯川译，生活·读书·新知三联书店，1987年，第46页。
② ［美］霍尔、［美］诺德贝：《荣格心理学入门》，冯川译，生活·读书·新知三联书店，1987年，第48页。
③ ［美］霍尔、［美］诺德贝：《荣格心理学入门》，冯川译，生活·读书·新知三联书店，1987年，第52—53页。
④ ［美］霍尔、［美］诺德贝：《荣格心理学入门》，冯川译，生活·读书·新知三联书店，1987年，第56—57页。

组织原则是一个原型，荣格把它叫作自性。"[1]

从荣格对原型的论述中，我们可以获得对于本课题研究十分有益的启示。启示一，原型在个体心理世界形成的过程可以看作是微缩的原型历史文化演进过程。原型的历史文化演进过程中也呈现为从隐到显、从不确定到相对确定、从一般到特殊的演进特性。这个演进特性在神话原型向儿童文学原型演化的过程中得到了具体的体现。启示二，神话与儿童文学的原型是人类最为古老的心理原型，这类原型应该归属于荣格的原型类型中的"阴影"原型，"它是人类在漫长的物质实践和精神实践过程中，面对自然宇宙和社会人生的典型情境所生成的集体无意识心理，这种心理经过世代反复形成各种心理模式"[2]，这些心理模式经由神话意象而得以显现，形成神话原型。然后又经由口头和书面的文化传承，出现在儿童文学作品中，成为儿童文学中的原型。

我把神话原型向儿童文学原型的演进称为"漂移"。漂移到儿童文学中的原型，以不同于神话的方式呈现出来，我认为这种漂移与呈现具有以下特征：原型的漂移：从隐性到显性；原型的重心：从哲理内涵到性格特征；原型的呈现：由单声到复调；原型的聚焦：从宇宙范畴到个体境遇。

第一节　原型的漂移：从隐性到显性

在人类社会的初期，人类改造自然的能力还十分有限，而大自然的风暴雷电、洪水烈火则表现出吞食所有生命现象的巨大力量，人类对此几乎是束手无策。面对强势的大自然，人类会感觉到冥冥之中有一个巨大的生命力量的存在，是它在掌控着自然和人类社会，是它在安排着自然的变化和生命的繁衍。于是，神灵的出现就成为一种逻辑的必然。

神话作为关涉神灵的言说方式，在最初却并非仅仅是对超自然现象的解

① ［美］霍尔、［美］诺德贝：《荣格心理学入门》，冯川译，生活·读书·新知三联书店，1987年，第62页。

② 程金城：《中国文学原型论》，甘肃人民美术出版社，2008年，第10页。

释，而是有着与生活实践密切相关的实用价值，"在古代社会，'神祇'很少被解读为超自然的、非人格化的存在，或是生活在与人间完全分离的形而上空间。用时髦的观点来表达，就是神话并非神学，而是人类经验的总汇"[1]。作为"人类经验的总汇"的神话，总是与某一特定历史时期的社会现实紧密联系在一起。《庄子·应帝王》记载了一则关于"浑沌"的神话故事：

> 南海之帝为儵，北海之帝为忽，中央之帝为浑沌。儵与忽时相遇于浑沌之地，浑沌待之甚善。儵与忽谋报浑沌之德，曰："人皆有七窍以视听食息，此独无有，尝试凿之。"日凿一窍，七日而浑沌死。

基于我们现在的知识背景去阅读这则神话，会很容易发现其中蕴含的社会文化信息，这些信息包含着原始初民对时间的"经验"和理解。"儵"与"忽"的名称显然是对时间转瞬即逝的一维性的描述，而中央之地的"浑沌"之名，则形象地展示了时间还未产生、一切混而为一的状况。原始先民以他们直观的、感性的言说方式，表述了对文明初始阶段感悟时间变化的直接经验。"儵"与"忽""有七窍以视听食息"，而"浑沌"则七窍未分；"视听"乃"聪明"所由生（《荀子·劝学》曰："目不能两视而明，耳不能两听而聪。"），"聪明"为智慧之代名词。由此可见，"儵"、"忽"与"浑沌"之对立，亦可视之为文明与蒙昧的对立。庄子的这则神话，记述了文明初始阶段原始初民初次意识到时间、空间等时空概念后，内心的澄澈感和相伴产生的一缕感伤。

从原型的角度考察，这则神话包含着一个摆脱"浑沌"的原型意象。此则神话中的"浑沌"表征的是文明产生之前的时空状态，这让我们自然联想到盘古开天辟地的神话："天地浑沌如鸡子，盘古生其中。万八千岁，

---

① ［英］凯伦·阿姆斯特朗：《神话简史》，胡亚幽译，重庆出版社，2005年，第6页。

天地开辟，阳清为天，阴浊为地，盘古在其中，一日九变。神于天，圣于地。天日高一丈，地日厚一丈。如此八万千岁，天数极高，地数极深，盘古极长。故天去地九万里。"（《太平御览·三五历记》）[①]盘古即生活在"浑沌"之中，盘古开天正标志着文明之门的开启。摆脱蛋形的混沌状态，走向人类文明的新起点，这是远古神话中最常见的原型。

这个神话原型在世界各民族的神话故事中经常出现，美国学者伊利亚德曾论述道："我们在波利尼西亚找到的这个宇宙起源之卵的主题，也常见于古代的印度、伊朗、希腊、腓尼基、拉脱维亚、爱沙尼亚、芬兰、西非的芳族（Pangwe）聚居地区、中美洲和南美的西海岸（根据弗洛班尼乌斯地图）。这个神话产生的中心地区可能是在印度或印度尼西亚。在我们看来特别重要的是，这种宇宙起源之卵的思想在仪式或神话中尚体现人和宇宙的创造之间的对应关系：例如在大洋洲，人们相信人是从一个蛋中生出来的，换言之，宇宙的创造在这里就成了人类的创造的模式，人类的创造复制并且重复宇宙的创造。"[②]由此可见，宇宙和人类创世神话常常是同生共体的，而且往往以摆脱混沌的原型出现。

由于神话与原始社会现实的紧密联系及其实用性的特点，一般来说，原型在神话中总是隐含在原始先民现实的利益诉求之中。譬如，在庄子所记述的神话和盘古神话中我们就可以看到，摆脱"浑沌"的原型并非处于神话的叙事中心，处于中心的是原始先民的时空意识。因此，我们可以说，在神话中原型是一种隐性的存在。

原型在神话中隐性存在的特点，在"逐出伊甸园"中，表现得更为明显。众所周知，在这则创世神话中，亚当和夏娃在伊甸园中的生活是无忧无虑、幸福美满的。后来，夏娃由于禁不住蛇的引诱，违背了上帝的旨意，偷食了智慧果，从而有了智慧，懂得了羞耻。在夏娃的鼓动下亚当也做了同样的事

---

① 　袁珂：《中国神话传说》（上），人民文学出版社，1998年，第76页。
② 　[美] 米尔恰·伊利亚德：《神圣的存在》，晏可佳等译，广西师范大学出版社，2008年，第387—388页。

情。他们的行为触怒了上帝，因而被逐出伊甸园。从这个故事中可以看出，在伊甸园中生活的亚当、夏娃，也处于混沌未开的状态，他们生理上的七窍虽开，但心智上还处于"浑沌"阶段，故而不以"赤身裸体"为耻。当他们偷食禁果之后，"拿无花果树的叶子，为自己编织裙子"时，才标志着摆脱蒙昧的开始，但这样做的结果却是被逐出伊甸园。由此可知，逐出伊甸园也隐含着一个"摆脱混沌"的原型，这个原型是以"人类的创造复制并且重复宇宙的创造"的方式呈现出来的。也就是说，亚当夏娃被逐出伊甸园才真正开始了人类创世记的文明史。英国学者莉茨·格林·朱莉叶·沙曼把人类被逐出伊甸园，视为如同婴儿与母体分离一样的事件，并评论道：

> 亚当这个名字的意思是"泥土"，夏娃的名字的意思是"生命"。因此我们一开始便得知这个故事真正的意思：由于亚当和夏娃不听上帝的话，因此而遭受惩罚，他们必须要忍受两大痛苦——生存与死亡。这样的痛苦是我们作为成年人都必须要承担的，无论是在哪一个层面上来承担：我们必须要为生存而劳动，还必须要当父母。

> 在一个层面上，这个故事描述的是我们面临的第一个损失——从生存开始就必须与母亲的子宫脱离。在子宫里，生活是愉快的，没有任何紧张或压力。我们不需要穿衣服，因为里面不是太冷，也不是太热，也没有饥饿和干渴的体验。生活是祥和的，没有孤独感，没有冲突，也没有痛苦。之后就是出生之痛。正如亚当和夏娃被不体面地赶出天堂，人体也是这样经历了第一次的生理之痛和孤独的体会。①

沙曼以发展心理学的科学理论为依据，对这则神话故事的原型意象做

---

① ［英］莉茨·格林·朱莉叶·沙曼：《神话之旅》，李斯译，东方出版社，2005年，第63页。

了别开生面的解读，极富启示意义。儿童心理学家鲁道夫·谢弗说："精神分析学家奥托·兰克（Otto Rank）认为分娩是一个严重的具有创伤性的事件，它是未来生活中各种心理问题的根源。在他看来，从一个具有高度保护性的子宫环境中被驱逐到一个紧张而缺乏安定的世界所产生的各种感受，将会以因分离所产生的忧虑和其他神经质的恐惧等形式再现在生活中，长时间、复杂程度高、具有创伤性的分娩尤其如此。"[①]谢弗关于分娩作为人类所经历的第一次"严重的具有创伤性的事件"的观点，恰好与逐出伊甸园所蕴含的神话原型的意蕴吻合。如果从这样的视角来看的话，逐出伊甸园正是对原始先民经历精神上的"分娩过程"的记述。神话文本对伊甸园环境的描写，也证明了这个神话乐园恰似"一个具有高度保护性的子宫"：

> 耶和华神在东方的伊甸立了一个园子，把所造的人安置在那里。耶和华神使各样的树从地里长出来，可以悦人的眼目，其上的果子好做食物。园子当中又有生命树和分辨善恶的树。有河从伊甸流出来滋润那园子，从那里分为四道：第一道名叫比逊，就是环绕哈腓拉全地的。在那里有金子，并且那里的金子是好的；在那里又有珍珠和红玛瑙。第二道河名叫基训，就是环绕古实全地的。第三道河名叫底格里斯，流在亚述的东边。第四道河就是幼发拉底河。

伊甸园中的丰富河流资源及平静流淌的河水，就如同子宫中的营养液一样，滋润着文明之门开启之前的亚当和夏娃。黄色的金子渲染了子宫内的物质资源的丰裕，晶莹的珍珠和红色的玛瑙，则以色彩形象的心理学象征意义，喻示出子宫内的祥和与温暖。神话世界中伊甸园如同生理世界中的子宫一样，为进入文明社会之前的人类提供了舒适、安逸的居所；摆脱

---

① ［英］鲁道夫·谢弗：《儿童心理学》，王莉译，电子工业出版社，2005年，第88页。

混沌即离开子宫或伊甸园，人类在成长途中迈出的第一步，伴随着的是一次意义深远的、创伤性的心理事件。

从以上分析可以看出，在神话中丰富的思想文化意蕴、多重的心理学象征意义，充盈于神话文本之中，而对于表征这些意义的原型来说，只能是一种隐性的存在。另外，原型作为一种集体无意识意象，只有在多次重复出现之后才能确立，最初的神话作品中，原型只能是以偶然性的、隐性的特点出现在文本中。但是，当神话原型漂移到儿童文学之中，则发生了明显的变化，主要表现为，从隐性存在变成显性的存在。

摆脱混沌在儿童文学中也是常见的原型意象。不过在儿童文学中，混沌常常表现为黑暗，摆脱混沌也就表现为挣脱黑暗。在神话中混沌状态并不可怕（对原始混沌状态的哲学认识，将在下一节中展开讨论，此处略而不谈），而在儿童文学中黑暗则是可怕的文学意象。这表明，神话原型在向儿童文学漂移时，可能发生性质逆转。其实这种逆转现象的发生也并不奇怪，因为任何一个原型意象都具有相反的两极指向，强调正极，则可能是积极的意义价值；强调负极，则可能是消极的意义价值。秋水长天既可以表现"断肠人在天涯的"愁苦、落寞，也可以表现"沙场秋点兵"的激昂、豪迈；花香鸟语常常对应太平盛世的怡然自得，亦可呈现山河破碎时的"溅泪""惊心"。以两极对立的形态呈现一个文学原型，是一种常见的文学现象。

在儿童文学中挣脱黑暗作为可怕的原型意象，也可以得到儿童心理学的佐证："儿童在1岁半时开始用词语（比如高兴、伤心、愤怒和害怕）来指称内在的情绪。谈话中最常见的主题是快乐和疼痛，最常见的功能只不过是评价一下自己的感受（'我害怕''我高兴'）。……'天黑了，我害怕。'"①人的情绪不是与生俱来的，但却是先天已有的。在1岁左右，人的情绪反应开始出现，在一岁半时，就能够用语言表达内

---

① ［美］鲁道夫·谢弗：《儿童心理学》，王莉译，电子工业出版社，2005年，第197页。

心的情绪反应。"天黑了，我害怕"是儿童最早运用语言所表达出的内心情绪反应，这种情绪是对黑暗的恐惧。作为挣脱黑暗原型的儿童文学作品，《格林童话》中的《小红帽》是一个典型例证。这则童话故事中的女主人公小红帽由于受到狼的引诱，曾经被狼吞掉。猎人解救小红帽的方式是用剪刀剪开了狼的肚皮，小红帽从狼肚子里跳出来说的第一句话是："啊，把我吓死了，狼肚子里非常黑！"小红帽从黑暗的狼肚子里跳出来，是挣脱黑暗主题的形象展示。把这个故事与伊甸园神话对比研究，是一件很有趣味的事情。

小红帽在被狼吞掉之前，是一个活泼、天真的小女孩，像夏娃一样单纯，"她不知道狼是非常残忍的野兽，所以根本不怕它"。对于此时的小红帽来说，"怕"是一个非常抽象的概念，因为她还不能形成具体的惧怕对象；如果有"怕"的概念，也只能是来自内心深处的某种"集体无意识"。通往外祖母家的那一片森林里鲜花盛开，阳光穿过树叶在林中跳舞，恰如伊甸园绿树常青、果实累累一样美好。小红帽与狼在森林中相遇，如同夏娃在伊甸园中遇到了蛇。狼引诱小红帽听从内心诱惑的驱使，去采摘野花，如同蛇引诱夏娃采摘智慧果。禁不住诱惑的结果也是相似的：亚当夏娃被逐出伊甸园，而小红帽则经历了被狼吞食和被从狼肚子中剖出的惊险历程。

小红帽被狼吞食又被猎人剖出，类似于亚当和夏娃被逐出伊甸园，在经历了这样一次"生理之痛和孤独的体会"之后，亚当和夏娃开始了在人间的实实在在的生活，小红帽则不再是无知的小姑娘，而是坚实地迈出了走向成熟的第一步。上述简单的对比分析，让我们看到了《小红帽》与《圣经》中"伊甸园"神话拥有相同的故事原型，但在原型的表现形式上却存在不同：伊甸园神话中"挣脱混沌"是一种隐性的存在，小红帽童话中"摆脱黑暗"却是一种显性的存在。文化人类学泰斗爱德华·泰勒对这个神话原型的另一种解读，更能印证本文所提出的论点。

泰勒认为这则童话故事是从原始社会关于日食、月食的神话演变而来的。泰勒说："假如谈到在全世界流传较近的关于太阳、月亮和星星的神话，那么就会发现，人类想象过程的规律性和同一性首先表现在关于食的迷信中。人所共知，这些现象现在对于我们来说是自然规律之精确性的无可争辩的例子，但在较低的文化阶段上却似乎是超自然灾祸的化身。在美洲土著部族中，他们依照原始哲学的法则，可以选出一系列记载和说明这些恶兆的典型神话。南大陆的奇基托人认为，有一些巨狗在天上追赶月亮，它们捉住了她并且把她撕破了，这时她的光线就由于从伤口流出的血变成了红色的和暗淡的。"①泰勒接下来进一步论述了原始人由日食和月食现象产生的关于日月升降、光明与黑暗冲突的联想："日每天都被夜吞掉，后来又在黎明时获得解放，……伟大自然戏剧中的这些场面——光明和黑暗之间的冲突，一般地说，提供了一些简单的事实。在许多国家，多少世代以来，这些事实采取神话的方式而成为关于'英雄'和'少女'的传奇：他们被恶魔吞掉，后来又被它吐出，或从它的腹中被解救出来。"②以上面的论述为依据，泰勒认为，小红帽红色的帽子恰好是红红的太阳的象征："那神圣的太阳本身是个穿着红色塔夫绸的金发的热情的少女……任何一个能这样联想的人，都会赞成把小红帽的故事归入日落日出的一类神话中去。"③泰勒在上述这番精辟的论述中，凭借文化人类学的研究手段，从特殊天象日食月食，到每天可见的日月升降，到象征意义的光明与黑暗的冲突，到文学文本中英雄和少女被恶魔吞掉，再到单篇童话作品小红帽被狼吞食，为我们描述了一个完整的原型意象演进历程，从中可以清晰地看到神话原型是如何逐步漂移到儿童文学作品之中的。日月最初的被吞，还主要是表征某种"超自然灾祸"，"吞"本身具有的原型意味并不明显；但是当"这些事实采取神话的方式而成为关于'英雄'和'少女'的传奇"时，"吞"的原型意味则被彰显出来，以致"任何一个能这样联想的

① ［英］爱德华·泰勒：《原始文化》，连树生译，广西师范大学出版社，2005年，第269页。
② ［英］爱德华·泰勒：《原始文化》，连树生译，广西师范大学出版社，2005年，第273页。
③ ［英］爱德华·泰勒：《原始文化》，连树生译，广西师范大学出版社，2005年，第278页。

人"都会马上意识到这个原型的意义。泰勒的阐述与我们所要论证的主题是一致的，那就是原型在神话中是一种隐性存在，而在儿童文学中却变成了显性存在。

泰勒对小红帽原型意象的阐释与我们上面对比伊甸园神话所得出的结论并无冲突，可以互补通释。因为，从光明被黑暗吞食到光明再次出现，这也可以看作是挣脱黑暗原型的表现。我们或许可以进一步论述，日食月食神话同样是出自"摆脱混沌、开启智慧"的远古神话原型，是原始先民对这个古老的心理原型的再一次文化确认。

在儿童文学中，"挣脱黑暗"的原型，常常表现为挣脱"黑巫术"的控制，《野天鹅》《青蛙王子》《白雪公主》都是表现这类原型的作品。在这类作品中，主人公受到女巫（具体身份常常是后母）的迫害，在"黑巫术"的控制下丧失了人的形体，异化为某种丑陋的动物或是在一段时间丧失了生命。他们的内在或外在生命的被剥夺与小红帽被狼吞食无异，都表现为被黑暗控制，比如《野天鹅》中有一段描写性的文字，就可以看作小红帽"啊，把我吓死了，狼肚子里非常黑！"一句话的形象展开。当时美丽善良的小公主艾尔莎，遭到恶毒的后母迫害，独自一人离开皇宫，穿过田野和沼泽来到一个大黑森林，寻找自己可爱的哥哥们。作品写道：

> 四周是那么寂静，她可以听出自己的脚步声，听出在她脚下碎裂的每一片干枯的叶子。这儿一只鸟儿也看不见，一丝阳光也透不进这些浓密的树枝。那些高大的树干排得那么紧密，当她往前望的时候，就觉得好像看见一排木栅栏，密密地围在她的四周。啊，她一生都没有体验到过这样的孤独！

艾尔莎在这片黑森林中独行，恰似小红帽被吞进狼肚子，四周是可怕的寂静、单调、孤独和由此形成的巨大的压迫感，如同在大灰狼的肚子之中。小红帽是被猎人从狼肚子中解救出来，而艾尔莎是在化身为老太婆的仙女莫尔甘娜的引领下，走出黑森林，来到大海边，发现了哥哥们的行踪，并开始了为哥哥解除魔咒的艰难历程。艾尔莎走过黑森林像小红帽被吞进狼肚子一样，是一次"生理之痛和孤独的体会"的精神"分娩经历"。艾尔莎从这一刻开始成熟，开始长大，开始意识到自己所承担的解救哥哥的责任。《小红帽》的故事情节发展，终止于猎人解救出小红帽，而《野天鹅》在艾尔莎走出黑森林之后，又开始启动了艾尔莎帮助哥哥们解除黑巫术的故事情节。由此可以看出，《野天鹅》中"挣脱黑暗"的故事原型是重复出现的，这个原型的意义和叙事功能，始终处于文本的中心位置，是文本分析时最需要关注的要素。

总之，在儿童文学中，原型预示着人物的命运，决定着叙事的节奏，彰显着主体的意蕴。由于儿童文学中叙事原型的重要性，我们有时甚至认为，儿童文学的叙事模式，其实不过就是对某些叙事原型的不断重复。

第二节　原型的重心：从哲理内涵到性格特征

在上面提到的《庄子·应帝王》中记载的神话中，"儵"与"忽"是南海之帝和北海之帝，可见，他们是处在文化的边缘地带的。"浑沌"乃中央之帝，显然是处于文化的中心。在这个神话世界中，中心"浑沌"、边缘机敏，说明文明的曙光刚刚染上天边，尚未形成普照天下之势。中央之帝"浑沌"极为宽厚仁慈，对与自己性格趋向明显不同的"儵""忽"二人善待有加。"儵""忽"二人亦为知恩图报之士，他们从切身感受出发，决心为"浑沌"凿七窍，以使之能"视听食息"。但结果却是好心办了坏事，"浑沌"七窍开而身死。在这则神话中，从神话角色的生存状态上看，"浑沌"为主，"儵""忽"为辅。如果说"儵""忽"具有的性格是机敏，那么与之相对的"浑沌"则应该为愚钝；愚钝和机敏和平相处，彼此善待，说明二者并未形成尖锐对立，亦无优劣之别。也就是说，机敏并非高妙，愚钝也绝非粗鄙。从事件发展的结果看，为浑沌开"七窍"导致的是实实在在的悲剧性事件，七窍开而浑沌死。民俗学家邓启耀对这则神话评论道："《庄子·应帝王》中'凿浑沌'的神话，可以看作一个象征，一个神话的悲剧性悖论：不'凿'开'浑沌'，则'浑沌'无以有清晰明确的感知能力和认识能力；但一'凿'开"'浑沌'，也便失却了'浑沌'的原型。神话中的倏与忽（都有灵捷快速之意）想为'浑沌'试凿七窍，以便使浑沌一片的朦胧感觉'分化'出较为清晰灵敏的视觉、听觉、嗅觉、味觉等，不想七窍出而浑沌死，堪为悲剧。"[①]这个神话的"悲剧性的悖论"给予我们的启示颇多。

我们作为现代人往往会想当然地认为：文明之火在原始社会点燃，一定会令人类的祖先兴奋不已，而庄子的神话提供给我们的恰恰是相反的信息。庄子在这则神话中似乎想表明这样的观点：开启感知外物的七窍会使人"清晰灵敏"，这固然很好；但是，外物入侵也会导致主体心性的迷惑甚至死亡，这则可能是比混沌状态更大的悲剧。社会进步的标准究竟是以对外在世界的感知多寡为依据，还是以认识自己的内心世界多寡为依据呢？庄子显然倾向于后者，他所向往的"逍遥游"，正是轻视外物的存在，返归自我直至内心世界最深处的原初状态，开启心灵自由的境界。

在"开浑沌"的神话故事中，隐含着一个评判社会进步的标准问题，这个问题看似简单，其实很难回答。英国学者约翰·伯瑞在其堪称经典的著作《进步的观念》中指出，在历史发展中起"支配"和"决定"作用的重要观念可分两类：一类以人的善恶观为标准，"诸如自由、忍耐、机会均等、社会主义"等；另一类以真伪为标准，如"命运、天意或个人不朽"等。进步观念属于后者，是一个由真伪判定的观念。这类观念与善恶观念不同，具有客观性，真即真，假即假，无论人们的主观意愿如何，都无法改变既定的事实。尤其是在一个容扩了过去、现在和将来的巨大时空中间，人的主观意志更是难以决定当下的某一事件是否具有进步的性质。

---

① 邓启耀：《中国神话的思维结构》，重庆出版社，2005年，第10页。

正如伯瑞所说："就大多数人的理解而言，人类发展的理想结果将会是这样一种社会状态：全球范围内的所有居民都将享受无以复加的幸福生活。但是，人们不可能确保文明正为实现这一目标而朝着正确的方向发展。人类'进步'的某些特征也许会被作为有利于这一目标的假设而得到强调，但又总会出现偏差，因为总是可以轻而易举地从提高幸福程度的角度作出判断，认为人类不断取得进步的文明中的某些倾向远非是理想的。简言之，我们无法证明人类正在向其进发的那一未知目标是否是理想的。"①人类无法确定自己的前进目标是否理想，这真是一个既令人沮丧又十分无奈的结论。

如果像伯瑞在此提到的"从提高幸福程度的角度作出判断"，"儵""忽"为"浑沌"凿七窍，显然不仅没有带来幸福，反而带来灾难。因而，凿七窍的行为就难称进步，"儵""忽"所体现出的机灵，就未必强于"浑沌"的本性——混沌。庄子在这则神话中，以最为典型的形象直观的神话思维的言说方式，对社会文明的初始阶段取得的些许进步，做出了一个具有善恶道德倾向性的价值判断。在庄子的价值判断中，显然也暗含着一个以真伪为标准的进步标准问题。尽管已有两千多年的时间距离，尽管人类对自然、对自身都有了相当广泛与深入的认识，但是，我们恐怕还是难以判定庄子进步标准的真伪。说其为伪，人类当今所面临的诸多生存危机，似乎在提醒人们重温庄子在两千多年前的警示与教诲；说其为真，我们又不能否认人类在这个历史阶段已取得的巨大文化成就，这些成就已经给我们所生活的这个地球带来了翻天覆地的变化。真伪难定是因为我们无法确知未来的结果究竟怎样，两千年在人类的文明史中是一个较为漫长的时期，但放在生命的长河中去考量，两千年仅仅是"弹指一挥间"。如果这两千年的文化进步，能使"全球范围内的所有居民都将享受无以复加的幸福生活"，那当然很好，但是如果这些进步真的像庄子神话所讲的那样，

---

① ［英］约翰·伯瑞：《进步的观念》，范祥涛译，上海三联书店，2005年，第1—2页。

最终结果将是"七窍出而浑沌死"，那我们怎能称它为进步呢？因为，毕竟"我们无法证明人类正在向其进发的那一未知目标是否是理想的"。庄子在这则神话中所蕴含的象征寓意，带给我们的是关涉哲学问题的诸多的启示和不尽的思考，甚至还可能有一些摆脱不掉的烦恼。

"盗天火给人间"归属于"创始者"神话原型类。这个原型在北美洲印第安人的创世神话中广泛存在，瑞典乌普萨拉大学的人类学教授安娜·伯吉特·露丝指出："它们的特征是，'创始者'①通过偷窃或盗抢太阳、火、水，或者同看管鱼或气象的巨人进行搏斗，从而赋予世界特征。……流传于美洲大陆西部和西北部的偷盗神话，似乎与欧亚大陆，尤其是与北亚的传说和旧斯堪的纳维亚诗歌中的同类偷盗和搏斗神话，存在着有趣的相似之处。"②当然，关于这个神话原型为我们所最为熟知的，莫过于希腊神话"普罗米修斯盗火给人间"的故事。普罗米修斯不仅创造了人类，而且还同情人类处于黑暗之中的悲苦，于是，他违抗宙斯的旨意，将天火装于芦管之中，带到人间，从此人类才真正从自然界中挣脱出来。法国著名希腊学家韦尔南对这则神话评论道：普罗米修斯"在神的世界中占据着一个从各方面来说都很暧昧的位置。他并不是宙斯的敌人，也不是宙斯的一个忠诚而又诚实的盟友。他是一个对手，但并不是因为像克洛诺斯那样向往着天界的王权：他没有这一野心，但他在奥林匹斯诸神社会的内部，代表了一个争议的原则；他的同情心，他的同谋感，往往向着那些被宙斯建立的秩序远远抛弃的人，那些受到限制、遭受痛苦的人：列入神的司法之牌的幽灵。这种反叛精神，在向宙斯的最高权威提出挑战的时候，依靠了一种普罗米修斯所特有的智力计谋"③。韦尔南的分析显然侧重于普罗米修斯所体现出的"反叛精神"，这种精神体现出原始社会的结构性矛盾，以及这类矛盾所带来的权力的斗争。维尔南通过对神灵之间权力之争的分

---

① 按学术界的习惯称之为制造变化者（transformer），或游历者（traveller）。
② ［美］阿兰·邓迪斯编：《西方神话学读本》，朝戈金等译，广西师范大学出版社，2006年，第217页。
③ ［法］让-皮埃尔·韦尔南：《神话与政治之间》，余中先译，生活·读书·新知三联书店，2005年，第307—308页。

析，辨析出争斗双方的意愿诉求所表现出的善恶观念，以及这种善恶观念对希腊社会的影响、对后人的启示。

与神话原型侧重于哲理内涵不同，儿童文学的原型侧重于形象性格，分析体现原型的人物性格特征，是把握儿童文学原型的主要任务。比如"摆脱黑暗"原型在《小红帽》中，主要侧重在小红帽与大灰狼这两个童话人物的矛盾对立之中，分析这两个形象的性格特征，是分析这个文学原型的要点。

再比如"盗天火给人间"这个文学原型漂移到儿童文学之中时，转化为一个"禁忌"母题，"禁忌母题是猎人海力布故事的重要内容。如果说懂动物语言母题是构成故事基础的话，那么禁忌母题则是故事情节发展、故事内容升华的关键"。海力布的故事"在我国蒙古（内蒙古）、鄂伦春（内蒙古）、满（黑龙江）、锡伯（新疆）、藏（西藏）、珞巴（西藏）、回（宁夏、河南）、苗（广西）、瑶（广西）、傣（云南）、土家（湖北）以及汉（湖北、山东、山西、吉林、内蒙古）等民族的大片地区"①广泛流传，并有不同的版本，尤以蒙古族民间童话故事《猎人海力布》最为典型。猎人海力布在巨大的灾难来临之前，敢于违背龙王的禁忌，以牺牲自己的生命为代价，使众乡亲免遭危难。海力布如同普罗米修斯一样，也是一个为了拯救人类命运，敢于违抗神灵旨意的人。普罗米修斯违抗宙斯旨意的结果，是被捆绑在高加索山上，每日遭受恶鹰啄食其肝脏的折磨；海力布则是失去生命，化为一块石头。他们两人的反抗精神和高尚情操，在悲剧性的结局中得到了彰显，并且感人至深。

海力布的性格特征在作品中通过情节的三次起伏跌宕，得到了完美的展现。第一次起伏是搭救龙王的女儿小白蛇。小白蛇在睡梦中被灰鹤抓走，性命难保。海力布弯弓搭箭，救下小白蛇。然后好心地放走小白蛇，让她回到自己的父母亲身边。第二次情节起伏是小白蛇的父亲龙王赠宝，

---

① 刘守华：《中国民间故事类型研究》，华中师范大学出版社，2002年，第498、499页。

以回报海力布救女之恩。小白蛇在海力布见到龙王之前，告诉他："我爸爸妈妈给您什么您都别要，只要我爸爸嘴里含着的宝石。您得着那块宝石，把它含在嘴里，就能听懂世上各种动物的话。但是，您所听到的话，只能自己知道，可不要向别人说，如果向别人说了，那么您就会从头到脚，变成僵硬的石头而死去。"小白蛇的话为下面的情节发展埋下了伏笔。最后一次起伏是情节发展的高潮，海力布通过鸟儿对话得知山崩地裂的灾难即将发生，他不顾个人安危，把这个重要的消息及时告诉了乡亲们。但是，当他讲述鸟儿所说的秘密时，身体一点点僵化。话讲完了，他自己也变成了一块石头。这三次情节起伏，分别展示了海力布性格的不同方面：第一次展示了海力布搭救小白蛇的善良和勇斗灰鹤的勇敢。第二次展示的是他的勤劳和忠厚，面对龙王一百零八个仓库的珍珠宝贝，海力布毫不动心，他只要龙王口中的宝石。这块宝石，并不会使他变为坐享其成的富翁，但却能延展他的劳动技能，使他成为一个最出色的猎人，获得更多劳动成果。第三次展示的是他拯救众乡亲的无私与转述秘密的无畏。海力布的性格在情节的跌宕起伏中逐渐丰满起来，最后在高潮到来之时，戛然而止，留下了绵长的余味，令读者掩卷深思。

与盗火的普罗米修斯相比，海力布的性格更加丰满、更加感人。作为同一原型中的两个人物，普罗米修斯的性格具有类型化的特点，与其他"创始者"［制造变化者（transformer），或游历者（traveller）］的性格特征——譬如埃及神话中的伊希斯、印度神话中的毗湿奴——是相近的。在类型化的性格中，体现出原型所包含的文化学、社会学、历史学、哲学以及美学的意义。但是，海力布的性格特征却是独特的，是一个典型，与其他"禁忌"原型的形象性格不同，主要体现出原型的美学意义。

《海的女儿》也是一个以"禁忌"原型为要素而构成的儿童文学作品。但是，小人鱼与海力布的性格却是迥然不同的。小人鱼生活在海底世界，那里有美丽而奇特的风光，有骨肉亲情，有舒适的生活，有长于人世的生命期限。但是所有这些都不能阻止小人鱼对人世的向往。特别是当她在风浪中搭救了落水的英俊王子之后，对人世生活的渴望更是无法抗拒。小人鱼要想来到人世与心爱的王子共同生活，就必须违抗海底世界的禁忌。为此她请海底的巫婆帮忙，并以牺牲自己的声音、忍受身体的折磨为代价，来到人世。小人鱼历尽艰辛终于来到王子身边，但是还是由于没有获得王子的爱情而早早地结束了自己的生命。这个凄美的爱情故事，也是以"爱—破除禁忌—献身"这样的叙事模型展开的。从这点看，小人鱼与海力布有相似之处，他们都是为自己的所爱而违抗神的禁忌，最终献出了宝贵的生命。在献身时，他们都表现出坚忍、勇敢的性格特征，这说明这两个角色有共同的叙事原型基础。但是，两人的性格还是明显不同的，一个是千娇百媚的美丽姑娘，一个是英气逼人的出色猎人，小人鱼的性格有着浓浓忧郁色彩的温顺、善良，与海力布充满英雄气概的豪迈、威武恰恰形成了鲜明的对比。由此可以看出，在儿童文学中，叙事原型所塑造的人物性格是丰富多彩的，分析叙事原型的首要任务，就是要分析人物性格。

第三节　原型的呈现：由单声到复调

俄国文学理论家巴赫金提出的复调理论，形成于二十世纪中期的苏联，在经过大约二十年的沉寂之后，在八十年代经由法国介绍到欧美文学理论界，立即引起广泛关注并得到好评。复调理论在上个世纪八十年代后期传入我国，文学理论家们运用"复调、对话、狂欢"理论分析作家作品、解析文学现象，取得了很多优秀学术成果。

复调理论的出发点是通过对文本语言的深层考察分析，揭示其与意识形态的复杂关系。法国学者托多罗夫指出，巴赫金认为："陈述文的最重要之处，或者说是最不被认识之处，就是它的对话性也就是文本间的联系。自亚当时代以来，不存在没有命名的物体，也不存在没有被使用过的词。每一段话语都有意或无意地与先前同一主题的话语，以及它预料和明示的将来可能发生的话语产生对话性。个体的声音只有加入由业已存在的其他声音组成的复杂和声中才能为人所知。不仅在文学中是这样，在所有的话语中都是这样。巴赫金因此而勾勒出一种新的文化阐释模式：文化是由集体记忆保存下来的多重话语构成的（共同之处，公认的固定说法、特殊话语），这些话语都有各自的主体。"①在托多罗夫看来，巴赫金认为文化建构过程是各种文化元素不断地累积、叠加、影响、渗透，最终呈现出文化的复合形态。巴赫金称这种复合性为复调性、对话性，托多罗夫则称之为"互文性"②。文本语言的对话性或曰互文性的特点，使我们有可能在看起来明晰而单纯的语言表述中，发现复杂、多重的意识形态关系。巴赫金说："对话性可以说是各种言语的独特现象，是所有的口头言语的必然目的。言语在通往它目标的所有道路上，必然要与他人言语进入一个激烈和紧张的相互作用中。只有神话人物亚当，首次谈到一个未开垦和未被谈及的世界，只有孤独的亚当才能完全避免在达到意图时与他人话语的双向作用。"③

我们在上面引述托多罗夫的观点，并非单纯介绍巴赫金的"对话理论"，而是在托多罗夫对巴赫金理论的阐释中，发现了与本课题密切相关的重要思想。我们看到，在上面的引文中，托多罗夫和巴赫金在谈及对话性时，分别谈到神话人物亚当，并且认为，"只有孤独的亚当才能完全避免在达到意图时与他人话语的双向作用"，因为神话人物亚当"首次谈到一个未开垦和未被谈及的世界"。这也就是说，在巴赫金和托多罗夫看来，神话语言是与对外在世界的最初命名的状态非常接近的，因此，相对来说比较单纯明晰，是一种非复调或曰单声的语言。神话的这种语言特点，恰好与小说形成鲜明对比。托多罗夫说："巴赫金针对小说和神话这两种体裁做了一个对比，他认为这两种体裁代表了互文连续的两个极点。神话中有言语的透明度，有一种词与东西的偶合性；而小说以多种语言、言语和

---

① ［法］托多罗夫：《巴赫金、对话理论及其他》，蒋子华等译，百花文艺出版社，2001年，第172页。
② ［法］托多罗夫：《巴赫金、对话理论及其他》，蒋子华等译，百花文艺出版社，2001年，第258页。
③ ［法］托多罗夫：《巴赫金、对话理论及其他》，蒋子华等译，百花文艺出版社，2001年，第261页。

声音开始，以这样一种言语的不可避免的意识开始，从这点上讲，小说是一种彻底自我反省的体裁。"①托多罗夫引用巴赫金的话，非常明确地把神话与小说放置于互文性的两端，一端是透彻，一端是浑浊；一端是单声，一端是复调。托多罗夫的如此表述与本书所要论述的题目是一致的，那就是原型意象在神话与儿童文学中的呈现是不同的，前者为单声，后者为复调。

我们所说的"单声"，也就是巴赫金所说的"神话中有言语的透明度，有一种词与东西的偶合性"。为了说明这点，我们可以著名学者、诗人闻一多对中国神话中"龙"的考证为例。闻一多在《伏羲考》中，运用社会学、人类学、考古学、语言学等多学科知识，对中国神话人物伏羲的身世作了详细考证，清晰地梳理出伏羲形象逐步形成的文化演进过程。闻一多的考证从伏羲的形象入手。在中国文化典籍和直观图像（譬如，汉代的壁画、砖画）中，伏羲一般被描画为人首蛇身的样子。闻一多根据文化人类学的研究规律推断，人首蛇身是半人半神的形象，而这绝非伏羲最初的样子，因为，神话人物从神到人转化一般要经过全兽型、半人半兽型、全人型的演进过程："在半人半兽型的人首蛇身神以前，必有一个全兽型的蛇神阶段。"②而这个全兽型的蛇神，即为传说中的"龙"。龙是一个具有多种生物特征的动物，但其"主干部分和基本形态却是蛇"。闻一多通过对大量史料的展示、辨析最后得出结论：

> 龙究竟是个什么东西呢？我们的答案是：它是一种图腾（Totem），并且是只存在于图腾中而不存在于生物界中的一种虚拟的生物，因为它是由许多不同的图腾糅合而成的一种综合体。
>
> 大概图腾未合并以前，所谓龙者只是一种大蛇。这种蛇的名字便叫作"龙"。后来有一个以这种大蛇为图腾的团族（Klan）

---

① ［法］托多罗夫：《巴赫金、对话理论及其他》，蒋子华等译，百花文艺出版社，2001年，第267页。
② 闻一多：《神话研究》，巴蜀书社，2002年，第80页。

兼并了吸收了许多别的形形色色的图腾团族，大蛇这才接受了兽
类的四脚，马的头、鬣的尾、鹿的角、狗的爪、鱼的鳞和须……
于是便成为我们现在所知道的龙了。①

闻一多的研究成果说明，龙的形体的每一部分，都与某一图腾形象相
对应，两者之间存在"偶合性"。"龙"作为一种神话的语言，表征着蛇、
马、鬣、鹿、狗、鱼等自然生物及其所代表的图腾，这种语言的内涵还没
有衍生出其他的意义，还没有受到其他语言的改写和遮蔽。因此可以说，
这种语言具有"透明度"。

但是，当神话原型漂移到儿童文学以后，其呈现形式则从单声转为复
调。在二十世纪九十年代影响很大的国产童话电视剧《小龙人》，也借鉴
运用了龙的形象。电视剧的主创人员显然非常清楚地意识到，在当代社会
"龙"作为一个文化符号，已经积淀、叠加了多重意义。每一层意义都可
以导向一个文化主体，都可以演绎出一个文化故事，"都有意或无意地与
先前同一主题的话语，以及它预料和明示的将来可能发生的话语产生对话
性"。正是基于这样的认识，《小龙人》以"龙"的精神为统摄，把写实与
虚构、历史与现实熔为一炉，既吸收了古代神话传说以及民间故事的诸多
因素，又专注于当下中国少年儿童的生存状态；既注重弘扬历史文化传
统，又浓墨重彩地描写中国改革开放后的现代化生活，对"龙"的文化精
神做了多层次的演绎与诠释。小龙人在外形上还保存着龙的某些原初特
征，但是这些特征显然通过现代文化的修饰而发生了许多改变，与闻一多
所辨析出的龙的特征已经有了本质性的不同，已经不再有与外在物象的
"偶合性"，作为"龙"的小龙人，已经与相关的动物实体及其所代表的图
腾形象剥离开来，也就是说，小龙人与蛇、马、鬣、鹿、狗、鱼等自然生
物已经没有任何实质性的关联。龙就是龙，龙的形体特征是完整统一的，

① 闻一多：《神话研究》，巴蜀书社，2002年，第64—74页。

失去了与其他生物的比照性。从"物"与"词"的对应关系上看，我们从"词"中看到的不是具体的"物"，而是与物分离的不断累积、衍生、裂变的词语、概念。所以说，小龙人的"龙"的概念已经不再"透明"。

以复调呈现原型意象的儿童文学，较之于神话在艺术表现上更为复杂。这种复杂性在诸多艺术元素中体现出来，从原型呈现的角度看，常常表现为多个原型意象在同一个故事中的交叠呈现。当然，在神话中这种交叠呈现的情况也是存在的，但是，这种情况往往出现在大型神话故事中，这样的神话是由多个故事连缀而成，比如像古希腊神话中的《忒修斯》。从整体上看这个故事呈现的是"英雄冒险"原型，美国神话学家约瑟夫·坎贝尔把这个原型称之为"单一神话的核心单元"，他说："神话中英雄冒险的标准道路是成年式所代表的公式的扩大，即：分离——传授奥秘——归来；这种公式可以称之为单一神话的核心单元。英雄从日常生活的世界出发，冒种种危险，进入一个超自然的神奇领域；在那神奇的领域中，和各种难以置信的有威力的超自然体相遭遇，并且取得决定性胜利；于是英雄完成那神秘的冒险，带着能够为他的同类造福的力量归来。"[①]忒修斯的故事正具有集成长与冒险于一身的特征。忒修斯是希腊国王埃勾斯的儿子，但自出生以后，一直和母亲埃特拉生活在特洛桑。忒修斯身上由于有海王普赛顿的血脉，所以自幼勇力非凡，长到十几岁时，已经成为勇猛无比的武士。此时，他向母亲埃特拉提出请求，要去希腊寻找父亲。由此，忒修斯成长与冒险故事同步展开。忒修斯的成长—冒险经历由多个故事组成，其中入迷宫杀弥诺陶洛斯的故事则展示了另一个神话原型：女孩帮助者。中国学者王以欣博士指出："从民间故事的角度看，忒修斯与阿里阿德涅的传说可归入'女孩帮助者'类型的故事，全称是'英雄逃逸中的女孩帮助者'（AT313C）。大致情节是：一位年轻人来到吃人魔王的国度，被分派诸多看似不能完成的任务。魔王的女儿爱上这位青年，协助他完成

---

① ［美］约瑟夫·坎贝尔：《千面英雄》，张承谟译，上海文艺出版社，2000年，第22—23页。

任务，然后双双逃逸，并成功摆脱魔王的追踪。"[1]忒修斯在克里特杀死迷宫中的牛首人身怪兽弥诺陶洛斯，靠的是克里特国王弥诺斯的女儿阿里阿德涅的帮助。正是由于有了"阿里阿德涅线团"，忒修斯才能够在杀死弥诺陶洛斯之后，顺利地走出著名建筑家代达罗斯建造的精巧绝伦的迷宫。

忒修斯冒险经历中原型重叠的现象，在神话中并非常态，至少我们统观希腊神话，这样的大型神话故事也不过四五个，比如"伊阿宋寻找金羊毛""杀戈耳工者波修士""赫克里斯的选择"和"忒修斯冒险"。由于神话故事的篇幅一般相对短小，每一个单篇作品基本讲述一个故事，所以只能出现一个原型意象。但是，在儿童文学作品中原型重叠则是一种常态。比如曹文轩的《根鸟》，就是一部原型重叠的作品。

《根鸟》故事的开篇就带有浓郁的神话色彩。住在大河旁边一个偏僻小村庄里的十四岁少年根鸟，在一次打猎时发现一只白鹰。根鸟不想伤害白鹰，但是白鹰面对枪口却并不躲避，而是似乎想要引诱根鸟对其射击。当根鸟在既无奈又气愤的心态下射杀了白鹰之后，在白鹰的腿上发现一根布条，上面用歪歪扭扭的字写着："我叫紫烟。我到悬崖上采花，掉在了峡谷里。也许只有这只白色的鹰，能够把这个消息告诉人们。它一直就在我身边待着。现在我让它飞上天空。我十三岁，我要回家！救救我，救救我，救救紫烟！"这个字条彻底改变了根鸟的命运，他开始从菊坡离家寻找大峡谷，寻找落在峡谷中的十三岁女孩紫烟。在一路寻找的途中，他经过了沙漠边缘上的小镇青塔，阴森恐怖的鬼谷，水草丰美的米溪，神秘而充满诱惑的莺店，最终到达了百合花盛开的大峡谷。

根鸟一路寻找大峡谷和紫烟的经历，具有成长和冒险的双重特点，与坎贝尔所说的"英雄从日常生活的世界出发，冒种种危险，进入一个超自然的神奇领域；在那神奇的领域中，和各种难以置信的有威力的超自然体遭遇，并且取得决定性胜利；于是英雄完成那神秘的冒险，带着能够为他

---

① 王以欣：《神话与历史》，商务印书馆，2006年，第447页。

的同类造福的力量归来"的英雄冒险经历极为相似。根鸟在青塔、鬼谷、米溪、莺店和大峡谷中，都曾遭遇"难以置信"的力量，这些力量有的来自自然，更多的则是来自人类社会。根鸟在善恶势力碰撞掀起的惊涛骇浪中颠簸，在人性力量凸起与凹陷的崎岖山路上跋涉。他一路寻找大峡谷的旅程，无异于一次炼狱之旅。作品没有描写根鸟的"归来"，而是用充满诗意的笔墨描绘他面对大峡谷时的心灵"顿悟"：

> 当时，太阳灿烂辉煌。根鸟觉得他从未见到过这么大的太阳。
> 阳光潮水般倾泻到峡谷里。
> 根鸟看到白鹰的身上洒满了阳光，纯洁的羽毛闪闪发亮。它们转动着脑袋，因此，被阳光照着的眼睛便如同夜晚草丛中的玻璃，一下一下地闪烁着亮光。
> 根鸟痴迷地看着它们在气流中浮起——气流似乎在托着它们。
> 根鸟已经能够看到鹰的羽毛在风中的掀动了。他再往深处看时，只见一群白色的鹰，正从峡谷深处升腾起来。
> 当无数只白鹰在长空下优美无比地盘旋时，久久地仰望着它们的根鸟，突然两眼一阵发黑，从马上滚落到百合花的花丛里。
> 当山风将根鸟吹醒时，他看到那些白色的鹰仍在空中飞翔着。他让整个身体伏在地上，将脸埋在百合花丛中，号啕大哭……

根鸟的晕倒是理想追求最终实现的巨大惊喜带来的心灵震撼，是他一路寻找、一路艰辛的所有情绪的瞬间释放，也是他看到另一个神奇境界而引发的心灵的惊诧与悸动。我们或许可以把这次晕倒看作是一次"文化休克"（culture shock），休克之后的清醒将是一次心灵境界的提升，他的"号啕大哭"则标志着他心灵境界提升即将开始的顿悟和反思。

在根鸟成长—冒险的旅程中，"女孩的帮助"一直是情节发展的重要动力之一。米溪的秋蔓、莺店的金枝、大峡谷中的紫烟都曾经对根鸟的成长发挥重大作用和影响，尤其是金枝，正是在她的帮助、引导下，根鸟才战胜了莺店的诱惑，重新找回了自我。比较忒修斯深入迷宫杀怪兽的冒险故事，我们发现根鸟在莺店的经历与之极为相似：莺店就像是代达罗斯建造的迷宫，令人困惑并容易迷失自我；莺店中物欲、肉欲的诱惑就像是怪兽弥诺陶洛斯吞噬生命的血盆大口，随时可能夺去进入迷宫者的生命；而金枝恰似阿里阿德涅，对根鸟的爱让她敢于冒犯邪恶势力的淫威，时时帮助守护根鸟，她的不断警示和提醒如同引路的"线团"，最终使根鸟战胜了潜伏在自己内心深处的恶魔，再次踏上寻找大峡谷的征程。

我们从"女孩的帮助"原型中，还可以看到另一个原型"恋母情结"和女性崇拜。文化人类学家叶舒宪博士在《千面女神》中说："个人通过女神而参与到存在的伟大神秘之中：自我融合于宇宙、大地和社会。……如此看来，盖娅母神并不仅仅是古希腊人的想象创造。非洲原住民的母性原则与中国老子的'知其雄守其雌'观念一样，都足以显示出早在父权制、男性化和攻击性的文明建立起权威之前，的确曾经长久地存在母神精神照耀下的天人合一智慧的源头。"[1]叶博士的论述告诉我们，对母亲与女性的崇拜具有深远的文化渊源，它来自我们久远的关于"天人合一"的"母神精神"的记忆。借助精神分析的方法，可以较为清晰地看到《根鸟》所体现出的"恋母情结"和女性崇拜意识。美国学者斯佩克特在《弗洛伊德的美学》这部著作中，有一段关于弗洛伊德释梦事例的评论，他说："因此，在弗洛伊德的心中，关于鸟的梦起着一种桥梁作用，将作为母亲的鸟和作为性行为象征的兀鹰（隼）与逃避自己父亲而取得另一个父亲的愿望联结了起来。"[2]斯佩克特的论述指示我们，在梦的潜意识象征意象中：鸟可以象征母亲。斯氏的提示使我们一下子明白了，《根鸟》这部作品的主人公的名字为什么叫根鸟。我们生命的"根"，不就是来自母亲（鸟）吗？根鸟这个名字不就是恋母情结与女性崇拜的明明白白的宣示吗？

---

① 叶舒宪：《千面女神》，科学出版社，2004年，第18页。
② ［美］斯佩克特：《弗洛伊德的美学》，高建平等译，四川人民出版社，2006年，第113页。

我们说根鸟具有恋母情结，还可以从根鸟缺乏对自己父亲的认同中得到证明："父亲的歌声很难听，但却是从心的深处流出来的。那歌声在根鸟听来，是一种哭泣，一种男人的——苦男人的哭泣。"一个"苦男人"的"难听"的"哭泣"，袒露出的是其内心深处自信心的坍塌、意志力的崩溃和阳刚之火的熄灭，这样的男人显然不能得到根鸟的认可。与父亲在命运面前的卑微、退缩、懦弱、无奈相比，母亲平静地进入大山而后神秘失踪，则颇具有传奇色彩，甚至还透露出几分勇于掌握自己命运的豪爽。父亲和母亲性格上的差异，使根鸟更加眷恋母亲具备逻辑的合理性。从恋母到女性崇拜，还有一段心理提升的距离，而紫烟的出现促使根鸟走完这段心理路程。斯氏在上文的分析中指出，鹰在梦的潜意识中象征性行为。这就使我们理解了为什么会是一只鹰，引发了根鸟去寻找大峡谷的行动。鹰虽然象征着性行为，但白色却象征着纯洁；纯洁的性行为，无疑是青春期性爱的象征。所以，从潜意识的层面看，根鸟正是源于对紫烟的爱情，才踏上了漫漫寻找之路。紫烟作为根鸟爱恋的对象，显然具有"虚化"或曰"精神化"的特征：她落入峡谷却有白鹰为伴，白鹰还愿意为她通风报信，并且不惜牺牲生命；她深陷大峡谷，百合花盛开，白鹰翱翔，阳光灿烂。这就使我们感到，与其说紫烟是一个现实生活中的普通女孩，不如说她是一个具有驾驭自然神奇力量的"天人合一"的女神。根鸟寻找大峡谷、寻找紫烟，其实是在寻找他心中崇拜的神圣女神。这个女神具有爱神阿弗洛狄特的美丽，也有智慧之神雅典娜的纯洁，她集中了根鸟心目中人性的优点，整合了根鸟心中所有优秀的女性形象，是根鸟心灵的寄托之所。于是我们理解了曹文轩在《关于根鸟（自序）》中的一句话："用高雅的、神圣的笔调去写，使这本书能有一种几乎接近于宗教经典的感召力。"是的，从精神分析的角度看，根鸟正是追寻并最终皈依自然女神的圣徒。

在根鸟的成长过程中，板金是一个非常重要的角色，他可以看作是根鸟精神上的父亲。根鸟在寻找大峡谷的旅途刚开始时，就遇到了板金；当时根鸟在沙漠中几乎绝望，是板金给了他继续前行的勇气。在莺店醉生梦死的沉沦生活中，根鸟最终能摆脱出来，除了金枝的一再提示之外，再次遇到板金也是一个重要契机。板金是根鸟寻找大峡谷的途中遇到的最重要的伙伴。在中国民间神话故事中"非凡伙伴的远征"是一个重要的原型，"该类型故事主人公有非同寻常的出生经历，在成人以后的远征途中，结交了一些具有非凡能力的伙伴，……他们帮助英雄完成了婚姻考验"[①]。根鸟虽然没有"非同寻常的出生经历"，但是，幼儿期的表现却是颇有与众不同之处的。根鸟在一岁时，母亲神秘失踪，但是，根鸟居然能记得"母亲的声音十分好听"。作品通过这个细节，为下面根鸟执着地认为大峡谷和紫烟的存在、并告别家乡踏上寻找大峡谷的征途做了铺垫。根鸟在"远征途中"结交的板金，是一个具有非凡能力的人。板金的非凡并不表现在体力上，而是表现在他的精神上。板金离家外出，是因为他的家族得了一种怪病，"凡是这个家族的男子，一到十八岁，便突然地不再做梦"，板金正是为了寻梦才告别亲人，踏上艰辛的旅程。他记得，消逝的梦像"一群金色的小鸟"飞向西方。板金离家寻梦，也就是寻找飞走的"金色的小鸟"。板金离家向西寻梦，一走就是十年，最后，他死在了寻梦的途中。但是，在他死后，他的儿子已经出发，继续他的寻梦之路。因为在他离家时，曾和妻子约定："十年后还听不到我的消息，你就该让儿子上路了。"在板金身上，我们很容易看到移动太行、王屋二山的著名神话人物"愚公"的身影。除了板金之外，长脚是根鸟的另一个"非凡伙伴"，当然，这是一个给根鸟以教训的反面的伙伴。长脚的出场亮相非常抢眼：骑一匹黑马，一袭黑色的斗篷，光头，长腿，"长得十分气派"。长脚不仅有"让根鸟喜欢的野蛮与冷酷"，而且还表现出令人感到温暖的友善和同情心。但是，正是这样一个看起来十分出色的男人，却把根鸟引入人间地狱——鬼谷。鬼谷的残酷生活，磨炼了根鸟的意志，对于根鸟的成长发挥了巨大作用。板金和长脚是对根鸟成长—冒险经历产生重大影响的两个男人。

---

① 芮渝萍：《美国成长小说研究》，中国社会科学出版社，2004年，第478页。

　　以上我们只是对《根鸟》中完整呈现出的最主要的神话原型作了分析，其实作品中还有一些重叠的原型，不过它们的呈现是不完整的。比如，在世界著名的阿尔内-汤普森民间故事分类表中，"寻找金鸟"被列为AT550，这个原型的典型呈现形式为《格林童话》中的《金鸟》。《金鸟》讲述的是善良的小王子克服诸多艰险，最终不仅寻找到金鸟，而且还带回了金马以及金色宫殿中的美丽公主。小王子的两个哥哥则因贪婪和邪恶受到应有的惩罚，小王子和美丽的公主结为夫妻并继承了王位。一直暗中帮助小王子的狐狸，其实是美丽公主的哥哥。继承了王位的小王子解除了狐狸身上的魔咒，公主的哥哥与小王子夫妇一起幸福地生活。从《金鸟》所呈现的"寻找金鸟"原型来看板金的形象，我们发现，板金寻梦就是寻找从树上飞走的"一群金色的小鸟"，就是在演绎"寻找金鸟"原型，也就是像小王子一样，在寻找幸福与爱情。因而，从原型的角度分析，板金的寻梦与根鸟寻找大峡谷，具有相同的意义，他们都在寻找爱情，寻找与爱情相伴的幸福。如果结合前面对根鸟"恋母情结"的分析，我们则可以说，他们都崇拜女性，他们都是寻找女神的苦行僧。板金随身携带的钵，就是苦行僧的身份符号，所以说，板金是根鸟性格的延展。

　　再比如，"难题考验"是一个世界性的神话原型。这个原型一般讲的是神仙化身为一个卑微的角色，故意提出不合理的、带有羞辱性的要求，让主人公答应。主人公忍辱负重应允的结果，是神仙现身，传授制胜法宝。《史记·留侯世家》中，黄石老人传授给张良《太公兵法》一事，就是这个原型的呈现。"从文化人类学角度去追寻这个母题的渊源，我们会发现早期人类的生存方式就常常与考验密不可分。在原始社会里，部落首领必须经过一系列严峻的考验，才能取得资格；对于普通百姓来说，每一个青少年都必须在成人礼中通过种种极其严酷的甚至是有生命危险的考验仪式，方能被部落承认。"①根鸟寻找大峡谷的艰难历程，就是经受成人礼

---

① 芮渝萍：《美国成长小说研究》，中国社会科学出版社，2004年，第203页。

中极其残酷甚至危及生命的考验。不过在这部作品中，"难题考验"并没有按照神话原型的典型叙述模式呈现。之所以会这样处理，可能是作者不希望把这部作品写成一部完全意义上的幻象作品。作者更愿意把叙述形式的写实，与象征意义的虚化结合起来，使之形成一种艺术上的张力，为读者在阅读作品时留下充分的空间。另外，作者可能认为，儿童的成长的主动权应该紧紧地把握在儿童自己手中，放手让儿童自己在成长的路上经受磨炼，而不应该由他人越俎代庖。成长没有捷径，成功不靠"秘籍"，这样才能真正锻炼出未来生活的强者。

　　总之，我们上面的分析还是能够比较清楚地表明，在儿童文学的原型呈现中，原型重叠的复调现象是常态化的。多个原型的交叉、重叠，使作品的文化意蕴多重化，象征意味更为明显。曹文轩在这部作品的《自序》中说："整个作品就是一个梦——一个迷人的富有诗意的梦。他似乎永远走在路上。这路十分漫长，艰难困苦，并且充满各种各样的诱惑。这些诱惑足以使一颗尚未成熟但却又被种种欲望所缠绕的心迷乱，而忘记他梦寐以求的目标。他的心灵总是在摆脱与搏击之中，正像一个人的成长阶段必定要经过这一切一样。路是形而下的，也是形而上的。路无疑是具有象征意义的。"[1]"梦"与"象征"强调的都是主体意识，而主体意识的表达、建构过程，则是多重文化符码的累积、叠加的过程。正如我们在上面分析的那样，不同的神话原型被作者吸纳进作品的同时，不同的文化主体也被吸纳进来，从而构成作品的复调形态。

第四节　原型的聚焦：从宇宙范畴到个体境遇

　　在神话产生的人类社会初始阶段，社会分工还没有形成，因此也就不可能产生以艺术为谋生手段的职业艺术家。在未定居的原始部落中，也有

————————

[1]　曹文轩：《根鸟·山羊不吃天堂草》，作家出版社，2003年，第2页。

艺术品出现，而且在今人的眼中，其艺术水准甚至已经达到了相当高的程度。但是原始部落的艺术家，却很可能同时从事打猎、放牧、采集、种植等多种多样的普通劳动。美国密执安大学人类学教授康拉德·菲利普·考特克（Conrad Phillip Kottak）在考察艺术创作所体现出的艺术家主体性特征时指出："在某种程度上说，非西方社会较之于美国和加拿大而言，艺术生产更具有集体性的特征。按照海克特（Hackett）（1996年）的看法，非洲艺术品（雕塑品、纺织品、绘画作品、瓶罐制品）一般来说为社团、群体所欣赏、批评和使用，而不是为某个人所独享。艺术家在创作过程中会得到社团和群体的很多反馈，而不是像在我们的社会中那样，艺术家独自一人完成创作活动。在我们这里，社会的反馈一般来得比较迟，是在艺术品完成之后；而在非洲反馈发生在艺术品尚可改动之时。……尼日利亚的替午人（Tiv people）中，只有极少数的技术纯熟的艺术家，他们的艺术创造活动是非公开的。而那些一般意义上的艺术家就在公共场合从事自己的工作，并在那里随时得到观众的批评。基于这些批评性的建议，他们通常会在创作过程——譬如说雕刻——中改变原有的设计。替午艺术家工作的另一种方式是把艺术创作视为一种社会活动，而非个人行为。时常，当某位艺术家停下手头的工作时，其他人会立即拾起那项工作，接着干下去。"[1]考特克所描述的非洲土著民族的艺术创作情景，对我们了解原始社会的艺术生产情况也是很有帮助的。在文明程度相对较低的社会形态中，艺术生产和物质生产有着紧密的联系，二者相互交融，共同构成维持这个社团或群体存在的社会性劳动。在这样的社会环境中，艺术生产的社会属性被凸显出来，"神话象征之物所包含的主体观念和情感，不隶属于任何个人，它们都是原始先民历代凝聚的集体意识的结晶。集体精神和集体情感是神话象征意象的文化核心"[2]。群体的关注和参与，使最终成形的艺术产品也较多地反映出社团或群体的集体诉求，使它所蕴含的意义与价值

① Conrad Phillip kottak. *Anthropology*. New York：McGraw-Hill Companies, 2002, pp.522-523.
② 王增永：《神话学概论》，中国社会科学出版社，2007年，第112页。

更多地带有普泛性的特征。

　　原始艺术具有普泛性的价值特征，还与人性的共通性有关。从发生学的角度看，艺术与哲学思想产生于人类社会初始阶段的文化边缘地带，不同文化的碰撞与交融，使包括神话在内的艺术表现与哲学性的思辨阐释开始出现，这些表现与阐释所涉及的内容是人类社会不同成员普遍关注的，是人性共同性的体现。英国学者维克多·特纳指出："人与人之间有着类属性的纽带联结这一观念，以及与它相关的'为人类本身所怀有的情感'，并不是什么群体性本能的附带现象，而是具有完整性的众人全身心地参与其中的产物。阈限、边缘性，以及结构中的低下地位都是各种前提条件，在这些条件下，往往会产生神话故事、象征手段、仪式行为、哲学体系，以及艺术作品。这些文化形式为人们提供了一套模板或模型。在某个层面上，这类模板或模型是对现实情况和人与社会、自然以及文化之间的关系的周期性重新分类。但是，它们还不仅仅是一些类别而已，因为它们在促使人们思考之外，还促使人们采取行动。在这些产物之中，每一个都具有多重含义的特点，涵盖着众多的意思；而且每一个都能使人们同时在多个心理—生物的层面上运动。"[1]特纳的上述论述表明，"神话故事、象征手段、仪式行为、哲学体系，以及艺术作品"在文明社会初期，对规范人类行为具有重要作用，它们所提供的"模板或模型"，不仅"促使人们思考"，而且"还促使人们采取行动"。而这类思考和行动的指涉对象，则包括"现实情况和人与社会、自然以及文化之间的关系"，也就是说，它所指涉的对象关乎普遍的人性，关乎社会、宇宙问题。

　　把考特克和特纳的论述放在一起来看，恰好呈现出原始文化的生产特性和本质属性。正是由于精神生产与物质生产紧密相连的特性，因此，原始文化更具社会性，它所提供的模板和模型，为原始先民提供了对自然和人类自身认识的方法和尺度。原始文化的这种特点，与后来社会分工形成

──────────

① ［英］维克多·特纳：《仪式过程》，黄剑波等译，中国人民大学出版社，2006年，第129—130页。

后，专门从事脑力劳动的社会成员所创造的文化有所不同，后者的精神产品更能显示脑力劳动者的个性特点。

考特克和特纳的论述，使我们对神话的生产过程和属性有了更深刻的认识。神话原型所呈现的社会情境和文化意蕴，往往更多地关注于社会性的主题和宇宙范畴的意义。但是，当神话向儿童文学漂移时，其关注点发生了变化。俄国著名神话学家梅列金斯基说："神话之转化为神幻故事，须经历下列主要阶段：非仪典化非虔诚化、对神幻'事例'真实性之笃信的减弱、有意识的构想之发展、民族志具体性的消失、神幻人物为常人所取代、神幻时期为那种见诸神幻故事的非既定时期所取代、推本溯源之有所减弱或不复存在、从对集体境遇的关注转向对个体境遇的关注、从对宇宙范畴的关注转向对社会范畴的关注；正因为如此，一系列崭新题材和一些结构限定则应运而生。"①梅列金斯基从宗教、艺术、哲学等多个层面，考察了原始神话的特点，勾勒出从原始神话向神幻故事演进的文化变迁历程。论述言简意赅，堪称经典。梅氏所说的"神幻故事"显然包括儿童文学，而其所说的对"个体境遇"的关注，的确是儿童文学（神幻故事）区别于神话作品的显著特点之一。

儿童文学原型呈现对个体境遇的关注表现在以下几个方面。

一、对个体生存状态的关注

德国著名符号学家卡西尔在谈到古希腊酒神精神时有一段精彩论述，他说："在狄奥尼索斯神的崇拜中，我们无法找到丝毫希腊精神的特殊品行。这里所显现的是一种基本的人类感情，一种相对于最原始的祭祀和高度精神化的神秘的宗教共同感情。这是一种个人的内在欲望，它要求自由地摆脱其个体性的桎梏，使其沉浸在宇宙的生命之流中，扬弃其本性而与整个自然融为一体。"②卡西尔在此所说的"希腊精神的特殊品行"，是指

---

① ［俄］叶·莫·梅列金斯基：《神话的诗学》，魏庆征译，商务印书馆，2009年，第280页。
② ［德］恩斯特·卡西尔：《国家的神话》，范进译，华夏出版社，2003年，第49页。

它的"高贵的淳朴和静谧的尊严"[①]，类似于尼采所说的"日神精神"。而酒神狄奥尼索斯却表现出与"日神精神"完全不同的个性特征，这种"自由地摆脱其个体性的桎梏"，"沉浸在宇宙的生命之流中"的酒神精神，可以看作是神话主题中的一个基本原型：摆脱桎梏。

在儿童文学中提到"摆脱桎梏"原型，我们首先想到的是美国著名作家塞林格的《麦田里的守望者》，这部作品的主人公霍尔顿的最鲜明的性格特征，就是对社会上人们习以为常的各种行为准则的厌恶和鄙弃。霍尔顿是二十世纪五十年代初期美国社会中的一个问题青年。他出身于中产阶级，生活优裕，在著名的贵族学校潘西中学读书。但是，霍尔顿的步伐却总是不能和社会节奏合拍，因此由于多门考试不及格而被潘西开除（在来潘西之前霍尔顿已经有过几次被开除的记录）。在即将离开潘西中学之前，霍尔顿曾跟他的历史老师斯宾塞有过一次交谈：

> "绥摩博士跟你说什么来着，孩子？我知道你们好好谈过一阵。"
> "不错，我们谈过。我们的确谈过。我在他的办公室里待了约莫两个钟头，我揣摩。"
> "他跟你说了些什么？"
> "哦……呃，说什么人生是场球赛。你得按照规则进行比赛。他说得挺和蔼。我是说他没有蹦得碰到天花板什么的。他只是一个劲儿谈着什么人生是场球赛。您知道。"
> "人生的确是场球赛，孩子。人生的确是场大家按照规则进行比赛的球赛。"
> "是的，先生。我知道是场球赛。我知道。"
> 球赛，屁的球赛。对某些人说是球赛。你要是参加了实力雄厚的那一边，那倒可以说是场球赛，不错——我愿意承认这一

---

① ［德］恩斯特·卡西尔：《国家的神话》，范进译，华夏出版社，2003年，第48页。

点。可你要是参加了另外那一边，一点实力也没有，那么还赛得了什么球？什么赛也不成，根本谈不上什么球赛。

绥摩是潘西学校的校长，他在决定开除霍尔顿之后与之做了一次长谈。绥摩谈话的要点就是要告知霍尔顿，"人生是场球赛，你得按照规则进行比赛"，但霍尔顿却对此极为反感。霍尔顿认为，按照同样的规则要求每一个人是不公平的。一个人先天或后天所显示出来的能力才是最为重要的，恰如你在比赛时参加的那一方是否实力雄厚一样。先天的能力我们个人无法决定，但却与生存环境相关，后天的能力则与人的生存环境及个人的主观选择直接相关。忽视了人的个体性差别，忽视了人的具体生存环境，忽视了每一个个体对生活独特的感受和适应性，而滔滔不绝地空谈什么规则、比赛，不过是些不着边际的"屁"话。霍尔顿对人生的看法，显然是以重视人的个性差异为前提的，他的关注点并不是大家都要遵守的"规则"，而是相互有别的个体的生存状况。

霍尔顿的观点，其实是作者塞林格的观点。塞林格通过塑造叛逆者霍尔顿这一形象，表明了他对二十世纪五十年代初期美国沉闷、僵化的社会现实的不满。在作品中，霍尔顿喜欢胡思乱想，满嘴脏话、谎话，行为古怪异常，几乎与精神病的症状相似。但是作者塞林格却想告诉读者，"与其认为霍尔顿真的疯了，不如认为这是其在五十年代对美国社会最为典型的自我防御措施，这个社会正是因为以其沉闷和僵化排斥杰出思想而染上污点，这是个病态的社会"[①]。病态社会的"沉闷和僵化"，必然导致对个性的扼杀，对"杰出思想"的"排斥"，霍尔顿的看似反常的表现，就是对这种病态社会的抗议。塞林格在作品中塑造了特立独行的霍尔顿，在生活中也如霍尔顿一样的特立独行。他的《麦田里的守望者》是历经半个多世纪而不衰的美国文学经典，是每个美国高中老师向学生推荐的必读书之

---

① ［美］Jack Salzman 编：《〈麦田里的守望者〉新论》（英文影印版），北京大学出版社，2007年，第 98 页。

一。但是,塞林格成名之后却深居新英格兰的一座城堡中,拒绝一切新闻记者的采访。据说他每日伏案写作,但却鲜有作品发表。他迷恋禅宗思想,终其一生过着与世隔绝的生活。他的一生是以鲜明的个性挣脱尘世羁绊的典型。

"从对集体境遇的关注转向对个体境遇的关注、从对宇宙范畴的关注转向对社会范畴的关注",儿童文学较之于神话更具人文关怀的色彩。中国作家余华的《在细雨中呼喊》与《麦田里的守望者》在人物塑造、主题意蕴以及艺术表现上有很多相似之处。余华在塑造孙光林这个形象时,故意淡化了社会背景的政治色彩,作品对人物所身处其中的"文革"动荡的社会生活几乎没有正面描写,而是着力凸现了人物的生存层面的意义,作品入木三分地刻画了孙光林的祖父孙广才、父亲孙有元等一大批人物心灵的扭曲和人性的异化,从而表明,正是由这些人物构成的卑鄙、肮脏、残忍、险恶的生存环境,给处于青春期的孙光林造成了巨大的心理伤害。

二、对个性价值的关注

《白比姆黑耳朵》是苏联著名作家加·特罗耶波利斯基创作的中篇小说,虽然非为作者有意为之的儿童文学作品,但却由于比姆动物形象的身份,受到青少年读者的热烈欢迎。当作品被苏联高尔基儿童电影制片厂拍成电影后,引发巨大反响,成为苏联儿童文学的经典。

这部作品讲述了一只苏格兰纯种赛特猎犬比姆的曲折生活经历。比姆的主人伊万·伊万内奇是卫国战争光荣负伤的老战士,儿子在战争中牺牲,妻子去世,只剩下伊万内奇一人孤独地生活。比姆进入伊万内奇的生活之后,给他带来了无尽的欢乐。但是,当伊万内奇旧病复发,去莫斯科救治之时,可怜的比姆由于急切寻找主人而遭人拘禁、拐卖、殴打,受尽了苦难。最后,当主人回来时,比姆已经凄惨地死去。

作者在比姆身上发现了一种在当时苏联社会缺少的价值观,那就是忠诚。忠诚有两方面的内涵：忠于职守和忠于友谊。比姆作为一只纯种猎犬，一招一式都恪守猎犬的职责，无论是在发现猎物之时，还是在追捕猎物之中，抑或在得到猎物之后，比姆都能像一只训练有素的猎犬那样，去帮助主人完成捕获猎物的任务。作为主人的生活伴侣，主人伊万·伊万内奇对它的关爱与关怀，已经超越了人与动物之间的情感联系，视它为生命中不可或缺的一部分；它对主人也是无比忠诚，为了主人它可以毫不犹豫地献出自己的一切，乃至于生命。比姆所体现出的价值观，已经上升到人性的高度，升华为一种人类的美德，它的行为举止甚至可以让某些人类社会成员汗颜。

以描写狗的生活经历为题材的作品，在动物文学中占有很重要的地位。除了我们上面提到的《白比姆黑耳朵》之外，我们还可以十分容易地举出中外儿童文学同类题材的一些名著：日本作家椋鸠十的《王者之座》，加拿大作家欧·汤·西顿的《温尼伯狼》，奥地利作家克里斯蒂娜·涅斯特林格的《狗来了》，中国作家沈石溪的《牝狼》、黑鹤的《黑焰》等等，写作这些作品的作家都毫不吝惜笔墨地对狗或狼这类出色的生灵表达了由衷的敬佩与赞颂。西顿在《温尼伯狼》中写一只幸存下来的小狼崽，被酒馆老板豢养，后来长成一只"温尼伯狼"。由于是一只生活在人类社会之中的狼，所以它受到了很多人的嘲弄和虐待。但是酒店老板的儿子、一个叫吉姆的孩子却爱它，保护它。正是因为这种友谊，在吉姆不幸去世后的三年里，温尼伯狼始终生活（或曰"守候"）在吉姆的墓地旁，最后在四十几条猎犬和一大群猎人的围捕中，被人开枪打死。作品在结尾用饱含感情的笔墨，赞颂了温尼伯狼的令人诧异、令人动容的举动：

谁能窥察到那只狼的心理呢？谁能将他的动机源泉展示给我们呢？为什么他始终留在一个充满无穷无尽磨难的地方呢？不可能是因为他不知道别的地方，因为那个地区是无边无际的，到处都有食物，至少远在赛尔扣克的人都知道他。他的动机也不可能是复仇。没有一个动物为了寻仇而愿意付出自己的全部生命，那种邪恶的想法只有在人类里才能找得到。动物寻求和平。

那么，只剩下一种义务束缚他了，那种任何动物都可能萌生的最强烈的要求——大地上最强的力量。

"大地上最强的力量"显然就是对小男孩吉姆的爱，对吉姆的忠诚。温尼伯狼在人间备受凌辱，唯有小男孩吉姆把"他"当作朋友，关心"他"，爱"他"。小男孩得病去世后，温尼伯狼开始时在墓地旁凄惨地嗥叫，后来不顾一切地挣脱了铁链的束缚，经常夜间出没在温尼伯的街道上，成了一匹野狼。成为野狼后，"他唯一的出路就是战斗，全世界都是他的敌人。但是，贯穿这些耸人听闻的半神话记录的，是人们一次次提到的一个令人高兴的看法——从来没听说过这个'狼人'伤害过孩子"。温尼伯狼似乎和比姆一样懂得："小孩子们都是好人，而大人是各式各样的。"（《白比姆黑耳朵》）凶猛的温尼伯狼却能与孩子和平相处，这充分说明，从本性上讲"动物寻求和平"。温尼伯狼和比姆一样，用它们充满悲剧色彩的生命，演绎了人世间最可珍贵的价值力量。

从动物文学的起源看，最初的动物文学带有宗教色彩。泰勒在《原始文化》中指出："比喻和纯神话之间的一般关系，比一切都更好地表现在为每一个儿童所熟悉的故事中，表现在动物寓言中。……蒙昧人认为，半人的动物不是为了说教或嘲笑而虚构出来的生物，而是纯粹现实的生物。动物寓言对于那些赋予低级动物以语言能力和人类的道德品质的人来说不是毫无意义的事物。要知道，这些人认为，每一只豺狗或鬣狗都可能是鬣狗人或变兽人。他们甚至相信，'我们祖母的灵魂偶然也能迁徙入鸟体内'，于是他们为了不吃掉某位祖先而选择食物。在这些人身上，崇拜动物可能总是宗教的组成部分。"①作为宗教文化的组成部分，最初的动物文学显然

---

① ［英］爱德华·泰勒：《原始文化》，连树生译，广西师范大学出版社，2005年，第334—335页。

神话与儿童文学

更关心"集体境遇"和"宇宙范畴"的问题。因为"宗教是一种文化命题。它包括某些信仰和行为，其关涉对象为超自然的生命现象、权力和能力。跨文化的研究揭示了许多宗教的表达和功能的意义。这些意义具有解释性的、情感性的、社会性的和生态性的功能"①。而当同样的原型意象漂移到儿童文学时，关注点发生了变化，儿童文学更加关注"个体境遇"和"社会范畴"的问题。猎犬比姆和温尼伯狼并不是犬科动物的一般意义上的表征，也并非具有图腾意义的宗教偶像，它们是个性化的典型，是被卷入人类生活的社会化的动物。它们的价值取向固然遵从着动物的本能，但由于身不由己地介入人类生活之中，因此也不能不受到人类价值观的影响。他们发自动物本能而又染上人类色彩的价值取向，对人性的走向与智性意趣都是一种启迪与警示。特罗耶波利斯基和西顿体察到了这种启迪与警示，他们用作品和其中鲜明的动物形象把自己的感悟传达给读者，任何一个有良知的读者都会与这样的作品产生共鸣，并在掩卷之后，反思人类社会和生命的真谛，从而认识到什么才是生活中最有价值的东西。

三、对个体命运的关注

《希腊神话》中有一则故事，讲的是斐莱的国王阿德墨托斯娶了美艳无比的阿尔刻提斯为妻，两人相亲相爱，感情甚深。但是不幸的是，不久阿德墨托斯得了重病，太阳神阿波罗为他向命运女神求情，得到的答复为：如果阿德墨托斯能找到一个代死的人，他就可以继续活下去。阿德墨托斯很是高兴，因为他觉得作为国王，找到一个代死的人并非难事。但是，结果却令他失望，因为没有任何人愿意代他去死，包括他手下的大臣和自己年迈的父母：

> 勇敢的武士们愿为他们的国王在战场上牺牲性命，但牺牲在病

---

① Conrad Phillip kottak. *Anthropology*. New York：McGraw-Hill Companies, 2002, p.488.

榻上却是他们所不欲的；老仆们久已服役他家，看他长大成人，但也不愿以有余不久之日子，代替他们主人的死。人们问道："那么，他的父母之一为何不去代死呢？他们已经年纪很老了，离死亡之来临，为日已无多；谁还有比之父母更热心地代替他们自己所生的儿子去死呢？"然而不然，他的父母虽不愿他死去，却也不欲以自己可贵的生命代替了他。阿德墨托斯至此才惶然得不知所措。于是，他的妻，贤良而忠心的妻，沉默不言地旁观了这许久的，便慨然地愿意代他死去。阿德墨托斯虽爱生命甚挚，却也甚爱其妻，他不忍见他的妻为他而死。然而他却又没有他法避免这个命运所注定的结果。于是，阿尔刻提斯病了，而阿德墨托斯则复健起来。但他的心中则痛楚不已，深悔答应了命运之神的这个条件。他看见他的妻一天天病得沉重，立刻便要临近于死亡之境，精神的痛苦，较之他自己的就死尤为难忍。

——郑振铎：《希腊罗马的神话与传说》

　　阿波罗再次为阿德墨托斯向命运女神求情也是枉然，最后还是大英雄赫克里斯把阿尔刻提斯从死神手中夺回来，使阿德墨托斯夫妻团聚。

　　阿尔刻提斯代丈夫去死之举，从社会和文化发展的角度看，应该表现的是古希腊在父权制文化占主导的情况下，男性在家庭生活中的绝对权威。这与恩格斯在《家庭、私有制和国家的起源》一书中，所谈到的阿伽门农的儿子俄瑞斯忒斯为报父仇，杀死母亲吕泰谟涅斯的故事，具有相同的文化意义。恩格斯说："埃斯库罗斯的《奥列斯特》（现一般译为"俄瑞斯忒斯"。——引者注）三部曲是用戏剧的形式来描写没落的母权制跟发生于英雄时代并日益获得胜利的父权制之间的斗争。"因为杀母受到复仇女神的追杀，俄瑞斯忒斯逃到雅典，寻求智慧女神雅典娜的庇护。在审判俄瑞斯忒斯的过程中，雅典娜为其投出了关键性的一票，最终，以她为首的审判团法官认定俄瑞斯忒斯无罪，在文化象征意义上表明，"父权制战胜了母权制"①。历史学家的研究也证明，在古希腊社会的婚姻家庭生活中，男性占主导地位。法国学者库朗热在《古代城邦——古希腊罗马祭祀、权利和政制研究》一书中论述道："《摩奴法典》说：'女子童年时从父，少年时从夫；夫死从子，无子则从丈夫最近的亲属，妇人不能自由做主。'对此，希腊与罗马法有同样的说法。女子未嫁则从父，父死从兄弟或亲属；已嫁则从夫，由于她行婚礼时已永远脱离父家，故丈夫死后也不能归本家。寡妇从她丈夫的亲属，有子时就从子，无子时则从丈夫最近的亲属。丈夫对妻子的权力很大，所以丈夫死时可指定妻子的保护人，甚而为她指定新的丈夫。"②由此可见，阿尔刻提斯代丈夫去死具有道德上的合理性。不过，神话故事淡化了这个事件的道德意义，凸显了阿德墨托斯夫妻的真挚爱情的力量。而赫克里斯最终救出阿尔刻提斯，则在美学的层面上为这则神话提供了一个大团圆的结局。

　　同样的原型意象，在儿童文学中则把关注点集中在个体的命运上。美国作家E.B.怀特所创作的著名儿童幻想小说《夏洛的网》，描写了一头名叫威尔伯的猪和一只叫夏洛的蜘蛛的深厚友谊。威尔伯在刚出生时由于长得过于瘦小，险些被主人处死。是主人阿拉布尔的小女儿弗恩挽救了威尔伯的性命。后来威尔伯又面临被卖、被杀的处境，这时，是夏洛在猪圈上面织出写有"王牌猪""了不起""光彩照人"等字样的蛛网，从而使威尔伯一夜成名。当主人带着威尔伯来到县集市市场参加名猪评比大赛之时，夏洛在身体极其虚弱的情况下，在生命的最后时刻，为威尔伯在木板箱上织出"谦卑"字样，使威尔伯在评比大赛中获得特别奖。夏洛死去了，但是它的生命却换来了威尔伯的新生。

　　从叙事原型的角度看，夏洛—威尔伯与阿德墨托斯—阿尔刻提斯的人物关系呈现，具有相同的原型意义，表现的都是互爱的双方，为了拯救他人生命，某一方主动献身的行为。但与神话关注社会人伦关系不同，《夏

① 《马克思恩格斯选集·第4卷》，人民出版社，1972年，第6—7页。
② ［法］库朗热：《古代城邦》，谭立铸译，华东师范大学出版社，2006年，第76—77页。

洛的网》关注的是两个童话形象的命运。威尔伯其实根本不是一只"王牌猪"，而是一只再普通不过的猪，甚至是一只先天不足的不幸的猪。但是，由于有了夏洛的爱，威尔伯的生命才放射出光彩，才成为一只"了不起"的"光彩照人"的"王牌猪"。夏洛在生命的最后时刻，曾经和威尔伯有过一次感人至深的对话：

"夏洛，"过了一会儿，威尔伯说，"你为什么这样安静啊？"

"我喜欢一动不动地坐着，"它说，"我一向就十分安静的。"

"对，不过你今天好像特别安静。你没事吧？"

"也许有点累。不过我觉得很平静。你今天上午在圆围栏里的成功，在很小的程度上也是我的成功。你的未来有保证了。你会活下去，安然无恙，威尔伯。现在没有什么能伤害你了。秋天的白昼要变短，天气要变冷。树叶要从树上飘落。圣诞节于是到了，接下来就下冬雪。你将活下来欣赏冰天雪地的美景，因为你对朱克曼先生来说太重要了，他怎么也不会伤害你。冬天会过去，白昼又变长，牧场池塘的冰要融化。北美歌雀将回来唱歌，青蛙将醒来，和暖的风又会吹起。所有这些景物、声音和香气都是供你享受的。威尔伯……噢，这个美好的世界，这些珍贵的日子……"

夏洛停了下来。过了一会儿，威尔伯的眼睛里涌出了泪水。"噢，夏洛，"它说，"想到第一次见到你，我还以为你很残酷，喜欢嗜血！"

等它从情感激动中恢复过来，它又说了。

"你为什么为我做这一切呢？"它问道，"我不配。我没有为你做过任何事情。"

"你一直是我的朋友，"夏洛回答说，"这件事本身就是一件了不起的事。我为你结网，因为我喜欢你。再说，生命到底是什么啊？我们出生，我们活上一阵子，我们死去。一只蜘蛛，一生只忙着捕捉和吃苍蝇是毫无意义的，通过帮助你，也许可以提升一点我生命的价值。谁都知道人活着该做一点有意义的事情。"

在这段对话中，夏洛表达了对生活的挚爱，在它的眼里秋天飘落的树叶，冬天的皑皑白雪，北美歌雀优美的歌声，春天和暖的风与香气，都令它感动和难以忘怀。但是，夏洛更加珍视友谊，它认为与威尔伯做朋友，"这件事本身就是一件了不起的事"。因此，它希望通过帮助朋友而"提升一点我生命的价值"。夏洛已经做到了，它的生命已经融入威尔伯的生命之中，它们两个的命运融为一体，共同谱写了生命的华美乐章。德国现代哲学家西美尔说："艺术中能够直观到的完美性以及灵魂的表达，现实中可以说从未出现过——否则，艺术将不值得人们去理解，而这也正是我们在现实之外还需要艺术的原因所在。我们或许可以这样认为，艺术具有一套独特的逻辑，一种特殊的真值概念，以及一种特殊的规则；依靠这种规则，艺术使用同样的物质在现实世界之外建立起一个能够与之相媲美的崭新世界。"[1]由于艺术具有这种"高于生活"的性质，所以，它所具有的"独特的逻辑""特殊的真值概念"和"特殊的规则"，就可以作为艺术遗产传承下来，原型意象就是承载这份遗产的艺术元素。怀特用浑然天成的笔触，在《夏洛的网》中凭借原型意象所承载的艺术遗产内蕴，为我们建构了一个能够与现实生活相媲美的"崭新世界"。在这个世界中，我们直观到生命的"完美性以及灵魂的表达"，我们于是被感动，心灵得到净化。

第五节　儿童文学与成人文学原型呈现的比较

以上我们针对神话原型在向儿童文学漂移与呈现时所表现出的特征的研究，并非仅仅适用于儿童文学，而是带有普泛性的文学价值，也就是

---

① ［德］西美尔：《现代人与宗教》，曹卫东等译，中国人民大学出版社，2010年，第83页。

说，一般意义上的文学原型呈现，也具有上述特征。儿童文学是文学的一个品类，儿童文学的理论研究理应对一般文学研究具有启示性。尤其是从儿童文学所具有的纯美、浪漫的特性来看，儿童文学研究可能更容易接近文学的本质属性。西美尔说："飞速发展并蔓延开来的技术——不单纯属于物质领域——形成一张手段之网，而我们深陷其中。从手段到手段，愈益增多的中介阶段蒙蔽了我们的视线，使我们看不清自己真正终极的目标。这是最极端的危险，它威胁着一切高度发展的文化，也即生活的全部被众多分层的手段所覆盖的一切时代。把某些手段当成目的，可能会使这种状况在心理上变得容易接受，但实际上，它使生活变得越来越没有价值。"①当我们深陷"手段之网"而"看不清自己真正终极的目标"时，当"某些手段当成目的"而"使生活变得越来越没有价值"时，儿童文学的纯净与真挚或许能呼唤人性的回归，能使我们重返生命的本真与纯粹。因此，从儿童文学的独特视角透视文学现象，往往会有独特的发现。

儿童文学的独特审美品格表现为，从文学整体来看，儿童文学处于神话与一般文学的中间地带：从神话的角度看，它是文学；从一般文学的角度看，它是神话。因而，神话原型在儿童文学中的呈现，往往更为典型更为明显。比较以下两部作品，或许能更好地说明我们的看法。

国际安徒生奖获得者、德国儿童文学之父凯斯特纳的儿童小说《雪地三游客》，讲述的是一个充满巧合的故事：百万富翁、枢密顾问托布勒是美洁净公司的老板，他组织公司向社会发起了一个广告创意大赛，大赛获奖者将可以被阿尔卑斯山滑雪胜地的格兰德宾馆免费招待十天。老板托布勒化名舒尔策也参加了大赛，并获得二等奖。于是老托布勒产生了一个大胆的想法，他要化装成穷人舒尔策去格兰德宾馆体验一下普通人的生活，他的老仆人约翰则化装成海运公司的老板，住进同一宾馆，暗中保护托布勒。托布勒的女儿希尔德怕自己的父亲以穷人的身份出现在宾馆受到歧视

---

① ［德］齐奥尔格·西美尔：《时尚的哲学》，费勇等译，文化艺术出版社，2010年，第172页。

和遇到麻烦，暗地里打电话通知了格兰德宾馆，说一个百万富翁将化身为穷人前往。不想宾馆的经理误把先于托布勒到达的、大赛一等奖获得者哈格多恩博士，认作是乔装打扮的百万富翁，而把托布勒真的看作是幸运的穷人。于是，才华横溢却苦于找不到工作的哈格多恩被热情招待，而真正的百万富翁托布勒则备受歧视和刁难。小说妙趣横生地描述了托布勒、哈格多恩和约翰三个雪地游客，在格兰德宾馆的一系列带有喜剧色彩的遭遇，最终以哈格多恩与托布勒女儿希尔德喜结连理为结束。

马克·吐温的《百万英镑的钞票》讲的也是百万富翁的故事。一个美国旧金山的小办事员亨利·亚当斯，驾游艇出海遇到危险，被开往伦敦的一艘双桅船救起。一天后，一文不名地来到伦敦。亨利在街头饥寒交迫地流浪时，被两个打赌的百万富翁相中，他们要借给他一张他根本无法兑现的百万英镑钞票，为期一个月，打赌的目的是看他能否凭借这张钞票在伦敦生活下去。接下来亨利凭借这张巨额钞票赢得了饭店、服装店、旅馆、商店的老板们的尊敬和优待，甚至连美国驻英国公使都尊他为府中的贵宾，报纸杂志更是把他看作是仅仅低于王室的、最重要的社会名流，连篇累牍地报道他生活中的一举一动。在这一个月里，他不仅生活下来，而且还凭借百万富翁的身份，为美国的一座矿山拉来三百万英镑的融资，从而获得一百万英镑的回报。小说的结尾也是一对新人的浪漫结合：亨利·亚当斯娶了百万富翁的义女波霞·郎汉姆。

这两部作品讲的都是人生奇遇，都带有神话色彩。但是凯斯特纳的小说神话色彩显然更浓一些。这主要表现为：其一，更为典型的原型意象。凯斯特纳在创作《雪地三游客》这部作品时，有意识地把百万富翁看作一个艺术母题，作品"序一"的标题就是"百万富翁作为艺术母题"。作为"艺术母题"承载者的百万富翁托布勒，在作品中是善良、友爱的化身，如同神话或童话故事中的老国王一样，在统摄故事情节和推动其他人物性格发展方面，发挥着巨大作用。如果说托布勒像是神话或童话中善良的老国王，那么穷博士哈格多恩则更像是命运多舛的"青蛙王子"。他在生活的底层受尽磨难，最终，凭借个人出色的才干，赢得了托布勒爱女的芳心，过上了幸福的生活。哈格多恩的母亲，则是神话和童话故事中经常可以看到的勤劳、仁慈的老母亲的形象。她虽然身处艰难的生活环境之中，却积极、乐观地面对现实，勤勤恳恳地操劳，老老实实地做人。她为哈格多恩营造了一个温暖的家庭生活氛围，也可以说，她是哈格多恩事业成功的重要精神支柱。托布勒的女管家孔克尔太太和老仆人约翰，也是我们在神话和童话中很容易找到的人物形象。他们细致耐心、任劳任怨，当然也有一些讨人喜欢的偏执和愚钝。他们对主人忠心耿耿，对普通人则充满同情心和爱心。总之，在《雪地三游客》中，可以非常清晰地看到神话和童话叙事原型的影响。

比较而言，马克·吐温在《百万英镑的钞票》中，虽然使用了一个具有神话叙事原型意味的故事，但却并不想把它作为神话或童话来写，而是凸显现实生活的元素，对社会弊病进行针砭与抨击：

> 每位客人都挽着一位女客，排着队走进餐厅，因为照例是要经过这个程序的；可是争执就在这儿开始了。寿莱迪奇公爵要出人头地，要在宴席上坐首位，他说他比公使地位还高，因为公使只代表一个国家，而不是一个王国；可是我坚持我的权利，不肯让步。在杂谈栏里，我的地位高于王室以外的一切公爵，我就根据这个理由，要求坐在他的席位之上。我们虽然争执得很厉害，问题始终无法解决，后来他就冒冒失失地打算拿他的家世和祖先来炫耀一番，我猜透了他的王牌是征服王（1066年诺曼底公爵威廉征服英国之后，号称"征服王威廉第一"。——原注），就拿亚当给他顶上去，我说我是亚当的嫡系后裔，由我的姓就可以证明，而他不过是属于支系的，这可以由他的姓和晚期的诺尔曼血统看出来……

这段文字虽说主要是叙述，但非常具有戏剧性，那排队进入餐厅和争着要坐首席的场景，是一幅绝妙的喜剧画面。那些绅士淑女的一本正经和这个场景本身的滑稽色彩形成鲜明对比，这样就把那些势利之徒的卑劣心理展示在光天化日之下。马克·吐温在此展示出的讽刺与幽默才能，具有极为鲜明的现实针对性和批判现实主义的风格特色。

其二，更为生动的形象描写。《雪地三游客》中有许多非常生动的环境和场面描写，比如环境描写：

> 他们沿着一条路走去，越过冰雪覆盖的空旷地带。随后，他们来到一片冷杉林里，不得不攀登而上。林里的树木古老而高大。沉重的雪团时而从树枝上脱落，扬起一片浓密的白云直落在这两个默默无声地漫步在这童话般寂静中的男人身上。阳光一道道地游移在山间小路上，看上去仿佛被一个善良的仙女梳理过似的。

再比如对话场面描写：

> "就照您所希望的，"经理说，"我本来只打算和舒尔策先生单独谈谈，不要有证人在场。换句话说，宾馆管理部，我现在身为其经理，请您离开我们的宾馆，我们几个常客深表不满。从昨天以来，抱怨声不断。有一个当然不愿透露姓名的客人拿出了一笔钱。有多少？"
>
> "二百马克。"波尔特大叔善良地说。
>
> "这二百马克，"经理说，"要交给您，只要您肯退让。我想，这钱对您来说并非来得不是时候。"
>
> "到底为什么要赶我走呢？"舒尔策问。他的脸色变得越发苍白了。这经历使他伤心不已。
>
> "谈不上赶您走，"屈内先生说，"我们请您，我们求您，要您乐意这样做。我们关心的是让其他客人满意。"

"我是个油锅里的老鼠，对吗？"舒尔策问。

"气氛不和谐。"门卫回应道。

枢密顾问托布勒，欧洲最富有的人之一，十分激动地说："也就是说，贫穷必定是耻辱了。"

然而，波尔特大叔打破了这种错觉。"您完全理解错了，"他说，"要是一个百万富翁带着三个大衣箱住进贫民窟里，并且一天到晚穿着燕尾服荡来荡去的话，那富有就是耻辱了！这取决于立足点。"

"一切都要发生在适当的时间和合宜的地点。"屈内先生说。

在这两段描写中，凯斯特纳对人物的行动、言语作了十分生动的记述。美国旧金山州立大学阿瑟·阿萨·伯格教授认为，"以男女主人公的动作为中心"，是童话的重要特征之一。[①]而童话的这个特征，在《雪地三游客》中得到了最为充分的展现。凯斯特纳把作品中的每一笔，都落实在人物的行为举止中，很少静态的景物描写和心理刻画，尽量避免使用抽象的议论性文字。譬如以上引述的文字，第一段把景物描写融入叙事之中，构成一幅动态的诗意画面，具有浓郁的儿童文学韵味；第二段对人物言谈做传神记述，而把作者对生活的深刻体察嵌入其中，生动而又耐人寻味。

与之相比较，马克·吐温作品的魅力，则更多体现在精辟、睿智的议论性文字中：

于是，我低声地讲下去，把全部经过从头到尾给她说了一遍，这差点把她笑死了。究竟她觉得有什么好笑的，我简直猜不透，可是她就老是那么笑；每过半分钟，总有某一点新的情节逗

---

① ［美］伯格：《通俗文化、媒介和日常生活中的叙事》，姚媛译，南京大学出版社，2002年，第97页。

得她发笑，我就不得不停住一分半钟，好让她有机会平静下来。嗐，她简直笑成残废了——真的；我从来没有见过这种笑法。我是说从来没有见过一个痛苦的故事——一个人的不幸加焦虑和恐惧的故事——竟会引起那样的反应。我发现她在没有什么事情可高兴的时候，居然这么高兴，因此就更加爱她了；你懂吗，照当时的情况看来，我也许不久就需要这么一位妻子哩。

亨利在被人当作百万富翁之后，内心并不平静。尤其是在夜晚，经常被噩梦惊醒。当亨利第一眼看到女友波霞时，就爱上了她，而此时亨利并不知道波霞是借给他巨额钞票的百万富翁的义女，还以为她就是一个普通的英国女孩。诚实的亨利不想欺骗女友，就把自己的离奇遭遇原原本本地讲给她听，波霞不仅不感到吃惊，反而是笑得快"残废"了，这使亨利颇为不解。亨利一方面为波霞听到"一个人的不幸加焦虑和恐惧的故事""竟会引起那样的反应"而感到困惑；另一方面又对波霞"在没有什么事情可高兴的时候，居然这么高兴"，而感到十分满意。而后者对于亨利来说显得尤其重要，因为从当时的处境来看，他自认为的确需要一个如此心路宽敞的女孩作为妻子，否则那个将要作为妻子的人，恐怕会因为像他一样的忧虑和担惊受怕而死去。这段夹叙夹议的文字不仅巧妙地为下文埋设了伏笔，而且还能以小见大，由实入虚，寓庄于谐，既传神地表现了亨利的复杂心理，又能引发读者对生活的思索。这是一段具有马克·吐温鲜明风格特色的文字，充盈着作者体察生活的智慧和感悟人生的深邃。

其三，更具有鲜明的对比色彩。伯格教授认为，童话的另一个美学特征是"具有基本的对立结构"[①]。伯格的观点很容易得到儿童文学作品的印证，在神话和童话中，对立和对比的手法确实是被大量使用的。"童话迅速地向儿童指出存在的两难境地，这是童话的特征。童话使儿童们认识到问

[①] ［美］伯格：《通俗文化、媒介和日常生活中的叙事》，姚媛译，南京大学出版社，2002年，第95页。

题最基本的形式，而较为复杂的故事却可能使他们感到迷惑不解。……童话中的两极对立反映了支配儿童大脑的两极对立。在成长的这个阶段，儿童还不能理解模棱两可的事物"[①]。伯格教授的论述从美学和心理学的角度，阐释了构成童话所具有的对立结构的内在原因，对我们认识包括童话在内的儿童文学的本质特征有很大的帮助作用。

在《雪地三游客》中对立对比色彩是非常浓重的，在主人公托布勒和哈格多恩身上都具有对立对比因素。百万富翁与失业者是身份和社会角色的鲜明对立和对比，但二者却混合在一起落在托布勒和哈格多恩身上。从托布勒的角度看，他是有意混合了双重身份，为的是获得不一样的生活感受；从哈格多恩的角度看，他是无意混合了双重身份，因而时时在困惑中求证。善恶对比在《雪地三游客》中也是很明显的，格兰德宾馆的管理部经理屈内和看门人波尔特是恶的典型，他们势利、尖刻、冷酷、无耻，在他们眼里金钱就是一切，为了金钱他们可以出卖自己的灵魂。托布勒和哈格多恩则是善的化身，他们正直、善良、勤劳、富有同情心。他们也有对物质财富和社会声望的追求，但是他们并不把这些看作是生活的全部。他们所追求的幸福，首先来自精神领域，是心灵的充实和人与人之间的温情。

《百万英镑的钞票》也有对立对比的元素，譬如主人公亨利·亚当斯的流浪汉与百万富翁的身份就是对立的统一。再比如服装店、饭店、旅馆和商店的老板们，对待亨利的态度也形成了鲜明的对比：无钱是一副嘴脸，有钱马上就换上另一副嘴脸。但是相比较而言，这部作品中的人物性格却是复杂的，作品中的选中亨利为打赌对象的百万富翁兄弟，就很难说是善还是恶。主人公亨利·亚当斯也是一个难以用一句话概括的人物形象。马克·吐温在这部品中所展示的生活形态，是多意的、复杂的，作者就是希望读者在原生态的生活情境中自己去体味其中的酸甜苦辣。

[①]　[美]伯格：《通俗文化、媒介和日常生活中的叙事》，姚媛译，南京大学出版社，2002年，第96页。

<table>
<tr><td>第
三
章</td><td>重现与移植：新时期
儿童文学建构中的神话元素</td></tr>
</table>

　　正如引论所述，从学理意义上说，中国的儿童文学发展的历史并不长，并且从诞生伊始，就面临内忧外患，阻力多多。与成人文学一样，救亡与启蒙的矛盾纠结，在中国早期的儿童文学发展中，同样显现出来并对理论和创作产生了巨大影响。这与儿童文学发育比较健全的国家——譬如英法，从民间故事到文人童话创作的成长路径大不相同。那是一条正常的发展途径，儿童文学得以在民间文化的丰富沃土的滋养中发芽、生长，并结出丰硕的果实。相比较而言，中国儿童文学的生长土壤是贫瘠的。这种贫瘠一方面表现在中国的原始神话思维发育得不是十分成熟，并且还不断受到封建伦理道德以及封建迷信思想的压抑与扭曲，因而使得中国的神话资源不能给后世的文学发展提供充足的养分，正如鲁迅所说："中国神话之所以仅存零星者，说者谓有二故：一者华土之民，先居黄河流域，颇乏天惠，其生也勤，故重实际而黜玄想，更不能集古传以成大文。二者孔子出，以修身齐家治国平天下等实用为教，不欲言鬼神，太古荒唐之说，俱为儒者所不道，故其后不特无所光大，而又有散亡。然详案之，其故殆尤在神鬼之不别。天神地祇人鬼，古者虽若有辨，而人鬼亦得为神祇。人神淆杂，则原始信仰无由蜕尽；原始信仰存则类于传说之言日出而不已，而旧有者于是僵死，新出者亦更无光焰也。"①另

---

① 鲁迅：《中国小说史略》，北京大学出版社，2009年，第12页。

一方面，则是儿童文学从诞生伊始，就被民族救亡的主题紧紧地捆绑，"救救孩子"被赋予了更多的政治内涵，儿童文学创作的政治诉求大于文学诉求。这就使得外部异己力量，强行介入儿童文学的成长过程，不仅使儿童文学的本性，就连最起码的文学性都受到压抑。新中国成立后，儿童文学有了长足的发展，出现了许多经典作品。但是由于主流意识形态的左倾态势，儿童文学的发展仍然没有很好地解决成长之初所面临的问题，具体表现为，政治色彩极浓厚的"教育性"，仍被视为儿童文学的主要特性。在极"左"思潮甚嚣尘上之时，儿童文学则彻底沦为左倾政治的宣传工具，完全丧失了文学的品格。

直到改革开放以后的新时期，中国儿童文学才开始从政治力量的压抑中向文学回归。"新时期中国儿童文学的向文学回归，是指向文学的本体回归，而并非是指向自身的历史回归，恰恰相反，它的回归行为正是对自身传统的超越。与新时期的成人文学一样，儿童文学的复苏是从文学观念的转变开始的。"①

回归于文学本身的新时期中国儿童文学，开始建立起自己的个体意识，开始寻找儿童文学的独特品性。"'儿童文学是文学'这一命题，只是儿童文学的半个命题，儿童文学的完整命题应该是儿童文学是'儿童的文学'。"②在"儿童的文学"的命题下，新时期儿童文学作家的视野大大拓展，开始在中外优秀儿童文学作品和民间文化的肥沃土壤中，寻找新的艺术资源，儿童文学创作日益展现出多姿多彩的发展态势。

在众多新资源中，神话元素的重现与移植，为新时期儿童文学增添了活力，回顾与描述这一重现与移植的过程，可以使我们加深对新时期儿童文学的认识与理解。

---

① 朱自强：《中国儿童文学与现代化进程》，浙江少年儿童出版社，2000年，第351页。
② 朱自强：《中国儿童文学与现代化进程》，浙江少年儿童出版社，2000年，第367页。

第一节　探索文学：梦境与寻根

新时期中国儿童文学创作"在经历了七十年代末的'伤痕'文学思潮之后，于八十年代初便进入了批判现实主义文学时期……儿童文学的批判现实主义思潮也是以'人学'意识为思想底蕴的"①。所谓"人学意识"，是指作家对人性的审视与反思。儿童文学作家对人性的审视与反思区别于成人文学之处在于，它既是对普遍人性的考量与询问，也是对童年和童心的追忆与回顾，这样的审视与反思，使儿童文学作家能够更为深刻地感悟生命的本真、回归最淳朴自然的情感状态，从而能重返人类心灵的家园，建构理想与审美的世界。这是一个最为贴近艺术本质的世界。这样的艺术感受，对于刚刚走出"十年动乱"的作家来说，无异于一次精神的洗礼。

儿童文学特有的精神资源，为新时期儿童文学作家提供了宝贵的财富。现在我们再回过头来看，上个世纪八十年代的儿童文学作家为中国的儿童文学创作，奉献了一大批非常优秀的作品，堪称是新时期儿童文学创作的一个高峰。尤其是一些敏于时代风气的青年作家，一出手就达到了相当高的水准，并成为后来中国儿童文学的中坚力量，这些作家包括曹文轩、秦文君、常新港、刘健屏、董宏猷、陈丹燕、程玮等。

回顾八十年代的中国儿童文学创作，我们会发现一个鲜明特色，那就是向儿童文学之源的民间文化的回归。我们在此所说的"民间文化"，并非一个单纯的民俗学概念，而是一个有丰富内涵的美学概念。对这个美学概念，著名文学批评家陈思和曾有如是解说："民间"作为一个多维度的文化概念，"自由自在是它最基本的审美风格。民间的传统意味着人类原始的生命力紧紧拥抱生活本身的过程，由此迸发出对生活的爱和憎，对人生欲望的追求，这是任何道德说教都无法规范，任何政治条律都无法约

---

① 朱自强：《中国儿童文学与现代化进程》，浙江少年儿童出版社，2000年，第359页。

束，甚至连文明、进步、美这样一些抽象概念也无法涵盖的自由自在。在一个生命力普遍受到压抑的文明社会里，这种境界的最高表现形态，只能是审美的"[①]。陈思和在对民间文化的界定中，十分准确地指出了民间文化具有"人类原始的生命力紧紧拥抱生活"，"由此迸发出对生活的爱和憎，对人生欲望的追求"的特征。陈思和对"原始生命力"的强调，揭示出民间文化的深厚生活底蕴。这种文化底蕴是人类精神生活和情感生活的升华，与原始神话精神息息相通，甚至可以说是神话精神的核心。因而，是与人性相通、与生活相通、与生命相通的精神财富。我们在民间文化尤其是在原始神话中，可以感受到生活与生命的厚重。

曹文轩的小说，是新时期儿童文学创作中最早具有这种厚重感的作品。在上世纪八十年代初期，曹文轩的作品开始表现出一种文化关怀。曹文轩此时的作品，以其故乡的风土民情为文化蓝本，展示了色彩斑斓的江南水乡的自然风貌和具有地域特色的人文风情，被评论家称为"八十年代的中国儿童文学终于诞生出的一个酒神"[②]。

在曹文轩的作品中，民间文化成为一个重要的艺术元素，它像土壤和水分一样浸润和培育着人物性格，人物与民间文化形成了相互映衬的关系。短篇小说《暮色笼罩的祠堂》中的"祠堂"，就是民间文化的具象化存在，它不是无生命的建筑，而是有着深厚生活底蕴和鲜活生命力的传统文化的象征：

> 祠堂矗立在村前的河岸上。它是这地方上最高大的建筑。这地方上的村民所居，基本上是泥墙草盖的茅庐，阔绰一点的，也不过是檐口盖几片瓦，但墙依然是土坯垒就。唯独这座祠堂，墙是用一色的青砖扁着砌成，砖还是现在的砖窑根本不烧的小砖。

---

① 陈思和:《中国新文学整体观》，上海文艺出版社，2001年，第122页。
② 汤锐:《一束浪漫主义者的心灵之光》，见于《暮色笼罩的祠堂：曹文轩作品选》，中国少年儿童出版社，1988年，第6页。

上面盖的都是半圆形小瓦，少说也得上万片。进去看，大梁粗一围有余，椽子也是上等的木料破成的方木。这祠堂究竟立于何年，即使是掉牙瘪嘴的老人们也很难说清。

除了一年一度的清明祭祖，烧香敬恭外，祠堂还有其他若干用处，如：抓住私奔的男女，它便是关押并对之拷打的地方。听人说，对这些私奔者的惩罚，往往是不分男女，剥光了衣服，令其赤裸着身体跪在列祖列宗的牌位前。有许多人来围观，甚至有人还给以侮辱性的动作。再如：有人触犯了族长或家长，就会被缚到这里，同样令其跪下，让其忏悔，并由族长在一旁当着列祖列宗的排位进行教化。据说，这里曾死过不止一个人。

在一片泥墙茅庐烘托之中，用特制砖瓦建成的祠堂被鹤立鸡群地推到作品的中心位置。这是气派与简陋、高贵与卑贱的对比。气度非凡的祠堂不仅在空间上占有中心地位，在时间上它也翘首源头，"即使是掉牙瘪嘴的老人们"也难以说清它的建造时间。空间上的优势使祠堂显得高贵；时间上的优势使祠堂显得威严。祠堂在时空中的霸权地位，源于列祖列宗的牌位供奉于此。换句话说，是文化传统使祠堂有了生命和权势，而这权势则具有对晚辈生杀予夺的力量。民间的文化传统既有积极的一面，也有消极的一面。从积极意义上说，"人类原始的生命力紧紧拥抱生活……迸发出对生活的爱和憎，对人生欲望的追求"，使民间文化充满活力，引人向上。从消极的意义上说，"它（指'民间'。——引者注）既然拥有民间宗教、哲学、文学艺术的传统背景，用政治术语说，民间性的精华与封建性的糟粕交杂在一起，构成了独特的藏污纳垢的形态"①。论者此处用"藏污纳垢"指称民间文化是否准确，似有待商榷。但是"精华"与"糟粕"并存，确是民间文化的特征。

---

① 陈思和：《中国新文学整体观》，上海文艺出版社，2001年，第122—123页。

在《暮色笼罩的祠堂》中，民间文化的消极意义是作品表现的重点。祠堂作为民间文化的象征，被列祖列宗的阴魂所环绕，莫名其妙的鬼魂也常常游荡其中，暮色笼罩的祠堂显得阴森恐怖。小主人公亮子正是因为想"推倒祠堂"，而受到了惩罚，最终导致精神失常。亮子是被消极的民间文化传统迫害致残的。

但是，我们也必须看到，民间文化传统既是亮子致病的原因，也是他生命力获得的源泉。幼年时期的亮子，本色自然的程度，几乎可以用"粗野"来形容：

> 那年冬天，我扛一张网到野地里捕雀子。雪连下了三日，刚住，地上积了足有两尺深的雪，在阳光下白皑皑地发亮。我正欲支网，听见远处有群小孩嗷嗷地欢叫成一片，掉头看，一个身上一丝不挂的小男孩在雪地里朝这边跑来。那就是亮子，才六岁。这孩子很特别，似乎一来到这个世界上，那颗小脑袋里就盛有各种各样的奇思怪想。今天，或许是被大孩子们哄了（他天真单纯得要命，常被大孩子们欺骗），或许小脑袋里又冒出什么神经兮兮的念头，竟脱得光光，赤条条暴露在空旷的雪地上。

这哪里是一个孩子？这分明是大地之子，是雪地中的小精灵！他异乎常人的生命力，正是大自然赋予的结果。在亮子身上我们分明看到了鲁迅《故乡》中的少年闰土。少年闰土在海边瓜田中，手握鱼叉，与野兽搏斗，与六岁的亮子在雪地中纵情奔跑的画面，何其相似？同样的生机勃勃，同样的自由自在。闰土沐浴在月华之下，亮子投身于阳光之中，是月光和阳光赋予了他们勇气与力量，他们是月之子、日之子，在他们幼小的身躯里凝聚着的是"紧紧拥抱生活"的"人类原始的生命力"，和由"原始生命力"迸发出的"对生活的爱和憎，对人生欲望的追求"。因而，他们是带有神话色彩的人物形象。成年后的闰土和即将跨入成年社会门槛的亮子，一个呆滞、木讷，一个精神失常，他们所出现的问题，是我们的民族传统中两极力量撕扯而导致的性格分裂，是原始生命力被激活又被扼杀而引发的人生悲剧。这种悲剧包孕着丰富的文化内涵，如果把闰土的悲剧仅仅说成是"多子、饥荒、苛税、兵、匪、官、绅""压榨"和"封建等级观念毒害"①的结果，显然是简单化了；学者夏志清把《故乡》等作品与乔伊斯的《都柏林人》比较后，指出，"鲁迅对于农村人物的懒散、迷信、残酷和虚伪深感悲愤；新思想无法改变他们，鲁迅因之摈弃了他的故乡，在象征的意义上也摈弃了中国传统的生活方式"②，应该是与作品本意更为接近的深刻见解。与此相似，亮子的悲剧恐怕也不能简单地看作是作品中所提到的"三先生"惩罚的结果，"三先生"作为旧的教育体制和教育思想的代表性人物，是制造亮子悲剧的直接原因。但是我们更应该看到"三先生"与传统文化之间的传承关系，以及与祠堂在精神上的血脉相通。"原始的生命力"在人的幼年得以释放，在成年却被社会有意无意地扼杀，正如神话在文明之火点燃之初光焰四射，在文明昌盛之时却被扼杀一样。人的命运与文化的命运同型同构地推演，这种周而复始、宿命式的人生与文化悲剧，在传统的中国社会，尤其是乡村文化舞台上不断地上演，个别人成为悲剧的主角，大多数人则做了无聊的看客。展示这种人生与文化现象的怪异之处并思考其中的原因，是《故乡》和《暮色笼罩的祠堂》的共同主题意向所指，也是曹文轩八十年代儿童小说创作的特殊意义之所在。曹文轩正是沿着这个创作思路开始建构自己的儿童文学世界，并因之而形成了鲜明的艺术个性。

在八十年代后期，中国儿童文学出现了一批探索性作品，但是，这种探索的合理性在一开始就引发了争论，有人大加赞赏，有人不以为然。现在我们再回过头来看这批作品，应该说，探索儿童文学作品在开拓儿童文学题材领域方面，还是有所贡献的。在这批作品中，班马的《鱼幻》与程

① 黄修己：《中国现代文学简史》，中国青年出版社，1984年，第54页。
② 夏志清：《中国现代小说史》，复旦大学出版社，2005年，第26页。

玮的《白色的塔》被称为儿童文学的"寻根"作品。"寻根"是借用同时期成人文学创作与批评的一个术语，其实儿童文学的"寻根"，与成人文学的"寻根"是有所不同的。儿童文学的"寻根"，并非泛泛地挖掘民族传统文化的内涵，从而阐释出新的文化意趣，而是接通儿童文学与原始文化、原始艺术之间的血脉联系。

儿童文学的文化"寻根"，延续了曹文轩在八十年代初期文化关怀的主题，为了加重作品的思想含量而有意识地淡化情节，并更为大胆地尝试现代派的艺术表现手法，使儿童文学作品呈现出类似于成人文学作品的审美品性，用现在的眼光来看，"淡化情节"并不可取，因为这会导致儿童文学本性的流失；艺术表现手法的成人化，也会减弱作品的可读性，从而背离小读者的阅读需求。但加重作品的思想含量，却促使作家开始探索新的表现领域，吸收新的艺术营养，从突出儿童文学特点的立场出发，有意无意地接通了儿童文学与民间文化之间的血脉联系，这是意义十分重大的创作尝试。这种意义，当时的探索儿童文学作家恐怕都没有完全意识到。

班马的《鱼幻》是一篇在当时颇有争议的作品。主人公是一个城市中学生"你"，利用假期乘船去乡下探亲。汽船驶出上海的吴淞口，在江面上航行，两岸是大片的田野和偶然显露的小码头。四周的景色和气氛对一个城市学生来说，既新鲜又神秘：

> 一只巨大的黑鸟贴着水面在飞，它平展的翅膀突然一掀，就飞走了。这只黑鸟出现不久，你就看到岸上有人家了，那里一座孤零零的茅草房的大屋顶，黄草的屋面厚实圆滚，升起一道笔直向上的炊烟。却不见一个人。你正感到非常奇怪，发觉小火轮慢下来，渐渐在朝岸边靠拢去。岸上看得更清楚了，你看到了两头猪，黑色的，好像也没人管似的，在一条小道上就像狗那样在飞跑，猪能这样地狂奔，你简直不敢相信。这里开始有好多高大的

桑树，年代一定很老了。你瞧见在一棵古桑的树梢上，有一只猫卧着，闭着眼，活像一只小野豹。更让你惊奇的是，你眼看着一只懒洋洋的母鸡，就是那种平平常常的母鸡，竟突然飞了起来，飞到十来米远的一条小河河心中的鱼簖细竹上，不稳当地站了一会，又拍翅飞回岸上，在尘土中收紧羽毛。

在暮色笼罩下，船正在经过一片湖区，船老大丁宝对"你"讲，湖面下有一座被水淹没的村庄，光线好时，能透过水面看到。"你"对此将信将疑：

四野冥暗，湖水却还透着些微清亮，使你觉得很像是有一次在博物馆快闭馆时，你还独自停留在灰暗的大厅，久久看那大玻璃橱里灯光下的古代铜剑和闪着远古暗泽的盔甲那情景。湖水似乎是报答你对它的久久凝望，渐渐地，你的眼睛看到了从湖底深处浮现出来的一座古城废墟，它在湖底，完全是你记忆深处的一副城池模样，飘飘悠悠在暗底晃动，却又具有着秘密掀露的魔力，稍显即逝。

这时，"你"觉得有一条大鱼正在随船游弋：

在丝丝牵扯起来的远古思绪中，你的目光已完全溶和在幽幽的湖水中。在一路半透明的水波下，这时，竟悄然出现了一条黑色的大鱼，它迅速又静止地在游动，带着一副古生物的那种遥远的神情，从深处冒出。可等你真想仔仔细细看个明白的时候，大鱼已无影无踪了。留给你的是一阵猛然涌起的激动，这奇怪的激动，是人面对水中游物时的临近感，这种感觉你过去似乎还从未有过。你闭起眼睛，这黑色的浑圆的大鱼仍在你的心里游动。

上述引文非常明晰地标示出作者的创作意向，作者采用带有象征意味的笔触，描写茅草房、炊烟、奔跑的猪、静卧的猫、飞翔的鸡、被淹没的古城以及似真似幻的大鱼，整个画面笼罩着浓郁的神话气息。这是与"你"所熟悉的城市文化迥然不同的另一种文化状态，它指向远古和自然，指向生命的本义。这种文化状态的时空关系，就像那条"迅速又静止地在游动"的大鱼一样，动与静融为一体，虚与实集于一身，时间和空间在交织、融合之中，化为一种迷幻的生活氛围。用现在的眼光来看，如果把迷幻的生活氛围具体化，点缀上一些人物、推演出一些情节，就非常类似于当下非常热门的"穿越性"儿童小说。从这个角度来说，《鱼幻》的探索性尝试具有真正的"先锋性"。

与班马追求神话色彩有异曲同工之妙的是董宏猷，他的作品则试图通过"梦境"，拓展儿童文学的创作领域。梦是与原始神话有最为直接联系的人类深层次心理活动，正如弗洛伊德所说，"像神话这样的东西，很可能是所有民族寄托愿望的幻想和人类年轻时代的长期梦想被歪曲之后所遗留的迹象"①（着重号为原文具有）。梦与神话的关系被美国神话学家约瑟夫·坎贝尔说得更为清晰："梦是个人化了的神话，神话是消除了个人因素的梦"②。董宏猷在1987年完成的儿童小说《一百个中国孩子的梦》，是一部非常值得重视的作品。我觉得，这是一部艺术价值与文学史价值都应重新认定的作品。

之所以这样说，是因为在二十多年以后，我们再来阅读这部作品，会发现它具有较强的艺术前瞻性。这一百个梦可以说是集"穿越""魔幻""幻想""精神分析"于一身，其中不乏以今天的眼光来看，也颇为精彩的作品。比如在《五岁的梦·种雪花》中，一个生活在南方的、从没见过雪花的幼儿园的小女孩，在梦里，遇到白雪公主派来的一只大鸟，给她送来了雪花种子，她把雪花种子种在阳台的花盆里：

---

① 童庆炳主编：《文学理论新编》，北京师范大学出版社，2009年，第334页。
② ［美］约瑟夫·坎贝尔：《千面英雄》，张承谟译，上海文艺出版社，2000年，第14页。

啊！雪花开了，雪花开了。美丽的雪花有六片薄薄的花瓣，散发出一阵阵凉爽清甜的香味，就像冰淇淋的香味。一阵风吹来，吹落了一片花瓣儿，花瓣儿落在水泥地面上，不一会就溶化了……

这时，满阳台的雪花都长出了花枝，像一架架美丽的白珊瑚。转眼间又开出了一朵朵的雪花，雪花还冒着一缕缕的水气儿呢，就像刚从冰箱里拿出来的冰糕儿。

她看见周围公寓大楼所有的窗户都打开了，所有的阳台上都站满了人，大家都惊异地望着她家的阳台，当然，她感到大家都羡慕地望着她。

……

她听见小伙伴们急切的呼喊，心儿也像花瓣一样轻轻地颤动起来，她弯下腰，对雪花说道——雪花，雪花，你能飞吗？你能飞到小朋友的身边去吗？

她的话刚刚说完，只见一阵风儿吹来，所有的雪花一下子飞上了天，像无数白色的蝴蝶，翩翩飞舞着，然后向每一扇窗口、每一个阳台飞去。

——下雪啰！下雪啰！

——看雪花啰！看雪花啰！

小朋友们顿时欢呼起来。

纷纷扬扬的雪花漫天飞舞着，空气中弥漫着奶油冰淇淋的芳香。一群鸽子在天空滑翔着，它们张嘴吃了一朵雪花，快乐得咕咕地唱起歌来。

这是一个非常美丽、富有童趣的艺术场景，文字表达也十分精致、剔透。整个作品不过千余字，但情节的可塑性却很大，如果把情节中的神话、幻想性元素扩展，可以建构一个更为复杂的幻想故事。作者用精巧的构思涵盖以上丰富内容，使作品呈现出诗的品性。其他作品如《六岁的梦·夏牧场在缓缓移动》《九岁的梦·太阳城》《十一岁的梦·雪夜，列车奔向北方》《十二岁的梦·快把阳光存起来》《十五岁的梦·百慕大"魔鬼三角"的秘密》等，都是具有丰富艺术元素的作品，叙述技巧的运用也十分得当，即使与当下的优秀儿童文学作品相比较，也是毫不逊色。

　　董宏猷写的这一百个孩子的梦，其实是作家自己的梦。弗洛伊德在《创作家与白日梦》中指出："事实上，我们从来不可能丢弃任何一件事情，只不过是把一件事转换成另一件事罢了。表面上看来抛弃了，其实是形成了一种替换物或代用品。对于长大的孩子也是同样情况，当他停止游戏时，他抛弃了的不是别的东西，而只是与真实事物之间的联系；他现在做的不是'游戏'了，而是'幻想'。他在虚缈的空中建造城堡，创造出那种我们叫作'白日梦'的东西来。我相信大多数人在他们一生中时时会创造幻想，这是一个长期以来被忽略了的事实，因此人们也就没有充分地认识到它的重要性。"[1]作者并不否认把自己的梦想写进了作品，在本书的《自序》中说："在写此书的近一年的时间里，我常常有一种奇妙的感觉，我常常觉得自己变成了孩子。万物于我皆有生命，皆有情感，许多奇妙的构思常常不期而至。而且，愈是孩子，所写的'梦'便愈有童趣稚气。现实世界在主观幻想中自然而然地变了形，仿佛现实世界本身就是幻想与荒诞的那个模样；仿佛不是现实世界变了形，而是看世界的人变了形。这个变态的现实世界，这个现实的梦幻世界，就是被壁垒所封闭所压抑的'童心世界'么？"[2]作者通过梦的方式探索"童心世界"的奥秘，可谓是深得艺术真谛的正确选择，用梦境勾连童心、神话、幻想世界，使《一百个中国孩子的梦》成为具有丰富艺术和思想内涵的作品，这部作品创作于1987年，更值得评论家认真研究对待。

---

①　朱立元主编：《二十世纪西方美学经典文本》（第二卷），复旦大学出版社，2000年，第14页。

②　董宏猷：《一百个中国孩子的梦》，江西少年儿童出版社，1989年，第5页。

第二节 动物文学：野性生灵的生存神话

新时期儿童文学创作中，异军突起的一股力量是动物文学。所谓动物文学是指以动物为主要描写对象，适合儿童读者阅读的文学作品。日本文学理论家为动物文学下的定义是："动物文学是以动物为主人公，或者以动物为题材的文学作品的总称。动物文学既有《伊索寓言》这类通过拟人化的动物呈现人类的善和恶的作品，也有描写自然中的本真的动物以及动物与人类之间交流的作品。说到动物文学时，一般指的是后者，其特征是写实式地真实描写动物的世界。优秀的动物文学是以对动物的生态认识、研究、观察、情感为根基。"[1]从这个定义的语言表述可以看出，强调动物文学描写动物习性的科学性、真实性，是其主要特点。的确，动物文学的生命力就在于它的真实性，真实的描写才能够展示与人类社会不同的动物世界的本相，才能唤起人们对动物的尊重和友善之情，从而才能达到动物文学所倡导的生态平衡、自然界生命和谐发展的创作目的。如果简单地把人的性格植入动物形体之中，动物成为人的化身甚至是玩偶，那实际上就等于去除了动物文学的特性。

当然，动物文学必须要描写"动物与人类之间交流"，动物文学之所以成为文学，就因为它与人类社会有着密切联系，完全割断这种联系，动物文学就会成为科学考察报告，其文学性也就被抹杀了。如何把握文学性与科学性之间的平衡，是动物文学创作需要解决的难点问题。因此，动物文学是一种十分难以把握的文学体裁。

与其他文学品种相比较，动物文学产生的时间较晚。德国艺术理论家格罗塞说："对自然的欣赏，在文明国家里，不知催开过多少抒情诗的灿烂花朵，狩猎民族的诗歌，却很少有这类性质；但是，这个事实也是不足

---

[1] 朱自强：《儿童文学概论》，高等教育出版社，2009年，第310页。

为奇的，因为野蛮人是自然的奴隶，这种不得不劳作于鞭挞之下，不得不度其难遂人意的生活的奴隶，是既没有时间，也没有心绪去称赞那残酷的主人的伟大和优美的。"①人对动物进行审美，不仅需要足够强大的自身的主体力量，更需要人类精神文明的进步。在农耕文明时期，人类还没有完全从自然界中挣脱出来，图腾崇拜所构建的人与动物的关系，表明人与动物的混杂、交融，人以敬畏之心小心翼翼地与动物相处，真正的审美是不可能的。工业文明为人类带来了巨大的财富，但也使人的主体意识极度膨胀，开始了对自然资源竭泽而渔式的掠夺。人摆脱了对自然的敬畏，却又陷入盲目自大的轻狂之中。在这样的文明观念指导下，也不可能真正产生优秀的动物文学作品。动物文学应该是"生态文明"的产物，是人类学会与自然界生物和平相处，共享自然资源时才可能创作出的精神产品。

　　沈石溪是新时期最先在动物文学创作上取得巨大成功的儿童文学作家，他的作品不仅在大陆深受读者欢迎，在台湾也赢得了极高赞誉，并成为大陆最受欢迎的作家之一。他的早期作品《牝狼》较为真实地刻画了一匹名叫白莎的母狼，从横断山脉的日曲卡山麓顺澜沧江漂泊到西双版纳的传奇故事。作品对大自然绮丽风光的描写极具质感，茫茫雪原、崇山峻岭、滔滔江水、热带雨林，所有这些自然景物在作品中都得到栩栩如生的刻画。这部作品的开头是这样描写的：

　　　　它绝望了，彻底绝望了。

　　　　凶猛的洪流使江面拓宽，浑浊的锈红色的江水翻卷着一尺多高的浪头，在浪与浪之间稍微平静的江面，激流回转，形成一个个深不可测的黑洞洞的漩涡。它虽然会几下爬泳，但毕竟是陆地上的猛兽，水性很一般，在这样险恶的江水里，跳下去无疑是条死路，不被漩涡吞掉，也一定会被急流冲得粉身碎骨。

---

① ［德］格罗塞：《艺术的起源》，蔡慕辉译，商务印书馆，2005年，第186页。

它只好紧紧抱住树干，任凭命运摆布。

澜沧江里，常常能见到从上游漂浮下来的被洪水连根拔起的大树和竹篷。有时，几棵树或竹纠缠一起，枝丫搂抱，浩浩荡荡顺江而下，像座绿色的浮岛。此刻，它就被困居在这样的浮岛上。对它来说，与其说是座浮岛，还不如说是座活动的坟墓。

牝狼白莎在惊心动魄的氛围中，富有戏剧性地登场。背景烘托极具动感与视觉冲击力，漂浮在江心的孤狼形象如浮雕一样显豁、引人注目。这是一只自然界的母狼，它具有野生动物的属性。但作者显然更注重它的人类象征意义。这只狼像一个神话英雄一样，一出场就面临着生与死的考验。接下来，从日曲卡的茫茫雪原到西双版纳的亚热带森林，生存环境的巨大变化，使牝狼白莎的经历具有历险与传奇的色彩。这种历险与传奇的故事原型，我们在神话和民间故事中经常可以看到。

沈石溪在这部作品中与其说是在描写一只自然界中的野狼的经历，不如说是在创造一个以动物形象为主角的神话故事。作者经常用描写人物的手法刻画白莎的心理：

> 也许，这是头衰老而又患病的香獐；它缩紧空瘪的肚子，悻悻地想：血是苦的，肉是酸的。它无可奈何地叹息一声，回头钻进树冠，想回岸上去，但走到浮岛的另一端，它不由得倒吸了一口冷气，浮岛被一股洪流挟裹着，已远远离开江岸。（着重号为引者加）

从得不到猎物时的"悻悻"之情，到抽身回来时的"无可奈何地叹息"，再到面临险境时"倒吸了一口冷气"，作品中所用的表示白莎心理状态的词语，不再单单是动物的生理反应，而是包含着人类的复杂情感和理性的因素，甚至是具有较高级的人类逻辑智慧。这就十分清楚地表明，作者并没有把白莎看作是一只野狼，而是把它看作一个境况窘迫的狩猎者。

　　沈石溪的动物小说情节、环境都是完全自然化的，真实、生动、惊险、动感十足、富有视觉冲击力。因而，故事抓人，可读性强，对于远离自然的现代都市少年（也包括城市成人）来说，具有相当的艺术感染力。这应该是沈石溪的作品在海峡两岸受到普遍欢迎的重要原因之一。但是也应该指出，沈石溪的动物小说中的动物形象的心理状态却常常是人格化的，有些情节设计也带有明显的人工痕迹，这就使他的动物小说"映射性"常常大于"动物性"，"文学性"有时抽空了"科学性"；而失去了"动物性"与"科学性"的支撑，动物文学本性就会被异化，甚至是流失。这可能是沈石溪动物文学创作的一块"短板"。

　　最近几年，青年作家格日勒其木格·黑鹤以大量的实地考察为素材，创作出个性鲜明的动物小说。黑鹤说："我在符合自然规律的前提下写动物，创作一些关于森林与草地的故事。……动物小说应该具备两点，科学性和文学性。创作动物小说，首先要了解动物行为学，真正优秀的动物小说是建立在细节真实的基础上。野生动物就是野生动物，拥有与人类世界截然不同的残酷的生存法则，它们永远不会遵从人类的社会形态。说到这里不得不提到动物文学之父——加拿大作家欧内斯特·汤普森·西顿。他的创作一直持有一种令我赞叹的客观态度和对野生动物应有的尊重。在他的作品中，那些生活在加拿大广大区域的生动的野生动物的形象，都是在详尽的调查和亲身经历的基础上创作的。"[①]他的作品正是在尊重野生动物的生活习性、重视艺术细节真实性的前提下，生动地展现了野生动物的神奇世界，因而得到了来自读者和评论界的好评。

　　《黑焰》是黑鹤获得儿童文学大奖的作品，作品描写一只叫作格桑的纯种藏獒，在人类社会中的种种不平常的经历。在格桑所接触到的人群中，有淳朴善良的藏民，有唯利是图的狗贩子，有心静如水的藏族唐卡画

① 李雅宁：《黑鹤：我还是那个草原上长大的孩子》，《文艺报》2011年7月18日。

师，也有心地善良、热爱自然的环保人士。格桑在与各色人等的交往中受过虐待，也得到过真诚的友谊；它的一举一动难免会带上人类社会的痕迹，但是作者始终把展示凶猛猎犬的本色，放在刻画形象的首位，从而真实地表现出一只藏獒威武雄壮的气势：

> 坐在前面的韩玛，这个为它扯去身上冬毛、给它拆掉铁链的人，就是它的主人。在那远古时代，不知道是哪一头胡狼迈出那伟大的一步，进入人类的世界。从那时起，这些胡狼就与其他野生动物分道扬镳，它们偶尔也会渴求荒野，但它们真正需要的是一个主人，一个可以把全部的爱与忠诚都奉献出去的主人，一个只属于它的神。
>
> ······
>
> 格桑的前爪小心地扑在韩玛的腰上，在接触的那一刻它已经缓解了自己奔跑时巨大的身体惯性那股可怕的力量，它确信这种力量刚好可以使背对自己的韩玛失去平衡扑倒在地而又不受到任何伤害，这是它作出的一个决定，它不知道接下来会发生什么，但是它不能控制自己的动作，一种强烈的爱燃烧着它，它几乎是情不自禁地做了这一切。
>
> ······
>
> 等韩玛清醒过来时，格桑已经叼住了盗猎者的右手腕将他甩到地上，巨大的身躯覆盖在他的身上。因为愤怒而嘶哑的咆哮声像在人的耳边折断一根根骨头，它像一头真正的野兽那样撕咬着。

格桑对韩玛无比忠诚，但是，格桑表达爱意的方式却是凶悍和粗犷的，那就是一次次把韩玛扑倒，而并不会使他受到伤害。对于胆敢侵害主人韩玛的盗猎者则不同，格桑的每一次扑咬，都可能是致命的。两种看似相同的扑咬，表达的却是完全不同的情感，产生的也是完全不同的结果。从这个简单的对比中，可以看到黑鹤塑造动物形象时所遵循的原则：它有野性，与人类完全不同；但是，它又是可以与人友好相处的，前提是人对它尊重。

新时期动物文学的崛起，可以看作是对人类精神生活的一种补偿。改革开放以来，中国社会迅速进入向现代化转型的过程中，人们的物质生活发生了根本性的变化，有些地区的现代化程度，已经接近发达国家。但是，现代都市生活也使人越来越远离自然界，远离自然界中活力四射、激情奔放的各种生灵。对于现代都市人来说，自然界和自然生灵的生活图景已成为一个遥远的神话。动物文学就补偿了人们对这类神话的精神需求。动物文学的生命力就来自于对自然界神奇的生活景观的展示，这种展示所唤起的不应该是人类的猎奇心理，而应是对自然和生命的尊重。

第三节 郑渊洁现象：童话大王的"童话"

自二十世纪八十年代中期至今，郑渊洁与他的少儿杂志《童话大王》（1985年创刊），创造了中国儿童文学的一个个神话：他自己一个人为《童话大王》撰稿，坚持时间长达二十六年之久，创造了一项吉尼斯世界纪录；《童话大王》在巅峰时期每月发行量超过百万册；他的作品影响了中国几代孩子，至今已售出一亿多册。这些以后都很难被打破的写作纪录，是郑渊洁创造的最成功、最神奇的"童话"。

童话与神话的历史渊源最为接近，格林童话与安徒生童话中的很多作品，就直接取材于神话。中国当代童话作品经典中，也有很多作品具有浓郁的神话色彩，比如洪汛涛的《神笔马良》、任德耀的《马兰花》、葛翠琳的《野葡萄》等。这些作品与古代神话的渊源关系清晰可见。与上面提到的作品不同的是，郑渊洁童话中的神话元素并非来自古代，而是指向当代与未来，具有现代科技神话的色彩。

郑渊洁在1991年创作的童话作品《保卫叛逆者》就是这样一部作品。这部作品写的是地球与M星球之间的一次较量。M星球是宇宙中一个掌握了十分先进的科技手段的天体，其文明程度高出地球数百倍。M星球为了研究地球上人类的生存状况，在多年前分四次向地球投放了生命的种子，他们现在分别是十一岁的中学生劳勿亮、二十四岁的美丽姑娘丁照宁婷、一只通晓所有语言（动物语言和人类语言）的羊和子孙满堂的六十岁的派克。M星球给他们取的代号为AX1号、AX2号、AX3号和AX4号。现在M星球的试验已经结束，要把他们接回，通知他们做好准备。这四个外星生命在孕育与成长的过程中与人类已发生了千丝万缕的联系，因而对地球、对人类产生了深厚的、难以割舍的感情。当他们得到返回M星球的指令后，一致认为M星球的决定对人类是不公平的，是对人类尊严的嘲弄。他们因而决定违背M星球的命令，留在地球。联合国秘书长在与四个外星生命协商后，决定让地球上的五十亿人投票决定是否接收这四个外星生命。全民公决的结果是，地球上的所有人采取一致行动，保卫这四个叛逆者。

这则童话不仅具备科技神话的形式结构，更具备所有神话都具备的超越情怀和浪漫精神：

> 全人类公决统计结果表明，人类中95%的成员赞成保卫叛逆者。
>
> 人类清楚，如果地球向M星球妥协，即使它再在宇宙中生存50亿年，在它将四位叛逆者交给M星球时，它已经死亡了。如果地球保卫四位叛逆者，即使粉身碎骨，它在宇宙中还是获得了永恒。
>
> 离12月20日只有两天了，人类紧急行动起来，做抗击M星球保卫叛逆者的一切准备工作。
>
> 这可能是人类在宇宙中的最后两天了。
>
> 奇怪的是没有悲伤没有失望没有恐惧，人类从没有像现在这样团结，像现在这样和睦，像现在这样心心相印、同仇敌忾。
>
> 国界消除了。护照废除了。军队统一了。整个地球成了一个大国家，全人类变成了一个大家庭。
>
> 人类感受到像这样活比把地球分割后活好多了。

过去那种人为地把人类划分成不同的国家然后勾心斗角尔虞我诈实在是太愚蠢了。

四位叛逆者被匿藏到安全地点。人类决定与它们同生死，共患难。

每个人都接受了强化军事训练。

金钱。功名。生命。财产。享受……

当这一切统统被抛开后，人类感到轻松潇洒。

人类这才明白，那些过去被自己当作宝贝和人生目标的东西其实都是套在人类脖子上的枷锁。

现在什么都不想，就想人类的尊严。

痛快。

地球是太空中最美丽的星球。

人类是宇宙中最美妙的生命。

当人类决定保卫叛逆者时，以上两条就成了终极真理。

12月20日来到了。人类变得深沉了，他们很少用声带交谈，他们改用目光交谈。在大街上，一个眼神就能使对方明白一切。

历代人类的成员中能获得"神圣"境界的人寥寥无几。在12月20日这一天中，人类的50亿个成员并列进入神圣境界，成为50亿伟人。

这样活一天比往常活一万年都值。

尊严。人格。精神。爱。

使人类充实的东西。

12月20日的晚餐可能是人类最后的晚餐。

时差已经被取消，全球使用统一时间。

人们同亲人在一起默默地享用这可能是最后一次的聚餐。

11点整，人们走出房屋，面对天空，等待M星球。

地球静极了。

在这个时刻，在这个人类为了保卫 M 星球四个叛逆者而可能献出 50 亿条生命的时刻，人类获得了永生。

12 点整。

数百个笼罩在浅蓝色光环中的飞碟列队出现在天空中。

它们缓缓逼近地球。

保卫叛逆者实际上是捍卫人类自身的尊严，没有尊严的生，与死亡无异。当人类真的能够为自身尊严而活的时候，人类对以往的价值体系有了反思性、批判性的认识，生命的真实内涵被发掘出来并得到一致性的认可。人性的光辉在每个人的心头闪耀，语言成为多余，人与人之间真正形成了心有灵犀式的心灵沟通。人类团结成为一个坚强的集体，时间与空间都不再重要，因为心心相印的五十亿颗心是任凭什么力量也无法分开的。于是，全人类实现了真正意义上的大同。作者在此表达的是一种乌托邦式神话。德国社会学家曼海姆说："我们不应当把不符合或超越现实状况的每一种思想状态都看作是乌托邦的（在这种意义上，是'脱离现实'）。只有转化为行动并部分或全部地动摇现存统治秩序的时候，它们才被看作是乌托邦的。"[1]曼海姆在此指出，乌托邦是具有革命性的思想。郑渊洁在《保卫叛逆者》中的思想也是具有革命性的："过去那种人为地把人类划分成不同的国家然后勾心斗角尔虞我诈实在是太愚蠢了。"这种对现实批判的视角来自儿童世界、来自童话与神话。这是来自儿童与远古世界的大智慧，对现实的成人世界具有警示意义。从宏观意义上看，地球与人类的生命都是有限的，所以说，生命的终止并非悲剧。以往人类的悲剧源自国家之间的"勾心斗角尔虞我诈"，来自对"金钱。功名。生命。财产。享受……"的贪婪追求。当放弃了这些套在脖子上的枷锁，人类有限的生命才具有了永恒的意义，才真正实现了对有限生命的精神超越。

---

[1] ［德］卡尔·曼海姆：《意识形态与乌托邦》，黎鸣译，商务印书馆，2002年，第182页。

从接受美学的角度看，郑渊洁童话创作的成功，可以看作是作家与读者良性互动的成功范例。接受美学的奠基人姚斯说："文学系列的变化只有在新旧形式的对立同样显示这些变化之间特殊的沟通时才能成为一种历史序列。这种沟通在作品和接受者（读者、批评家、新的创作者）之间以及以往事件和逐渐接受之间的相互作用中包含了从旧形式走向新形式的脚步。"[①]作品的创新，离不开与读者的互动，"从旧形式走向新形式"，产生于作品和接受者之间的"特殊的沟通"，所谓作品的"新形式"，无非是作者在与读者的"特殊的沟通"中，对读者"期待视野"的一种满足。在二十世纪八十年代中后期，随着电视的普及以及各种少儿期刊的出版，儿童阅读市场发生了巨大变化。神话精神的复苏是读者产生的一种新的审美需求。郑渊洁非常敏锐地把握住了这种新的审美趋向，并采用童话创作的形式，把科技神话元素吸纳进来，大胆地探索了当代生活的各个领域，并在童话中建构人类的理想精神家园。他的童话中大胆、奇特的想象满足了儿童读者对现代科学技术的好奇感和求知欲；其作品中所体现出的超越精神和浪漫情怀，又满足了成人读者对完美生活的渴望与向往。因此，郑渊洁的童话创作在鼎盛时期，的确达到了"老少咸宜"的艺术水准。

第四节　大幻想文学：童心与幻境

幻想与神话有着最为直接的血脉联系，"作为民族早期的思维过程的记录，从神话身上最能看出一个民族的幻想传统。一个民族创造的神话，越是具有发达的系统，这个民族的想象力和幻想力就越是发达"[②]。可见，幻想是神话的灵魂。新时期幻想文学的兴起，是神话元素在儿童文学创作中的重要体现形式。

幻想文学在中国儿童文学创作舞台上出现，是在二十世纪快要结束的

---

① 童庆炳主编：《文学理论新编》，北京师范大学出版社，2009年，第368页。
② 朱自强、何卫青：《中国幻想小说论》，少年儿童出版社，2006年，第53—54页。

时候。1997年二十一世纪出版社在江西三清山召开的"跨世纪中国少年小说创作研讨会"可以看作是中国幻想文学诞生的标志。这次会议的中心议题就是幻想文学。据当时的会议主要参加者彭懿回忆说："张秋林（时任二十一世纪出版社社长兼总编辑。——引者注）敏锐地感觉到幻想文学是一个突破口，他当机立断，把大陆当时最红的十几位儿童文学作家诸如曹文轩、陈丹燕、班马、秦文君全部请到了江西的一座名叫三清山的山上，听我讲了三天三夜的幻想文学。到了最后那一天，张秋林用充满了煽动性的语调说：'我们每个人都来写一本幻想小说吧！'"①于是，在第二年，二十一世纪出版社隆重推出了"大幻想文学"丛书。

要谈到幻想文学在新时期儿童文学创作中的出现，就不得不提及一个理论背景，那就是中国儿童文学理论家对中国儿童文学缺乏幻想精神的不满和对当时童话创作现状的严厉批评。方卫平教授说："从五十年代以后，至少在八十年代以前，可以说缺乏想象力，缺乏幻想力，这样一个缺陷，在中国儿童文学写作当中始终是存在的。当然八十年代初期到中期崛起的一代童话作家，在这方面有很大突破，有很大作为，我觉得这也是一个事实。但是相对于国外发达儿童文学作品中呈现的想象力、幻想力来比，相对于中国儿童文学应有的想象力的面貌来比，我觉得可以说包括近二十年来的中国儿童文学我们仍然有不够的地方。"②方卫平的评论，是对新中国诞生以来直到新时期的中国儿童文学创作的一个整体性的评价。"缺乏想象力"是方卫平认为的主要"缺陷"。彭懿的话语更为激烈，甚至有些偏激，"现在出现了很多使人不屑一顾的童话，但实际上仔细琢磨一下，这些泛滥成灾的东西大多数是发表在低幼杂志上的。说得耸人听闻一点，几十种近百种低幼杂志就是滋生这类童话的土壤"，彭懿因此提出要"颠覆童话"③。除方、彭二人之外，朱自强、梅子涵、曹文轩也表达了相似的看法。在由

① 彭懿：《图画书与幻想文学评论集》，接力出版社，2009年，第316页。
② 梅子涵等：《中国儿童文学5人谈》，新蕾出版社，2001年，第99页。
③ 梅子涵等：《中国儿童文学5人谈》，新蕾出版社，2001年，第77、73页。

记录以上五位中国儿童文学的著名学者对话而出版的理论著作《中国儿童文学5人谈》中，对童话和幻想文学两个论题的讨论按前后顺序连在一起，对前者创作现状的否定和对后者的期待，是这两章的主要理论倾向。从讨论的次序上也可以看出，对中国儿童文学想象力欠缺的不满，正是幻想文学产生的重要理论背景。

在二十世纪快要结束的时候，幻想精神已经成为当时中国儿童文学理论家最为急切盼望的艺术元素。"缺乏幻想力"表明中国儿童文学不够灵动，不能真正反映浪漫、纯真的儿童天性，因而就会使儿童文学本性流失。五位儿童文学专家在阐述自己的艺术主张时，多次用欧美、日本儿童文学所取得的成绩作为佐证，而在他们的论述中可以看出，欧美、日本儿童文学所取得的成绩，是与幻想力的充分展示紧密相关的。

在二十世纪末，中国儿童文学理论家产生对创作中幻想力勃发的期盼，其实并不使人感到奇怪，因为任何理论的产生，总是要有特定的文化背景。我觉得，"世纪末情绪"或曰"千禧年主义"是中国儿童文学界产生幻想理论思潮的适宜的心理土壤。

著名文化人类学家叶舒宪在近期出版的一部著作中，对有关"千禧年主义"的问题，曾有如下论述：

> 叶芝在1920～1925年完成的象征性长诗《幻象——生命的阐释》第三卷第二节题为"巨轮与历史"。其开篇写道：
>
> 人们必然记住，基督教时代就像公元前的两千年，是一个完整的轮子，其每一半也各是一个完整的轮子。
>
> ……文明是一种保持自控的斗争。在这一点上，它特别像某些伟大的悲剧性人物。比如说一个尼伯（希腊神话中的底比斯王后，因哀哭被杀的子女而化为石头）式的人物。不得不显示出超人的意志，否则她的哭泣就无法打动我们的同情心。思想的失控是在末期出现的，首先是道德生命的沉沦，而后便是最后的投

降，丧失理智的吼叫，启示——朱诺的孔雀的尖叫。

中国古人较为熟悉的时代单位是500年和1000年，如"五百年必有圣人出"以及"千年河清"一类说法。所以，对西方的"千禧年"的概念还容易接受。但叶芝说的"基督教时代就像公元前的两千年"，对于中国人是难以理解的。2000年作为一个完整的轮子，是什么意思呢？加拿大文学理论家弗莱在《叶芝与象征性语言》一文中指出："《幻象》提出了一套关于人类历史的占星学理论；根据这套理论，历史的发展是通过'反相'循环和'原始循环'交替地进行的：前者是主观的、贵族式的、暴力的及唯信仰论的，后者则是客观的、民主的、自我牺牲的及有神论的。每次循环的周期为2000年。从公元前2000年到公元元年的古典时期属于'反相'循环，而从公元元年到公元2000年则为'原始'循环。每个周期都在其半途也即第15相时达到顶点，这时它也最接近相反的极点。例如，公历纪年到拜占庭时代达到最为对立的关键；在叶芝的作品中，拜占庭多少成了历史上的一块仙境，令人联想起劳伦斯的伊特鲁利亚神话。"[1]

叶芝的《幻象》以二十八月相为结构，每相代表不同的历史时期和生命阶段，二十八相的循环演进，展示出历史发展的深层奥秘。叶芝认为每两千年"作为一个完整的轮子"，为一个"循环的周期"。每个历史文化周期都在"其半途也即第15相时"——也即千年结束时——"达到顶点，这时它也最接近相反的极点"。在这个"顶点"到来时，"主观的、贵族式的、暴力的及唯信仰论的"文化观念，与"客观的、民主的、自我牺牲的及有神论的"文化观念将形成剧烈冲突，神话想象与神话精神得以复苏。在文学家所勾勒的艺术世界中，就非常容易出现具有"神话"色彩的"历

---

[1]　叶舒宪：《现代性危机与文化寻根》，山东教育出版社，2009年，第197页。

史上的一块仙境"。这其实也就是所谓的"千禧年主义"，它具有理想与现实相纠结、乐观与悲观相交融的思想情绪。这种情绪在当代社会，通过高度发达的各种大众传播媒介扩散，渗透到社会心理的各个层面，很容易引发人们对未来的超现实想象。从这样一个时代文化心理背景出发，就不难理解为什么在二十世纪末会产生"大幻想文学"了。

"大幻想文学"推出的作品，用现在的审美眼光看，大部分显得不够成熟，主要表现为幻想元素与现实描写的衔接显得龃龉、生硬，有比较明显的人工痕迹，有的甚至显露出"两张皮"的现象，因此，出版后的社会反响并不理想。在出版两辑后，"大幻想文学"便淡出了人们的视线，与出版之初的轰轰烈烈相比较，多少显得有些凄惨。但是这批作品并非全部命运不佳，彭懿的《魔塔》、张之路的《蝉为谁鸣》、薛涛的《废墟居民》等作品，经过其他出版社的再度包装或更名出版发行，都在社会上产生了较大的影响，有的甚至获得全国性大奖。在"大幻想文学"推出的作品中，我认为最值得关注的，应该是第一辑推出的陈丹燕的长篇幻想小说《我的妈妈是精灵》。这部作品是新时期儿童文学创作的重要收获，名之为经典，也毫不为过。

陈丹燕是一个艺术储备十分充足的实力派作家，早在八十年代初期就开始在文坛崭露头角，无论是经营儿童文学作品还是从事成人文学创作，都有上佳表现。她在1998年创作的《我的妈妈是精灵》，是一部被评论家誉为"为囊中羞涩的中国幻想小说创作提供了一些艺术自信"[①]的佳作。

这部作品的主人公叫陈淼淼，是一个小学生，她的妈妈是一个精灵。精灵妈妈本来生活在另一个世界，那里的精灵"从来不会生气，也不会高兴，不会吵架，也不会爱，所以他们会像烟一样轻，会飞。因为他们没有感情，所以他们不用说话，也没有语言，他们整天就在天上飞来飞去，他们的风全是流动的音乐，不过对他们来说，等于是风，没有什么好喜欢

---

① 朱自强：《儿童文学论》，中国海洋大学出版社，2005年，第381页。

的，因为他们的心里没有爱，也没有恨，他们的心是用最轻的水晶做的，什么也没有"。后来，因为妈妈爱上了人世的爸爸，"妈妈的心重了，就从大树上落了下来，变成了一个人间的女人"。由于有了爱，妈妈的心分泌出一种黏黏稠稠的胶水，那就是感情，从此妈妈就能生活在人间了。作品为精灵妈妈的存在与生活，提供了一个合理的幻想空间。用成人的眼光看，这个空间完全是虚幻的，但是从儿童的眼光看，它却饱含着相当的真实性。因为儿童的心理与原始先民相类似，原始先民所创造的神话世界，"本质上是一个幻想的世界。神话想象与艺术想象的根本区别，在于创作主体是否意识到想象的超现实性。在超现实这一点上，神话在进行想象和幻想时，完全处在不自觉的状态之中，艺术创造则完全是自觉的"①。说艺术创作"在超现实这点上""完全是自觉的"，恐怕过于绝对。艺术家的神来之笔，都是"不自觉状态"的产物，曹雪芹笔下的"无稽崖"和"青埂峰"绝对是"超现实"的，但却未必完全是作家的"自觉"创造。艺术创作中的"自觉"，必然带来作者理性思维的大量介入，而众所周知的一个事实是，艺术本质上讲是情胜于理，是非理性和非"自觉"的。但是，作者构造幻想世界时的心理自觉程度，的确是原始艺术创造和现代艺术创造的重要分野标志。儿童文学作家的创作优势在于，他可以比成人作家更为自然地进入"不自觉"状态，让幻想的世界更为灵动、更为娇媚。当作者陈丹燕进入主人公陈淼淼的儿童世界后，她的想象与幻想就从"自觉"大幅度地滑向"不自觉状态"，因而作品所创造出的"超现实"的幻想世界，就获得了灵动娇媚、感人至深的艺术效果。

陈丹燕在作品前言《关于〈我的妈妈是精灵〉》中说："这本书的来源是给女儿讲的故事。在她小时候，我不想骂她，也不想打她，只要她不犯天条。但一个女孩子，犯大错误的机会有限，小错却是不断的。或者我们不说是错误，而是那些不合乎礼仪和常规的事。那时候不能打骂孩子，

---

① 王增永：《神话学概论》，中国社会科学出版社，2007年，第110页。

想要做开明家长的，就只能各显神通。而我想出来的，就是装神弄鬼吓唬她。想来，这是十分唯心主义的做法，但也只能这样做。所以，我的女儿一直都以为我是一个精灵，上天入地无所不能，包括能当吊死鬼，在台灯上面伸出血红的大舌头。"可见，从孩子的角度看，精灵以及超现实的精灵世界的存在是完全可能的。正是因为陈丹燕有了"童心"，这部作品才获得了艺术的合理性。

也正是因为有了童心，这部作品才具有了感人至深、催人泪下的艺术魅力。陈淼淼在得知妈妈是精灵后，开始是惧怕，但后来看到妈妈还是那个曾经体贴、温柔、慈祥的长辈，恐惧感很快就消失了。当看到妈妈能用魔法给她送来电子宠物小鸡，能遥视学校教室里发生的所有事情，能带着她在空中飞翔，她立即觉得，有个精灵妈妈实在是一件十分惬意的事情。但是，再怎么说，从人类的角度看，精灵妈妈也是异类，完全融入人类社会是不可能的。爸爸因此不再能忍受精灵妈妈了，他们要分手。陈淼淼对成人的所作所为感到困惑，她不能理解，为什么如此有教养、如此疼爱自己的父母会选择分手。她想用孩子的"智慧"，来挽救父母的婚姻。她知道，当今中国的父母亲最关心自己的孩子是否成才，于是，她就用学坏来威胁父母，以使他们不再提离婚的事情。这部分内容是作品十分精彩的一笔，既童趣十足，又令人伤感。

但是最终陈淼淼失败了，原因是这样的：

> 精灵来自一个没有太阳的世界，它们喜欢人间，可它们并不适合人间的生活，所以它们常常得找最凉的血喝下去，才能保持人形。世界上最凉的是小青蛙的血，就是精灵们在人间存在下去的能量。每次妈妈在能量不够的时候，都得喝最新鲜的青蛙血。妈妈是因为没有办法才这样做的，可这仍旧是非常可怕的事。而这，就是爸爸看到了以后，再也不能和妈妈生活下去的原因。
>
> 爸爸说，生活就是这样的，你以为是十全十美的事，却常常

有你心里最痛惜、不可能改变的缺陷。

　　妈妈必须离开爸爸和陈淼淼的唯一原因，就因为她是精灵，是一个"喜欢人间"，可又"不适合"在人间生活的精灵。在这部作品中，妈妈始终处在不可摆脱的悖谬之中。她的可爱与可怕，她的善解人意与不近人情，自始至终虚实相映地纠缠在一起，她的性格因此而呈现出复杂性。这种复杂性对于孩子来说可以感知，但可能并不能完全理解。但陈丹燕似乎认为，让孩子感知就足够了，成人没有必要按照自己的价值观去对孩子说教。因为孩子的感知，其实也包含着孩子的理解。

　　精灵世界是纯净的，但是却没有爱；人间有爱，却不再纯净。二者兼得，近乎奢望。但从作品的情节展开来看，精灵妈妈所追求的和陈淼淼所渴望的正是这种近乎奢望的纯净的爱。她们追求、渴望难以实现的理想，所以最终失败了。这就是悲剧，是这部作品令人感伤的根本原因。我觉得这可能是真正的儿童文学作家常常会产生的悲剧意象，是他们钟情于童年纯真世界而又不得不认可并不完满的现实生活的内心纠结的外现。这让我们想到了安徒生的《海的女儿》，小人鱼不也是在人间的爱与非人间的纯净之间痛苦、挣扎吗？陈淼淼在首次确信妈妈是精灵后，曾有过一次内心独白：

　　　　妈妈的这些话，让我想起安徒生的人鱼公主，在故事里，她也很想当一个人。妈妈说她从前漂到大海深处去的时候，看到过人鱼公主，她现在也没有朋友，因为她最后还是没能得到一个人的感情，没有人爱上她。人鱼公主现在生活得不那么快乐，比起来，妈妈比她要快乐多了。

　　妈妈之所以比人鱼公主快乐，是因为她得到了人间的爱。爱是快乐的源泉。悖谬的是，人间的爱可能不那么纯净；而不那么纯净的人间的爱，也值得来自纯净世界的精灵们去尝试、去享受其中的乐趣。我们应该特别注意作品结尾处，送别妈妈的浓浓的悲伤氛围。陈淼淼与爸爸及好朋友李雨辰一起去送妈妈回精灵世界，他们对精灵妈妈的恋恋不舍及衷心祝福，是那么的感伤、那么的凄美。这使我们意识到，我们每个人的内心深处可能都有一个精灵世界，在那里尘封着我们童年的记忆，尘封着在这个爱恨纠结的世界难以寻觅的美丽与纯净。精灵妈妈渴望那个世界，安徒生的人鱼公主也钟情于那个世界。对于每一个读者来说，送别精灵妈妈就是把这个可爱的精灵送到自己的心灵世界最深处，这既是送别，也是珍藏。对于即将上初中的陈淼淼和李雨辰来说，则是一次"成人礼"，她们尘封了色彩斑斓的童年，尘封了神奇变幻的精灵世界，同时也迈开了走向成人社会的第一步。《我的妈妈是精灵》把童心与幻境上升到哲理的高度，引发小读者去思索更为深刻的人生意义，是新时期不可多得的一部佳作。

《我的妈妈是精灵》发表之后的第十二年，作者陈丹燕又在2010年第8期《人民文学》上发表了成人文学作品、短篇小说《大云》。这部作品的主人公张洁是一个年过四十的女人。在二十多年前，张洁的母亲身患癌症，多方救治无效，开始采用偏方治病，偏方的药引子是癞蛤蟆皮碾成的粉末。在露台的水缸里养着从乡下捉来的癞蛤蟆，十六岁的少女张洁每天都要忍受着恐惧与恶心，"活剥癞蛤蟆"。"青青常常能在自家楼上的窗口看到张洁吸血鬼似的捏着一张血肉模糊的癞蛤蟆皮"，剥下的皮用文火烤干，再用石磨碾成粉末，装入白纱布的小袋袋里，投入煮沸的药汁中，"药汁就发绿了，变得有些腥臭"。青青是张洁的好朋友，住在张洁家的楼上。与听话的好孩子张洁不同，青青是一个十分叛逆的女孩。青青被妈妈惩罚时，曾经咬牙切齿地对张洁说，以后成不成名人、去不去美国、有没有钱都无所谓，拼命也得实现的愿望就是"永远都不要像"自己的妈妈。二十年后，张洁和青青都已成为母亲，她们俩的孩子又十分像她们年少时的样子。张洁曾经居住在美国，现在又回到了上海老家。就像母亲当年一样，张洁此时也得了癌症，美国医生对她无计可施，只得回到故乡用中药调理。作品名为"大云"，是因为张洁和青青在年少时曾经一起躺在露台上，仰望天上的云朵，十分害怕飘过来的云朵压垮房屋。现在张洁身患绝症，青青来看她，她们又从露台上看到天上的云朵，那是一朵大云。但是她们已不再有恐惧，因为她们早已知道"云只是水分子在光的作用下，一种看得见却摸不到的非实体"。云在作品中既是物是人非的见证，也是人世轮回的表征，由此引导出的作品主题，应该是张洁的一份人生感悟："世上每个母亲都会永远住在女儿的血液里，这就是命运。"

把两部作品放在一起做简单的比较就会发现，人到中年的张洁与青青完全可以看作是长大了的陈淼淼与李雨辰，而她们的孩子小洁和虹虹则是与陈淼淼和李雨辰同龄的"现代版"。作者通过这部作品要告诉读者的是："世上每个母亲"之所以"都会永远住在女儿的血液里"，是因为母亲与女儿在童年时有过最为密切的交往，母亲是女儿的第一个生活导师。母亲塑造了一个女孩的童年，因此也就塑造了一个女孩的一生。如果说"这就是命运"，那这个命运恰好说明了童年之于人生的无可替代的重要意义。

让我们感到有些吃惊的是陈淼淼的妈妈与张洁的妈妈两个形象之间的同异之处：陈淼淼的妈妈是需要喝"绿色的青蛙血"来补充能量的精灵；张洁的妈妈是靠吃包含癞蛤蟆皮粉的药汁来维持生命的绝症病人。二者之间的相同之处在于"特殊的药物"，它既是维持这两个人物生命所共需的物质，也是连接两个艺术形象二十年创作时间跨度的精神脐带。相异之处在于两个形象的生命特征和生存状态：当年充满智慧与活力的"精灵"，现在却成了身体背叛了自己、步履艰难的"绝症病人"，这样的对比的确令人吃惊。

这难道仅仅是无意的巧合吗？这是否为陈丹燕对当代儿童文学幻想精神的"病态"的某种影射，或者是潜意识中的某种忧虑呢？抑或可以大而扩之地推测，作者是否以此作为对当下童年精神状态的影射或忧虑呢？我们还没有足够的信心和证据，说明我们对陈丹燕带有悲剧色彩的创作心态的推测是准确的，但是应该可以肯定的是：两个文本在人物性格和情节安排上的诸多相似，绝非单纯的巧合，而应是作者深刻寓意之所在。认真比较二者的同异之处，肯定会有助于我们深入理解陈丹燕创作心态的变化，并可能进而理解儿童文学创作与成人文学创作的区别。

第五节　神话精神的复活："踏滑板的夸父"与神奇的《大王书》

——薛涛的现代神话创作与曹文轩的魔幻文学尝试

在新时期儿童文学创作中，有意识地运用神话资源进行创作，并获得评论界广泛好评的作家是薛涛和曹文轩。薛涛在2003年创作了《山海经新传说》系列作品：《精卫鸟与女娃》《夸父与小菊仙》和《盘古与透明女孩》。这三部作品，把中国古代神话故事做了现代性的演绎，情节曲折生动，文笔优美自然。曹文轩则在1998年创作了具有鲜明神话色彩的长篇小说《根鸟》之后，又在2008年推出了历经八年精心打磨的长篇幻想小说《大王书·黄琉璃》，这部作品延续了曹文轩浪漫、唯美的创作风格，情节跌宕起伏，想象大胆奇特，被出版界称为"中国的《指环王》"。

原始神话如何成为现代儿童文学创作的资源，这是儿童文学作家需要解决的一个难题。在以往的艺术实践中，很多作家采用改写的方式，把原始神话变成当下的儿童读物。但是这种方式往往受限于原作的篇幅内容，改写作品一般只能是篇幅短小的神话故事，且与现代生活有很大距离。薛涛的《山海经新传说》突破了这种创作局限，在忠实于原作主题意蕴的前提下，大胆引入现代生活元素，通过复活原始神话精神，创作出具有鲜明现代生活色彩的长篇幻想小说。

这三部作品的主人公小瓦与小当，是两个充满好奇心、具有想象力并有些叛逆精神的小学生。他们显然不满意应试教育主导下的学校生活，于是他们在平静的生活中不断发现奇迹、制造奇迹。作品借用时光穿越的手法，使两个孩子渴望的奇迹，在生活中变成现实。《精卫鸟与女娃》中的穿越地点是一段矮墙和一条胡同，翻过学校旁边的一段看似十分普通的矮墙或走入一条特殊的胡同，就能与神话中的人物会面。《夸父与小菊仙》

的穿越地点是市郊的一座幽静的花园，通往这座花园的是一条煤屑小路。《盘古与透明女孩》的穿越地点是远离市区的一个废弃的游乐场，统治这个游乐场的是一只邪恶的黑蜘蛛。作品中还有一件重要的物品，也能帮助两个孩子实现穿越，那就是偶然得到的一件远古乐器：埙。埙上的纹路，是指引两个孩子走到穿越地点的路线图；转动埙，能使神话中的人物——夸父现身；吹奏埙，则可以把小菊仙送回仙境。埙作为作品中的一个艺术符号，是带有神秘意指意味的文化密码。

这三部作品中的远古人物，由于时光隧道的存在，在穿越发生时外在形象也发生了较大变化：远古帝王的女儿女娃，在变成精卫鸟之前，是一个穿着时尚的小学高年级女生；夸父是一个前卫的滑板高手；盘古是一个生活在鸡蛋里的小精灵。把作品中的现代意味的形象与神话原型相互比较就可以发现，虽然外形相异，但是意旨相同，二者之间的神似是很清楚的。塑造出与远古神话神似的艺术形象，正是这部系列幻想作品特别值得肯定之处。如此艺术处理，为儿童文学创新性地利用神话资源，开辟了一条新的创作道路。

这三部作品中写得最好的，是第二部《夸父与小菊仙》。作品故事发生的地点，是郊外的一座人迹罕至的花园。这是一个超时空的花园，可以让时间倒流。这也是一个神奇的花园，奇迹可以在此发生，譬如说老园丁的小孙女——小菊，就是一朵蓝菊花的精灵——小菊仙。这朵蓝菊花之所以可以幻化成人，是因为老园丁像对待自己的亲人一样对待她。特别是在她还是幼苗的时候，因为柔弱险些夭折，是老园丁的精心呵护，才使她生存下来。于是蓝菊花变为一个小女孩，帮助老园丁照顾花草。老园丁在终老之时化为一株蓝菊，生命在大自然中得到延续。

菊花变人、人化菊花的情节设计，具有鲜明的原始神话思维色彩。原始神话的主要思维特征是万物有灵，对此泰勒说："我们对精神文化的低级阶段的理解在相当大的程度上有赖于那种完备性，我们能够借助这种完备性来评价这些原始的幼稚观念，在这方面，关于我们自己童年的回忆能够成为我们最好的指南。谁想起了对他来说棍棒、椅子和玩具都曾经是活生生的人物，那么谁就容易理解，人类的童年哲学能够把关于生命的概念推广到物品上；而这种物品，现代科学认为是非生命的东西。"①"非生命的东西"在万物有灵观念的作用下，能变成"活生生的人物"，因此，菊花变人、人变菊花也就成为可能。

这部作品除了具有神话韵味之外，主题意蕴也富有哲理和诗意。作品描写的花园，是远离现代城市喧嚣，人与自然和谐相处的返璞归真之地，是现代人渴望的诗意栖居之所。作品的叙事主人公小瓦，在这里结识了老园丁和小菊仙，也在这里感受到不一样的生命体验和另一种生命意义。当然，这里也有矛盾存在：由于花草的冒失举动，使这个花园的时间变快，老园丁因此迅速衰老。夸父的出现，就是为了追赶时间，使老园丁的生命得到延长。老园丁最终化为一株蓝菊，进入了这个花园的生命循环之中，获得了真正意义上的永生。

小说的结尾带有伤感意味，这座花园由于人的贸然介入而不再和谐宁静，小菊仙只得请求小瓦吹奏埙，把这片净土送到远离人世的另一个地方：

> 小菊坐在井旁，告诉我她的决定。作出这个决定她想了一夜。
>
> "让我和这片花园离开这里吧，我们不想被人打扰。"
>
> 小菊的口气没有商量的余地。她目光澄澈但有点游移不定，紫色的裙裾被露水打湿了。
>
> "这怪我啊！"我不知说些什么才能让她留下来。现在这个时候，语言是多么苍白无力啊。
>
> "本来，我也舍不得，所以想了一夜。"小菊说。
>
> "不能学会适应吗？给我们点时间，我们会学会尊重的。"我总算说出了两句有点用的话。

---

① ［英］爱德华·泰勒：《原始文化》，连树生译，广西师范大学出版社，2005年，第390页。

　　"不行，代价要很大的，我不能让它们受一点伤害。本来它
们是循环的生命，我不能让它们的生命中断。"

　　不让循环的生命中断，这是小菊仙告别人世的理由，也是作品主题对
现代社会的警示。自然的生命本是循环的，从种子到幼苗，再从幼苗到果
实，生命的存在形式不同，但生命意义完全一样。在循环中生命既显露出
勃勃生机和虎虎生气，也充满柔情与平静，展示出和谐之美。人类应该认
真思索大自然生命循环所蕴含的玄机，感悟生命的真谛，在创造物质文明
的同时，努力建构新的精神家园。

　　曹文轩的长篇幻想小说《大王书》共分四部：《黄琉璃》《红纱灯》
《紫河车》和《白纸坊》。这是作者精心打造并承载着诸多艺术期待的一部
重要作品，目前只出版前两部，本书的分析主要以《黄琉璃》为依据。曹
文轩在这部作品的"代后记"《让幻想回到文学》一文中说，写作幻想小
说是他多年前就已经产生的念头，但由于当时幻想文学已成为作者、出版
界的"宠儿"，他就打消了"凑热闹"的想法。再次产生创作冲动，则不
仅仅是因为一个未了的心愿，更是对当下中国幻想文学的乱象，产生了强
烈的不满。他说：

　　　　我从豪华的背后看到了寒碜，从蓬勃的背后看到了荒凉，从
　　炫目的背后看到了苍白，从看似纵横驰骋的潇洒背后看到了捉襟
　　见肘的局促。
　　　　上天入地、装神弄鬼、妖雾弥漫、群魔乱舞、舌吐莲花、气
　　贯长虹……加之所谓"时空隧道"之类的现代科学的生硬掺和，
　　幻想变成了决堤的洪水，汪洋恣肆，现如今已经有点泛滥成灾
　　的意思了。这种无所不能而却又不免匮乏精神内涵和审美价值
　　的幻想，遮掩的恰恰是想象力的无趣、平庸、拙劣乃至恶劣。
　　"幻想"在今天已成了"胡思乱想"的代名词，成了一些写作者

逃避"想象力贫乏"之诟病而瞒天过海、欺世盗名的花枪。所谓"向想象力的极限挑战"的豪迈宣言，最后演变成了毫无意义、毫无美感并且十分吃力的耍猴似的表演。

曹文轩在此列出的中国幻想文学创作的种种弊端，概而言之是两点："匮乏精神内涵和审美价值"。显然，他在《大王书》中就是要展示具有精神内涵和审美价值的幻想魅力。为此，曹文轩"很认真地看了大约二十部关于人类学方面的皇皇大著。其中，弗雷泽的《金枝》、斯特劳斯的《野性的思维》、泰勒的《原始文化》、布留尔的《原始思维》等经典性著作，这一次都是重读。它们给了我太多的灵感与精美绝伦的材料"（《让幻想回到文学》）。阅读这部作品，我们的确能够感受到，文化人类学经典著作对作者幻想力发挥的影响。

《黄琉璃》所描绘的幻想世界，带有浓重的原始文化色彩，这是这部作品最为鲜明的特色。文化人类学的研究表明，原始先民就生活在一个充满精灵的幻想世界之中。泰勒在《原始文化》中说："按照这种早期童年的哲学，蒙昧人的宇宙机械论把自然现象归之于深入自然内部的各个精灵的任意活动。这结果完全不是任意的虚构，而是合理的推论，是有其原因的，它迫使从前世代的未开化的人们让这些轻浮的幽灵居住在自己个人的住所和藏身处所内，居住在整个广阔的大地和它上面延伸扩展的天空中。精灵仅仅是原因的化身。正如精灵被认为是人的通常的生命和活动的原因一样，和人的灵魂相似的东西——精灵是一切人类幸福和不幸的事件及外在世界形形色色的物理现象的原因。精灵和灵魂的起源实际上是相同的，尽管它们的力量和活动显然完全不同。"[1]《大王书》故事的发生背景，就是精灵活动的"广阔的大地和它上面延伸扩展的天空"。这部作品的主要反面人物熄，就是一个集人与精灵特征于一身的角色。他曾经是人世间的一个屠夫，

---

① ［英］爱德华·泰勒：《原始文化》，连树生译，广西师范大学出版社，2005年，第493页。

也曾经是地狱的鬼魂，后来又从地狱逃出窃取了人间的王位。围绕在熄身边的是一群巫师，他们亦可看作是人与精灵合为一体的形象。与熄相对立的是反抗民众所拥戴的大王——茫。茫本是一个放羊娃，但命运使他无意之中得到了神奇的"大王书"。"大王书"是有生命的"书之灵"，是在魔鬼国王熄妄图通过焚书而维系其统治长久的罪恶举动实施后，人间仅存的一本奇书，而且只有茫具有读懂这本书的灵性，因此被民众推为大王。辅佐茫的主要助手是柯，伴随着柯的是一只灰犬。茫所放牧的羊、柯身边的灰犬，都是灵性之物，常有非凡之举。在这部作品中就连石头也是有生命的，茫的军队就曾经攻打过"公石之城"。之所以有这样的名称，是因为这座城是用"公石"建造成的，坚固无比。但如以"母石"对之，则如同累卵，不堪一击。茫正是以此方式，率军攻克了"公石之城"。

故事的情节设计也可以看出，作者在有意借鉴"人类学方面的皇皇大著"所提供的"精美绝伦的材料"。泰勒在《原始文化》中谈到爱尔兰人认为的地狱通口德格湖时，有如下描述：

在这里无需引用那灵魂的可怕的旅行的所有数不清的神秘细节；灵魂通过山洞、山石狭径、荒瘠的原野，跋陡峭而平滑的山，乘易碎的小筏子或在深渊和激流上过不稳的桥，经常遭受灵魂迫害者的狂暴袭击，或者处在另一世界严厉看守的命定判决的恐怖之中。①

泰勒在此提到的灵魂经过之处，几乎正是茫率领军队所走过的地方，由此形成了作品的主体意象：一支携带冷兵器的军队，在崇山峻岭、荒原森林、激流险滩中穿行，去完成自由和解放的神圣使命。这样一幅画面，自然能引发人们对远古的回忆。美国神话学家约瑟夫·坎贝尔说："放任

---

① ［英］爱德华·泰勒：《原始文化》，连树生译，广西师范大学出版社，2005年，第443页。

马匹随意而行的意象，是中世纪神话和许多其他神话里的一个重要意象。马匹象征的是自然的力量，而策骑者则象征操纵的心灵。"①在《黄琉璃》中，就多次出现茫策马奔驰的场面，而且每一次描写，都出现在情节发展的重要转折关头，由此可见作者对这个意象的重视。

作品对死亡的描写，也追求远古神话的意蕴。在这部作品中作者似乎并不避讳对死亡的直接描写，有些死亡场景甚至是触目惊心的。用现在的眼光看，似乎有些恐怖。但如果从神话学的角度看，这样的描写却十分自然。约瑟夫·坎贝尔说：

如果你把目光从一个民族转到另一个民族，你会发现一个个类似的故事：人与动物立约的故事，生命吃生命的故事。这些人在吃掉他们的猎物之后，会感激的可不是赐给他们食物的上帝，而是那被他们吃掉的动物本身。

这种做法所依据的观念是：生命只有在表面上才是不可永续的。真是一个不错的观念，犀利而有力。叔本华曾经在他思考力最旺盛的时候说过一句话："生命就是一种它不应该存在过的东西。"而如果生命是一种不应该存在过的东西，就代表它事实上存在过，代表你必须对它予以肯定，对它表现出来的一切予以肯定。那就是自然之道。

后来，当尼采在读叔本华的时候，他对生命吃生命的事实采取了一种不同的态度。他认为，这是一种实然，却不只是一种实然，还是一种应然。因为事情不可能是别的样子。当然，有些人会认为，这是对"暴力"的一种肯定。只不过，这是大自然的本态。时不时，你就会碰到一些让你不得不对此深思的情景。②

①　[美] 菲尔·柯西诺主编：《英雄的旅程》，梁永安译，金城出版社，2011年，第122页。
②　[美] 菲尔·柯西诺主编：《英雄的旅程》，梁永安译，金城出版社，2011年，第17—18页。

　　叔本华所说的"生命就是一种它不应该存在过的东西"，意思是说，从生命形态相互转换的角度看，人所谓的大千世界中的各种生物的生命形态，其实只是生命转换过程中非常短暂的一段，所以说，"生命只有在表面上才是不可永续的"，本质地讲，生命不会终止，而无非是在不断转变存在形态。生命是"永续"的，正如物理学中所已言明的物质不灭定律一样。这就是"自然之道"。正因如此，神话中绝不避讳对死亡的描写，这种描写的意义，在于展示一种"应然"性质的"大自然的本态"，歌颂生命"永续"的伟大。曹文轩在《大王书》中的死亡描写，正是要凸显这种神话的思想韵味。

　　女性形象在曹文轩的作品中大多是纯洁、高尚的，是男性主人公前进的动力。在长篇幻想小说《根鸟》中，紫烟就是根鸟性格成长的动力源泉。紫烟的生活坏境是大峡谷，百合花盛开，白鹰陪伴在她的身旁。可见，紫烟既是一个柔弱的少女，也是一个纯洁的女神。《黄琉璃》中的瑶，是一个类似于紫烟一样的人物，她纯洁多情，以柔弱化刚强，最终帮助茫征服了金山。瑶的神性表现在她是一个"三影人"上，与茫的阳刚之气不同，瑶展示了女性的阴柔之美。文艺理论家叶舒宪说："用比较神话学家坎贝尔的话说：'一个女人和她的孩子即是神话的基本意象。'个人通过信仰女神而参与到存在的伟大神秘之中：自我融合于宇宙、大地和社会。在那种状态下，人与自然的矛盾同人类内部的性别矛盾一样都得到相对温和的调节，不至于引发出激烈的对抗和暴力冲突。"① 瑶在作品中就体现出这种非暴力倾向。她自始至终对茫的大王身份毫无兴趣，对他打打杀杀的军旅生涯更是十分厌弃。她所渴望的是与茫赶着羊群自由自在、无拘无束地生活，就像天上的一朵云一样，随风飘到天涯海角。她最后舍身征服金山的场景，是其非暴力意愿最惊心动魄的展示。作品用较多笔墨所刻画的瑶与"黄狗共舞"的场景，虽说由于过分戏剧化而

---

① 　叶舒宪：《老子与神话》，陕西人民出版社，2005年，第247页。

有些做作，但实在是体现了作者曹文轩内心深处的一种比较执着的艺术追求。

　　作为学者与作家双重身份的曹文轩所创作的《大王书》，的确具备与同类作品不同的品格。尽管这部作品也存在某些艺术缺陷，比如，前面已经提到的人物性格发展和情节推进过于戏剧化，有些地方呈现出比较明显的人工痕迹等①，但是，总体上说，《大王书》还是一部非常值得儿童文学理论界认真对待的作品。

第六节　凯尔特的神话精神："哈利·波特"现象分析

　　J.K.罗琳的《哈利·波特》1997年出版第一部——《哈利·波特与魔法石》，以后每年推出一部。2000年9月，人民文学出版社把《哈利·波特》一至三部同时翻译出版，开始在中国大陆发行。从发行之初，就受到读者普遍欢迎。作为一部系列作品，后几部在中国市场的发行与全球同步，2007年出版最后一部《哈利·波特与死亡圣器》。在十年的出版发行中，《哈利·波特》获得了巨大的成功。尤其是有好莱坞电影制作的跟进、造势，《哈利·波特》创造了一个文学神话。以前默默无闻的苏格兰单身母亲罗琳不仅因为《哈利·波特》而誉满全球、富甲一方，同时还获得了包括国际安徒生文学奖等众多重要奖项，得到了普通读者和学术界的双重认可。

　　《哈利·波特》的出现，是新时期中国儿童文学的一个十分重要的事件，彭懿曾经提出"《哈利·波特》给中国儿童带来了什么"的发问，曹

---

①　曹文轩为了弥补过于戏剧化的艺术缺陷，在文字表达上非常喜欢用"竟"字，譬如："她（指瑶）的身体还在继续下沉——地表下面，似乎有一双残忍而有力的大手在泥湖中拖拽着她。……后来，她终于不哭了，仿佛累了，合上双眼，一双胳膊无力地放在下巴上，竟趴在沼泽地表面的青草上睡着了。"再如："更有那响彻云天的号子声，使他们感到荒原神秘莫测，心头升起一股股寒气，竟一时不敢再前进了。"在例句中可看出，"趴在沼泽地表面的青草上睡着了"和"响彻云天的号子声"，都是非常戏剧化的场面，"竟"字正是为了使这些场面显得更加合理自然。

文轩甚至提出"《哈利·波特》给中国带来了什么"的问题。[1]可见学者们对这部作品的高度重视。文学实践也证实了这些学者对这部作品的重视是有道理的，《哈利·波特》的确使中国儿童文学作家、理论家对幻想小说有了新的认识，并促进了这个文学体裁的成熟与发展。从此，各类幻想小说尤其是魔幻小说开始大量出现。因此，认真研究《哈利·波特》现象可以使我们更深刻地了解新时期儿童文学的特征。

首先，《哈利·波特》是后现代文化影响儿童文学的典型个案。后现代主义是在二十世纪六十年代初期在西方社会萌芽，七八十年代盛行的一种文化思潮。英国著名文化批评家伊格尔顿认为，"后现代主义"与"现代主义"有直接的血缘关系，前者是从后者的"内爆或者具有反讽意味的自我攻击中产生的"[2]。作为一种新的文化风格，后现代主义的特点是"以一种无深度的、无中心的、无根据的、自我反思的、游戏的、模拟的、折中主义的、多元主义的艺术反映这个时代性变化的某些方面，这种艺术模糊了'高雅'和'大众'文化之间，以及艺术和日常经验之间的界限"[3]。由于现代化程度的滞后性，中国大陆后现代思潮的出现，较西方社会晚一些，大约在新旧世纪交接之时。无论学者们对后现代主义的态度如何，作为一种文化思潮，后现代对社会生活方方面面的影响却是不容忽视的。对于文学界来说，伊格尔顿所说的"模糊"高雅文化和大众文化界限的后现代现象，就是中国文学理论家们所特别关注的问题。针对这一问题，2003年，在中国文艺理论界、哲学界曾展开热烈讨论，当时提出的议题是"审美的泛化"[4]。

儿童文学作为文学的一个分支，受到后现代思潮的影响更为明显，因为，很多文学理论家认为，儿童文学本身就具有大众文化的色彩。新世纪以来，随着儿童文学市场急剧升温，儿童文学创作也呈现出越来越明显的

---

[1] 梅子涵等：《中国儿童文学5人谈》，新蕾出版社，2001年，第77页。
[2] ［英］特里·伊格尔顿：《后现代主义的幻象》，商务印书馆，2002年，第75页。
[3] ［英］特里·伊格尔顿：《后现代主义的幻象》，商务印书馆，2002年，第1页。
[4] 在2003年，有重要学术影响的杂志《文艺争鸣》，曾就审美泛化问题，组发多篇文章展开讨论，在文学界产生广泛影响。

市场化倾向。出版社和书商急需具有卖点的儿童读物来不断刺激市场的繁荣，市场也需要不断地制造出"明星"和"精品"来招徕读者。在如此急功近利的文化背景中，儿童文学中的高雅文化和大众文化的界限自然被模糊掉了。美国学者詹明信在《后现代主义，晚期资本主义的文化逻辑》一文中指出："回顾一下，在现代主义的巅峰时期，高等文化跟大众文化（或称商业文化）分别属于两个截然不同的美感经验范畴，今天，后现代主义把两者之间的界限彻底取消了。后现代主义为我们今天的文化带来一种全新的文本——其内容形式及经验范畴，皆与昔日的文化产品大相径庭。而这种创新的文本，居然是在那备受现代（主义）运动所极力抨击的'文化产业'（culture industry）的统辖下产生的〔众所周知，一些大展旗帜捍卫'现代'精神的论者，从英国的李维斯（Leavis）到美国的'新批评'家（New Critics）以及阿多诺（Adorno）、法兰克福学派，无不义正词严地斥责现代社会里的所谓'文化产业'，视之为二十世纪西方文明的首号敌人〕。"[①]对于新世纪开启之后的中国儿童文学，"文化产业"不仅不再是"文明的首号敌人"，反而有成为判定文明优劣标准的趋势。迎合市场需求的作品大量涌现，呈泥沙俱下、鱼龙混杂之势。

《哈利·波特》显然是儿童文学应对后现代文化的成功范例。这部作品把高雅文化和大众文化巧妙地融合在一起，创造出一种令儿童文学界耳目一新的艺术形式。作为一部幻想文学作品，它展示出一种可以说是前无古人的艺术面貌，这对儿童文学创作和理论研究的影响，是十分巨大的。这部作品对整体水平相对落后的中国儿童文学界产生的震撼作用尤其明显。它不仅使中国的儿童文学作家们看到了一种新的艺术可能，而且也为中国的儿童文学出版业树立起一个市场行为的典范。从深层次说，《哈利·波特》甚至开始部分地改变了中国儿童文学业内人士对儿童文学本质的看法。

---

① 〔美〕詹明信：《晚期资本主义的文化逻辑》，陈清侨等译，生活·读书·新知三联书店，2003年，第424页。

其次，《哈利·波特》的出现还有更深刻的社会思想文化背景。在新旧世纪交替之时，伴随着科技进步的日新月异，种种社会问题也凸现出来，举其要者，如生态问题、恶性疾病、自然灾害、恐怖主义、战争阴云……所有这些天灾人祸，都引发出人们深深的忧虑。如何应对这些问题，怎样才能找到社会健康发展的正确途径，这是对人类智性的一次巨大挑战。文化批评家叶舒宪说："在二十世纪思想回应资本主义和现代性危机，经历了'东方''原始'和'生态'三重转向之后，人们终于意识到：现代社会的根本弊端在于它必然在资本和利润的追逐中改变亘古以来的人与自然的均衡关系，从而将人类引向无法在这个地球上持续生存的危险境地。人们开始明白：资本主义生产生活方式在对一切传统社会的'祛魅'之后，正陷入一个'死胡同'——一个人类不受任何精神约束的放纵欲望与技术无限膨胀的时代，人与自然间的均衡已被打破。文化寻根的意义就在于重新唤醒人类的敬畏自然之心，重新估价人在宇宙自然中的位置。如果把启蒙运动看成现代性的'祛魅'，那么，今天的这种再启蒙也就相当于重新'复魅'——重新体认大自然的神圣本性。"[1]从"祛魅"到"复魅"并不是一个简单的思想循环，而是人们在新的思想立足点，对大自然和人类自身产生的更为深刻的认识。所谓"复魅"，也并非一次现代社会的文化招魂，而是要唤起人们对自然和生命的敬畏之心，对过分膨胀的人类欲望加以必要的克制与约束。正如叶舒宪对《哈利·波特》的分析所言：

当学院派的教授们还在讲堂上讨论现代性的利弊得失时，来自民间的女作者罗琳用她的另类思维给我们描绘了一幅异常生动的反讽图景，那就是"麻瓜们"的现代性：沉溺于物质主义的当今芸芸众生就像哈利·波特姨妈姨父一家人，除了追求市场利润和平庸世俗享乐以外，已经逐渐丧失了人对自然宇宙的敬畏与神

---

① 叶舒宪：《现代性危机与文化寻根》，山东教育出版社，2009年，第32—33页。

秘感，成为与大千世界万种生灵完全隔绝的城市动物园中日益痴呆和异化的动物。恢复原始人性的途径就是回到工业社会或前资本主义的巫术／魔法思维与感知传统，那是植根于千百万年的人类生存实践的精神传统。①

　　叶舒宪从时代文化主题的高度来解析《哈利·波特》的思想内容，十分正确地指出，作为一部儿童文学作品，《哈利·波特》回答的却是全人类十分关心的、具有鲜明时代感的哲学问题。在"霍格沃茨"那个子虚乌有的魔法世界里，呈现出的是对生命万物和人类自身的深刻体察和直觉式的神话智慧。这也就是叶舒宪所说的，罗琳"来自民间的""另类思维"。这种思维智慧对于现代人应对种种棘手的社会问题，具有极大的启示意义。叶舒宪说："在世纪之交，把凯尔特文化的巫术传统和女神传统复活起来，并且成为大众文化的全球热点的，是新时代人的音乐与文学创作。前者的代表是来自爱尔兰西北端的国际音乐明星恩雅，后者的代表首推来自苏格兰的畅销书《哈利·波特》的作者罗琳。二者相似的一点是，通过神话与童话世界的艺术再造来突出爱的精神与灵性世界观。"②"爱的精神"的确是《哈利·波特》的重要主题意蕴之一。主人公魔法学校的学生哈利，作为巫师他的血统并不纯正，法术并非十分高强，对魔法的悟性也不是很高，但却成为黑巫师的首领伏地魔的心头大患，原因就在于他的女巫母亲用生命、用爱在他头上刻下了印记，作品用形象化的艺术语言证明：爱的力量是任何魔法也无法战胜的，哪怕你是阴险歹毒的大魔头。女巫，这个从中世纪以来就一贯被视为邪恶势力化身且多次遭到正统教派迫害的形象，在罗琳笔下却成为大爱的象征，这确实十分耐人寻味，尤其是在这个问题多多的"后现代"文化语境之中。

　　再次，《哈利·波特》独特的审美风格给中国作家诸多启示。《哈利·

---

① 叶舒宪：《神话意象》，北京大学出版社，2007年，第126—127页。
② 叶舒宪：《现代性危机与文化寻根》，山东教育出版社，2009年，第102页。

波特》在艺术表现上的卓越技巧，引起了中国作家的极大兴趣。朱自强先生从儿童文学理论家的视角，对这部作品的成功原因做出分析，他说："从《哈利·波特》既峰回路转柳暗花明但又脉络清晰的故事，民间文学似的以原色为脸谱的人物，大众文学似的善恶斗争模式等艺术表现上，也许可以找到媒体所说的'全球都在读《哈利·波特》'的部分理由。不过，作为一部儿童文学作品，《哈利·波特》对儿童读者的阅读期待做出的最成功的回应，是塑造了哈利·波特这位在故事中由'丑小鸭'变成'白天鹅'的少年英雄。这极大地满足了儿童心性中普遍存在的渴望'变身'的愿望，这是《哈利·波特》能获得儿童读者支持的最大秘诀。"①朱先生在此强调的大众文学的叙事模式和丑小鸭变身的原型形象，的确抓住了这部作品的艺术精髓。中国儿童文学在面向未来的发展进程中，不能回避大众文化的影响。读者、市场是每个儿童文学作家在创作时都要考量的问题。我们应该意识到，把故事讲得有趣味，让作品的主人公能深入地走入小读者的内心世界，是儿童文学必须具备的品格。

　　作为有丰富写作经验的儿童文学作家梅子涵，更为看重的是作者讲述魔幻故事时，对"故事边缘"把握的分寸感。他说："离奇故事是应该有边缘的，在边缘的里面，就有可信的脉搏，是真的人的行动和本事，人间的感觉让你焦虑也让你感动；在边缘的外面，那就是我们斥之的胡扯。……越是可以幻想的故事，越是要有幻想的讲究。这是我们的童话家、小说家需要知道，需要在写作里精制落实的技术和人格。""可信的脉搏"和"胡扯"只有一个"边缘"相隔，如何在"边缘"内纵横驰骋，天马行空，而不落入"边缘"外的"胡扯"，考验的是作家讲故事的能力。梅子涵对罗琳讲故事的高超技巧极为赞赏，他认为那些说"《哈利·波特》一本写得不如一本，我看这是假装高明"，"不会写作的人和不能写得很高明的人总是喜欢重复这种假的高明"。梅子涵认为，"承认和敬重在

---

① 朱自强：《童书的视界》，接力出版社，2010年，第109—110页。

文学上也特别需要"①。梅子涵对《哈利·波特》的评论不仅仅停留在"技术"的层面，还上升到作家"人格"的高度。的确，对名家尊重，对艺术精益求精，这是一个作家必须具备的人品。有了这种人品，才能够虚心学习经典，认真研究写作技巧，才有可能创作出大气的作品。

　　成人作家王蒙在一个儿童文学研讨会上的发言，虽说没有直接谈到《哈利·波特》，但是他对欧美科幻作品写作技巧的分析，对我们认识《哈利·波特》却富有启示意义。他说："科学幻想作品在欧美尤其是在美国，成为少年儿童阅读得最多的一种作品，成为畅销书的一种。科学幻想作品是最畅销的，科学幻想的电影也是最被人欢迎的品种之一。但是，在中国就是发展不起来。我们这个思维好像有另外一个路子。我们也喜欢幻想，我们的幻想最典型的就是金庸的作品。金庸的作品吸收了许许多多的人情世故，同样有一种很强烈的道德上的倾向，他否定一些小人，否定那些奸诈、丑恶、卖友求荣、言行不一，或者是残忍无度，他反对这些。但是金庸的作品，他很少从科学技术上来设想，他设想的都是人体的功能，都是通过一些很特殊的、稀奇古怪的修炼来达成。……最近我阴差阳错地看了一本畅销书，就是《达·芬奇密码》。可以看得出来，《达·芬奇密码》也是往畅销书上写，但是他尽量地运用历史的知识、宗教的知识、绘画的知识、艺术史的知识、教会的知识，还有各个地区，写到巴黎，写到米兰，写到梵蒂冈，写到纽约，写到苏黎世银行，他还写到牛顿的坟墓等等，他拼命地运用这种历史的、地理的、艺术的、考古的信息，用这些知识来构造一个非常离奇的、密码凶杀案的故事。"②王蒙对《达·芬奇密码》的分析，也可以运用在《哈利·波特》这部作品上，罗琳正是"拼命地运用"历史学知识、宗教学知识、民俗学知识和神话学知识来构造自己的幻想世界，她力争把幻想的世界写得比现实世界还要真实，每一个细节都十分讲

---

①　梅子涵：《童年书：文字的儿童文学》，明天出版社，2011年，第151—152页。

②　王蒙：《我看儿童文学》，朱自强主编：《中国儿童文学的走向（代序）》，少年儿童出版社，2006年，第4页。

究，每一个情节转折都尽量自然。正因如此，《哈利·波特》才能迷倒了全球那么多的读者。王蒙所说的"金庸式"的中国幻想路数，在儿童文学幻想小说中也有体现，于是，我们的幻想小说主观臆想的成分多，科学建构的因素少；神奇莫测的变化多，真实可信的细节少；碎片化的幻想画面多，完整严谨的幻想世界少。我们对举出如上不同之处，并非要抑此扬彼。没人能够确定地说，这一种幻想方式就一定比那一种好。但是，借鉴《哈利·波特》式的幻想技巧，对推动中国幻想小说的发展，肯定是有益的。

第七节　新的艺术追求：文化韵味与神话情思
——秦文君、彭学军、殷健灵儿童文学创作的新动向

在新世纪开始后，中国儿童文学出现了一些新的变化，朱自强先生对此概括说："新旧世纪交替以来的儿童文学出现了多种'分化'的态势：幻想小说从童话中分化出来，图画书从幼儿文学中分化出来，儿童文学分化出语文教育的儿童文学，通俗（大众）儿童文学从作为整体的儿童文学中分化出来。我认为，这样的'分化'是一种多元的、均衡的发展态势，是中国儿童文学走向成熟所应该经历的一个过程。"①根据儿童文学出现的这些新变化，我们是否可以说中国儿童文学已经步入了一个与新时期不同的发展阶段呢？我觉得还不能。因为从整体上看，中国儿童文学的创作面貌并没有发生根本性的变化；从创作主体的构成上看，新时期初期和中期取得优异创作成绩的作家，仍是中国儿童文学的创作主体，譬如曹文轩、秦文君、梅子涵、彭学军、殷健灵等，他们的作品还标志着中国儿童文学的最高创作水准。新世纪以来出现的新变化，还只是处在局部的、量变的阶段，对此，我们或者可以套用一句"后学"的表达方式，称为"后新时期"。

"后新时期"的中国儿童文学呈现出的重要艺术品质，就是神话元素

---

① 朱自强：《童书的视界》，接力出版社，2010年，第99页。

越来越成为儿童文学艺术建构的主要成分。前面几节曾经提到的幻想文学的兴起，薛涛、曹文轩的神话韵味的小说创作、具有凯尔特神话色彩的《哈利·波特》对中国作家的启示等几个问题，就是神话元素在"后新时期"中国儿童文学中凸显的例证。如果以这样一种联系的、发展的眼光来审视当下的中国儿童文学，我们会发现，在新世纪第一个十年快要结束之时，又一个十分值得重视的现象正在悄然出现，那就是儿童文学的文化韵味和神话情思，它们同样表征着神话精神对儿童文学创作的影响。

这里所说的文化韵味和神话情思，主要体现在秦文君、彭学军、殷健灵三位卓有成绩的女作家身上。在三位作家之中，秦文君的创作资历最深，早在二十世纪八十年代她就已经成为卓有建树的儿童文学作家，以后屡有优秀作品问世。1992 年在《巨人》期刊上发表的《男生贾里》，标志着秦文君创作达到了一个较高的水准，这部作品成为新时期中国儿童文学的代表作之一，荣获国际安徒生文学奖提名奖等诸多奖项，使秦文君成为中国儿童文学名副其实的领军人物之一。彭学军的创作始于二十世纪九十年代，1997 年创作的长篇小说《你是我的妹》，标志着她创作的成熟，这部作品也获得了全国大奖。殷健灵的创作开始时期与彭学军相近，2000 年创作的长篇小说《纸人》以独特细腻的笔触，勾勒出少女成长的心灵轨迹，展示出作家独特的艺术风格，从而确立了她在中国儿童文学发展史上的地位。以上几位作家在新世纪第一个十年即将结束时，创作追求上出现了比较一致的转向，我认为这是值得理论家认真研究的课题。

秦文君在 2008 年出版了长篇小说《会跳舞的向日葵》，这部作品的突出特色在于，它是作家——也可以说是一代人对童年生活的一次全景式扫描，这其中包括童年记忆中的传说、趣闻、趣事、幻想以及懵懵懂懂的猜测、推断……，所有这些都统摄在小主人公香草的生活视野之中。作者又在往事的回忆中，笼上了一层迷蒙的情愫，使作品中描写的生活如同万花筒一样，亦真亦幻，令人遐思无限，譬如下面这段文字：

　　天刚亮，香草跑到自己建起来的小花园国里背书。香草家的窗前有个几家邻居合用的花园，她在自家的窗户底下用滑腻的鹅卵石围起了一小片地方，那就是她的小花园国。

　　课文叫《花儿一朵朵》，她怎么背都觉得很拗口，不由灵机一动，谱上了自己喜欢的曲调把课文唱了出来。

　　"花儿，花儿，你芬芳的花瓣多美丽……"香草唱着课文，心情愉快多了。真心唱过的优美句子就忘记不了呢。

　　这时，她看到了奇妙的景象，她在小花园国里种着几棵向日葵，有一棵长得格外高挑，茎叶一对一对的，花秆秀丽，花盘美妙，它开始跟着香草的"背书歌"轻轻地摆动腰肢呢。

　　香草走上前，轻轻地拉着它的小叶子，说："花儿，花儿，拉着我的手来唱歌吧。"

　　那棵向日葵袅袅婷婷，翩翩起舞。

　　香草唱了好几遍"背书歌"，又跟向日葵跳了好几遍舞蹈，后来香草累了，她闻到一阵一阵的花香味儿，深深地吸了一口又一口，入迷了，整个身体都变轻了，快飘起来了，快飘起来了。她的小脑瓜变得迷迷糊糊的，感觉自己是另外的一个很小的女孩，仿佛是小花园国的公主。

　　这棵向日葵是真的能伴着歌声跳舞呢，还是它的自然摆动使小女孩香草产生了情感投射？从文字表达上看，作家是在实写，向日葵的确在"袅袅婷婷，翩翩起舞"，这是作家对读者的明确提示。读者如何回应作家的提示，可能会因人而异。但是，无论读者的解读怎样，作品中的孩子们——香草、香晏、小牛、对对、奶末头的看法是一致的，他们真的相信这是棵与众不同、会跳舞的向日葵。

　　作者通过"会跳舞的向日葵"这一虚实相映的形象告诉我们，这个世界其实没有绝对的真实，不同的人、不同的情感、不同的环境会使同一件事物在心灵中投下不同影像。这其实正是神话思维的一个显著特点，神话中的变形世界对于原始先民来说是实实在在的真实。孩子的心灵是与原始先民相通的，"会跳舞的向日葵"是孩子眼中的真实景象，是孩子诗意心灵世界的写照。秦文君是能感受到孩子诗意心灵世界的成人：

> 后来两个男孩也安静下来，和着雨声，他们谈起了自己的梦想和忧伤。
>
> 那个下午是难忘的，他们留心找着和着雨声一起降临的那容易遗失的美，想着心事。有的时候，他们什么也不做，倾听着雨点落在铁皮屋顶上的声音，那真是妙不可言的音乐。
>
> 原来雨也是可以深深体验的，香草他们在一个狭小的空间里，体验到了去感觉自然的宝贵，留下走进自己的那种永恒的安宁。

这是对孩子心理的真实刻画，也是对诗情画意淋漓尽致的抒发。此处作品使用的文字也是精致的、典雅的，如叙如歌，似真似幻，引领着读者走入自己内心世界"那种永恒的安宁"。唐代著名诗歌评论家司空图把"玉壶买春，赏雨茆屋"放在描写"典雅"意境的诗句之首，可见他也对雨声的"妙不可言"深有感悟；而接下来他所说的"落花无言，人淡如菊"，则一定是体会到了心灵的"永恒"和"安宁"[①]。我不相信作者秦文君是在有意复制司空图所说的"典雅"意境，而认为这是作者儿童心境与古人诗情的一次偶然相遇，从而证明儿童的心灵世界是诗意盎然的。儿童是最本真的诗人，如同原始先民一样。

彭学军在2008年出版了长篇小说《腰门》，这是一部以湘西水城凤凰为背景的少年小说。与秦文君的《会跳舞的向日葵》相比，这部作品更具个性化回忆童年生活的特色，整部作品笼罩的感情基调，也是非常典型的

---

① 〔唐〕司空图：《诗品集解》，人民文学出版社，2006年，第12页。

"彭学军式"的忧伤与抒情。

湘楚之地，自古就有"信巫鬼而重淫祀"之风，游国恩先生曰："《越绝书·外传》记《吴地传》，有'巫门''巫里''巫山''巫枥城'等名，则是时南方诸国巫风之盛可知。其后吴并于越，陈、越又先后灭于楚，故此风遂以楚为最盛，而其影响于文学者亦最大。盖巫觋唯一之任务为司祭祀，祭祀必有祈祷，祈祷必用祝词与歌舞。祝词所以为己，故诗歌兴焉；歌舞所以为神，故音乐舞蹈兴焉。斯时文学虽为宗教附庸，久渐蔚为大国。故迷信之风愈炽，文学之材料愈多。当此文学尚未完全脱离宗教之际，楚地沅湘之间，即有《九歌》之产生，专咏灵巫祭神歌舞之事。"① 游先生此文中所谓"迷信之风""巫风"两种说法，其确切意旨，偏向后者。巫，即巫师、巫术，乃原始宗教的产物，与后世统治者用以麻醉人民精神的迷信实有差别。"楚地沅湘之间"自古原始宗教盛行，遂为巫师、巫术搭建了展示才能的广阔舞台，亦为神话滋长提供了良田沃土。屈原创造的带有神话色彩的瑰丽诗篇，正是这片沃土生长的奇葩。千百年来，时日在变，但是充满神巫之气的民俗民风，并没有改变。《腰门》这部小说就展示了湘楚之地的这种奇异的民俗特色。据作品篇末附录的"编后赘语"所言，作者为作品取的原名为"妖门"，是编辑劝说作者改为现在的题目。由此可见，"巫风之盛"确实是这部小说的主要特色。小说在展开情节之时，还直接描写了巫术和鬼神，譬如"鬼的歌声""白猫和草鬼婆""哑蝉"几节，都具有鲜明的楚地风俗风貌，是整部作品中最为出色的章节。

"鬼的歌声"中，湘军连长、梨园女子和小传令兵三人演绎的情爱故事，由于有了古老而神秘的藏书楼的映衬，显得扑朔迷离；加之有先天唇裂残疾的女孩青榴哀哀的、隐隐的歌声融入其中，更显得情意绵绵，韵味悠长。"白猫和草鬼婆"中的白猫，本是生活在城里的一只公猫，由于和

---

① 游国恩：《游国恩中国文学史讲义》，古籍出版社，2007年，第96页。

主人来到乡村而爱上了另一只来自城里的母猫。后来那只母猫被主人带回城里，白猫却还在乡村拼命地寻找，不肯和自己的主人一起回城，最终沦落为一只野猫。这只带有鬼气的猫，竟在夜晚成为患上夜游症的小主人公沙吉夜游的导引。云婆婆为了医治沙吉的病，请来了苗族的巫婆"草鬼婆"。正是草鬼婆作法，才帮助沙吉摆脱夜游症的困扰。帮助沙吉摆脱夜游的还有爸爸送给沙吉的木蝉，这只"哑蝉"在关键时刻神奇地挽救了沙吉的性命：

> 云婆婆说，当她看见白猫朝河里走去时，就马上明白了它的意图，差点惊叫出来。可她记住了草鬼婆的话，无论发生什么事都不能叫醒我。云婆婆只好把自己的嘴唇咬出了血。
>
> "喵！"白猫又冲着我叫了一句，这一声叫得很急，它在催我。
>
> 我明白了，它是让我跟它去，于是，我就跟它去，一点点走进水里……
>
> 云婆婆说，她看到这里，惊骇得浑身发抖。她再也忍不住了，正要冲过去时，一件更让她惊骇的事发生了——
>
> 我胸前的那只蝉居然飞了起来，那只根雕的蝉忽然间获得了一种灵性，变得栩栩如生。而且，这个小小的生灵不可思议的飞翔居然产生了一种不可思议的力量，我身不由己地被这股力量牵引着，收住了迈向水中的脚步，转过身，一步步向上走去……
>
> "喵——"我似乎听见白猫叫了一声，声音里透着哀怨、绝望和一丝丝愤怒。
>
> 我回头看了一眼，看见水面上有一团模糊的白，一闪就不见了……
>
> 我在蝉的引导下，一步一步，离水边越来越远。
>
> 我再没有回头。

这只猫简直就是一个精灵，它把失去伴侣的哀怨，转嫁到沙吉身上，因为当初正是一个小女孩把它的伴侣带回城里。草鬼婆的巫术和哑蝉的法力最终还是镇住了白猫，小主人公沙吉也免遭一次生活劫难。

这部作品充满灵异、超然之气，湘西水城凤凰的秀丽山水、风土人情悉数展现，一些游走于作品中的人物，也深深印上湘楚文化的印记，譬如心地善良的残疾孩子"水"、云婆婆的丈夫"那个人"、沙吉的小学同学"铜锣"等，他们的性格之中都有某种诡异之处，与神巫之风甚盛的湘楚地域文化特征相呼应，从而使这部作品带有浓浓的文化韵味和神话情思，令人读后深思、感叹。

殷健灵在 2009 年出版了长篇小说《1937·少年夏之秋》，作者称这部作品为"伪纪实小说"，因为"她承载了我个人对那个时代的想象"。把个人的想象纳入事实的记述之中，这其实也是一种神话的思维方式。"神话常被人称为'口碑'，即暗指神话在认识历史方面具有一定作用"，神话对历史的描述"虽是'折光的反映'，不能看作信史，但它们由于离不开一定的客观基础和历史依据，所以仍有重要的参考价值"[1]。殷健灵在创作这部小说时，就非常看重历史的真实性，她在后记中说："在很长一段时间里，我都在大量的史料里寻找那个时代上海的踪迹，也向老人讨教。大至当年的新闻事件，小至拗口的路名、零碎的小道消息、风俗小吃、街头风景、生活细节。"阅读这部作品，也的确有打开尘封的历史记忆的感觉，一幕幕场景，如同旧底片上的影像一样，虽说有些模糊，但主要的轮廓仍完好无损，部分细节也依稀可辨。

作品是以第一人称的叙述方式，来讲述男孩夏之秋在动乱年代中悲欢离合的个人身世的。作者希望用孩子的视角，重新审视那个时代的人情世故，从而展示出历史的另一种面貌。同时，作者又十分看重描述自己"对那个时代的想象"，因此就不愿把叙述权利完全交给一个十二岁的孩子夏之秋。于

---

[1] 邓启耀：《中国神话的思维结构》，重庆出版社，2005 年，第 43 页。

是，就形成了这部作品表层的叙述视角是孩子的，深层的情感寄托却是一个生活的长者的叙事特色。这样的叙事特色在作品第一章结尾处就已点出：

> "大世界"这三个字好像长了翅膀，黄蜂一样直扎我的耳膜。阿香正紧拽着我的手，我感觉她的手心猛地起了一阵冷汗，马上把我的手浸湿了。我一只脚在院子里，另一只脚跨在门外。就是这样一个姿势，也许只保持了两分钟。但我后来想起，从那一刻起，心里的那个我就一直以这样的姿势僵立在门口，整整站了七十多年。（着重号为引者加）

这里所说的"我"，并不是 1937 年十二岁的男孩夏之秋，而是度过"后来""整整七十多年"漫长光阴岁月的八十多岁的老人。当然，这个老人也是作者创造出的一个叙事角色，他的心理年龄应该与作者殷健灵相当。所以说，这是一个思维定格在孩子时期的老人，正如那个"僵立在门口"的姿势一样，因此他能够像年轻的女作家一样，深刻地体会孩子的喜怒哀乐。当积淀着岁月丰富文化内涵的情感寄托与天真无邪的童稚视线交会在一起的时候，作品就形成了富有张力的叙事动力，极大地扩展了作品的叙事空间，增大了叙事的灵活性和包容性，同时也能够使作品蕴含更为深刻的主题意蕴。这样一种叙事策略，还使作品的叙事笼上了一层口述历史的传说、传奇色彩，从而在描述作者个人"对那个时代的想象"的同时，也抒发了对历史、对人生、对生命的一种儿童文学作家的审美情怀。

以上三部作品，在题材、人物、主题等方面都表现出作者突破原有儿童文学创作阈限，探索新的表现空间的鲜明意愿。这种意愿可用殷健灵在《1937·少年夏之秋》作品"后记"中的一段话来概括，她说："我一直觉得当下的儿童少年小说应该有一些新鲜的面目，不仅是校园内外、家长里短、幽默调侃、温情朦胧、忧郁缠绵，她还可以更宽广一些、厚重一些、旷达一些。"殷健灵所希望的那种"更宽广、更厚重、更旷达"的儿童文学，也就是具有思想品位的文学，是能够提升人们的思想、净化人们心灵的文学。新时期中国儿童文学三位卓有建树的女作家，在新世纪第一个十年即将结束时所表现出的探索新的艺术途径的勇气和创作实绩，非常值得肯定和称赞。同时我们也在三位女作家的艺术探索中，看到了儿童文学未来发展的一种新的希望、一种超越自我进入新的艺术空间的可能。

第八节　特殊"童话"的神话精神

在本章最后一节，我们要打破常规地尝试着分析新时期一种特殊的"童话作品"，看一看在这类作品中的神话元素所起的作用。这种分析可能会有离题之嫌，也可能会被认为是牵强附会。但是，我还是想做一些尝试，因为科学研究本来就不应该有固定不变的模式，在某种意义上的越轨、离题，或许会有新的发现。

此处所说的特殊的"童话作品"，其实并非文体学意义上的童话，而是指某些成人文学作家的作品。人们觉得这些成人文学作家的小说和散文具有某种童话的性质，因此称之为童话。这样的称呼对儿童文学研究者来说，应该是一种启示，它表明儿童文学研究方法其实完全可以运用到成人文学分析之中去，运用这样的方法甚至可能会有新的发现。这样的研究意向可能会与很多人习惯性的学术理念相悖。人们一般认为，儿童文学研究作为文学整体的一部分，只会受限于一般的文学理论；而所谓的一般文学理论是以成人文学为主要研究对象的。所以，要说到影响，只能是成人文学研究影响儿童文学研究，而不会是相反。在此我们不得不说，这样的看法是一种偏见。儿童文学作为一种特殊的文学现象，具有与成人文学不同的特点，完全可以引发出不同的理论思考，而成为一种特殊的理论资源，并可以对成人文学研究发挥作用，这一点毋庸置疑。如果说以往我们较少地看到这样的理论研究成果的话，那只能说明我们的儿童文学理论研究者的工作还不是特别出色，还没有挖掘出儿童文学理论应有的学术潜力。本文对"特殊童话"作品的分析，就是基于如是理论思考而做的尝试。

　　我们首先要分析的一种"特殊童话"，是被称为"成人童话"的金庸武侠小说。据说，武侠小说是"成人童话"之说，出自著名数学家华罗庚之口，这种说法很快被学者们所认可，并成为学术文章中的常用术语。"成人童话"之说，明确点出了武侠小说的儿童文学特质，金庸的武侠小说则把"成人童话"的艺术几乎发挥到了极致。

　　金庸的武侠小说在本质上讲，是按童话创作原则构思的。朱自强先生曾经指出："童话的世界观是一元的，在这里，幻想与现实混沌成为一体；而幻想小说的世界观是二元的，幻想与现实的界限清晰可辨。幻想在童话中是非自觉的存在，是自在之物；幻想在幻想小说中是自觉的存在，是自为之物。如果用文学感觉来判断，童话对幻想无惊异之念，而幻想小说对幻想则既有惊异之念，又怀着敬畏之心。"[①]金庸的武侠小说的"世界观是一元的"，具有"幻想与现实混沌成为一体"的童话特点。譬如，一位武艺高强的剑客开始使用锋利无比的宝剑作为搏击武器，然后用无锋重剑修炼剑法，接下来开始使用木剑迎敌战斗，到达最高境界时开始不再以剑作为武器，信手拈来之物都为降敌工具，飞花掷叶皆可成为伤人利器。这就是《笑傲江湖》中的江湖大侠风清扬"无敌剑法"的高妙之处。作品对风清扬修炼剑法的描述，正是从现实到幻想的过程。任何一个人稍有科学知识或生活常识都很清楚，再神奇的武功也不可能达到飞花掷叶的境界，对此完全不能用常理认识理解。如果运用神话、童话思维思考，却能得到顺畅的解释，如同解释阿里巴巴"芝麻开门"的咒语一样。作品的描述显示出，现实与幻想是相通的，中间不存在任何阻隔，只要持之以恒的修炼，童话式的想象也会变成现实。对于这些异乎寻常的神奇功夫，读者完全无须有"惊异之念"，因为这些神奇功夫挑战的不是你的理性思考能力，而是想象

---

① 朱自强、何卫青：《中国幻想小说论》，少年儿童出版社，2006年，第26页。

力的极限。金庸小说中的诸如"降龙十八掌""九阴白骨爪"之类的神功，都不能在小说叙事的层面去理解，而应在童话的叙事层面去理解。

传统的武侠小说也有神奇武功的描写，但一般来说，都只限于局部和个例。在金庸小说中，却把这样的"神奇"化为"玄妙"，并扩展到整体与普泛，金庸的武侠小说正是以展示、品味这种武功之玄妙作为作品情节的重要构成元素的。不仅仅是武功，金庸小说中的善恶鲜明的人物关系处理，也颇为类似于童话。故而，有的评论家称"《笑傲江湖》是一部呼唤自由天性、批判人格异化的伟大的政治寓言"[①]。其实何止《笑傲江湖》，从思想内容的表现上看，金庸的主要作品都可看作是某种思想的"寓言"和"童话"。

其次，我们要谈一谈王蒙的"政治童话"。王蒙的一生注定与时代的政治斗争有着千丝万缕的联系，从早年的"少共"，到被错划为"右派"，到流落边疆少数民族地区，到身居共和国文化部部长的高位，再到回归写作，王蒙的一生始终无法摆脱政治风波对自身生活的影响。

王蒙与政治生活关系密切除了外在原因之外，还有自身的原因，这主要表现为从精神上对中国传统知识分子济世情怀的传承。从人格特征上看，中国传统知识分子把经时济世，视为最主要的人生追求和价值实现。治学作为本分当然不会被知识分子所忽视，但是，治学的目的是为了济世，济世重于治学。古训有所谓"三不朽"之说，"立言"放在末位，这也能反映出知识分子对治学意义的看法。中国传统知识分子正是带着治学与济世两种人生理念，参与社会政治生活的。他们倾向于以治学的谨严、规范来谋划政治蓝图，以学术的理想与浪漫去介入党派争斗。这样一种处世原则显然是违背政治游戏规则的，其结果必然是在党派政治角力中铩羽而归，这应该是在中国漫长的封建社会历史中，传统知识分子在政治上屡遭劫难的重要原因之一。

---

① 范伯群、孔庆东主编：《通俗文学十五讲》，北京大学出版社，2003年，第184页。

有人说，王蒙的小说是"一个抒情诗人和讽刺作家两种写作欲望彼此争斗留下的语言痕迹"[①]，这种看法非常敏锐地发现了王蒙人格特征中两种不同元素的纠结与对抗。但是所谓"抒情诗人和讽刺作家"的身份界定，恐怕不如学者和从政者的身份界定更为准确。我觉得，如果忽视王蒙内心深处浓重的政治情结，就难以准确解读他的作品。王蒙的小说有时把政治写得扑朔迷离，使当局者如庄周梦蝶一样困惑不解（《蝴蝶》），有时又把政治写得充满激情与执着，令参与者忘我献身（《布礼》），有时把政治写得充满喜剧色彩（《名医梁有志传奇》），有时又把政治写得琐碎与荒诞（《坚硬的稀粥》）。总之，他的小说是在不断地建构与解构着一个个"政治童话"。

王蒙早期的作品《青春万岁》是共和国建立之初，歌颂新生活的抒情诗，带有鲜明的政治童话色彩；经过二十多年的沉寂之后，《春之声》《海的梦》《风筝飘带》承续了《青春万岁》的浪漫与激情，是对现代化未来社会童话般的憧憬；描写自己在新疆流放生活的《在伊犁》系列作品，虽然真实地再现了物质生活的艰辛，但也表达了获得精神自由的旷达与喜悦，可以看作是政治失意者带有异域风情的政治童话（当年柳宗元在贬谪地所写的《永州八记》不也带有某种"政治童话"的色彩吗?）；在八十年代后期，身居高位的王蒙已经隐隐感到某种左右自己政治生存的力量正在悄然增长，在此时期他所创作的《活动变人形》《名医梁有志传奇》等作品，以纪实的笔法鞭笞现实，于冷峻中仍充满对理想的信心与执着，可以看作是"反讽的童话"；经过九十年代前后的政治风波之后，王蒙的《季节》系列作品则以回顾往事的抒情笔调，记述往事的激情与浪漫，具有童话一样的悠悠情思。

统观王蒙如上作品，我们会联想到古希腊的一则著名神话《西绪福斯》。西绪福斯聪慧过人，才能出众，深得柯林斯人民的拥戴，并被推为

[①] 郜元宝：《戏弄和谋杀：追忆乌托邦的一种语言策略——诡论王蒙》，见于洪子诚：《当代文学研究》，北京出版社，2001年，第312页。

国王。他有胆有识，敢于冒天下之大不韪，揭露宙斯的丑行。智慧与胆识给他带来了人间的幸福，但也为他的后来埋下了祸根。宙斯对西绪福斯的惩罚是，在地狱里让他每日推巨石上山，中途稍一松手，巨石就滚落下来，西绪福斯需永远重复这艰辛的劳动。王蒙作品中的叙事主人公与西绪福斯的人格特征十分相似，他也是聪明、睿智，能力过人；他也因自己的聪明而受到政治权势的惩罚。西绪福斯的喜与悲在王蒙作品中都得到了形象化的再现。

再次，我们要提到的是张洁的"人性童话"。张洁以鲜明独特的创作风格和一部部反响强烈的优秀作品，成为中国当代文学最著名的作家之一，并曾获得过诺贝尔文学奖提名。她的作品以女性的细腻感触描写生活中的纯洁与美好，带有童话般的情调与色彩。张洁在长篇小说《无字》获得"茅盾文学奖"之后，接受《北京文学》记者采访时说："人类需要神话和童话，其实人生离不开假象，它像美丽的毒品，对于这种毒品的渴望全人类都存在，包括我自己在内。不论男人或女人，什么类型的人都会有这种渴望。"[1]张洁之所以把神话和童话称为"美丽的毒品"，是因为她对神话和童话的美丽与高贵一往情深，她愿意为之付出自己的一切乃至于生命。但是，爱之深，也会引发恨之切；越是珍惜得到的美好，越是能体会到失去的痛苦。在现实生活中，这种执着于神话和童话的情怀，也使她成为另类而吃尽了苦头，她由此深刻体味到了现实与神话和童话之间的遥远距离，以及世间人情的冷漠与残酷。在心灵深处，神话和童话给她温暖与慰藉；在现实生活中，神话和童话又使她感受到失落与伤害，因此，张洁才会用"美丽的毒品"对神话和童话加以形容。张洁的作品无论是歌颂美好，还是抨击丑恶，都与这种神话和童话情怀相关：歌颂是在建构神话和童话，抨击是在解构神话和童话。

张洁的第一篇小说《从森林里来的孩子》，几乎可以看作是一篇儿童

---

① 张英：《真诚的言说——张洁访谈录》，《北京文学》1999年第7期。

文学作品。在茂密的森林深处，小主人公孙长宁优美的长笛乐声如同天籁，传达着两代人对美的执着。他后来戏剧性的高考命运，只有在那个特定的时代才能成为可能。这是一篇意境优美、浪漫抒情的作品，如同童话一般迷人。《爱，是不能忘记的》描写女作家钟雨和老干部之间柏拉图式的爱情，作品为了凸显灵魂相通、心心相印的爱情纯真境界，几乎过滤掉了所有世俗情感。钟雨和老干部深深相爱，但是两人一生相处的时间，加起来却不过二十四小时，而且没有任何身体接触，甚至连手都没有拉过。这样的爱情只能用神话和童话的情怀来阐释，它会让我们自然想起安徒生的凄美童话《雏菊》和《坚定的锡兵》。张洁在创作初期的作品几乎都带有童话色彩，譬如短篇小说《雨中》《含羞草》《有这样一个青年》，和散文《拣麦穗》《哪里去了，放风筝的姑娘》等。

　　在经过了创作初期对真善美如痴如醉的歌颂之后，张洁的创作风格开始发生转变，转变的标志是获得第二届茅盾文学奖的长篇小说《沉重的翅膀》的发表。这部作品几乎可以看作是张洁对创作初期的艺术总结，以前出现在作品中的人物、故事、主题都在这部作品中获得再现，并得到升华。从此开始，张洁的作品开始近乎苛刻地指责生活中的不如意，并对世间的丑恶严厉地抨击，从《祖母绿》《七巧板》《方舟》《他有什么病》《只有一个太阳》《世界上最疼我的那个人去了》等作品中，我们可以看到张洁对人性中的丑恶是何等的不能容忍。这个时期的作品与前期作品恰好形成鲜明对比，放在一起可以十分清晰地看到，张洁开始有意识地解构前期作品的童话主题。爱与恨、歌颂与抨击的极度反差，其实表述的都是张洁内心的神话和童话情怀。

　　获得第六届茅盾文学奖的长篇小说《无字》，被王蒙称为是一种"极限写作"[1]，因为它几乎用尽了张洁所有的生活与艺术储备，可以说是到目前为止张洁小说创作的收束与总结。这部作品集大爱与大恨于一身，纵

---

[1]　王蒙：《极限写作与无边的现实主义》，《读书》2002 年第 6 期。

横捭阖，起伏跌宕，阔大的时代背景，复杂的人物关系，以及纪实与虚构的融会贯通，象征、隐喻、反讽多种艺术手段的运用，使张洁的神话和童话情怀得以淋漓尽致地展示。

张洁曾经说过："我终于会读儿童读物的时候，是从格林童话、克雷洛夫寓言、安徒生童话开始的。"①早年的西方古典儿童文学经典作品的熏陶，对张洁后来的文学活动产生了巨大的影响。统观张洁的作品，我们会发现儿童文学的原型意象一直主导着张洁的创作，具体来说，"灰姑娘"情结是她创作的主要心理动力之一。张洁作品中的主人公，一般都带有作家自序传的特点，我们可以十分容易地从作品主人公身上，找到作家张洁生活的痕迹。这些主人公往往是长得并不漂亮但却气质高雅、脱俗的中年女性。她们出身贫寒，生活拮据，由于过多的生活磨难，她们几乎失去了很多女性的特点。但是，她们心地善良，聪慧能干，自强自立，自始至终保持着做人的尊严。总之，这些人物可以看作是没有遇到王子前的"灰姑娘"，或者是没有蜕变为白天鹅之前的"丑小鸭"。张洁的作品以极大的热情，赞美这些"灰姑娘"和"丑小鸭"高贵的心灵和纯洁的人性。真实而生动地描述这些人物内在气质和外在形象之间的巨大反差，是张洁作品最重要的艺术特点。同时她也以犀利的笔触，揭露、嘲讽那些与"丑小鸭"相比自认为出身高贵的"鸭子"，和相对于"灰姑娘"而言自以为是的上流社会的女人。

张洁的"灰姑娘情结"带有明显的理想主义色彩，早在张洁创作的初期，著名文学评论家黄秋耘先生就曾经称张洁为"痛苦的理想主义者"②，这是一个十分准确的称谓。张洁的确是一个具有"人性乌托邦"精神的作家，这主要表现为她对人性有着十分苛刻的要求，哪怕是些小的人性瑕疵，张洁也难以容忍，因此，阅读张洁的作品我们会时常觉得作家过于挑剔，抱怨太多。这既可以说是张洁创作的长处，亦可看作是

---

① 张洁：《一个中国女人在欧洲》，中国华侨出版公司，1990年，第71页。
② 黄秋耘：《关于张洁作品的断想》，《文艺报》1980年第1期。

她作品的短板。

　　以上我们对三位成人作家的作品作了简单的分析，旨在说明成人文学中具有较多的儿童文学元素，对这种特殊现象进行说明，借助于儿童文学特有的方法，会收到事半功倍的效果。运用儿童文学的研究思路介入成人文学研究，正如运用神话学研究思路介入一般文学研究一样，是完全可行的。俄国著名神话学家梅列金斯基运用神话学研究方法，对《鲁滨孙漂流记》曾有一段精彩分析，他说：

　　　　小说的主旨在于：文明乃是艰苦卓绝、矢志不移、富于巧思的人类劳动的成果；而人之获致这一切，则是通过寻求旨在满足其切身需要的手段。基督教（系指清教徒）只是规诫世人生活有节制、待人以仁爱。这种人类中心主义之说（况且，鲁滨孙并非被描述为再生的"巨人"，而是被描述为理想中的"普通"的英国人），就其深蕴的含义而论，是反神话的。正是《鲁滨孙漂流记》为十八至十九世纪的现实主义小说开拓了道路。然而，达·笛福既然彻底摈弃传统神话乃至传统题材，则势必在鲁滨孙小说中提出某种乌托邦式的图示；而这种图示本身则同神话创作有某些近似；众所周知，水手赛尔基克——鲁滨孙这一人物的原型，实有其人，确曾羁留于人迹罕至的荒岛；至于文明，乃是社会劳动、相互矛盾的社会发展和文化发展的结果，而非个体辛劳所致。这种以属个体者替代属集体者的手法，恰与神话的人格化亲缘相联结。鲁滨孙有一次曾把自己比作上古穴居野处的巨人；这一比拟的含义较之主人公本人所理解的意义尤为深远。鲁滨孙确以自己双手创造了周围世界，类似神话中的"文化英雄"；而他在岛上的所作所为，则成为相应神话的结构。换言之。《鲁滨孙漂流记》不仅基于虚假的种种前提，因而可同神话相比拟，如借助于隐喻式的说法，可称之为"资产阶级神话"。就叙事结构而

　　论，这种小说也具有神话性。《鲁滨孙漂流记》是非神话化过程本身那种毋庸置疑的离奇性和矛盾性之绝好例证。①

　　梅氏在此所指出的小说的"神话性"和"非神话化过程"的"离奇性和矛盾性"的特征，对本节所提到的"特殊童话"研究很有启示意义。这些成人文学作品具有"儿童文学性"，但是它们在制作中，却通过了"非儿童文学性"的过程。这种"离奇性和矛盾性"，既具有作家自身的原因，也有作家非自觉的客观原因，它实际上反映出某种文学的本质特征。

---

① 〔俄〕叶·莫·梅列金斯基：《神话的诗学》，魏庆征译，商务印书馆，2009年，第300—301页。

第四章　复归与嬗变：儿童文学在世纪之交呈现出的神话特征

中国文学的发展似乎到达了一个关键性的节点，以往我们似乎十分熟悉的文学现象，现在却令人感到陌生。以前不成问题的问题，也一下子涌现出来，逼迫我们给出新的答案，譬如，如何看待文学的本质、如何对作品进行分类、如何评价文学的社会作用、如何界定一部作品的优劣，如此等等。以往的理论学说已经陷入了言说的窘境，宏大叙事被解构之后，留下的只是一些各说各话的语言碎片。

之所以出现上述问题，是因为我们所处的时代发生了前所未有的变化。就像鲍德里亚所说的，我们已经进入了一个纯符号化的时代："符号不再标示任何事物，它达到了真正的结构限制，只能回指其他符号。所有的现实都变成了符号操控的场所。传统符号（在语言交流中也是如此）是对象的有意识投资，是所指的理性计算，而现在，符码成为绝对指涉，同时，成为对象的邪恶欲望。"①符号"回指"符号，也就表明所指的内涵已经被抽空，并被能指取代，丧失了所指的符号因此变成"绝对指涉"，并不断衍生出新的符号。不是我们在使用符号，而是符号开始反客为主地"操控"现实，"操控"我们的思想。我们已经被无穷无尽的符号淹没了。在这样一个符号泛滥的时代，文学符号的意义何在？文学符号是否有被其

① ［法］鲍德里亚：《生产之镜》，仰海峰译，中央编译出版社，2005年，第114页。

，

他符号吞没的危险？文学未来的发展将会是怎样的？提出这样的问题，预测文学的未来走向，应该是文学理论研究的一个重要课题。

从考察儿童文学的现状入手，研究上面提到的课题，是一个很有价值的视角。在世纪之交，中国儿童文学的发展呈现出一些新的变化，这些变化与社会政治、经济生活的变化密切相关。我们甚至可以说，儿童文学是整个文学机体感应时代变迁最敏感的部分，儿童文学的变化蕴含着时代变化影响文学生存的前兆性。

这些变化最显著的特点是什么呢？我以为答案应该是从精英化向大众化的转变。美国人类学家考特克（Conrad Phillip Kottak）在 2002 年多次再版的经典性著作《人类学》中论述道："虽说某种艺术形式已经存在了上千年，但是艺术正在发生着变化。在当今世界，庞大的'艺术和休闲'产业以世界互联网的形式把西方和非西方的艺术链接在一起，创造出新的美学和商业尺度。"[①]世纪之交，儿童文学越来越被市场和受众所影响，这是我们不得不承认的现实。尽管我们现有的儿童文学理论，主要是对精英化、艺术化的儿童文学研究、阐释的结果，习惯性的理论思维定式，也容易让人产生对市场化行为的忽视甚至是鄙视，容易让人轻视大众化作品的艺术价值。但是，现实就是现实，它具有超出理论逻辑力量的更为强大的生命力。

世纪之交儿童文学的大众化特征，让我们自然联想到原始神话。原始神话在产生之时，就是大众化的，它与原始先民的宗教仪式以及日常的生产、生活紧密相关。原始神话的某些特征具有与当下儿童文学特征的相似性，或者说儿童文学呈现出复归神话的趋势。

---

① Conrad Phillip kottak: *Anthropology*, New York： McGraw-Hill Companies, 2002, p.518.

第一节 衍生性与交叉性的艺术形式

原始神话具有衍生性，一则神话从其产生到基本定形，往往有一个故事情节不断丰满的过程。中国古代著名的"牛郎织女"的故事，最早见于《诗经·大东》，诗文中说：

> 维天有汉，监亦有光。跂彼织女，终日七襄。虽则七襄，不成报章，睆彼牵牛，不以服箱。

诗句的大意是说，银河灿烂发光，织女每日辛勤劳作，但却不能织出华美的锦章。河边的牵牛，也不能驾驭车辆。《大东》描写的是中原东部人民生活窘迫、遭受压迫的情形，是一首讽喻诗。牛郎织女在此诗中主要的修辞意义是喻指辛勤劳作的布衣百姓。从这首诗可以知道，牛郎织女传说产生的时间是相当早的。

东汉末年的《古诗十九首·迢迢牵牛星》，较之《诗经·大东》则有了比较详细的故事情节：

> 迢迢牵牛星，皎皎河汉女。纤纤擢素手，札札弄机杼，终日不成章，涕泣零如雨。河汉清且浅，相去复几许。盈盈一水间，脉脉不得语。

在这首诗中，织女是作品描写的主要对象，作者用优美的语言，细腻、生动地展示了织女勤劳、善良、温柔、忧伤的性格特征。这首诗以中国传统诗歌中常见的"征夫怨妇"为主旨，但由于"征夫"牛郎是一个未出场的人物，只起到了对织女形象衬托的作用，因而，此诗可以视为"怨妇诗"。

从魏晋南北朝到宋代，牛郎织女的故事一直在民间流传，并见于文人的写作之中，故事情节逐渐丰满起来，主题再次发生转变，开始歌颂人神之间的真挚爱情。故事描写天上的织女和其他仙女偷偷跑到人间的银河洗澡，被牛郎拿走衣服，一时回不了天庭，竟留下来和牛郎组成了人间的家庭，生儿育女，过起了男耕女织的世俗生活。牛郎是一个勤劳善良的年轻人，早年的不幸生活（父母双亡、兄嫂虐待、分家不公）也能唤起读者的同情，但他最令读者感动的性格特点，是对爱情的忠诚和执着。当发现王母娘娘派天神把织女抓回天庭，他毫不犹豫地带上儿女去寻找织女。即使是王母娘娘把银河搬到天上，他也毫不气馁地追到天上。王母娘娘行使法术，把清浅的银河变成巨浪翻滚的滔滔大河，他也如"精卫填海"一样，用随身带的粪瓢舀出滔滔河水，决心舀干银河，与织女团聚。牛郎的精神终于感动了天帝，于是，才有了七月七日鹊桥相逢的美好日子。

从一个表现底层民众被压迫、被剥削的故事，发展为一个冲破重重阻力、不畏强权暴力，追求自由和幸福的爱情故事，可以非常典型地反映出神话故事不断衍生、丰满的过程。当然，我们还要注意到由这个爱情故事衍生出的另一种审美取向，那就是文人笔下"金风玉露一相逢，便胜却人间无数。柔情似水，佳期如梦，忍看鹊桥归路。两情若是久长时，又岂在朝朝暮暮"（秦观《鹊桥仙》）的雅致情趣。"又岂在朝朝暮暮"的爱情，是对厮守终日的世俗男女情感的悖反，强调的是感情的质量和生活的情趣。其表现手段固然有反其意而用之的新意，但也彻底颠覆了民间文化所突出的反强权、争自由的主题，这是我们在考察这则神话主题时，应该注意的问题。

世纪之交的中国儿童文学也表现出这种"衍生性"，具体来说，就是"系列作品"的出现。从较早的郑渊洁"皮皮鲁和鲁西西"系列，到杨红樱的"马小跳"系列，再到秦文君的"贾里、贾梅"系列，等等，无论是以大众化童书为写作目的的作者，还是追求艺术化的儿童文学作家，都开始进行系列化的文学创作。这与成人文学中，系列作品只在通俗文学中存在的情况很不相同。在成人文学中，以市场为导向的系列作品，把娱乐休闲功能放在首位，主要出现在影视文学中，很难达到评论家所期待的文学最高水准。而儿童文学中的系列作品，则可能被读者和评论家一致看好，并被公认为是最高水准的艺术创作，譬如国外作家罗琳的《哈利·波特》和国内作家秦文君的"贾里、贾梅"系列作品。

这些系列作品都是在已经取得读者欢迎以及市场看好的原有故事的基础上，不断衍生出新的人物、新的情节、新的故事，系列作品成为世纪之交中国儿童文学特别值得注意的一种创作现象。如何评价"系列作品"，也成为儿童文学理论界面临的一个问题。有的评论家针对某些作家的系列作品提出严厉批评，认为这些作品情节重复、人物性格单一，有"注水"甚至是抄袭之嫌，是粗制滥造的赝品。但也有的评论家认为，这些作家的系列作品并不能简单否定，要充分认识到作者和小读者的良性互动关系，要尊重文学市场的选择与要求。系列作品在以上外在因素制约下，即使出现情节、人物上的重复也无可厚非。

肯定也好，否定也罢，我们显然忽略了一点，那就是儿童文学创作中衍生性的系列现象为什么会出现。其必然性何在？我以为答案必须要在前文所提到的时代变化中去寻找。美国学者阿瑟·丹托在《艺术的终结》一书中说："像马克思可能说的，你早晨能是抽象艺术家，中午能是照相写实主义者，晚上能是极小的极简主义艺术家。或者，你能剪纸玩偶，或者，你做非常喜欢做的事。多元主义时代降临在我们身上了。你做什么都不再有什么关系，那都是多元主义希望的。一个方向同另一个方向一样好时，方向概念就不再适用了。"①马克思所设想的艺术生活化、艺术家平民化的情景，在原始社会就是某种程度上的现实，因而，原始社会也被称为"原始共产主义社会"。神话就是原始先民日常生活的重要组成部分，神话作者就是原始社会日常生活中的普通成员。原始社会的艺术生产情景，是

---

① ［美］阿瑟·丹托：《艺术的终结》，欧阳英译，江苏人民出版社，2005年，第130页。

马克思推论共产主义社会的一个逻辑起点。

既然艺术生活化了，艺术家平民化了，艺术的精英性也就不存在了。或者套用丹托"一个方向同另一个方向一样好时，方向概念就不再适用了"的句式，换一种说法为：当日常生活中随处都可以遇见艺术时，艺术与生活的区别也就显得不再重要了。当艺术与日常生活方式紧密结合起来，也就可能在一定程度上复原了原始神话产生和发展的文化生态环境，尽管这应该是更高层次的复原。但只要是具有相同因素的文化生态环境出现，艺术的存在和发展就必定受到影响。我以为，当下中国儿童文学系列作品的出现，正是受到这样的文化生态环境影响的结果。

衍生性的系列作品强调作者和读者的互动关系。回顾文学的发展可以看到，以精英化为特色的现代文学作品，强调作家的个性，文本成了挥洒作家情感、展示作家主观世界的舞台，作家可以在作品中毫无顾忌地信马由缰、纵横驰骋，而不必在意读者的阅读感受，读者在艺术生产中的作用常常被有意无意地弱化。而当下我们所处的带有鲜明后现代色彩的时代，其文学表现形式以大众化为主要特征，读者之于艺术生存的重要性就被凸显出来。因为，所谓"大众"，就是普通读者，读者成为后现代艺术构成的重要组成部分。文本不再是作家自由自在的表演舞台，读者也开始介入表演之中，并且发挥着越来越大的作用。我以为，系列作品之所以会出现，本质地讲，是读者的阅读需求在发挥作用，或者可以说，是读者通过市场在诱使作家创作出系列作品。而这一现象恰好悖反了现代文学的精英性，也悖反了我们对文学的传统认识，这也是让我们对当下文学现象产生陌生感的主要原因。在当下的文化、文学语境中，如果我们再一味地谈"对文学性的坚守"而忽视大众的审美趣味，就会让人觉得这或多或少的是一个"唐·吉诃德式"的命题。

儿童文学的衍生性系列作品已成为当下儿童文学创作中越来越凸显的现象，而且，其衍生性不仅仅局限在单一的艺术门类中，还有与其他艺术门类相互渗透的趋势，譬如，动漫作品就与儿童文学产生了紧密的联系，是当下的儿童文学研究者绕不开的话题。要谈到中国新时期的儿童文学，不提到日本及欧美的动画片，如《聪明的一休》《花仙子》《变形金刚》，还有中国的动画片《黑猫警长》《葫芦娃》，那将是不完整的。这些影视作品在屏幕上大获成功之后，又通过绘本、文字的形式与儿童读者产生互动，从而形成了一个交叉性的艺术形象综合体，成为一个综合性的儿童艺术产业链。最近几年，随着中国经济发展模式的转型，文化产业越来越受到重视，大力发展文化产业已经成为中国经济的一个新的增长点。在这样的背景下，动漫产业对文学的影响也将越来越大。

动漫作品与儿童文学已经形成了一种互动关系，或者是先有动漫形象后有文学作品，或者是先有文学作品后有动漫形象，两种艺术门类产生了交叉、互渗现象。针对出现的新问题，文学理论家开始关注文学形象视觉化后产生问题的研究。美国学者杰克·齐普斯认为，文学形象被制作成动漫形象可能会消解原作的思想内涵，他在谈到迪士尼的童话形象时说："私人阅读的快乐被非私人性的影院内的愉悦观赏所取代。它将个人与其他观赏者带到了一起，但却不是为了促进其群体性，而是为了使他们在法国人所说的娱乐（divertissement）和美国人所说的解闷（diversion）的意义上获得消遣。迪士尼童话的娱乐指向的是缺乏反思的观看。一切都浮于表面，维度单一，而我们也从这样单面的描绘和思考中得到快乐，因为它的简单使它显得可爱、轻松而又能抚慰人。"①齐普斯对迪士尼动漫作品"缺乏反思"的"娱乐指向"显然是不满意的，他在同篇文章的结尾处写道："迪士尼'打破'童话的文学类型，并通过各种书籍、物品、服装和唱片贸易，将他的作品打包印上自己名字的方式，多少有些令人神伤。他不是用技术来加强叙事在群体性方面的内容，也没有给故事观看带来能够激发和活跃观众的大变化，相反地，他雇用动画制作师和技术来阻止人们对于变化的思考，并回到他的电影之中，怀旧地渴望一片秩序谨严的父权天

---

① ［美］杰克·齐普斯：《作为神话的童话／作为童话的神话》，赵霞译，少年儿童出版社，2008年，第88页。

地。所幸文学童话的动画化并未止步于迪士尼；不过这已经是另一个要讲的故事了，一个关于打破迪士尼魔咒的故事。"①从这段话中可以看出，齐普斯认为"文学童话的动画化"是一个需要关注的问题，并且，考察这个问题未必一定会得出否定性的结论。但是，迪士尼单纯以娱乐为目的的动画作品却是他所不认同的，尽管"我们也从这样单面的描绘和思考中得到快乐"。他所希望的是一种新型动画作品，能"打破"单纯娱乐性的"缺乏反思的观看"的"迪士尼魔咒"。

齐普斯在这段论述中还有一个很值得注意的观点，那就是他所指出的：文学阅读是"私人性"的，影院观看则是"娱乐性"的，而且是一种个人被带到群体之中，但却"不是为了促进群体性"的单纯娱乐性。从艺术活动的"私人化"程度来考察艺术活动的本质，这是一个很有启发性的看法。从艺术发展的角度看，最初的艺术活动是群体性的，原始艺术与生产活动紧密相连，集诗、乐、舞于一体，是原始先民的一种有实际用途的重要的社会活动。它能把个人"带到群体之中"并能"促进群体性"。社会分工产生之后，艺术活动逐渐地被一部分社会成员所垄断，越来越变成这些社会成员"私人化"的活动。发展到近代社会的现代艺术，这种"私人化"程度达到了顶点，现代艺术家把艺术创作视为一种纯粹的自我表现。迪士尼的动画作品降低了艺术的"私人化"程度，但是却不能"促进群体性"，齐普斯对此感到遗憾。但是，他所设想的能够"打破迪士尼魔咒"的新型动画作品，是否可以达到"促进群体性"的目的呢？如果能的话，这样的动画作品就会成为某种具有"促进群体性"的艺术形式，剧场也因而将变成一个带有仪式性的社交场所，就如同原始社会从事祭祀等宗教活动的场所一样，人们在一种带有仪式性的娱乐休闲中，获得了与其他社会成员沟通的机会，剧场中的动漫作品以及其他艺术作品，就可能在未来的社会生活中发挥更大的作用。这会不会是未来社会中文学等艺术形式存在的一种可能的方式呢？尽管我们不能给出明确的

① ［美］杰克·齐普斯：《作为神话的童话／作为童话的神话》，赵霞译，少年儿童出版社，2008年，第88—89页。

肯定答案，但是，我们可以从当下购物广场中的电影放映厅的多重休闲娱乐功能中，看到这种艺术生存方式的端倪。

从"私人化"程度来考察动漫作品与儿童文学结缘，我们会发现，二者的契合点主要集中在儿童文学的重要组成部分——幼儿文学之中；而幼儿文学本身就是一种"私人化"程度比较低的艺术形式。幼儿文学的主要读者是学龄前的儿童。这个年龄段的儿童由于受自身的生理和心理因素制约，一般说来缺乏独立阅读文学作品的能力，需要成人的陪伴或是指导。幼儿文学的阅读往往是在一个成人与一个或者是多个儿童之间展开的，成人是阅读者，幼儿是听众。与成人阅读相比较，这样的阅读具有某种"群体性"的特征。从长者讲、幼者听的文学欣赏过程来看，颇为类似于民间艺人讲述神话、传说的场景；我们或者可以把这样的场景，视为远古时期神话传播情景的再现。

幼儿文学所具有的神话特征与同样具有神话特征的动漫形式相结合，使当下儿童文学呈现出明显的神话品性。研究这种神话品性，需要儿童文学理论家必须跳出以往的研究窠臼，而关注更为广泛的文学与文化问题。随着经济社会的发展和文化形态的变化，以往以幼儿观众为主体的动漫作品，得到了更多社会群体的喜爱。当下，不仅是青少年，甚至是部分成人也对动漫作品产生了兴趣，《变形金刚》《阿凡达》等好莱坞巨片在全球范围内的热映，就充分说明了问题。这种情形应该引起儿童文学理论家们的关注。要想揭示出当代儿童文学所表现出的衍生性、交叉性的艺术特征，儿童文学理论家就需要扩大自己的理论研究范围，在更为宽广的理论背景中，研究儿童文学出现的新问题，使儿童文学的理论研究成果对当下的思想文化建设有所贡献。

第二节 图画书：语言的图像化

图画书是需要单独提出来讨论的一个问题，它也表现出儿童文学与其他艺术形式交叉、互渗的特性，同时也可以看作是当下儿童文学所具有的神话品质的一种体现。

中国儿童文学理论界对图画书开始真正关注，是在新旧世纪交替之时。2001年由新蕾出版社出版的《中国儿童文学5人谈》，把图画书作为一个重点问题，排在第二个话题加以讨论，可见对之重视的程度。但是，参加讨论的学者也不无遗憾地指出："从事图画书理论研究的人似乎很少。这还是一片处女地。"①这样的评价，基本上反映了当时中国儿童文学理论界对图画书研究的现状，也从侧面反映了国内图画书创作和出版的水平。

图画书主要读者是幼儿，它针对低幼儿童的欣赏特点，以生动有趣的图画为主，辅之以浅显、活泼的语言文字，来讲述一个适合幼儿欣赏的故事。"既有图画，又有文字语言的图画书到底是一种什么样的艺术形式？事物往往都是复杂、多样的，非此即彼的决断常常犯错误。图画书是具有多种属性的艺术样式。在我的观念中，包含着图画和文字语言两种媒介的图画书首先是一种文学体裁，是幼儿文学的一种表现形式。"②儿童文学理论家朱自强先生如是理解图画书的性质。

我以为，朱先生之所以说图画书"首先是一种文学体裁"，是因为图画书的首要任务是要讲述一个文学故事，它之所以要采用图画而不用文字的表现方式，完全是为了适应幼儿的欣赏能力。由于生理原因，幼儿基本不具备识字的能力，因此，要想让幼儿直接接受文学作品，就必须采用非文字的形式。幼儿虽然不具备阅读文字的能力，但是感受图像的能力不仅有，而且很强，这就使图画书通过画面讲述故事成为可能。一幅图画就是一个叙事单元，多个单元组合在一起，就构成了一个完整的故事。幼儿通过读图，一步步走进文学世界，欣赏图像所包含的文学意境。像读文字一样读图，不仅仅是每个人都具有的一种能力，而且还可以看作是一种文化遗传。我们的原始祖先，在没有文字之前，就是通过读图来了解神话故事

---

① 梅子涵等：《中国儿童文学5人谈》，新蕾出版社，2001年，第56页。
② 朱自强：《儿童文学概论》，高等教育出版社，2009年，第334页。

的，神话的传播也是主要凭借图像的形式而达成的。

最初的神话故事是以直观的具象形式画在、刻在岩石上，或者是兽皮和其他物件上的，一组组的岩画或其他材质的图画，讲述着最古老的神话传说，我们或者可以把这些原始绘画艺术作品，称之为人类最古老的"图画书"。譬如古代埃及的绘画，以及绘画上的楔形文字（楔形文字本身就具有绘画性，是一种象形文字），主要讲述的就是古埃及的神话故事。美国学者亨利·富兰克弗特对一幅古埃及的太阳船绘画作了如下阐释："在埃及，太阳的敌人是黑暗，其象征物是蛇即阿波菲斯。每个晚上和每个凌晨这个对抗者都被制服。在新王国时期，缺乏动感的呆板图画提供了太阳在其船上的胜利进程；蛇在神的面前被屠杀了。"[①]古埃及人一定是以神圣的心情绘制了这幅图画中的形象。在第一幅图中，那艘太阳船上站立的人显然是太阳神；第二幅图中，一条巨蛇在船前被屠杀则表明光明战胜了黑暗。这两幅图画的形象很重要，但更为重要的是形象所包含的叙事意义，也就是人们能够用语言（口头语言或书面语言）表达的思想意义。这幅图画是需要阅读的，像阅读文字一样，富兰克弗特就为我们提供了一种阅读理解方式。从这个意义上说，原始先民讲述神话传说的图画与儿童文学中的图画书性质完全相同，它们都可以被视之为一种直观、非文字的文学表现方式。文学神话是在文明发展到相当高的水平，产生了文字之后才出现的。即使出现了文学神话，用各种图像或塑像表现神话题材，也是很常见的艺术现象。

对神话性质的界定，不同的学者会有不同的看法。对于法国学者埃里克·达代尔来说，神话是一种具有特殊品质的"言语"。这种"言语"超出了一般的语言表达的意境，具有非常丰富的内涵，达代尔描述道："'言语'，也是人从世界得到回答的凭借，是山脉、森林、月亮辉光、大海波涛、树叶沙沙声所要告诉他的。正如让·沃居埃（Jean Vogué）评

---

① ［美］亨利·富兰克弗特：《古代埃及与宗教》，郭子林等译，上海三联书店，2005年，第101页。

论的，即使在现代宇宙之万物中，我们仍然可以感觉到'那紫色夕阳的壮丽，那碧蓝天空的静谧'。马丁·布伯（Martin Buber）认为，诗人在明月当空之际，依然能体验到'月光如水流淌于心的情感意象'。这正是当我们站在世界面前还能感受到的原始神话所具有的意象：万物都有灵，动植物都会'说话'，处处都能听到世界的声音，种种呼唤在人的心中回响，四处的精灵传来信号、命令和禁令。神话是那样一种'言语'，它把每个角落的人们召唤在一起，冲破黑暗。它既不是寓言，也不是小说，而是形式和声音、模式和谚语，是呼唤，是幻象，是真谛，一言以蔽之，是'言语'。"①达代尔的这段话形象生动地表明，神话形象是一种丰富的意境，包含着空间的广度和时间的厚度。它具有多重性质，不仅仅可以用视觉、听觉、触觉去分别感知，更应该用所有感知器官、用整个心灵去感应。这也就是为什么神话既可以用文字表达，也可以用直观形象表达的原因。

达代尔的上述论述指出，只要用心体验，即使是作为现代人的我们，也能感受到"原始神话所具有的意象"，这种意象能够"在人的心中回响"。图画书恰好是具有原始"意象"，并能激发读者"心中回响"的艺术。优秀的图画书作品，都具有如同神话一样深刻的内涵和耐人寻味的艺术魅力。美国作家希尔弗斯坦有一篇著名的图画书作品，名为《失落的一角》。这篇作品讲述的是一个圆形，因为缺失了一角而感到有缺憾，于是它要去寻找那"失去的一角"。它上路了，有时顶着烈日，有时冒着雨淋，有时又要忍受冰天雪地的严寒；它穿过沼泽与丛林，渡过海洋，上山下山。总之，在漫漫的寻找途中，虽然历尽艰辛，但它不后悔，也不动摇，因为它要找到缺失的一角，找不到的话，它就不快活。由于缺了一角，所以它滚动得不可能太快，而这恰好能够让它有机会和小虫说说话，闻闻花香，与甲虫赛跑，与蝴蝶亲密接触。缺了一角，使它有了一张"嘴"，所以它能尽情歌唱。它曾经遇到过各种各样的"另外一角"，但不是大，就是小，不是尖，就是方；有的合适却没被抓牢，有的抓得过紧又被压碎了。找来找去，就是找不到十分合适的"另外一角"。最后它终于找到了一个"看起来很合适"的"另外一角"，与那一角合在一起，它成为一个完完整整的圆形，它高兴极了。但是它却发现，因为成为圆形，它滚动起来非常快，再也没有机会与小虫说话，闻闻花香，与甲虫赛跑，与蝴蝶亲热。它还想唱歌，但它的"嘴"已经被那一角填满了，只能"呜……哇……"地发出难听的声音，再也唱不出动人的歌词和美妙的旋律。它终于从寻找的过程中明白了一些道理。于是，它把找到的那一角又轻轻放下，然后从容走开，愉快地唱着歌，继续去寻找"失落的另一角"。

这篇图画书作品在非常简单的故事情节中，蕴含了十分深刻的生活哲理。首先，从整体象征意义上看，寻找"失落的一角"的过程就是人的生命历程的缩影。每个生命个体来到这个世界，都是在不断地寻找自己认为缺失的东西，我们通常称之为"生活追求"。"生活追求"有高有低，但却不可能没有；没有追求的生命，就意味着死亡。追求的过程虽然充满艰辛，但也有很多美好伴随，艰辛与美好合在一起才是生命的真实内涵。其次，生命不可能完美，有缺憾的生命才是真正的生命状态。缺失一角的圆，最后又把千辛万苦找到的一角放下，继续唱着歌去寻找"失落的一角"，说明的就是这个道理。再次，生命的重要意义在于过程，享受生命的每一刻，无论是幸福还是艰辛，这样的生命才有意义。生命的意义在于追求，但是追求的结果并不重要，因为，我们所要追求的生命目标可能根本就无法达到；或者，看起来达到了，却发现与自己最初追求的并不相同。但是，这都不重要，重要的是我们始终走在求索的路上，生活于是就会充满色彩，生命于是就会放射出光辉。

这篇作品的图像非常简洁，单纯的钢笔线条勾勒，随意、率性而朴拙，让人自然想到绘制在岩石上、陶器上的原始绘画。画面没有多余的装饰，没有任何色彩，所配加的文字也是少之又少。但是，在几乎是简单的几何图形组合中，读者却能感受到心灵的震撼。"好的幼儿文学都应该是在一种比较单纯的形式下，有一种非常厚重的，给我们一种厚重的人生感这样的作品。这是优秀的幼儿文学应该具备的一种品质。"①《失落的一角》就是这样的优秀幼儿文学作品。

图画书所具有的"厚重感"使它不仅为幼儿所喜爱，也为成人读者所欣赏。好的图画书是适合幼儿、成人共同阅读的文学作品。儿童文学理论家方卫平说："图画书是以亲子共读为主的样式。它吸引孩子同时也吸引大人，这是图画书应有的魅力。"②彭懿则颇为偏激地说："一本图画书，能让孩子落泪，更能让大人落泪。我一直偏狭地认为，图画书更多的是为那些大人创作的。"③这些学者的看法表明，优秀的图画书可以具有更为广大的读者群。但是，我以为，从本质上讲，图画书的读者还是孩子，尤其是幼儿。

之所以这样说，是因为图画书的精妙之处，只有用孩子的眼光去看，才能真正体味到。加拿大著名的图画书作品《爷爷一定有办法》（菲比·吉尔曼作文并绘图）运用反复的表现手法，描写一个孩子约瑟的爷爷，总是能变废为宝，给约瑟带来生活的惊喜。在约瑟小的时候，爷爷为约瑟做了一条毯子；毯子用旧了，爷爷把它改成一件外套；外套用旧了，爷爷把它改成一件背心；背心用旧了，爷爷把它改成一条领带；领带用旧了，爷爷把它改成一块手帕；手帕用旧了，爷爷把它改成一个纽扣；纽扣弄丢了，还够改成什么呢？还够……"写成一个奇妙的故事"。真是一个无比温馨的"奇妙故事"！我以为，读这样一本图画书，胜过读很多并非平庸的成人小说。

我之所以以这篇作品为例，来说明要用孩子的眼光去欣赏图画书，是因为，读这篇作品除了对文字上单纯的反复所蕴含的味道，需要以童心来揣摩之外，更要注意文字没有表现的东西，它融入图画中，那是一个更为

---

① 梅子涵等：《中国儿童文学5人谈》，新蕾出版社，2001年，第39页。
② 梅子涵等：《中国儿童文学5人谈》，新蕾出版社，2001年，第53页。
③ 同上。

奇妙的世界。这篇作品的大部分场景，是约瑟和爷爷两个家庭的房间。约瑟与爸爸妈妈住在二楼，爷爷和奶奶住在一楼，图画书的精心设计在于，爷爷和奶奶房间的地板下面，还有一个世界，那里有一个老鼠的家庭。作品开始的时候，只有两只老鼠，房间空荡荡，一无所有。慢慢地房间布置起来了，小老鼠也多起来了。我在阅读这些画面时，总是觉得自己缺乏童心，不能够从图画中读出更多叙事发展的可能性。比如，画面已经暗示出，老鼠一家生活的改善是和约瑟一家、约瑟爷爷一家的生活相关的，约瑟爷爷做毯子剩下的布料，是老鼠一家的财富，那些布料在老鼠爷爷的加工下，变成了老鼠一家的床单、衣服，"爷爷一定有办法"这句话，同样适用于老鼠家庭。但是，由于没有任何文字说明，老鼠一家的生活与约瑟的生活有着哪些其他联系与区别，却是我难以搞清的，我只是对老鼠一家情趣盎然的生活图景着迷，却难以发现其中叙事的多种可能性。我相信孩子一定能从老鼠一家的生活画面中，读出很多有价值的叙事信息，能看到大人忽视或不可能看到的细节，因为在孩子的眼睛里，那个世界与约瑟的世界本来就有着千丝万缕的联系，那个世界同样精彩。

　　图画书以简洁、生动、夸张的艺术造型，讲述充满人性温暖的文学故事，使人自然联想到讲述原始神话的绘画作品。原始先民也是以同样的艺术造型方式，描述人类最初对宇宙自然和人类自身的认识与理解，图画书在世纪之交繁荣并引发学者们的研究兴趣，是新时期儿童文学呈现出神话特征的重要标志。德国艺术理论家格罗塞在谈到原始舞蹈仍然保留在儿童世界中时说道："在原始的民族和原始的个人——就是儿童——之间，有一种深刻的类似。原始民族沉溺于模拟舞，在我们的儿童之中也可看到这种同样的模仿欲。模仿的冲动实在是人类一种普遍的特性，只是在所有发展的阶段上并不能保持同样的势力罢了。在最低级文化阶段上，全社会的人员几乎都不能抵抗这种模仿冲动的势力。但是社会上各分子之间的差异与文化的进步增加得愈大，这种势力就变为愈小，到文化程度最高的人则极力保持他自己的个性了。因此，在原始部落里占据重要地位模拟式的舞蹈就逐渐逐渐地没落了，仅在儿童世界里留得了一席之地。在这个世界里原始人类是永远地在重生的。"①我以为，格罗塞认为原始艺术可以在儿童世界里"重生"的观点，对我们分析儿童文学中的图画书兴起、认识图画书的艺术价值，具有启示意义。图画书难道不正是原始神话在儿童世界的"重生"吗？图画书的思想与艺术价值难道不正是需要我们从神话的角度去认识理解吗？

第三节 "新神话主义"解析

2004年10月30日至11月1日，中国作家协会在深圳召开了全国儿童文学创作会议。在这次会议上，青年童话作家杨鹏提出了"新神话主义"的创作理念，在会议发言《新神话主义：中国儿童文学的突围策略》一文中，杨鹏比较详尽地阐述了他所说的"新神话主义"的内涵，该文写道：

> "新神话主义"是二十世纪九十年代中后期兴起的一种文化浪潮，它以技术发展（尤其是电影特技和电脑技术）为基础，以幻想为特征，以传统幻想作品为模本，以商业利益和精神消费为最终目的，是多媒体（文学、影视、动漫、绘画、电脑和网络等等）共生的产物，也是大众文化的一个组成部分。这种文化浪潮与经典神话有诸多相似之处：都是幻想的产物，都试图塑造某类英雄，都是集体创作，都是大众文化……
>
> 与经典神话不同的是：经典神话是先民对自然和未来的恐惧与膜拜的产物，它来自民间，是建立在先民无意识基础上的作品。而"新神话主义"作品大多数经过了制作者精心的策划，是有意识的创

---

① ［德］格罗塞：《艺术的起源》，蔡慕辉译，商务印书馆，2005年，第167页。

作行为，是制作者与消费者共谋的产物，制作者通过打造"新神话主义"作品，达到其商业目的。消费者则通过欣赏"新神话主义"作品进行精神消费；经典神话的受众大多对神话内容深信不疑，而"新神话主义"的消费者则不会相信幻想作品的真实性；经典神话是大众（又称为"人民群众"）集体的、世代相传的创作，"新神话主义"作品则是某个团队的、时间跨度相对较小的集体创作；经典神话多是口耳相传，不依赖技术的发展，"新神话主义"的兴起则依赖于技术的发展；经典神话的形式较为单一，一般是以口述或者文字记载的形式存在，"新神话主义"作品的形式却是多样的，包括文学作品、动漫、影视、电子游戏……"新神话主义"貌似是对神话、魔幻、童话等幻想主义作品的回归，但其实际上与这些传统的幻想主义作品有本质的区别；经典神话不可再生，而"新神话主义"作品则可以通过流水线的方式批量生产。①

在上面的论述中，杨鹏从"同""异"两个方面对经典神话与"新神话主义"作品做了比较，尤其是通过二者相异之处的多方面比较，比较清晰地界定出他所提倡的"新神话主义"作品的本质特征。

应该指出的是，杨鹏所倡导的"新神话主义"无论是对儿童文学创作还是对理论研究，都没有产生太大的反响。但是，我们之所以要把这个问题提出来，作为新世纪以来，中国儿童文学呈现出神话品质的又一明显表征来加以讨论，是因为在"新神话主义"的理论表述中，涵盖了很多值得我们进一步思考的理论问题。

首先，"新神话主义"创作理念的理论表述中，敏感地发现了世纪交替之际，中国儿童文学创作出现的一个重要变化，那就是儿童文学作家主体意识的淡化。儿童文学理论家方卫平说："现代商业文化开始日渐普遍

---

① 杨鹏：《新神话主义》，中国作协儿童文学委员会选编：《光荣与使命》，明天出版社，2005年，第100—101页。

地渗入和影响人们的社会生活，是新时期以来中国社会发展的一个基本背景。"①这样的文化背景对文学创作的影响是明显的。文学创作作为以作家为主体的精神活动，日益被文化市场的商业利益所侵蚀，市场的操纵力成为文学活动后面一股十分强大的制约力量，决定着作家的创作走向。商业文化的这种操纵力，在儿童文学界表现得更为明显。新时期以来，尤其是世纪交替之际，童书市场的红火，超过了任何一种文化产品。仅从出版机构的设置中就可以看出，过去只有十几家出版社出版童书，现在则是几乎每个出版社都有"少儿出版中心"，纷纷以出版童书作为营利手段。出版社在赢利的同时，也为作家开出了高额的稿酬回报，以诱使作家参与童书市场的经营活动。

在巨大的金钱诱惑力面前，作家不可能不顾及市场与读者的需求，作家的主体意识随之被市场一点点地蚕食，日益表现出"工匠"的特征。以往人们赋予作家的神圣光环被剥离，作家不再是"人类灵魂的工程师"，而仅仅是一个文化消费品的制作者。时下人们对儿童文学作家常常以"童书作者"来称谓，就是作家去神圣化后的语符描述。在上面引文中，杨鹏使用了如下文字，来表述他所说的"新神话主义"作品的特点："'新神话主义'作品大多数经过了制作者精心的策划，是有意识的创作行为，是制作者与消费者共谋的产物。"在这段文字中，杨鹏已不再使用"作家与读者"或者"作者与读者"的概念，而是用"制作者与消费者"的提法，充分体现出儿童文学创作的市场化、商业化的特征。"制作者与消费者共谋的产物"的表述方式，也使作家精神劳动的成果——文学作品等同于一般商品，批量化的味道远远大于个性化。此外，杨鹏在论述中，还多次提到"新神话主义"作品的"集体创作"的特性，这也从另一方面说明了当下儿童文学创作中，作家主体意识淡化的趋势。

---

① 见方卫平在2012年6月2日"中美儿童文学高端论坛"上的发言：《当代童年与商业文化精神》，此论坛由中国海洋大学与美国德克萨斯A&M大学联合主办，中国海洋大学文学与传播学院承办（青岛）。

已经享有盛名的作家，有出版社提供的丰厚稿酬，有营销商的倾力宣传与推介，他们并没有作品发表的压力。因而，他们的主体意识淡化具有一定的被动性特征，可以说是无奈之举。与之相对的是那些不知名的作家，他们面临着严峻的社会认可问题，不得不主动迎合市场的需要，写作那些适合市场营销策略的作品。于是就形成了某一时期某类作品在文化市场上大肆泛滥的情况，譬如，描写各种各样的"顽童"活动的作品就曾经大量涌现，时空穿越的作品也曾经成为书商大量推销的产品。这些作家在主动迎合市场需要的同时，内心感受却可能是相当复杂的。美国作家莱斯利的一段话，或许能够说明那些"追风"作家的心态："诚如所有作家心知肚明的，这意味着即使我们大多数人（包括我自己）羞于承认，文学和文学作品，都是只有在从书桌走到市场之后才告完成。这是说，在被包装、宣传、广告和卖出之前，文学都是不完整的。不仅如此，作家们同样明白，他们自己好比尴尬的处女，朝着世界高喊：'爱我吧！爱我吧！'直到如这个行当的术语所言，'销出了她们的初夜'。所以不奇怪，出版顺利多产、功成名就的作家，看不起那发表自己的'半处女'，还是行话说得明白，变成老处女的绝望情绪，迫使他们走向了'自费出版'。"①在这段无奈得近乎绝望的表白中，作家"出卖"艺术主体性的心态一览无余。

无论是被动还是主动的选择，作家主体意识的淡化，都是世纪交替之际一个值得重视的文学现象，简单的肯定或否定，都不是面对问题的正确态度，揭示其深层次的原因，才是正确的做法。但是，由于时间距离太短，我们可能被时空的局限牢牢束缚，难以透过现象达到对其本质的深刻体察。而在这种境况中，我们或许可以把本质透视的问题"悬置"起来，从现象的描述入手，得出结论。如果这样的思路是可以的话，我们或许可以说，世纪交替之际，中国儿童文学创作呈现出两种发展趋势：作家主体意识的淡化和社会的群体意志的浮现，作为个性化的文学创作活动更多地

---

① ［美］莱斯利·菲德勒：《文学是什么？》，陆扬译，译林出版社，2011年，第16页。

被社会性的交换仪式（文化市场为这种仪式的上演提供各类场所）所取代。这样的趋势，表现出某种与原始神话相类似的特征。这样一种"淡化"现象究竟会导致怎样的结果，我们应该如何应对，我以为，至少到目前为止，恐怕还难以给出确切答案。

其次，"新神话主义"理论强化了儿童文学作品的纯娱乐化功能。我们在第一节的论述中，曾提到过美国儿童文学理论家齐普斯对迪士尼娱乐化的评价，他认为："迪士尼童话的娱乐指向的是缺乏反思的观看。一切都浮于表面，维度单一。"从这样的评论中，批评性的否定语气显而易见。

但是，世纪交替之际尤其是新世纪以来，中国儿童文学的娱乐化倾向却是越来越明显。从儿童小说这一题材来看，各种各样的"搞怪""搞笑""淘气包""捣乱王"的故事随处可见。在这类作品中，思想教育意义被放到了第二位，儿童的随意性的行为、非理性的举动被无限制地放大，被毫无条件地肯定甚至是赞颂。这些作品的唯一目的，似乎就是娱乐。这还是就主流作家的创作情况而言，如果考虑到各式各样的网络文学和"口袋书"的话，这种情况还要更加严重。

杨鹏认为"新神话主义"作品是为"消费者"提供的一种"精神消费"，而且是在消费者"不相信"其"幻想真实性"的情况下。所谓"不相信……幻想真实性"，也就祛除了作为被消费的幻想作品的严肃性，降低了其思想内涵的沉重感。这样的情景设定，就使"新神话主义"作品的"消费"行为，与纯粹的精神娱乐消费行为不存在任何差别。杨鹏如此表述他所提倡的"新神话主义"理念，显然是在强调儿童文学的娱乐化功能。

对待这种娱乐化倾向，儿童文学理论界的态度是颇为暧昧的。这种暧昧表现为，在理论阐述中往往持批评态度，但在面对创作实况时，则往往表现出超乎一般的容忍，有的批评家甚至发文公开赞许儿童文学的娱乐化倾向。[①]如果想一想，早在1986年，美国著名学者尼尔·波兹曼就曾经出

---

① 儿童文学作家、学者谭旭东在2007年11月4日《文艺报》上发文：《浅谈儿童文学娱乐化趋势》，对娱乐化表示肯定。

版《娱乐至死》一书，对美国文化的娱乐倾向严厉批判，我们不得不说，中国学者对待娱乐文化的理论姿态明显滞后。

　　这种"滞后"不仅表现在理论批评上，还表现在创作上。一个很有意思的创作对比现象值得提出：中国儿童文学中的各种"搞怪""搞笑"的儿童小说的主人公往往是男孩，女孩也可能表现出某些"鬼马"的特点，但总的看，还脱不掉女孩的柔弱、稚气；与之形成鲜明对比的是，美国儿童文学在近期则出现了"懦弱男孩和强悍女孩"的创作现象。美国科罗拉多大学哲学教授克劳迪娅·米尔斯在"中美儿童文学高端论坛"（2012年6月1—4日于青岛中国海洋大学文学与新闻传播学院召开）上提交的论文，就探究了这种创作现象产生的根由。该论文的题目为《懦弱男孩和强悍女孩：战后美国儿童文学中的性别化儿童形象》，在本文中米尔斯教授说：

　　　　儿童小说中的这种文学趋势——强悍的女孩和懦弱的男孩——很难说反映了儿童教养的现实。在美国的学校，发生问题行为并引发麻烦的男孩数量大大超过女孩。国家教育统计中心的统计数据表明，早在幼儿园阶段，男孩就在课堂上表现出更多的破坏性行为；他们被诊断出患有多动症的概率是女孩的6倍，男孩考试不及格或辍学的概率也大得多。引起广泛关注的教育中的"男孩危机"凸显出，很大程度上是男孩而不是女孩正在经受现实生活中的不幸。

　　　　塑造制造麻烦的女孩和深受其害的男孩，也许这一文学发展趋势是对现实的学校和家庭中令人困扰的儿童性别模式的反拨。与行为完美的模范生的故事相比，顽皮儿童的故事读起来更有趣，然而如果不当的行为是现实生活的令人恐惧的真实反映，就不那么有乐趣了。一个有待论证的观点是，如果我们一度可以欣赏汤姆·索亚、哈克·费恩以及使贝雷·奥尔德里奇得名的坏小子的诙谐，但现在我们生活在一个比那时更多危险也更多和解的世界中（we live in a more dangerous and compromised world），在这里坏小子不再使我们发笑，而威胁程度更小的坏女孩便取而代之。这一点或可成为对这种流行的文学模式的一个尝试性解释。

米尔斯教授在上面的论述中，深刻地分析了与真实情境相悖的儿童文学性别形象塑造问题，并富有创造性地提出了一种心理动因假设，即与当下的时代特征相应，坏女孩处在读者心理容忍度的阈限之内，而坏男孩则可能超出了这个阈限。对于生活在当今美国社会的米尔斯教授来说，她对这个世界的心理感受与我们是不同的：她认为这个世界存在着更多的"危险"与"和解"，我们则认为这个世界存在着更多的机遇与挑战。这或许是我们的儿童文学作品中存在着"坏小子"，而美国的儿童文学中却存在着"强悍女孩"的主要原因。这算不算一种"滞后"现象呢？回答这个问题似乎有些难度。但是，可以给出肯定答案的是，中美儿童文学性别形象塑造的差异，反映的是两种不同的社会心理：一个是发展最快、正在向中等发达国家靠近的发展中大国的国民心理，一个是发展缓慢、已经是世界上最富有、最有影响力的发达大国的国民心理。

齐普斯对迪士尼动画批判的态度，可能得不到中国同行的认可，因为中国儿童文学理论家一般对迪士尼的创作模式是持肯定态度的。与美国儿童文学理论家相比，是不是更富活力、更富挑战性的发展中国家的心理态势，让我们对儿童文学的娱乐化特别的宽容呢？无论什么原因，娱乐化将对未来的中国儿童文学发展产生重要影响。

再次，"新神话主义"理论对传统的艺术生产方式提出了挑战。杨鹏在上面引文中说："经典神话多是口耳相传，不依赖技术的发展，'新神话主义'的兴起则依赖于技术的发展……经典神话不可再生，而'新神话主义'作品则可以通过流水线的方式批量生产。"杨鹏用最为直白的语言，指出了"新神话主义"创作方式与传统方式的不同。

"依赖于技术的发展……通过流水线的方式批量生产"，虽说还没有足够的证据表明，已成为儿童文学的主要创作方式，但是，带有这种模式的创作现象却越来越多，从而也对传统的文学创作理论提出了挑战。

在上个世纪中期，法兰克福学派的理论家们对资本主义文化产业大加挞伐，他们的很多精辟论述发人深省。但是我们也要看到，随着时代的发展，今天的文化产业与上个世纪中期相比，已经发生了根本性的变化，融入了信息化、网络化等现代科技因素的文化产业，正在改变着人们的精神生活方式。文化市场和网络世界，为社会大众提供了一个尽情释放自我的狂欢舞台，它们分别用各自的方式，制造着各式各样的神话。美国学者齐普斯说：

> 人们总是能一眼认出临近圣诞节时的美国。打从11月的某个时候开始，书店的橱窗里就陈列出了色彩迷人、装帧不凡的亮闪闪的童话书。几乎像是魔法般地，书店的橱窗好似被这些奇妙的书籍给施下了魔咒。然而，这一现象其实也没什么魔魅可言，一切都是可以预见的：书商与出版商形成合谋，都想诱使孩子和家长们在节日期间尽可能多地买书。大多数时候，书籍内容本身的乏味倒是没什么关系；真正受到重视的恰恰是一些毫无价值的东西，包括书籍装饰，还有娱悦人的封面设计，它向读者预告了一个绝妙的快乐世界，这个世界能够将旁观者带离当下严酷的现实。书店的橱窗闪耀着异域世界的光芒和快乐时光的承诺，这些童话书包含着一种希望，即我们能够拥有一个比此时此地的日常生活世界令人激动得多，也收获得更多的世界。[1]

齐普斯指出，出版商为了吸引消费者的购买欲望，调动了各种各样的促销手段，以绚丽的装饰换取营销的利润，从而使出版物的内容与形式发

---

[1]　[美]杰克·齐普斯：《作为神话的童话／作为童话的神话》，赵霞译，少年儿童出版社，2008年，第142页。

生了严重的背离。抽空了内容的出版物，变成了虚假的外壳和容易破裂的肥皂泡。

中国的出版者面临着同样的问题：

> 《儿童文学》主编、出版人徐德霞说："在图书市场竞争白热化的今天，作为一个出版人，应该坚守文人品性，恪守文人本分。不该忽略那些老生常谈的词汇，诸如道德、责任、匡正、教化、传承等等。我们应该有自己矢志坚守、恒久不变的精神内核，要有强烈的社会责任感和文化传承意识。否则心智不明、意志不坚，为社会潮流所裹挟，为利益所诱惑，为赚钱而出书，为人情而出书，为私利而出书，为出书而出书，即使穷尽毕生才志，也不可能出版优秀图书。编辑是一手托两家的特殊职业，一边是作家，一边是读者。我们应该尊重作家，善待每一部书稿，要知道每一部到手的书稿都是一份沉甸甸的信任；同时我们应该尊重每一位读者，因为每买走一本书都包含着读者一份热切的期待与渴望。为了这两份深切的目光，我们就不该有不求甚解、得过且过的混世之想，也不该因驾轻就熟而生轻飘草率之心，而应该殚精竭虑、精益求精，做好每一本新书。"①

这段话首先明确地指出，当今图书市场的竞争已呈"白热化"之势，暗示出版人有很多身不由己的作为；但是，接下来又把一些"老生常谈"的"文人本分"强调出来，说明越是有身不由己之难，越是要不忘本性、本分；再下来，则摆出"为社会潮流所裹挟"的种种表现，以及作者读者两种利益的相互兼顾。由此可以看出，这段出版人的自白里，有着太多的矛盾和纠结，一层意思制约另一层意思，很多难言之隐尽在其中。

---

① 李东华：《童年阅读：为什么读？读什么？》，《文艺报》2011年7月18日。

出版人所面临的问题，反过来也会作用于作家的创作，作家也会调整自己的创作姿态，以适应市场的要求。杨鹏所说的"通过流水线的方式批量生产"的创作模式，也就有了存在的合理性。

第四节　带有民间色彩的虚拟化倾向

世纪交替之际，随着中国综合国力的提高，网络技术得到了迅速的推广和普及。据有关机构调查显示，在新世纪之初，中国每百人的电脑占有率和网民数量，都已接近或超过世界平均水平。网络已经开始向社会生活的各个领域渗透，并且开始潜移默化地改变着我们的日常生活。

网络对青少年的影响尤其明显。美国营销策略规划师安妮·萨瑟兰和著名记者贝思·汤普森在著作《儿童经济》中说："二十世纪后半段两件最有影响力、极大促进了社会变革的产品都是无线技术产物，它们分别是：电视机和个人电脑。尽管它们在带来机会的同时也带来了风险，这些虚拟世界的奇迹在提高孩子地位和赋予他们力量方面都扮演了无可替代的角色。"[①]很显然，萨瑟兰和汤普森之所以重视虚拟世界对孩子的影响，是因为虚拟世界使孩子获得了与成人平等对话的权利，使孩子的意愿表达不再受到来自成人世界的约束与限制，孩子因此而"提高了地位"并获得了足够的社会"力量"。

网络作为一个全新的虚拟化的世界，尽管主流意识形态还发挥着决定性的影响作用，但是，非主流意识形态的冲击力量的存在却是明显的。这些意识形态的合力倾向于民间。网络这个虚拟世界，为民间的普通百姓提供了一个心理宣泄的平台，为民间意志的表达和传播提供了重要场所。正如孩子在虚拟世界获得了与成人平等对话的权利一样，来自社会底层的民间力量在网络中也被放大、强化，并获得了与官方对等的话语权。从这一

---

① ［美］安妮·萨瑟兰、贝思·汤普森：《儿童经济》，王树勇等译，中信出版社，2003年，第63页。

点上来说，网络这个虚拟世界是产生现代神话的温床，因为本质地讲，神话就是民间乌托邦理想的自由的形象化的展示。

网络文化对儿童文学的影响，表现在以下几个方面。

从网络对作家的影响看，有两种情况。其一，作家身份的虚拟化。打开网络的搜索引擎，查找校园文学，屏幕上会显示出很多作品名称。但是这些作品的作者身份却很难确定，因为网上作者很少用真实姓名署名，多是一些具有网络文化特征的笔名。作者隐身在网络世界中，或者以当代少年儿童代言人的言说姿态，表述十分生活化、写实化的孩子们在现实生活中的困惑和苦恼；或者放纵自己的幻想与想象，描写孩子们在现实生活中难以实现的理想与愿望。隐身在网络中的作者，创造着带有神话色彩的青春期神话。其二，低龄化写作趋势。低龄化写作始于上个世纪九十年代，韩寒、郭敬明是那批作家的代表，评论界习惯上称之为"80后作家"。新世纪以来，写作的低龄趋势愈演愈烈，蒋方舟、阳阳、窦蔻等"儿童作家"，在十几岁甚至是七八岁的年龄就开始出版长篇作品。对这些低龄化的"儿童作家"，评论界的声音也不尽相同，赞颂的固然不乏其人，但是大多数评论家对这些低龄作者的艺术能力，持怀疑态度。赞颂者主要强调这些儿童作家真实地传达了同龄人的心声，他们的能力获得了读者以及出版商的认可，他们昭示着文学发展的未来趋势。否定者则认为这些仍处在儿童期的作者，基本上是极为本色地表达着自己的所思所想，他们的作品除了具有认识当下儿童情感世界的教育学与心理学价值之外，很难说具有艺术价值，甚至可以说大部分低龄化作家的作品，在艺术上是粗糙的、幼稚的，还不能算作是严格意义上的艺术创作。与评论界的看法相反，低龄化作家在网络上却得到热捧，他们的写作情况、生活轶事都成为网络传播的热门话题，可以毫不夸张地说，他们是被虚拟世界塑造、书写的少年英雄，是草根阶层心目中的"成长神话"。

网络对作品的影响更加明显。网络改变了作品的物质存在方式，纸质书变成了电脑屏幕上闪现出的页面。阅读电子书，读者的手触摸不到纸质书的硬度和其他质量，闻不到油墨的味道，感受不到编辑排版的良苦用心和插图的趣味，只有眼睛对屏幕页面的扫描。"阅读"变成了"浏览"。身体感觉的减少，会带来心理感受的变化；可能正是由于直接感受减少，我们在阅读电子书时，一般会倾向于加快阅读速度，使原本应该是细致的"阅读"，成为真正意义上的"浏览"。"浏览"会使人满足于目光从屏幕上方到下方的迅速滑动而产生的速度感，满足于理性快速捕捉到文字信息而产生的愉悦。这样的"浏览"，会使人不知不觉地省略掉一些文字和语言表达的细节，而去追求一种大致不错的认知。这样就使电子书与读者产生了更多的互动，读者实际上是在有意无意地对作品内容进行着增删，读者的主观好恶更容易实现对作品内容的解构。

网站作为电子书存在的虚拟背景，色彩异常丰富，静态与动态形象充盈其间，构成了一个带有幻想色彩的立体空间。当我们重构原始神话产生的情景时，出现在我们脑海中的可能是一个神圣的仪式场面，这个场面具有丰富的原始文化元素；在仪式中，一个巫师在讲述着有关祖先或天空、大地的奇妙故事，这就是神话。网络空间中的网站，恰如演绎神话的仪式平台，不同的电子书在讲述着不同的虚幻故事，电子书于是具有了某种神话特色。另外，阅读电子书时，读者在阅读的间隙时间，可以十分方便地浏览网站中提供的各种视觉形象，这样就容易使与作品无关的静态或动态形象，进入读者的视野，从而与文字阅读产生奇妙的认知组合。这样的组合就有可能滋生出某种新的意象或联想，使作品产生更为丰富的狂欢性与对话性。

应该说网络阅读的这些特性，是更为符合儿童的阅读特点的。由于儿童的心理发育还不是十分成熟，儿童对文学作品的阅读更为感性化，他们一般不太关心文字深藏的思想意义，而喜欢文字的"棱角"碰撞思想而产生的刺激，这样的刺激更容易在电子页面的"浏览"中获得：

　　　　小女子某日傍晚一不留神也成了作家。说来话长，在我七岁那年，小女的母亲不幸产生了让我当作家的念头。可那时小女跟一个文盲没有两样，但小女的母亲不顾"儿女"之情，在未擦干依然油腻的桌子上，连哄带骂地诱惑我吃了第一个"禁果"，她说："当作家多容易，只需要一个破本子一个烂笔杆子就哗啦哗啦地赚钱。"我自幼受爸爸妈妈的教导，对钱情有独钟。于是我带着"壮士一去不复返"的表情，开始了我的写作生涯。当妈妈宣布我的第一个作品完成时，我郑重地在最后一个句号上描了又描。

——蒋方舟：《正在发育》

这样的文字显然会给读者更多的刺激，更适合在电脑屏幕上"浏览"；在整个"浏览"过程中，由于语言刺激的存在而使"浏览"心理充满质感。如果把这样的文字放在纸质书上，则很容易让读者在阅读中产生厌倦，因为"阅读"是需要品味文字背后的意蕴的："当作品中遍布明喻和隐喻时，就像莎士比亚作品那样，想象力就必须把被理性分隔的事物相互联系在一起。也就是说，它必须不断巧妙地从模糊中制造出明晰，或制造出与它决定要得到的明晰接近的东西。……莎士比亚短语的生动性……能在突然之间就生动且朦胧起来。它是一种才华横溢又高深莫测的模糊性，正因为如此，它才紧紧吸引住了人们的想象力，片刻也不放松。"[1]阅读需要这样的从"模糊"到"明晰"的升华，需要想象力的积极参与，需要理性把"分隔的事物相互联系在一起"。总之，阅读需要精细，需要思索，需要揣摩，需要由表及里、由浅入深。而"遍布明喻和隐喻"的语言显然是不宜于放在网络的虚拟空间中的，网络语言需要的是弹性、力度与简洁、明快。

网络对读者的影响，最为明显的就是提升了读者在阅读过程中的参与度。正如上面所说，网络阅读，读者可以更直接更有效地介入作品之中，

---

[1] ［英］约翰·凯里：《艺术有什么用？》，刘洪涛等译，译林出版社，2007年，第202—203页。

甚至可以利用网络技术和作者产生互动。这些网络行为在增强了读者主体意识的同时，也降低了以往赋予文学创作的神圣感。当下的中小学生利用自己创办的网站、博客、QQ群在网络上发表言论，使他们也得到自己的"作品"被他人阅读的喜悦，这样的"准文学体验"，对其接受真正的文学信息是有影响的，他们会倾向于更为挑剔、更为大胆、更为直接地表达自己对文学作品的看法。另外，网络本身就为读者提供了批评的平台，任何一个读者，都可以恰当地利用网络技术，在网上发表自己对作品的看法，这就使读者同时具有了批评家的身份，而传统意义上的文学批评的价值则被大大削弱。当神圣的东西不再神圣，权威的声音不再权威，当下的少年儿童就在虚拟的网络世界获得了精神狂欢般的情感释放。这是类似于神话的情感表现，虚拟的网络世界甚至可能产生属于当下儿童的神话。

网络具有开放性，不同的价值观、生活观都可以在网络世界获得发言的权利；各种各样的信息都可以在网络上发布。对于生活在网络时代的儿童来说，他们的世界观与价值观，也自然会受到各种观念的影响，因而可能呈现出多元化的倾向。当下孩子们的很多思想动向都令成人感到困惑和不解，即是这种多元化的一种表现。作为多元文化的分支，"青少年亚文化"的特性越来越鲜明。但是我们对这种文化的研究却很是肤浅，尤其是对"青少年亚文化"的动态研究更为滞后。我们应该看到，当今的孩子每天在网络上获得大量的信息，其总量甚至超过了成年人。这就对儿童文学创作提出了一个挑战：传统的儿童文学创作领域如何拓展，如何在网络文化的大文化背景之下，创作出具有时代特点的儿童文学作品。

网络又是一个张扬个性的公共平台，几乎任何异端思想都能够在网络世界生存，在网络世界中"愤青"式的过激言论、故作惊人之语的另类立场，甚至成为网络文化中的一种时尚。"人一结婚，不出五年，男的就不大敢仔细地完整地看自己老婆了（即使看了，也不会仔细看第二遍）。然而，我找男朋友，是大大地有标准的。只要富贵如比哥（比尔·盖茨），潇洒如马哥（周润发），浪漫如李哥（莱昂纳多），健壮如伟哥（这个我就不解释了)。"（《正在发育》）一个十岁多点的女孩子说出这样的话来，的确让人难以接受。但是，此类语言显然是能得到同龄孩子认可和喜欢的。在网络中，你不必怕自己的语言另类，"不管你的爱好有多么特殊，网络总能帮助你找到志同道合的人"[①]。当代儿童对个性张扬的偏爱，自然也会影响到儿童文学思想内容的表达。

虚拟的网络世界已经对儿童文学的存在产生了重大的影响，这种影响不仅会继续存在，而且会在更多层面发挥作用。网络时代的儿童文学如何生存、如何发展，将是未来儿童文学理论界必须认真研究的一个重要课题。

---

① ［美］安妮·萨瑟兰、贝思·汤普森:《儿童经济》，王树勇等译，中信出版社，2003年，第203页。

重返原初智慧与童真诗意：
课题研究的重要意义

法国著名结构人类学家列维–斯特劳斯曾经颇为发人深省地论述道：

人类为了免受死者的迫害，免受死后世界的恶意侵袭，免受
巫术带来的焦虑，创造了三大宗教。大致是每隔五百年左右，人
类依次发展了佛教、基督教与伊斯兰教；令人惊异的一项事实
是，每个不同阶段发展出来的宗教，不但不算是比前一阶段更往
前进步，反而应该看作是往后倒退。佛教里面没有死后世界的存
在：全部佛教教义可归纳为是对生命的一项严格的批判，这种批
判的严格程度人类再也无法达到，释迦将一切生物与事物都视为
不具任何意义：佛教是一种取消整个宇宙的学问，它同时也取消
自己作为一种宗教的身份。基督教再次受恐惧所威胁，重建起死
后世界，包括其中所含的希望、威胁还有最后的审判。伊斯兰教
做的，只不过是把生前世界与死后世界结合起来：现世的与精神
的合而为一。社会秩序取得了超自然秩序的尊严地位，政治变成
神学。最后的结果是，精灵与鬼魅这些所有迷信都无法真正赋予
生命的东西，全部以真实无比的老爷大人加以取代，这些老爷大
人（masters）还更进一步地被容许独占死后世界的一切，使他们
在原本就负担惨重的今生今世的担子上面又添加了来世的重担。

　　这个例子充分说明支持人类学家老是追溯事物制度的源头的野心。人类除了在最开始的时候之外，从来没有能创作出任何真正伟大的东西；不论哪一个行业或哪一门学问，只有最开始的启动才是完全正确有效的。①

　　这是一个卓有建树的人类学家，从人类文明史的宏观视角，对人类社会的文化发展走向所作的价值判断。斯特劳斯的价值判断显然不仅仅是通过三大宗教的比较，来证明孰优孰劣；证明这一点固然重要，它可以帮助人们认识宗教产生的原因，理解宗教超越性的社会意义。但这还不是论题的核心。斯特劳斯思想的真正指向是人类文明的源头，指向那个创造出"真正伟大的东西"的人类文化"最开始的时候"。达尔文的生物进化理论的核心思想，可以概括为"物竞天择，优胜劣汰"，大自然的生命进化史已经有足够多的事实，证明了这种理论的正确性；但是，人类文明的发展史却展现出另一种风貌，晚出的文化现象有可能"不算是比前一阶段更往前进步，反而应该看作是往后倒退"，以此类推至人类文化的源头。斯特劳斯指出："最开始的启动才是完全正确有效的。"

　　为什么"最开始的启动才是完全正确有效的"呢？我以为，这是因为在文明开启的时候，人与大自然母亲的脐带刚刚开始断开，人仍然还是自然之子，与其他生物物种还处于平等的关系之中。平等，使人类懂得要尊重其他生命；而其他生命的存在方式又是多种多样的，大自然中的万事万物全是生命奇迹的表征，哪怕是一块普普通通的石头，也不是现代人眼中的冷冰冰的一个化合物组合体，而是另一种生命的存在状态，其生命存在的重要性价值，甚至超过了人类。正如英国神话学家阿姆斯特朗所说："当那些早期人类注视一块石头时，他们看到的并非是一块了无生气、千年不变的石块。它有力、永恒、坚固，是另一种象征着绝对的生命式样，

━━━━━━

① ［法］列维-斯特劳斯：《忧郁的热带》，王志明译，生活·读书·新知三联书店，2005年，第535—536页。

完全不同于当时显得风雨飘摇的人类生活。"①当人们能够把一块石头看作是另一种"绝对的生命式样"，并尊重它的存在方式时，人的生命就真正地与大自然融为一体了。大自然的一花一叶、一草一木、一丘一壑皆有灵秀之气，能与人产生心灵互动，于是就产生了作为神话思想基石之一的"万物有灵观"。"万物有灵观"的核心之所在，正是原始先民对待所有自然生命的平等意识。

　　文明开启之时，人类自身的能力还十分有限，人类既无明目、健足、利爪以奔袭捕获猎物，又无坚硬的铠甲以抵御猛兽攻击，除了较为聪慧的头脑之外，人类几乎是大自然中最为脆弱的生命之一。古希腊人用神话的方式，解释了人类生命脆弱性产生的原因。《希腊神话》中讲道，在普罗米修斯与弟弟厄庇墨透斯创造万物的时候，人类是被最后创造出来的，那时造物的一切可用之材皆已用尽，人类诞生之初，赤裸裸的，一无所有，"只除了高出于万物的丰裕的智力与直立的躯体"。"直立的躯体"固然可以使人类的目光更为深邃、更能前瞻未来的生活，但是，"高出于万物的丰裕的智力"却使人类清醒地意识到，人类必须小心翼翼地与自然相处，任何轻狂之举都会招致杀身之祸。客观环境与主观条件时时刻刻都在警示人们：对大自然、对所有生命必须存有敬畏之心。敬畏自然、敬畏生命，这是文明"最开始的时候"人类表现出的"真正伟大"的品性。

　　在科学技术高度发达的今天，敬畏自然、敬畏生命的原始智慧显得特别重要、特别值得重视。我们的物质生活正在发生着日新月异的变化，人类驾驭自然的能力也已经达到了令人瞠目结舌的程度。但是，"当人们以物质、财富、效率等标尺来衡量幸福时，就必然落入进步主义的陷阱"②。我们现在已经开始面临这样的"陷阱"，而且数量越来越多。从生态危机，到战争、饥荒、恶性疾病，每一处"陷阱"都足以给人类造成巨大灾难，甚至是灭顶之灾。怎样才能避免灾难的发生呢？我们的祖先在文明"最开

---

① ［英］凯伦·阿姆斯特朗：《神话简史》，胡亚豳译，重庆出版社，2005年，第19页。
② ［加拿大］隆纳·莱特：《进步简史》，达娃译，海南出版社，2009年，第194页。

始的时候"所展示的智慧，给他的后代子孙以深刻的启迪和教诲。像我们的先祖一样，学会敬畏自然、敬畏生命，应该是当今人类避免社会灾难的根本性措施。除此之外，再无良策；即使还有，也都只能是头疼医头、脚疼医脚的治标之法，难以真正解决人类所面临的灾难性问题。

神话是人类文明开启之时产生的一种文化形态，它不仅具有丰富的文学艺术价值，更体现着原始智慧和原始文化的精髓。因此，在人类跨入二十一世纪，人类社会文化发展正处于转型期之时，继承与弘扬神话中所蕴含的丰富的文化与艺术精神，应该成为我们文化建设的重要课题。

当然我们也应该看到，神话在后世的继承发展中，也会受到各种力量的介入、解构，神话的元素也会随之变异。特别是统治阶级通过对神话元素的改造，会制造出为统治阶级服务的"政治神话"。正如德国符号学家卡西尔所说："新的政治神话不是自由自在生长的，也不是丰富想象的野果，它们是能工巧匠编造出来的人工之物。"[①]

对于统治阶级制造"政治神话"的内在机制，加拿大著名文化人类学家弗莱有更为深刻、全面的论述：

> 每种意识形态开始时都就其传统神话体系中意义重大部分提出自己的认识，并利用这种认识去形成并实施一种社会契约。这样一来，意识形态便成了应用神话体系；只要我们生活在一种意识形态结构中，它怎样为自身需要去改变神话，我们都必须相信或表白我们是相信的。就通常含义说，"信仰"无非是宣称自己忠实于某种意识形态。意识形态一般都表达如下的内容："你们的社会状态并不总使你们如愿，但是就目前而言，它就像神为你们所确立的秩序那样，是你们能指望的最佳状态。服从并工作吧。"迫害和褊狭都产生于一种意识形态的决断，其执行者为那

---

① ［德］恩斯特·卡西尔：《国家的神话》，范进译，华夏出版社，2003年，第342页。

些教士或相当于教士的人，总的说来，都受到统治阶级的支持，目的是要使其神话规范成为人们思想唯一能寄托的准则，并将其他神话体系贬斥为异端、病态、虚幻或邪恶。即是说，在一种意识形态内部，总有人强烈抵制将遭排斥的能动性也即它赖以存在的神话作为焦点，以更加广泛的视角去审视它。

由于文学并不做出明确判断，仅仅展示象征和例证，所以它要求读者也暂缓做出判断，允许有不同的反应；若听其自然的话，这种判断很可能比理性的怀疑主义更足以腐蚀意识形态。我在上文曾提到在一个病态的社会中，理智的呼声具有权威性，但理智取决于清醒的意识，而清醒意识乃是一种防范及过滤的机制，它并不包括诸如空想或梦幻等在文学中具有功能的其他心理活动形式。将这些非理性的心理活动贬斥为不切实际，同样是符合每种社会契约的利益的。这样就为诗人划定一个在精神上"听任其轻狂"的场地，人们满可不必把他当真，除非他再回到意识形态上，并专注于用自己的语言为其辩护。

……

当人们施行或促进一种意识形态达到张狂和入迷的地步时，它的神话基础就十分明显地暴露出来，不过采取的是一种病态的形式。[①]

弗莱在此处的论述中，揭示出意识形态的神话特征。从渊源上看，每种意识形态都有它的神话基础，它们分别把神话中的某些元素扩展开来，构成一个自圆其说的、服务于当下某个政治利益集团的"应用神话体系"，并利用神话所具有的指导、规范人们行为的特质，把某种带有神话色彩的意识形态理念，扩展为人们的行为规范，"实施一种社会契约"，从而达到对社会大众

---

① ［加拿大］诺思洛普·弗莱：《神力的语言》，吴持哲译，社会科学文献出版社，2004年，第25、27页。

进行思想控制的目的。弗莱的论述，让我们清楚地认识到，神话与我们的日常生活有着千丝万缕的联系。其中特别值得注意的是，弗莱指出，当一种意识形态演化为一种"张狂和入迷"的社会思想体系时，它的外在表现形式，就是一种"病态"的神话。弗莱所说的"张狂和入迷"的意识形态，就是指人类社会某个时期出现的极端的、非理性的社会思想，譬如"十年动乱"时期的"左倾"思想即为此类。这种以"病态"的神话为突出特征的意识形态，会导致个人崇拜以及疯狂的反社会、反人类的攻击性社会行为。

弗莱在上面的论述中，还特别强调了文学在继承神话传统中的特殊性。他认为，文学是通过"空想或梦幻"等形式，主要作用于人的情感世界而不是理性世界。读者阅读文学作品、感受文学形象，可以"暂缓做出判断，允许有不同的反应"，因此，文学"很可能比理性的怀疑主义更足以腐蚀意识形态"。所谓"腐蚀意识形态"，应该是指，文学的思想内容，可能超出意识形态的控制，与之产生对抗性。文学与意识形态的互动关系是当前国内文学理论界最为关注的热点问题之一，弗莱的论述告诉我们，从神话学的角度切入这个论题，可能会有新的发现。

神话可以作为积极的思想资源与文学资源，也可能滋生"张狂和入迷"的"病态"的意识形态，如何利用神话资源，完全取决于后人对神话资源的不同取舍、不同整合。神话精神的伟大正在于它思想意义的丰厚，可供后人从多维视角审视并汲取营养。我们既不能因为极端的意识形态具有"病态"神话的性质而否定神话的积极意义；同样也不能因为神话给予思想建设以积极的资源，而忽视其可能具有的愚昧民众的消极作用。

从文明发展、文化发展的角度看，人类童年时期的神话与人的童年时期的儿童文学，有着发生学意义上的同质、同构性，因此，在当下认真研究儿童文学将有助于我们更深刻地理解原始神话精神。

研究儿童文学也要像研究原始神话一样，不仅仅要重视其艺术价值，更要重视其文化价值。在新时期儿童文学研究中，中国儿童文学理论家们开始认识到，研究儿童文化较之于研究儿童文学的重要性。这种研究理念极大地拓宽了儿童文学的研究领域，使儿童文学研究展现出新的风貌。在重视儿童文化研究的倡导者中，朱自强先生无疑是做出重要理论贡献的当代学者之一。

重视儿童文化研究，也就是强调要从人生观、世界观的高度来看待儿童文化。周作人在1920年发表的《儿童的文学》讲演中说："儿童期的二十几年的生活，一面固然是成人生活的预备，但一面也自有独立的意义与价值；因为全生活只是一个生长，我们不能指定那一截的时期，是真正的生活。我以为顺应自然生活各期——生长，成熟，老死，都是真正的生活。所以我们对于误认儿童为缩小的成人的教法，固然完全反对，就是那不承认儿童的独立生活的意见，我们也不以为然。"[①]周作人所强调的"真正的生活"，我以为是指符合天道自然、符合生命规律的生活，显然，这样的生活是以"敬畏自然、敬畏生命"为前提的，也就是说，是符合前文所说的人类"原初智慧"的。

从这样的角度看人生，童年、青年、壮年、老年——总之，人生的各个阶段都自有独立价值，均为无可替代，我们理应给予相同的重视和尊重。但是在现实生活中，人们倾向于重视壮年或老年，认为他们的意见主张才是正确的，至于年轻人或儿童——尤其是儿童，往往会受到轻视，甚至是歧视。儿童的所有主张、想法似乎都可以被"幼稚"一词所涵盖，可取之处甚少，社会价值不大。如果说成人尊重儿童，那也是高高在上的俯视态度，是成人对儿童的一种奖励，而非平等的互敬关系。这种状况的形成，我以为主要是因为这个世界是由壮年或老年人实际主宰的，他们为这个社会制定规则，并加以评判，儿童的生命价值似乎只有依附于成年才能体现出来，这也就是所谓童年是"缩小的成人"的观念。早在五四时期，周作人就提出要质疑、否定这样的儿童观。

评估儿童文化的意义与价值，必须要以"真正的生活"为前提。泛泛

---

① 周作人：《儿童文学小论·中国新文学的源流》，十月文艺出版社，2011年，第42页。

地讲,"真正的生活"是要符合天道自然、符合生命规律,如果要进一步具体界定"真正的生活"的内涵,恐怕一下难以说清,但我们或许可以换一种思路,从反面来看哪些内容不符合"真正的生活"的要求。对此我们可以肯定地说,破坏大自然的生态平衡不是"真正的生活",人的物质欲望过分泛滥、人的本质被物质属性所取代、人的心灵自由被束缚等等,都不是人们应该追求的"真正的生活"。与这些否定性的因素相比,儿童所表现出的天真、质朴就又有了特殊的文化意义与生命价值,就非常值得成人以此为借鉴,并以此来反思自己的行为,检点自己的举动,约束自己的欲求。也就是说,当我们从文化哲学、生命哲学的高度来看待儿童文化时,才能真正认识其深刻的意义。也正是从这个意义上,我们才能理解冰心为什么会在《寄小读者·通讯六》中说出如下的话:"大人的思想,竟是极高深奥妙的,不是我们能以测度的。不知道为什么,他们的是非,往往和我们的颠倒。往往我们所以为刺心刻骨的,他们却雍容谈笑的不理,我们所以为是渺小无关的,他们却以为是惊天动地的事功。……最后的一句话,愿大家努力做个好孩子。"(着重号为原文所有)

冰心希望"大家努力做个好孩子",显然是把童年看作一种高尚的生命境界来加以提倡的。这样的思考不仅是哲学的,同时也是美学的,是对人生、对生命带有艺术色彩的一种憧憬,一种期盼。从艺术的角度来说,童真的确是最值得赞美的。因此,从本质上讲,儿童文学是最能体现艺术理想的文学品种。《小王子》《彼得·潘》《水孩子》《夏洛的网》……这些举世闻名的儿童文学经典的艺术魅力自不必多言,就以具有叛逆色彩的《麦田里的守望者》来说,它的艺术魅力,我以为也主要来自对儿童纯真天性的真实展现:

> 对老哥伦布谁也没有多大兴趣,可你身上总是带着不少糖果和口香糖之类的玩意儿,再说大礼堂里面总有一股很好闻的气味。尽管外面天气挺好,你进了里面总闻到一股好像外面在下大

雨的气味，好像全世界就是这个地方最好、最干燥、最舒适。我很喜欢那个混账博物馆。我记得到大礼堂去的时候得经过印第安馆，那是个极长、极长的房间，进了里面不准大声说话。而且总是老师走在头里，全班的学生跟在后头。孩子们排成双行，每人都有个伴儿。极大多数时间跟我做伴儿的总是个叫作杰特鲁德·莱文的小姑娘。她老爱拉着你的手，而她的手又老是汗津津、黏糊糊的。地板是一色的石头地，你要是有几颗玻璃弹子在手里，随便往地上一扔，它们就会在地上到处乱蹦，发出一片响声，老师就会叫全班同学都停下来，自己走回来查看出了什么事。可是这位艾格莱丁格小姐从来不发脾气。

尽管霍尔顿是一个处于叛逆期的少年，口头常带着"混账"（damn）等不雅之词，并老是有出格的举动，但我们在阅读作品时，却并不反感这个人物，甚至觉得他十分可爱。为什么会这样的？就因为，本质地讲，霍尔顿是一个童心未泯的人，是一个从生命哲学的高度看待童年的人，他所设想的"麦田守望"，也就是对童年的文化"守望"。塞林格对霍尔顿在博物馆中的这段心理描写，充分展示了霍尔顿心灵美好的一面。霍尔顿能生动、逼真地感受到博物馆独特的气味；能清晰地记得小时候，握住小姑娘莱文"汗津津、黏糊糊"的手时的感觉；印第安馆长长的房间中，玻璃弹子在地板上乱蹦发出的声响就在他的耳边回响；小学老师艾格莱丁格小姐娴静、温馨的举止，栩栩如生地浮现在他的眼前。这一切都是那么韵味深长，那么富有诗意。这段文字就像你最熟悉的一首儿歌，能把你带入儿时美好的时光，能拨动你内心深处最动听的琴弦。

儿童文学是童真诗意的美好展示，是孩子们的良师益友，一个没有儿童文学相伴的童年，是一个不完整的童年。儿童文学也是成人的心灵伙伴，在人生的漫长旅途中，当我们遇到风浪、遇到挫折，感到心灵疲惫、精神不振时，重温儿童文学的童真诗意，就能让我们感受到生活的美好，生命的伟大，或许就可以抚平心灵的创伤，回归本真，找到自我。因此，成人同样不能离开儿童文学这个心灵伙伴。人是一种社会性的情感动物，时代的变化，物质生活水平的提高，都不能改变人对交往的需要，对情感的渴求。文学恰好可以满足人的这种需求，尤其是儿童文学，它以更为纯粹、更为优美的艺术品性，能使读者获得更多的心灵慰藉，获得更丰富的美的享受。

人类永远需要文学。

人类永远需要儿童文学。

参
考
文
献

中文部分：

一、神话学与文化人类学著作

1. ［英］爱德华·泰勒：《原始文化》，连树生译，广西师范大学出版社，2005年。

2. ［俄］叶·莫·梅列金斯基：《神话的诗学》，魏庆征译，商务印书馆，2009年。

3. ［法］克洛德·列维－斯特劳斯：《神话学：餐桌礼仪的起源》，周昌忠译，中国人民大学出版社，2007年。

4. ［法］列维－斯特劳斯：《野性的思维》，李幼蒸译，商务印书馆，1987年。

5. ［法］克洛德·列维－斯特劳斯：《结构人类学》，第1、2册，中国人民大学出版社，2006年。

6. ［美］约瑟夫·坎贝尔：《千面英雄》，张承谟译，上海文艺出版社，2000年。

7. Joseph Campbell、Bill Moyers：《神话》，李子宁译，中国台湾立绪文化有限公司，1998年。

8. ［美］阿兰·邓迪斯编：《西方神话学读本》，朝戈金译，广西师范大学出版社，2006年。

9. ［英］凯伦·阿姆斯特朗：《神话简史》，胡亚豳译，重庆出版社，2005年。

10. ［法］列维-布留尔：《原始思维》，丁由译，商务印书馆，1981年。

11. ［英］简·艾伦·哈里森：《古代艺术与仪式》，刘宗迪译，生活·读书·新知三联书店，2008年。

12. ［德］格罗塞：《艺术的起源》，蔡慕辉译，商务印书馆，2005年。

13. ［法］保罗·里克尔：《恶的象征》，公车译，世纪出版集团，2003年。

14. ［美］米尔恰·伊利亚德：《神圣的存在》，晏可佳译，广西师范大学出版社，2008年。

15. ［罗马尼亚］米尔恰·伊利亚德：《神圣与世俗》，王建光译，华夏出版社，2003年。

16. ［法］爱弥尔·涂尔干：《乱伦禁忌及其起源》，汲喆等译，人民出版社，2003年。

17. ［美］亨利·富兰克弗特：《古代埃及宗教》，郭子林译，上海三联书店，2005年。

18. ［德］恩斯特·卡西尔：《国家的神话》，范进译，华夏出版社，1999年。

19. 潜明兹：《中国神话学》，人民出版社，2008年。

20. 叶舒宪：《神话意象》，北京大学出版社，2007年。

21. 叶舒宪：《中国神话哲学》，中国社会科学出版社，1992年。

22. 叶舒宪：《现代性危机与文化寻根》，山东教育出版社，2009年。

23. 叶舒宪：《英雄与太阳》，陕西人民出版社，2005年。

24. 叶舒宪：《老子与神话》，陕西人民出版社，2005年。

25. 李亦园：《宗教与神话》，广西师范大学出版社，2004年。

26. 王增永：《神话学概论》，中国社会科学出版社，2007年。

27. 袁珂：《中国神话传说》，人民文学出版社，1998年。

28. 邓启耀：《中国神话的思维结构》，重庆出版社，2005年。

29. 路思贤：《神话考古》，文物出版社，1995年。

30. 胡新生：《中国古代巫术》，山东人民出版社，2005年。

二、哲学与心理学著作

1. ［德］海德格尔：《路标》，孙周兴译，商务印书馆，2000年。

2. ［意］维柯：《新科学》，朱光潜译，商务印书馆，1989年。

3. ［美］赫伯特·马尔库塞：《爱欲与文明》，黄勇等译，译文出版社，1987年。

4. ［德］尤尔根·哈贝马斯：《后民族结构》，曹卫东译，人民出版社，2002年。

5. ［英］C.W.沃特森：《多元文化主义》，叶兴艺译，吉林人民出版社，2005年。

6. ［德］诺贝特·埃利亚斯：《论文明、权力与知识》，刘佳林译，南京大学出版社，2005年。

7. ［德］马克斯·霍克海默、［德］西奥多·阿道尔诺：《启蒙辩证法》，渠敬东等译，人民出版社，2003年。

8. ［德］恩斯特·卡西尔：《人论》，甘阳译，上海译文出版社，2003年。

9. ［德］胡塞尔：《纯粹现象学通论》，李幼蒸译，中国人民大学出版社，2004年。

10. ［德］胡塞尔：《欧洲科学的危机与超越论的现象学》，王炳文译，商务印书馆，2001年。

11. ［俄］M.巴赫金：《巴赫金文论选》，佟景韩译，中国社会科学出版社，1996年。

12. ［法］托多罗夫：《巴赫金、对话理论及其他》，蒋子华等译，百花文艺出版社，2001年。

13. ［英］约翰·斯道雷：《文化理论与通俗文化导论》，杨竹山译，南京大学出版社，2001年。

14. ［美］塞缪尔·亨廷顿：《文明的冲突与世界秩序的重建》，周琦等译，新华出版社，2005年。

15. ［法］米歇尔·福柯：《疯癫与文明》，刘北成等译，生活·读书·新知三联书店，2003年。

16. ［德］康德：《判断力批判》，邓晓芒译，人民出版社，2002年。

17. ［美］海登·怀特：《后现代历史叙事学》，陈永国等译，中国社会科学出版社，2003年。

18. ［德］马克思：《1844年经济学—哲学手稿》，刘丕坤译，人民出版社，1979年。

19. ［美］欧文·拉兹洛编著：《联合国教科文组织国际专家研究报告：多元文化的星球》，戴侃等译，社会科学文献出版社，2004年。

20. ［法］莫里斯·梅罗-庞蒂：《符号》，商务印书馆，2003年。

21. ［美］霍尔、［美］诺德贝：《荣格心理学入门》，冯川译，生活·读书·新知三联书店，1987年。

22. ［英］R.R.马雷特：《心理学与民俗学》，张颖凡等译，山东人民出版社，1988年。

23. ［瑞士］荣格：《荣格性格哲学》，李德荣编译，九州出版社，2003年。

24. ［奥］阿德勒：《超越自卑》，黄国光译，国际文化出版公司，2005年。

25. ［瑞士］Γ.弗尔达姆：《荣格心理学导论》，刘韵涵译，辽宁人民出版社，1988年。

26. ［英］霭理士：《性心理学》，潘光旦译注，生活·读书·新知三联书店，1987年。

27. ［美］威廉·詹姆士：《宗教经验之种种》，唐钺译，商务印书馆，2002年。

28. ［美］玛丽·乔·梅多、［美］理查德·德·卡霍：《宗教心理学》，陈麟书等译，四川人民出版社，1990年。

29. ［美］艾·弗洛姆：《爱的艺术》，李健鸣译，商务印书馆，1987年。

30. ［奥］弗洛伊德：《梦的释义》，张燕云译，辽宁人民出版社，1987年。

三、儿童文化与儿童文学著作

1. 朱自强：《儿童文学的本质》，少年儿童出版社，1997年。

2. 朱自强：《中国儿童文学与现代化进程》，浙江少年儿童出版社，2000年。

3. 朱自强：《儿童文学论》，中国海洋大学出版社，2005年。

4. 朱自强：《儿童文学概论》，高等教育出版社，2009年。

5. 朱自强：《朱自强小学语文教育与儿童教育讲演录》，长春出版社，2009年。

6. 朱自强、何卫青：《中国幻想小说论》，少年儿童出版社，2006年。

7. 梅子涵等：《中国儿童文学5人谈》，新蕾出版社，2001年。

8. 梅子涵等：《中国儿童阅读6人谈》，新蕾出版社，2009年。

9. 方卫平：《中国儿童文学理论发展史》，少年儿童出版社，2007年。

10. 方卫平：《方卫平儿童文学理论文集》，卷一、卷二、卷三、卷四，明天出版社，2006年。

11. 刘晓东：《解放儿童》，江苏教育出版社，2008年。

12. 韦苇编著：《世界儿童文学史概述》，浙江少年儿童出版社，1986年。

13. 吴其南、吴翔之编著：《儿童文学新编》，浙江大学出版社，2009年。

14. 王泉根评选：《中国现代儿童文学文论选》，广西人民出版社，1989年。

15. 姚全兴：《儿童文艺心理学》，重庆出版社，1990年。

16. ［美］尼尔·波兹曼：《童年的消逝》，吴燕莚译，广西师范大学出版社，2004年。

17. ［美］尼尔·波兹曼：《娱乐至死》，章艳译，广西师范大学出版社，2004年。

18. ［英］大卫·帕金翰：《童年之死》，张建中译，华夏出版社，2005年。

19. ［英］鲁道夫·谢弗：《儿童心理学》，王莉译，电子工业出版社，2005年。

20. ［美］凯瑟琳·奥兰斯汀：《百变小红帽》，杨淑智译，生活·读书·新知三联书店，2006年。

21. ［丹麦］詹斯·安徒生：《安徒生传》，陈雪松等译，九州出版社，2005年。

22. ［美］劳伦斯·斯滕伯格：《青春期》，戴俊毅译，上海社会科学院出版社，2007年。

23. ［英］约翰·洛克：《约翰·洛克的家庭教育》，海鸣译，海峡文艺出版社，2005年。

24. ［意］玛丽亚·蒙台梭利：《童年的秘密》，单中惠译，京华出版社，2002年。

25. ［美］艾莉森·卢里：《永远的男孩女孩》，晏向阳译，南京大学出版社，2008年。

26. ［法］艾姿碧塔：《艺术的童年》，林微玲译，安徽教育出版社，2005年。

27. ［美］安妮·萨瑟兰，贝思·汤普森：《儿童经济》，王树勇等译，中信出版社，2003年。

28. ［英］彼得·亨特：《理解儿童文学》，郭建玲等译，少年儿童出版社，2010年。

29. ［英］亚当·罗伯茨：《科幻小说史》，马小悟译，北京大学出版社，

2010 年。

30. 詹栋梁：《儿童哲学》，广东教育出版社，2005 年。

四、文学理论著作

1. ［美］阿瑟·丹托：《艺术的终结》，欧阳英译，江苏人民出版社，2005 年。

2. ［爱尔兰］理查德·卡尼：《故事离真实有多远》，王广州译，广西师范大学出版社，2007 年。

3. ［美］韦勒克、沃伦：《文学理论》，刘象愚译，生活·读书·新知三联书店出版社，1984 年。

4. ［英］约翰·凯里：《艺术有什么用?》，刘洪涛等译，译林出版社，2007 年。

5. ［法］马·法·基亚：《比较文学》，颜保译，北京大学出版社，1983 年。

6. ［美］James Phelan、Peter J. Rabinowitz 主编：《当代叙事学理论指南》，申丹等译，北京大学出版社，2007 年。

7. ［俄］维谢洛夫斯基：《历史诗学》，刘宁译，百花文艺出版社，2003 年。

8. ［德］沃尔夫冈·伊瑟尔：《虚构与想象——文学人类学疆界》，陈定家等译，吉林人民出版社，2003 年。

9. ［美］希利斯·米勒：《文学死了吗》，秦立彦译，广西师范大学出版社，2007 年。

10. ［俄］E. M. 梅列金斯基：《英雄史诗的起源》，王亚民译，商务印书馆，2007 年。

11. ［法］皮埃尔·布迪厄：《艺术的法则——文学场的生成和结构》，刘晖译，中央编译出版社，2001 年。

12. ［英］彼得·威德森：《现代西方文学观念简史》，钱竞等译，北京大学出版社，2006 年。

13. ［美］王德威：《被压抑的现代性》，宋伟杰译，北京大学出版社，2005年。

14. ［捷克］米兰·昆德拉：《小说的艺术》，董强译，上海译文出版社，2004年。

15. ［美］M.H.艾布拉姆斯：《镜与灯》，郦稚牛译，北京大学出版社，2004年。

16. 夏志清：《人的文学》，福建教育出版社，2010年。

17. 徐复观：《中国艺术精神》，广西师范大学出版社，2007年。

18. 朱光潜：《西方美学史》，人民文学出版社，1980年。

19. 程金城：《中国文学原型论》，甘肃人民美术出版社，2008年。

20. 陈思和：《中国新文学整体观》，上海文艺出版社，2001年。

21. 陈方竞：《多重对话：中国新文学的发生》，人民文学出版社，2003年。

22. 孙先科：《颂祷与自诉》，上海文艺出版社，1997年。

23. 王富仁：《现代作家新论》，陕西教育出版社，1998年。

24. 曹文轩：《小说门》，作家出版社，2002年。

25. 陈思和主编：《中国当代文学史教程》，复旦大学出版社，1999年。

26. 丁东等：《思想操练》，广东人民出版社，2004年。

27. 林树明：《多维视野中的女性主义文学》，中国社会科学出版社，2004年。

28. 夏志清：《中国现代小说史》，刘绍铭等译，复旦大学出版社，2005年。

29. 吴中杰：《中国现代文艺思潮史》，复旦大学出版社，1996年。

30. 张器友：《近五十年中国文学思潮史》，安徽教育出版社，2000年。

英文部分：

1. ［美］Jack Salzman编：《〈麦田里的守望者〉新论》（英文影印），北京大学出版社，2007年。

2. David Conway: *Magic: An Occult Primer*, New York: E. P. Dutton & Co., Inc.1973.

3. Jonathan Dollimore: *Sex, Literature and Censorship*, Cambridge: Polity Press, 1988.

4. Diane E. Papalia and Sally Wendkos Olds: *A Child World——Infancy through Adolescence*. New York: McGraw-Hill, Inc, 1993.

5. Conrad Phillip kottak: *Anthropology: The Exploration of Human Diversity*, New York: McGraw-Hill Companies, 2002.

6. Michael C. Brannigan: *Ethics Across Cultures: An Introductory Text With Readings*, New York: McGraw-Hill Companies, 2005.

7. G. A. Cohen: *History Labour and Freedom: Themes from Marx*, New York: Oxford University Press, 1988.

8. Raymond Williams: *Marxism and Literature*, London: Oxford University Press, 1977.

9. Gerald R. Adams and Thomas Gullotta: *Adolescent Life Experiences*, Pacific Grove: Brooks / Cole Publishing Company, 1989.

10. [美] 华莱士·马丁:《当代叙事学（英文影印）》，北京大学出版社，2006年。

儿童文学改变了
我对生命的认识

　　我大学毕业后，曾经在北方一座小山城中当过七年中师教师。那是八十年代初期，素质教育、能力培养等新的教育理念正处在起步尝试阶段。因此，我所教的课程——语文，被称之为"文选与写作"，用意大概是从重文学知识传授，转为重视读写能力培养。"文选"部分所选文章，实用文体大量增加，譬如说明文、议论文、消息、通讯，等等，与我四年中文专业学习所接触到的内容，相去甚远，备课、授课都觉得索然无味。还有一部分内容，是"纯文学"研究，但是我在大学学习中却基本没有接触过，这方面的学术素养几乎为零，看到这类文章，心中一片茫然，无从下手。那就是——儿童文学。

　　我任教的学校是中等师范学校，毕业后的学生要从事幼儿和中小学教学工作，因此儿童文学是必不可少的内容。文选中所选儿童文学作品包括童话、儿童小说、儿童诗、寓言、科学文艺等儿童文学门类。面对这类课文，觉得比讲授议论文、说明文还难。但是这其中的"难"却意味不同——对实用文是不屑，不投入，对儿童文学是不懂，不入门。现在回想当时在课堂上讲授儿童文学的情况，还会有心虚、脸热之感。

　　1989年我来到东北师范大学中文系（现在的文学院）攻读硕士学位，报考的专业是中国现当代文学。入学之后才知道，现当代文学可以选择的研究方向有五六个，其中就有儿童文学。我后来选儿童文学作为研究方向，与中师教师的经历不无关系。进入儿童文学学科之后，我又知道，东北师大儿童文学研究的学术功底非常深厚，老一辈著名学者蒋锡金、穆木天是这个学科的奠基人。当时蒋先生还健在，在博士论文答辩会上，曾一睹先生风采。北师大著名儿童文学专家浦漫汀先生，也是在东北师大接受儿童文学的学术培养，并长期在中文系任教，1979年才从东北师大调出。我在1991年学术调研期间，曾亲自到蒲先生家拜访，聆听教诲，沐浴春风。浦漫汀先生对东北师大儿童文学学科发展做出了突出贡献，我的硕士生导师高云鹏（高帆）教授，就是浦先生的学生。高老师是著名的儿童文学作家，后来成为中国作家协会会员，他是八十年代国内最优秀的儿童诗作者之一。同时也是著名的儿童文学理论家，对幼儿文学、童话有较深入的研究，有多种学术著作出版。当时的东师中文系还有儿童文学研究的后起之秀，已经在国内儿童文学界赫赫有名的青年儿童文学评论家朱自强先生——也就是我后来的博士生导师。

我非常感激高云鹏教授把我带入儿童文学领域，我非常感激东北师大深厚的人文学术背景和严格、规范的学术研究培训。高云鹏教授指定儿童心理学为研究生的必修课程，因此，我有机会和教育系的研究生一起学习皮亚杰的发展心理学理论。为了学好这门课，我开始比较系统地阅读教育学、心理学的书籍。东北师大教育系（现为教育学院）学术水平相当高，特别是中小学教育理论和儿童心理学研究，在当时国内处于一流水准。教育学、心理学特别是儿童心理学的学习，把我带入了一个全新的思想空间。我开始知道，儿童是与成人完全不同的另一社会群体，他们的精神世界也与成人两样。作为成人要想进入儿童世界，首先是尊重与理解，放弃高人一等的特权，用真心、真情与儿童交流。其次，还要虚心向儿童学习，因为儿童的世界观、价值观中，包含着非常有意义的文化因子，对成人社会有重要的参考价值。尤其是在全球化步伐加快、多元文化共生、共存的语境下，儿童文化中的某些因素，显得意义更为重大。

东北师大三年学术研究，不仅提升了我的思辨能力，也改变了我对人生、生命的看法。我开始意识到儿童世界是一片神奇的天地，其中蕴藏着巨大的思想宝藏。我从儿童文学中获得诸多生命启示，这对我后来为人处世，影响甚大。对我而言，儿童文学不仅是研究对象，更是良师益友；甚至可以较为极端地说，我对儿童文学的感恩之心，大于对其研究的学术兴趣。

这些粗浅的想法，也就是我现在这本书的思想萌芽。一株嫩芽要长成一棵结出果实的植物，必须经过脱胎换骨的变化。我的粗浅想法，能够比较像样地呈现出来，与导师朱自强教授的悉心指导密不可分。明眼人能够一眼看出，本书的基本观点、主要逻辑构架、重要看法与观点，都与朱自强教授的学术思想一致。没有朱自强教授的指导、鼓励，就不会有这本书。在此，再次对朱自强教授致以敬意！

正如朱自强先生所说，儿童文学包含着"大智慧"。我对这个大智慧的认识还相当肤浅，理论表述也有诸多不尽如人意之处，造成这种情况的原因，完全是自己学术功底不够，好高骛远，驾驭这个课题心有余而力不足。为了反映我当时真实的学术水平，在把本书献给读者之时，我没有做任何改动。疏漏、乖舛在所难免，敬请方家指正。